曼陀罗悬疑馆

给您最好看的原创悬疑小说

遇见你的奇迹

米　娅／著

贵州出版集团
贵州人民出版社

图书在版编目（CIP）数据

遇见你的奇迹／米　娅　著.--贵阳：贵州人民出版社，2019.10

ISBN 978-7-221-15698-3

Ⅰ.①遇… Ⅱ.①米… Ⅲ.①长篇小说－中国－当代
Ⅳ.①I247.5

中国版本图书馆CIP数据核字（2019）第243423号

遇见你的奇迹 YUJIAN NIDEQIJI

米　娅／著

总 策 划　陈继光
责任编辑　陈继光
特约编辑　陈胤凡
装帧设计　陈　晨
封面设计　源画设计
出版发行　贵州人民出版社有限公司（贵阳市观山湖区会展东路SOHO办公区A座）
印　　刷　长沙鸿发印务实业有限公司（长沙市黄花工业园3号）
版　　次　2020年1月第1版
印　　次　2020年1月第1次
印　　张　24
字　　数　370千字
开　　本　710mm×1000mm　1/16
书　　号　ISBN 978-7-221-15698-3
定　　价　49.00元

季霖郁

26 岁，祖传皮具手工艺人。雕塑一样安静的男孩，有着一张像麦克尤恩那样明暗高度饱和的面孔，单眼皮、高鼻梁，日常喜欢穿禁欲风、质地良好的棉麻类服装。表面冷漠不苟言笑、不近人情，内心成熟，细腻敏感。话不多，性情不明，日常以技悦己。

苏　兮

26 岁，毕业后在欧洲某皮制品公司做了两年采购员，而后回国创业。身高一米六五，鹅蛋脸。在国外生活多年养成独立自强的个性，勇敢果决，毫不软弱。身处职场练就了一身成熟、精明。感情遭到背叛后不再无条件相信爱，内心脆弱敏感。对外开朗大方、活泼、善解人意、理智且善交流。内在焦虑型人格。

沈山南

37 岁，“万邦”集团总裁。身高一米九，偏爱意大利轻质羊毛及经典英式剪裁，单扣设计，深色调为主。注重细节，有很多套做工精致的银质袖扣，更换于不同场合。手提式经典的意大利手作牛皮公文包，棕色与黑色居多。心灵易创伤兼具温情型人格，成熟稳重，严肃中自带雅痞感，给人以神秘且高高在上之感。处事张弛有度，有着不太美好的过去，内心不快乐。商场上前簇后拥，人后孤家寡人。手腕硬，城府深，为达目的不择手段。

缪　诚

26岁，季霖郁皮具工作室里的徒弟。拥有一张洋溢着青春跟快乐的脸，笑起来又坏又帅。幽默、阳光、敢于担当，活泼乐观，良好的心理素质给人以可靠的感觉。喜欢搞怪，善于调节人际活跃气氛，手作工作室的搞笑担当。

黎志远

21岁，黎露唯一的弟弟，声音干涩粗粝，性格易怒易暴躁。

江妙菱

24岁，季霖郁皮具工作室里的小徒弟。身高一米六二，萝莉外形。温情关怀型人格，蠢萌得让人又气又爱，乐观容易相信人。

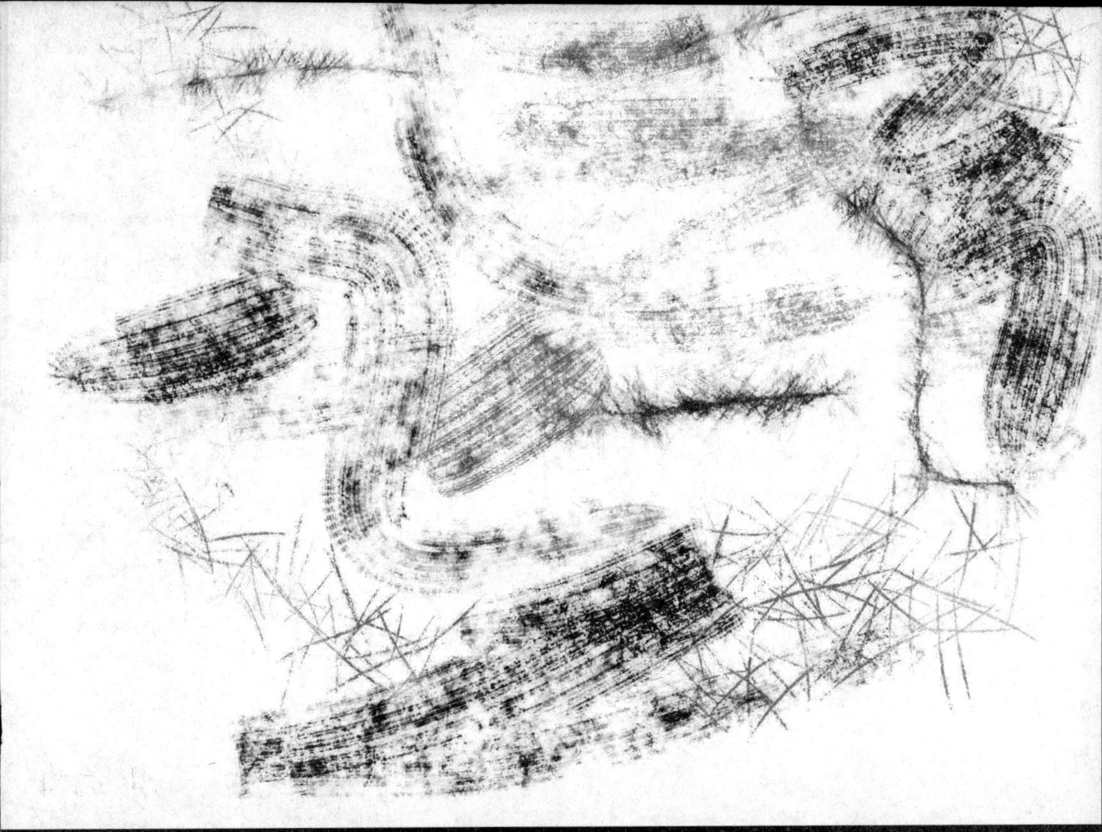

第一章

.1.

苏兮意识到，她这辈子再也不会遇见黎露了。

一辆夜班车驶入余光，再悄然穿出。她的手指在屏幕上用力敲击着，大量信息一时间纷纷涌入脑中，到头来反倒思绪全无。

她烦躁极了，一把将手机甩上桌面，抬眼望向窗外斑斓的夜色。

整座城市的夜生活刚正式开场。刚结束加班的白领们、穿着时尚赶去派对的红男绿女们，商业腹地自是一片声色犬马。然而就在一面玻璃之隔的咖啡店内，苏兮独自坐在落地窗边的沙发里。她披着件卡其色斗篷款风衣，其内以 Escada 新款衬衫打底，一双裸色 Jimmy Choo 擦得锃亮，深色的小脚裤勾勒出小腿近乎完美的轮廓。

早已过了打烊的点儿，客人差不多都已经离去，系着绿围裙的店员时不时朝这边观望一番，疲惫的脸上写尽了不耐。

然而此时此刻苏兮根本顾不上那些，她盯着眼前的马克杯走神，十指紧紧交织，双肩微微颤抖。她的呼吸沉重，神情痛苦，那张原本知性的鹅蛋脸也被某种崩溃罩上了一层沉重的阴霾。她精心勾勒的妆容早已糊作一团，黑色裤管因久坐而被压出了深深的褶儿，白衬衫的领口沾上了咖啡渍她也全然没有注意到。

如此情形在苏兮身上实在鲜有发生，多年的职场生涯让她格外注重自己的仪表。

苏兮向来是个讲究人，除去平日里以典型职场风格示人不说，下楼倒个垃圾她都要擦亮皮鞋化个淡妆。香水的选择要分四季，口红的深浅要分晴雨，鞋靴颜色更是要跟包包一致，秋冬饱和的暖，春夏盈透的橘，这些都是她身经百战得来的“搭配潜规则”。

然而此刻，一切有些不同。

苏兮垂头看了一眼表，离明日还有三十五分钟。糟糕透顶的一天！她整日沉浸于巨大的悲痛中，以至于还没来得及将手表指针调至北京时间。

这是苏兮回国的第二天，也是凶案发生的第二天。

已经过去了二十多个小时，可她仍旧无法接受自己目睹的事实——现场混乱，洁白的头纱被染成骇人的暗红。黎露倒在地上，满目挣扎的痕迹，甚至还没来得及闭上眼睛……

一秒钟之内她就意识到发生了什么。然后她转身做了几组深呼吸，设法让自己重新振作起来，但那是她感到迷失自我的时刻。这很俗套，经不起推敲。但如同所有荒诞的事情一样，它的确发生了。

下午五点，苏兮从警局飘出来，如一具浮尸，神色颓靡，失魂落魄。兴许是天气阴霾气压过低的缘故，她感到胸口阵阵发闷，双肩止不住地颤抖。她不想回新租的公寓，便漫无目的地在街上走来走去，走着走着，蓄势已久的情绪一触即发，泪水随之落下。

惧怕四周射来的异样目光，她只好掏出墨镜戴上。直到两眼发黑双腿发软，她才不得不半道停下。

整整一个晚上，苏兮都盯着窗外的车水马龙出神。她时而泪流满面，时而呆若木鸡，一脸衰相像是中邪，店员的几次催促也未能将她唤醒。

不，是她根本不愿醒来。

也是在这刻她才清楚地意识到，原来人在极度悲伤的状态下是流不出一滴泪的。

错在惊慌之余亲手拨出的那通匿名报案电话吗？想必正是因为这个愚蠢的举动才让警察错将自己当作怀疑对象吧。

她深深思忖着，白日里的场景在眼前演了一遍又一遍。

.2.

数小时之前，审讯室内，一老一少两位警察比肩而立。

待苏兮顶着一脸曚昧入座，貌似“张飞”的年轻警察拉开正对面的凳子，明目张胆地直视起她的脸，“苏小姐，知道今天我们为什么请你来吗？”

“请？”苏兮用余光环视四周，心知肚明地摇摇头，却被耸动的双肩出卖。

“不知道？”“张飞”冷笑，摊开文件夹，道，“简单来讲，有人死了。”

“所以呢？”

“张飞”双唇紧闭，与之对视。少顷，缓缓道：“昨晚，本市一位名叫黎露的女人遭谋杀。经过警方调查，发现那通匿名报案电话——”他放慢语速，抬头刻意观察苏兮的表情，“是你打来的。”

苏兮头皮一凉，不由倒吸一口凉气，原本平视的目光迅速落向地面。

可由不得她沉淀，“张飞”摊开文件严声厉色道：“下面，请你如实回答我所提出的每一个问题。”

一场讯问随即展开——

“姓名？”

“苏兮。”

“年龄？”

“26。”

“职业？”

“暂时……无业。”

“无业？”

“我这次回国就是来创业的。”

“张飞”顿了顿，质疑的目光自她脸上一扫而过。

“与死者关系？”

“相识。”

“相识到什么程度？”

苏兮喉头一紧：“普通朋友。”

“案发时你在哪儿？”

“我在——”苏兮差点儿脱口而出，却因意识到了什么目光陡然一落，“我不知道何时案发，我想，应该是在回来的路上。”

“有人证吗？”

“我刚回国，在这儿没熟人。海关算吗？出租车司机？”

“张飞”顿了顿，手下哗哗记了几笔。

“你为何会出现在死亡现场？”

“今天本该是黎露的婚礼，我提前赶去是向她道喜的。”

“提前约好的吗？”

“没有。”

两束狐疑的目光再次聚焦苏兮的脸。

“你到达案发现场的时候见到什么可疑的人了吗？”

苏兮凝滞的眼珠不自觉地向右上方转动：“应该没有，但我并不确定。当时屋内光线挺暗，我没戴眼镜。看房门掩着，我伸手敲了两下没人回答我就进去了，刚走到门口就看到黎露侧躺在地上，头纱被血染红，水果落了一地，她好像在对我说‘救救我，救救我！’我吓坏了，想尖叫，可嗓子跟被抹布堵住了一样根本发不出声音，我没敢再靠近，直接跑下楼。”

“当时是几点？”

“我不知道。那种情况我根本没意识到看表，不过……”苏兮稍作迟疑，追述，“应该比我报警的时间早一个半钟头左右。”

“一个半钟头？”对方错愕，讯问随之打住。

半晌，“张飞”抬眼，沉沉开口：“苏小姐，你为什么要在发现死者之后一个半小时才报案？”

“我……没想清楚。”苏兮轻咬嘴唇，显得十分犹豫。

“没想清楚？”

“对，没想清楚。”原本她一派镇定自若，可面对“张飞”怀疑的目光她又本能地心慌。

他这是在做什么？为什么要这样质问我？他这是在怀疑我吗？无意之间，她的目光蒙上一层仓皇之色：“警察同志，我是报案人但不是凶手！”

两位警察交换了眼神，目光双双落向她的脸。

“既然如此，你为什么等了一个半小时才报案？”

旅途的劳顿加上审讯的压力令苏兮有些沉不住气：“你们这是什么意思？怀疑我？怎么，我杀了人却不急着逃跑而是换个地方报案？”她耸耸肩，“得了吧，我不傻。”

“所有伪装成报案人的凶手都这么说，因此我们不能忽略其中任何的可能。”

“张飞”秉持一副追问到底的架势，追述：“苏小姐，现在你需要对自己拖延报案时间这件事做出合理解释。”

苏兮：“……”

苏兮飘忽的目光陡然一落：“我的手机没信号，刚回到国内还没来得及换电话卡。”

警察似乎对这个回答并不满意，目光紧紧追击：“你难道不知道110是可以在无信号状态下进行紧急呼叫的吗？这可是常识。苏小姐，你没有讲实话。”

苏兮轻咬双唇，像是在暗暗排解着巨大的压力。

“张飞”将几页资料往桌面上轻轻一置，倒也没发出什么动静，只是那震慑人心的神态搞得苏兮娇躯一振。

“你为什么不当场报警？”他降了声调，一字一句地重复道。

苏兮：“……”

苏兮敲击着膝盖的手指猛地悬空，平移目光，眉毛高高挑起：“老实说，我害怕成为被怀疑对象。”

“怕？”“张飞”冷笑，“朋友倒在眼前，你的下意识反应不是报案、不是上前查看死活，也不是判断其自杀他杀，反倒是因为怕被怀疑而在一个半小时后距离案发现场一公里的电话亭打匿名电话报警？苏小姐，你自己觉得这种解释说得过去吗？”

“无论这话听上去有多荒诞，可这是真的。我第一次遇到这种事，根本没想那么多，只想着躲得越远越好。”苏兮顿了顿，做出吞咽的动作，“我了解黎露，她有信仰，她根本不可能自杀！再说第二天是她的婚礼，她怎么可能偏偏在这时候选择结束生命？不！绝对不会！”

“张飞”点点头：“这一点你说得倒没错。不是自杀，而是被水果刀插入心脏一刀毙命。”

苏兮反应了一下，迅速抓住对方话中的把柄，回击道：“如果按照你们所说真是我干的，那么刀柄上一定留有我的指纹不是吗？怎么，还不逮捕我？”

“张飞”目光落定，意有所指地看向苏兮：“因为凶手不傻，事后把刀柄上的指纹都抹干净了，连死者的都没给留下。但她兴许没意识到这是个漏洞，因为我们也是以这一点作为条件，判定了死者并非自杀。”

“张飞”沉默半晌，半眯起眼睛继续刚才的提问：“一个半小时可不短。从发现现场到拨出报案电话的这段时间内你做了些什么？”

苏兮定神，道：“我下楼后不知道该去哪儿，沿着小区后面的水沟一直走，后来在小树林里停留，强迫自己冷静但一直也没想好到底要不要卷进去。后来我往家的方向走，走到半路才决定报警。”

“有人能够作证吗？”

“恐怕没有。”

警察没说话，死死盯着她的脸，似乎要看出个所以然来。

“没有人愿意被卷进这种事情，您能理解吗？不仅是我。”

“所以你的意思是，还有同伙？”对方并不罢休。

“我是回国创业的，不希望前途受到任何负面影响。请您理解。”虽然言语坚定到听不出任何破绽，可她那微微抽动的嘴角似乎昭示着其中另有隐情。

“无辜的人可不会逃跑。”

“张飞”没有继续问下去，而是定定地望着苏兮的脸，十指相交，一脸揣测之色。

数分钟之后，苏兮恢复了一如既往的冷静，唇角轻轻挑起：“问完了吗？我可以走了吗？”

半晌。

“张飞”猛地站起身：“好了，今天先到这儿吧。你先请回，接下来警方会进行深入调查，如有需要还得你随时提供情况。”

……

.3.

苏兮不记得自己究竟是如何走出警局的，心中五味杂陈，心灰意冷的情绪闷得她透不过气。本以为出了审讯室就会大哭一场，可当她站在洗手间的镜子前面，才发现自己面目平平似铺展的纸面，连一滴眼泪都没掉。

她并非完全是害怕，还有后悔。后悔当初一个失足将黎露拖入深渊，更后悔到死都没来得及跟她说一声“抱歉”。

苏兮喝了一口咖啡，在尚未散尽的记忆中仔细搜寻一切与凶案相关的蛛丝马迹：清扫街道的清洁工、升降梯门口提着黑色塑胶袋的男人、小区门口的年轻情侣……到底是谁杀了黎露？要说嫌疑，人人看起来都好像藏着什么秘密！

还有那个惊慌之中与自己擦身而过的陌生人！他是凶手也说不定！怪只怪自己看不清他的长相，他穿一件黑色外套，戴着一顶低低的棒球帽，一只脚好像受了伤，走起路来轻微颠簸。

苏兮越想越觉得不可思议，意识下沉，任由沉重的躯壳陷入柔软的沙发。

而就在不远处的角落里，一束凛冽逼人的目光直戳她的脊椎。她定不会愿意看见那双眼，一旦与之对视，想必会被其中的腾腾杀气所击溃。

然而，这件事还是发生了。

苏兮无意间扭头，恰恰被那束目光命中。她顿感受到了侵犯，“噌”的一下回过身，两三秒的迟疑，鼓起勇气再次望回去。就在这分秒间，那人迅速起身推门走入茫茫夜色。直觉告诉她这其中必有蹊跷，没多考虑她便快步追了出去。那影子显然意识到被人追踪，走过半条街跟着右转进了一条小巷。

苏兮见状干脆小跑起来，怎料刚才转过街角，一个高大的身影迎面撞过来，差点儿将她撞翻。

“怎么看路的！”她低喝了一声。

美人入怀，男人也愣了几秒，直到手掌被一股黏糊糊的温热打湿，这才开口道：“不好意思，我没端稳。”他不慌不忙地从兜里掏出一块手帕。苏兮低眉，顺着他的动作望过去，只见大半盒浓浓的外卖汤汁全泼在了自己的外套上。

“你的眼睛是出气的吗？”

男人不作声。

“不会走路吗？我的衣服很贵的！”

“我很抱歉，可我不是故意的！再说这也不能全怪我，明明是你自己撞过来的……”

“我不关心你的情绪！”

“那怎么办？”

“麻烦你让一下。”苏兮踮脚望向巷子深处，那人却早已不知所终。

“要不，我赔您钱？”对方反倒不肯作罢。

他的话语真诚，那副镇定自若的语调却似调侃，这令苏兮感到烦躁。她甩甩手，向右错了一步："你拉倒吧，赔得起吗？让开！别再误了我的事儿！！"

她说着，一把推开对方的手臂。怎料刚提起步子，却被男人抓住了胳膊。

"别追了！"

"关你什么事儿？"苏兮退后半步，"怎么，难道你俩是一伙儿的？"

"刚过去的那个人手里有家伙。"

"什么？"苏兮脚下一顿。

"刚刚那人过去的时候我看见他手里掂着两块砖。"

这告诫倒是成功打消了苏兮追踪下去的念头。她愤愤留下一句"多管闲事！"便转身投入茫茫夜色中。

.4.

十二点十三分，苏兮拖着满身风尘回到家。她打开灯，站在门口环顾这间刚刚租下的公寓，房间还没来得及布置妥当，冰冷又空荡，像极了克莱儿笔下的灵魂荒原。

在接下来某个突如其来的瞬间，她忽而想念起那座远隔千里的城市来，虽然比不上故乡，此时此刻却显得比故乡更有温度——

大节小假，她喜欢站上城市公园的制高点，说是制高点，也不过是一处矮矮的山丘。举目四望，近处裹着大衣喂鸽子的老人，远处光着脚丫拉着小狗奔跑的金发兄妹，踩着脚踏车自眼前一闪而过的年轻女孩，在草坪中央喝着啤酒玩儿着 uno 的年轻学生……

想到这一件件平日里看来毫不起眼的小事，苏兮不禁动容。蓄积已久，泪水而来。她靠坐在沙发一角，强烈的酸痛感传入四肢百骸。她将脑袋深埋入膝间，闭上眼，那些画面争先恐后地挤进脑海——大敞的房门、凝固的鲜血、反着光的玻璃碴儿、暗红色的头纱、凌乱的室内、倒在地上的果盘和花瓶、黎露伸向窗边处的手指，以及……以及那睁睁望向自己的双眼……

想到这儿，她感到一阵反胃，想要去冰箱拿瓶水，可正要起身，门铃响了起来。

苏兮被吓了一跳，双肩猛地高耸。

是谁？是谁知道自己的地址？又是警察吗？什么事这么紧急？难道又发现

了什么蛛丝马迹？她做着深呼吸逼自己冷静，轻手轻脚走到门口透过猫眼向外望。只见一个面目陌生的男人如同魅影般出现在昏暗的视野中央。

一阵莫名的惶恐像过电一般传遍她的全身。

开？还是不开？

念头闪过的瞬间，门铃再次响起。苏兮慌了神，条件反射般扭动把手。可还没等她看清，夜风混杂着一股 Versace 的气息一并灌了进来。

眼前的这个男人，身姿挺拔，额头宽阔，眉似刀裁，怎么看都是一副正人君子的派头。他穿着成套 bespoke 枪驳领西装，内搭质地上好的淡蓝色修身衬衫，花式简单的领带，黑色系带牛津鞋。

“请问您是苏兮苏小姐吗？”他目光温和，眉眼沉静，就连说话的声音都温润如玉。苏兮心神一晃随之放松了警惕，不禁开口轻轻问：“请问您是？”

对方抛出一个优雅的笑，掏出一张名片双手奉上。

第二章

.1.

苏兮小心翼翼地接过名片，原本失焦的目光因正中央那两个加大加粗的黑字变得炯炯有神。

“难不成您就是——”她迅速打量起对方，试图印证内心大胆的猜想。

对方似乎看穿了她的心意，向前逼近：“没错，是我，我是沈山南。”低沉稳重的声线，恰到好处地诠释了一个成熟男人所应当具备的气质。

苏兮不禁倒吸一口凉气，眼前发生的一切怎么看都像做梦。

业界应该没有人不知道这个名字吧。沈山南——远近闻名的风云人物、万邦集团史上最年轻合伙人，持有公司 48.7% 股份的第一大股东。此人行事低调神秘，从未在任何公开场合露面，没有任何图像记录，更别说是媒体报道。

然而此人并非商界精英那么简单，他更是众多女性心目中男神般的存在。苏兮也曾从同行小妖精们口中听到过关于他的一些传闻。比如他是一个一切为了理想而生的“理想至上主义者”；再比如他成熟稳重为人亲切，处事张弛有度，好像他身边的一切都是幸福且光鲜的……如果这些金光点缀统统都算不上什么，那么单从女人的角度来讲，他就是一个钻石级单身汉！

此前听到的一切都不过是江湖传闻，苏兮知道，口口相传的东西往往失真。然而当这个男人真正站在自己的面前，她仿佛被一种耀眼而温柔的光环震慑住了。

严肃中自带雅痞，温润中自带威严。

“苏小姐？”一声轻唤划过耳畔。

苏兮意识到自己失态，立刻端正了语气说道：“沈先生，久仰您的大名！您怎么会——”

经她这么一问，沈山南收起浮于嘴角的笑意，淡淡吐出一句话，这话令苏兮的笑容变得僵硬，令刚才那股偃旗息鼓的警惕拔地而起。

“我是黎露的未婚夫。黎露昨晚不幸遇害，听警方说，您是报案人？”他似乎并不介意开门见山。

黎露的未婚夫？这怎么可能？黎露的神秘未婚夫是沈山南？

沈山南闭口不言，盯着她的眼睛用力看。在那两束写满拷问的目光中，苏兮突然感到有些无所适从。

“是我报的案。”这话条件反射般从她口中蹦出，突如其来的愤怒令它听上去有些咬牙切齿。

沈山南：“……”

她面色一沉，没好气地退后一步，做出要关门的动作。

沈山南随之抛出一个诚恳的眼神，伸手抵住门：“苏小姐。我不是来找碴儿的。”

苏兮顿了顿，犹豫片刻，侧身请他进屋。

苏兮之前好像从未自这个角度环视客厅。此刻她突然有些难为情——戴森吸尘器倒在墙角，没来得及清洗的内衣挂在椭圆仪扶手上、Bose便携式音箱随意躺在地毯一角，还有几瓶没来得及归位的洗手液。

她唰地红了脸，凭空一指，道：“我刚回国，公寓是新租的，还没来得及收拾。”

沈山南倒无任何嫌弃之意，脱去西装，在沙发一端坐下。

苏兮将零碎简单归置，将毛线毯收进卧室，转身进厨房沏茶，这才发现连只烧水壶都没来得及准备，只好从冰箱取来一瓶矿泉水递给他。

独立于房间一角的吊灯算不上明亮，却足以勾勒出两人完整的轮廓。

她看向他陷入黑暗的侧脸，欲说些什么。可就在开口的瞬间，记忆碎片在脑海中一闪而过。

苏兮话锋一转，原本想说的“关于黎露……”，张嘴却变成了“我们……是不是在哪儿见过？”

“有吗？”沈山南扬了扬眉毛，似疑问，却微微点了点头。动作很小，小到连他自己都没注意，然而这细节却被苏兮捕捉到了。

她在记忆的海洋中一番打捞，将时间的碎片整合、拼凑。少顷，她轻轻叫道：“四年前寒假，在法兰克福机场，你救过我！可是——”

.2.

2013年冬天，苏兮素面朝天走下飞机。她面容苍白，裹在灰色毛呢大衣里的身躯显得异常消瘦。她踩着双黑色切尔西，脖子上绕着条淡黄色羊毛围巾，马尾高高扎起。

当她站在滚动带弯道处将两件半人高的行李拼命拉向地面的时候，一双强劲有力的大手毫无预兆地出现在了视线中。他不顾她的惊异，将行李往手推车上提，超出预期的重量令他的眉心高高耸起。

后来他看向苏兮的眼睛，以那种难以置信的口吻感叹：“嚯！一个女孩子，怎么提得动这么沉的行李！”

这是成年人世界里搭讪的惯用伎俩吧！苏兮向他道谢，等着他借机询问自己的联系方式。怎料一语终了，他拖着行李转身往出口走。

后来通过海关的时候，苏兮也不知道自己到底是穿错了衣服还是做错了表情还是实属时运不济，一只脚都迈过自动门了却被工作人员追回盘查。

留着一圈胡子的土耳其裔工作人员将她的行李开箱、翻遍，却未发现任何值钱的东西。后来的后来，他将那“势必要查出点儿什么”的目光锁定到了奶奶传给苏兮的金镯子上，并认定尚未申报要求罚款。

苏兮紧盯着对方因贪婪而变得炯炯有神的目光，倔强劲儿一下子就上来了。她跟工作人员誓死僵持，死死咬定一根金丝无论如何称重都算不到罚款额度。再说了，几十年前的旧首饰凭什么他嘴巴一张凭空定价？

工作人员指着电子秤屏幕上的克数，眼神犀利到让人无法辩驳。

其实罚款事儿小，最多也不过一百欧出头。可苏兮觉得那人明明就是针对自己，针对她的民族，她的肤色。那时候她还是个普普通通的留学生，尚不知人间险恶。

于是，她沉下一口气，强撑出一副天不怕地不怕的派头，做足被遣返的心理准备眉目一横。

紧接着，对方要过她的护照以做登记。她心脏都快跳炸了，却还一脸波澜不惊。然而出乎意料的是，方才帮自己安置行李的男人也被拦下来抽查。这简直就是不幸中的万幸。

兴许是从她的表情中看出了一二，他毫不犹豫地走上前，她则求救似的一把抱住那人的胳膊假装两人相识已久。

男人秉持一副临危不惧的架势说出自己的身份，工作人员想必觉得不好欺负便立马儿软了语气。对方甚至恶人先告状，说苏兮侮辱了他。一时之间，苏兮的满心委屈涌上心头。她站在角落里偷偷抹眼泪，而那男人则替她出面跟海关交涉。

基于硬性规定，苏兮还是被罚了款。可这事儿并未就此打住，男人执意帮她要到了一张申诉单，然后留下一句帅炸天的“基于你做事的态度，我会弄清楚事实然后写信投诉”，搂着她的肩膀转身离开。

回忆戛然而止，苏兮面露质疑之色。可是——

“可当时您不是说自己是律师吗？”

沈山南扬起眉毛：“想要英雄救美总得有点儿小伎俩。再说，你还不是给我留了假的号码？”

“防人之心不可无嘛。”

谁能料到到有朝一日会撞到枪口上，苏兮有些难为情，赶紧将话题岔开：“您就不怕人家追查到底拆穿你的谎言？”

“我也就是危急关头那么一说，幸运的是准确拿捏住了他的心态。加上他看着我的穿着形象跟职业相符，想必也不愿徒生事端。可你别看表面上只是一瞬间，我心里早已搭建起了一座小剧场。”

“所以您的意思是说，这是个形象即正义的时代？”

沈山南撇嘴：“就没见过你这样倔到底的女孩儿。”

苏兮知道他这是在表达认同。而与此同时，她在心里给沈山南做了一番评价——

第一，遇事不慌，说明他思考重逻辑。第二，敢于投机取巧，说明他是个机会主义者。第三，投机不成怎么办呢？说明他有退路有背景。

这件往事迅速拉近了两人的距离。

“真是命运弄人，原来大名鼎鼎的沈山南竟然是我的恩人。”

“所以你就这样报答恩人吗？”他停顿，晃了晃喝空了的矿泉水瓶，挤出一个苦涩的笑。苏兮立刻明其意，随之从手提行李中取出一瓶在机场免税店买来的波本。

酒精作用下，伤感兴风作浪。苏兮看向沈山南，眼前却浮现出无数张黎露的脸。漫长而焦灼的缄默中，她决定先行开口——“黎露是我最好的朋友。”

“嗯。”

“我们的确闹过一些不愉快。但我这次回来是想要找她讲和的。”

“我有所耳闻。”

“我并未目睹案发过程，我到现场的时候她已经死了。”

“听说……你并没有立即报案，而是等了很久？”

苏兮点点头：“我很少有情绪失控的时候，每一次都是情感完败给理智，就连吵架的时候都是如此。记得小时候有次我妈不在家，我边吃过桥米线边偷偷看电视。结果一不留神手没端稳，滚烫的鸡汤泼了我一身。我的第一反应不是脱去连体衣或者去龙头冲凉，而是把电视调回之前的音量跟频道然后关掉。也是后来我才知道，我是那种遇到突发事件会考虑很多再做出行动的人。”

沈山南含着一口酒，安静地把话听完，目光在她脸上短暂停留，再将酒吞下。“警察因此怀疑你？”

苏兮看向他的眼睛，反问：“您也怀疑？”

沈山南没立即表明态度：“他们问了什么？”

“一些有的没的。”

“问出什么了吗？”

苏兮蹙眉：“试图引导我承认一些事情，可我给不了他们想听的答案。”

沈山南眯着眼，思忖。

“您也被问话了？”

沈山南颔首：“我算半个家属，他们找我了解情况也是必然。当晚我的确去找过黎露，商量婚礼细节，那时候她还好好儿的，当时她抱着我说自己对婚礼充满了期待，能有这样的一刻是每个女人的梦想。你知道吗，能够跟黎露在一起我也觉得很幸运。她善良、美丽、听话，从不无理取闹，她了解并记住了我所有的喜好，甚至比对自己的还要了然于心。她……”

沈山南似乎再也说不下去了，巨大的悲怆填满思绪：“你知道吗……我一直到现在，还在努力尝试着接受这个事实……”

他停下来，仰头干掉杯底的琥珀色液体，眼眶突然泛红。

苏兮是想安慰来着，可此时的她连自己都安慰不了又谈何安慰他人？一个即将结婚的男人，在婚礼前夕遭受丧妻之痛，婚礼变成葬礼。

半晌,沈山南缓缓抬起头,侧脸望向窗外,似乎有意不愿让苏兮看到自己的软弱。

“不好意思，请问洗手间在哪儿？”

“走廊顶头那间。”

……

待沈山南回来，他已然恢复了此前的平静，可眼底的血丝清晰可见。

“再来点儿吗？”苏兮晃动手中的酒瓶。

沈山南摆手。“不早了，我得走了。”说着，他便伸手拿过外套，行至门口却又转过身，“苏小姐你刚回国，突然经历这么个事儿也挺辛苦的，总之有任何需要帮助的地方尽管开口。”

.3.

送走沈山南，苏兮站在窗前发了个漫长的呆。楼下的喧嚣不见了，风呼呼地吹，头发黏在嘴唇上，肌肤潮湿。

她接着钻进浴室，后背大面积的酸痛提醒她是时候好好儿洗个热水澡了。她刚准备扭开水龙头，余光边缘闪过一道冷冽的光。凑近看，一块百达翡丽 Nautilus 静静躺在洗手池边缘。

是他落下的。

苏兮返回客厅，从桌面拾起那张名片，输入右下角的一串号码，正要按下通话键，却发现已经两点三十分了。

她转念一想，索性发了条消息——

“沈先生，您的手表落在我家了。今天太晚，明天您什么时间方便我给您送过去？”

苏兮刚刚坐进水里，手机叮咚一响。

“没事儿，先放着。我这几天挺忙的，改天过去取。还有，不管怎样，新的一天还是会开始。希望你今晚哭过之后，会睡得更好。”

苏兮身子一缩，整个儿脑袋随之没入水中。

第三章

.1.

你的人生可以在一夜间被颠覆，或者只是一杯咖啡的工夫。

原以为跟警察之间的对峙暂时告一段落，然而没过两天，苏兮再次受到了传唤。苏兮她也不知自己怎么了，本该为案子的推进感到高兴，可怎么反倒忐忑起来了？

负责问询的还是上次的两位警官。然而这一次，他们的态度似乎有些不同。

“你说你跟死者是朋友？”“张飞”面色平平，单刀直入。

“对。”

“普通朋友？”他声色平平，仿佛早已对五花八门儿的说辞产生了免疫。

“对。”

“张飞”双手环胸：“苏小姐，事实恐怕并非如您所说。”他顿了顿，深邃的目光平行射入她的双眸，“你对我们撒谎了。”

苏兮迅速掩去唇角的不安，挺直了身子。

“警方根据死者家属的口供及死者遗物，发现你们的关系非同寻常。”

苏兮倒抽一口凉气，喉头有些发紧。

“苏小姐，你跟被害人到底是什么关系？”

苏兮深深吐了一口气，置于膝头的十指不自觉地搅在一起:“她是我闺密。”

“之前为什么不说实话？”

“不想被无端怀疑。毕竟——”她顿了顿，“我们之间发生过那样的事情。”

“哪样的事情？”

面对年轻警官的紧追不舍，苏兮心生抵触，没好气地撂了句：“私事。”

“张飞”冷冷一笑：“那你再看看这个。”

警方所掌握的远远不止苏兮预想中那么简单。就在她一遍又一遍矢口否认的时候，一个其貌不扬的塑胶袋被悬至眼前。

“这是什么？”她收敛了目光，以那种漫不经心的语调以示抗拒。

然而目光落定的瞬间，苏兮狠狠一怔，没等警察发话她便下意识摸了摸领口。

没有？怎么可能？

然而她很快又否定了自己的想法——对了！她怎么忘了呢！回国之前就已经弄丢了呀！

透过薄而密封的塑胶袋，苏兮紧盯其中的证物，胸有成竹道：“这是不可能的！”

“不可能？是万万没想到吧！确切地说，它被你不小心落在案发现场了。”

苏兮手头的动作戛然而止，刚才生龙活虎的气势也荡然无存。

紧张的空气将问讯室狭窄的空间填满。

“是你的吗？要不再仔细看看？”“张飞”挑眉。

“不是。”苏兮将脸转向一边。

“不承认？”

苏兮：“……”

少顷，她重新看向“张飞”的脸：“我的确有条差不多的。”

“准确来讲，是一模一样！”“张飞”抬高嗓音，与此同时几张彩色照片凌空落下，“这是在死者遗物中发现的，左边那个是你吧，脖子上戴的就是这条项链！”

苏兮看着桌上的那张合照，鼻头一酸，眼睛“唰”的一下就红了。

没错，毕业那年的弗拉明戈音乐节，那时候她们还那么好，总觉得时间过得太慢，还有大把光阴可以挥霍，以为有生之年都能够陪伴在彼此身边。

多讽刺！温暖依存的纪念物此刻却成了用以加罪的证物。想到这儿，她不禁挤出一丝苦笑。然而这痕迹稍纵即逝，取而代之的是一如既往的淡然之色。

“这世上一模一样的项链有很多。”她抬了抬下巴，据理力争。

“那就再仔细看看。”

“张飞”说着，将塑胶袋翻到背面故意露出搭扣处刻着的那两个字母，字母实在太小，如果不刻意去找根本注意不到。

苏兮心里咯噔一沉，却还是扬起嘴角："你们有确凿证据吗？能证明这条项链就是我的吗？就算证明它是我的，能证明是我当日掉在现场的吗？"她镇定自若地做出反击，可即便语气再怎么坚定也掩不住内心打鼓。

事实上，没有谁比苏兮更清楚这条项链的唯一性。这是初恋送给她的二十岁生日礼物，亲手设计然后交由信任的银匠打造，搭扣处还刻上了她名字的缩写——sx，世间仅此一条。因此即便分手多年，苏兮也还一直将它戴在身上。日子久了，从寓意满满的信物逐渐变成了身体的一部分。

"你认为呢？"

"我认为没有。因为我确定在我最后一次欧洲旅行之前这条项链就已经不见了！当时我还发了朋友圈询问有谁看到过，却没得到任何回应。"

"如果现在有证据显示这条项链就是你的呢？"

"有人栽赃！"苏兮斩钉截铁。

"苏小姐还真是沉得住气。栽赃？那你认为是谁栽赃你？"

"谁栽赃我？这难道不应该是你们警察调查清楚的事情吗？"

"张飞"沉着脸不说话，眉头紧紧拧在一起，似乎是在想办法让苏兮招认。

这关头，自始至终一言不发的老警察终于开口了。他松开抿成一线的双唇，轻轻说道："小张，你先休息休息。"

"武老师，我——"

老警察一个手势命其打住，转身面向苏兮："苏小姐，现在还处于问讯阶段，您知道什么就如实说出来。这一来是为我们警方提供线索，二来更是为您自己洗脱嫌疑。"说着，他端起一只纸杯轻轻置于苏兮面前，"来，先喝口水，慢慢说。"

苏兮看着眼前的水杯，审时度势了一番。

仅仅三天时间，自己从报案人升级成为嫌犯，这样僵持下去想必没有任何好处。可是该从哪里说起呢？从自己为什么回国？从为什么突然出现在凶案现场？还是从为什么隐瞒？那项链又是怎么回事呢？

原本清晰的逻辑在这种情况下竟然绕成了一团乱麻……

"苏小姐，您跟死者之间到底发生了什么，需要您极力掩饰你们之间的关系？"

苏兮欲言又止好一会儿。终了，她慢慢吞吞道："我们矛盾很深。"

“为什么？”

“利益纠纷。”

老警察似乎早有预料，并不感到过分吃惊。他微微颔首，眉头轻轻挑起：“那就先聊聊这件事吧。”

.2.

“黎露是我闺密，确切来讲，我俩上小学那会儿就认识了。后来有幸到了同一座城市留学，我们在异国他乡互相支持，感情非常好。毕业后我在一家欧洲中高端皮具企业做采购，而黎露进入了一家物料中介公司。随业务需求增进，我们之间的合作也越来越多。后来因为个人关系，我决定辞去职务回国发展。

“我们之间原本没有任何问题，可临走却发生了一件事。我递交辞呈，公司也批了，但离职前夕除了相关业务的交接，我还不得不完成手头的最后一项合作。

“毕竟那是任职期内的最后一个项目，我一方面希望为公司争取更大利益，另一方面是考虑到自己的销售业绩，想为未来的某个关键时刻争取到一封更具说服力的推荐信。于是我利用职权私下改变了合作方式，以比成交价低出三个点的价格与黎露达成协议，她负责搞定他们公司，而我给她应有的回报。怎料黎露以公司的名义授权下了订单已经投入生产了，我公司这边却出了问题，迟迟没有打出预付款。我以为自己的行为被公司发现，都已经做好了最坏的心理准备，可情况却并未出现任何反转，仅仅是预付款到账时间被推迟了72个小时。这种情况以前也偶有发生，有时候是公司财务系统出了问题，有时候是对方公司某个环节出了问题，所以我当时并没有太过在意。

“可后来我才知道黎露就不那么幸运。就在这短短的72小时里，他们公司察觉到了项目中的端倪，立刻以最快速度查清了这背后的猫腻。后来黎露的行为被定性为商业欺诈，她前脚走出会议室，后脚就被保安禁足，一小时之后箱子被扔出了办公大楼。可她不仅仅是被老东家轰出门那么简单，没过半个月整个儿行业都将她划入了黑名单。

“黎露一口咬定是我从中作梗。我一再解释，可她认定是我，我俩就因为这件事彻底闹掰，到了老死不相往来的地步。”

“既然老死不相往来，案发当日你为什么还出现在她家门口？”“张飞”突然插话。

“辞职后半年，我空闲了一阵子。其间经历了一些不可思议的糟心事，理解了黎露当初的愤怒，慢慢释怀。我是打心眼儿里原谅了黎露，才决定找个机会给她郑重道歉赔偿她的损失。我正好从一个朋友口中得知她马上要在国内和神秘未婚夫结婚的消息。于是我精心计划了一番，准备在婚礼前突然出现给她个大惊喜，最好能就此跟她冰释前嫌。”

“精心计划？计划杀人吗？”“张飞”冷不丁冒出声。

苏兮顿了顿，扬起下颚，漠视的目光静静瞥向一边，继续说道：“在这样的计划下我回到了国内。我猜是基于之前的矛盾，黎露并没有寄请帖给我。但即便如此，我还是决定前去道喜。为了避免婚礼上不可知的尴尬，我打算提前一天去找她。那天我一下飞机便赶往她家，可是我无论如何都没想到，我看见的竟然是她的尸体！”

“张飞”面无表情，只顾面对电脑一番敲打，武姓警察则若有所思地点着头，想必是没听出什么可疑之处。

“对了，关于死者的未婚夫，你知道些什么？”

苏兮眉头紧蹙。

“据我所知黎露是闪婚。这事儿发生在我们失联以后，我是从朋友口中听说的。我俩发生矛盾之前，她才刚跟那个男人交往，他看起来挺神秘的，我没见过，不过听说是个有权势的人物。我也好奇打探过他的个人情况，可是黎露总说让我别心急，等到尘埃落定的时候再告诉我。不过我觉得那个男人对她很好，恋爱以后黎露整个儿人都变得开朗起来了，经济上也得到了支持吧，总是请我们去高档地方消费。直到……”

“直到什么？”

“直到那人前两天来找我，我才知道黎露的未婚夫就是沈山南。”

话罢，武姓警察轻轻点头，目光随即回归塑胶袋：“那么……关于这条项链，你还有什么想说的？”

“这条项链我的确不清楚是怎么回事，因为一直戴在脖子上反倒很少去注意。最近一次想到它是在一次旅行途中。进安检之前我去卫生间照镜子，无意间发现它不见了。但具体是什么时候丢的，我的确不清楚。”

……

苏兮陈述完毕，武姓警察冲“张飞”使了个眼色，两人一前一后起身出去，留苏兮在此静候。

一扇门，严严实实地阻断了苏兮的视听。

即便只一墙之隔，可两位警察还是刻意压低了音量。

“小张，你怎么看？”

“就目前掌握的线索来看，很可能是熟人作案。经过我们前期调查，从嫌疑人苏兮的叙述来说她是具备作案时间的，但目前所掌握的动机尚不充分。而且通过检验科发来的报告来看，在这条项链上并未发现她的指纹，也没有任何有力证据显示物证就是她的……”

“武老师？”

“先放人！”

“放人？可案发现场的项链很明显是她的！这是事实！”

“那也是没有确凿证据的事实。”

“武老师，可根据被害人弟弟的口供——”

良久，武姓警官沉吟道：“小张，咱们查案是细活儿，切不可操之过急！抓人要讲求证据确凿。所以我们现在要做好三件事：第一，细致地调查此事，搜集更多未掌握的情况。第二，给受害人家属以交代。第三，在未被正式指控之前，尊重苏女士的权利。我这么说你明白了吗？”

“明白。”

第四章

.1.

沉重的凶案就要将苏兮拖垮。她当然做出了积极应对，前后询问了一些邻居，却毫无头绪。后来见了几个黎露的酒肉朋友，遗憾的是，他们知道的也并不多。职场上，黎露并非一个势在必得野心勃勃的女人，可在情场上，因为沈山南，她树敌无数。

想来也罢，她是天生尤物，让所有人都觉得，自己才是他的唯一。

苏兮痛定思痛，也许工作才是良药，忙起来才能暂时摆脱目前存在的一切压力。身处职场那会儿，她除了做采购之外，也曾担任过纺织品和皮革制品生产的基础设施顾问。基于此，她利用此前积累的人脉跟资源开辟市场，取得 Florence 高端皮料的大陆地区分销权，并以个人名义成立了物料中介公司。

这一切都是提前半年准备好的，各项手续的办理也接近尾声。她这人做事向来雷厉风行，没租到合适的办公地点，便决定先以公寓作为临时办公区。

确切来讲，苏兮并非单枪匹马，手下三四人，公司创办初期，他们即便分工明确，但也什么工作都得懂。一人主要负责产品开发和销售；一人负责商业市场营销跟客户；一人则主要管理物流运输和订单处理，供货端还有欧洲同事 Celine 把关。

离职那会儿，苏兮与老东家签了一份协议书，承诺在协议签订后一年半内不与“老东家”的原有客户达成任何合作。然而这份协议并未将苏兮逼上绝路。既然决定了回国，她自是条理分明。第一，将经手过的潜在客户变为合作方。第二，就地取材，开拓新的市场跟合作伙伴。苏兮在几个月之前就做好了调研，目前看来，她决定对照企业列表挨个儿造访。

为了赢得合作方的好感，苏兮特意着装体面——阿玛尼小套装、

Dior2016 年热款高跟鞋、黑色 Prada 手袋。

据心理学所说，这叫“晕轮效应”，她对此深信不疑。她在镜子前转了一圈，感叹终于从人生的副驾移至驾驶位。

可即便如此，一切进展得也并不顺利。开头几天七成是被拒绝，剩下三成意向难测。每当她讲明来意，对方立马色变。也有见色起意的主儿，可一旦讲到正题，对方就和颜悦色地下发逐客令。

下午四点半，苏兮从西区的商业大楼里走出来。她躲在树荫处揉着自己酸痛的脚踝，掏出文件审视一番：打叉的是完全没机会的；打半钩的是对方有合作意向并承诺在考虑之中的；打全钩的……苏兮从上到下看遍，一个都还没有。

虽说她提前做足了心理准备，可从未想象过国内形势竟如此严峻。她的目光打纸面一行行扫过。刚才泄了口气，一行不起眼的小字映入眼中——“匠心手造皮具工作室”。

多眼熟的名字！苏兮努力回忆。然而引起她注意的并不仅仅是店名，还有店名后大片大片的空白。

这是怎么回事？打印错误？应该不会。又或者是当初进行企业整理的时候漏掉了？

秉持着三分质疑跟七分好奇，四十分钟以后，苏兮出现在了那副木质牌匾的正下方。

.2.

苏兮默默整理了措辞，伸手推开磨砂玻璃门，走进去了才发现这间外观虽不扎眼的店面实则别有洞天。无论是铺在地面的土耳其手工地毯还是挂在墙上的各式工具及展品，又或者是极具匠人心思的装修风格，无一不彰显出店主独到的品位跟高级的审美。

苏兮向里走，眼前瞬间开阔起来。六十平方米左右的店面被划分成两个区域。外部是一间 mini 咖啡室，而内部是一间真正的皮具工作室。只见几张宽阔的工作台并排安置，种类齐全的工具成套排放于桌面。靠墙的黄花梨展示架上罗列着大大小小的成品。置于角落里的那套“柏林之声”音响设备更是显眼，这令她不禁猜测起店主的身份来。

靠里侧的墙面从上到下拉着几道皮绳，上面用铁夹挂满了种类繁多的皮革样板跟制作模具。

她靠近了些，仰着脑袋随意翻阅。每块皮革上都缝制着一张小小的说明卡，将样板按照皮革质地、表层品质、提取部位、牛的品种及产地、鞣制工艺以及牛皮表面处理工艺进行了一一标注并分门别类。

头层、二层、雾蜡、油蜡、铬鞣、马臀……苏兮一条条看过去，不禁心生感叹。店家一定是个既细心又相当温暖的人，不然一间小小的店面怎么会给人如此乐意沉浸其中的感觉?

“您好，请问您有预约吗？”

苏兮一颤，迅速抽回手。

她顺着那声音望过去，只见工作台前坐着一个雕塑般安静的男孩，短发，年轻。他穿一件象牙白色的棉麻衬衫，胸前挂着条搭配了原色植鞣革的铁灰色帆布工作围裙，脖子上搭着条软尺，面前支着一副固定木架，他正对着上面撑开的一块皮革轻轻敲打。

季霖郁缓缓抬起眼，洋洋洒洒的天光将那副轮廓映衬得无比深邃，五官精致到近乎无可挑剔，英挺的眉宇，倨傲的下颚，棱角分明，尤其是那双深邃迷人的丹凤眼跟黑曜石一般的瞳孔，尤其摄人心魂。

此时此刻他停下手朝着这边浅浅观望，而苏兮的目光也正好打量着他。

他似乎从未见过这样的目光，赤裸、坦荡、没有丝毫掩饰，平铺直叙。不，这可不是单纯的打量，而是审视、是评价、是定义！

这令他感到不适：“您有预约吗？”

“您好，我是——”苏兮靠近了一些，说着就要掏出名片。可就在这时，她的目光亮了起来！对了，就是这个人！那天晚上他不仅挡住自己的去路，还泼了自己一身醋汤!

男孩注目等候。

他是谁？凭什么以这种态度对待我?

“我没有预约，但你欠我的！”

对方先是一愣，目光在她脸上短暂停顿：“哦，是你！”他停下手中的动作，“那天晚上的事我很抱歉，但我们店是预约制，这是规矩。”

苏兮被怼得哑口无言。少顷，她正要上前说清楚，一个愉快的声音自背后赶来救场——“老板，封边液取回来了，缪诚正往仓库卸货。”

这人是老板？苏兮不禁拉了拉嘴角，跟自己的预设出入挺大。

季霖郁轻哼一声却依旧不肯抬头，浅声吩咐：“有新客，妙菱你去招呼一下。”

女孩立刻走向苏兮，手指移至唇边做出噤声的手势。她的动作干脆熟练，很显然，这种局面并非偶发。

在女孩的引领下，苏兮来到咖啡间。待门缝闭严，女孩这才亲切友好地介绍道：“您好，我叫江妙菱，是这里的学徒。刚刚实在抱歉，我们老板工作的时候要求专注，严禁任何人打扰。”

苏兮打量着眼前的女孩，她大约一米六的样子，穿过膝亚麻长裙，脚踩一双保养良好的 Birkenstock。萝莉外形，肤色白皙，巴掌大的圆脸使她看上去善意满满，无丝毫攻击性。她化淡淡的蜜桃妆，梳花苞头，挂于胸前的皮质小蘑菇看上去平添了几分俏皮。

她小小的身体里散发着不知何来的魅力，带着一股和年龄截然不同的东西，你看过那双眼睛就会明白，你能从她的瞳孔里看到一个小女孩的灵魂。

“您是第一次来吧？”

苏兮点头：“这里的成品都是你们手工制作的吗？”

“嗯，都是老板亲自完成的。我给您做杯咖啡，您先看看那边的样品。”

苏兮站在木架前，将样品挨个儿打量了个遍。呈现于眼前的大多是植鞣革制品，有原色也有染色，除了包具，还有各式各样的小挂件跟红酒套之类的皮质生活用品。

不经意间垂眼，架子最下层的一只中号托特引起了她的注意。

虽说被置于最不起眼的角落，可她一眼便看出那只包包的可贵之处。那是一块意大利 Buttero 原色植鞣革，皮料虽不比日本枥木上乘，但性价比极高。包面显然经过了貂油的精心养护，在岁月的沉淀下由蛋白色转为均匀的黄褐色。它油脂丰富，手感细腻，肉面原厂就已进行了封蜡处理以至于整体十分光滑。

她小心翼翼地端起那只包，看向缝合处。斩齿宽度均匀毫无变形痕迹，边线采用法式马鞍针法。走线算不上老练，但一针一线扎实稳固，线拧结很紧，不显蜡，未散股，可以看出匠人无论在选料还是在制作细节上都费尽了心思。

等苏兮绕回吧台前，江妙菱已经将咖啡端上桌了。

“我想问问，这里除了定做跟亲手体验，能不能拿现货？”

“摆放在店里的都是样品，因为有指定款式喜好的客人毕竟占少数，别出心裁的也占少数，所以这些样品一来是供那些不知自己究竟想要什么款式手包的客人做参考，二来是展示店家的工艺跟风格。但如果客人急需，也不是完全不能提现货。”

苏兮目光一亮，指向那只植鞣托特：“那一只，卖吗？”

“最下面那只？”女孩面露为难之色，“那个不卖。”

“刚才不是说可以吗？”

“那只比较特殊，以前也有客人问起过，软磨硬泡了好久，可老板最终都没点头。”

“为什么？”她蹙眉。

“我不太清楚。”

“能预订一模一样的吗？”苏兮不肯作罢。

“除了那只，其他的都可以。”

苏兮感到遗憾，闭口不言。女孩似乎看出了她的不悦，上前补充说：“不过如果您有兴趣在我们这里做皮艺体验，您也很快能够做出八九不离十的作品。”说着，她就从吧台上摸过一台 iPad，轻车熟路点开菜单。

“您看，我们工作室主要提供手工皮具相关的服务。大致分为三个区块：1. 私人定制。2. 兴趣体验课程。3. 高档皮具的修复。那您今天是想从哪方面开始了解？”

苏兮一转念，摸摸自己空空如也的胃，指了指手表：“今天恐怕来不及了，我还约了朋友。本来只是想进来了解情况，我改日再来好了。”

“当然可以！”江妙菱愉快地说着，“那您要先填一下会员表格吗？留下个人信息，以后预约可以先给您安排。”她冲苏兮挤了挤眼睛。

苏兮接过纸笔留下自己的姓名、邮箱跟电话。她一边哗哗写着，一边以那种闲聊的口吻问道：“你们店所使用的皮料，一般是在网上购入还是有固定的供货渠道？”

“都有。不过……”江妙菱顿了顿。

苏兮不由得停笔，注目。

“不过我们老板对高端皮料的要求极高，据说越是高端的皮料水越深，可能以前也被人坑过几回，所以通常是找很信任的人合作。”

苏兮迟疑片刻，接着话锋一转。

“对了，方便问你们老板叫什么吗？”

“季霖郁！季节的季，雨霖铃的霖，忧郁的郁，是不是很好听？”

.3.

一路上，苏兮回忆着那个叫季霖郁的男孩。

该如何形容对他的第一印象呢？丰沛，沉稳而沉默，眉目之间多少带着些与生俱来的悲观主义色彩。他有着一张麦克尤恩或加缪那样明暗高度饱和的脸，那种适合拍摄黑白照片的、可以作为海报或封面的，如同仙人掌一般不动声色坐落在世间荒漠且能够与之对峙的脸。

多么奇妙的感觉！特别是当自己与他隔桌对视的时候，好像很早以前就跟他见过。

很早之前吗？可究竟是在哪里呢？

第五章

.1.

近来，沈山南面临的境遇并不怎么好。受关税及市场限制的影响，万邦中高端皮具走势低迷，短板业务面临挑战。作为董事之一的沈山南自是焦头烂额，加上未婚妻的突然死亡，这番打击对他而言无疑为雪上加霜。

此时此刻，他站在23层落地窗边，看窗外斑斓夜色，心中却是一番长吁短叹。

看着看着，他突然想到了什么，目光直冲桌面，接着拿起手机编辑起消息来。

晚上八点半，苏兮靠在冰箱上阅读一份电子商报。锅里的水已经煮沸，她正握着一把意面往里下，置于桌角的手机叮咚一声响。

点开来看，是他。

“今天方便吗？我晚点儿想过去取手表。”

“方便。”苏兮回复完毕，趁扑锅之前拿起筷子在锅里搅了搅。

吃过极简的晚餐，她将碗筷收入水池。刚挤出几滴洗碗精，门铃忽然响了起来。她仰头看了一眼表，九点十三分，还真是说到就到。

因为提前收到了沈山南的消息，苏兮二话不说上前迎客。可就在拉开门的瞬间，她脸上的笑消失了——一个面目全然陌生的年轻人，秉持一副气焰汹汹的架势，没有多余的问候，干脆连虚情假意的寒暄也省去了。

苏兮用流窜的余光速速打量，他穿黑色运动鞋，黑色牛仔裤，上身罩着件黑色冲锋衣，拉链恨不得高到喉结处。

“你就是苏兮？”那人横眉冷目。

见他来意不明，苏兮不急着承认，反问：“你是？”

“我是黎露的弟弟，黎志远。”对方毫无掩饰之意。

苏兮稍作回忆，之前的确听黎露提起过这个人。可他的声音干涩粗粝，根本不像是二十岁出头年轻人该有的嗓音。即便如此，她却还是松了一口气，退后一步，就要请他进屋。

然而那人貌似并不领情。就在苏兮注目的瞬间，他上前一步将她截住："你就是苏兮！我见过你的照片！是你杀了我姐？为什么要杀她？"

苏兮身躯一震，猛地仰起头："你没资格怀疑我！"

黎志远一脸狰狞，朝她迅速逼近："什么资不资格？你别装了。我知道是你，我有证据。"他咬牙切齿地说着。

苏兮被逼到了墙角，而黎志远并不打算停下来："要不是你从中作梗，我姐不会被行业禁足；如果不被禁足，她就不会回国另谋出路；如果没有回国，她就不会惨死家中。这一切都是因为你！怎么，你还说你不是凶手？"

面对眼前的形势，换作任何人都很难做到临危不惧。黑夜加深了恐惧的轮廓，苏兮明显感到双腿在微微颤抖着。

黎志远低吼一声，眼看就要扑上来，可正当他伸出双手，说时迟那时快，一个黑影摇身一晃，没等苏兮反应便从侧方将黎志远撞上了墙面。

沈山南姗姗来迟。

然而黎志远没有丝毫就擒的意思，转过身来就要发起新一轮进攻。

"小远！"

黎志远站住。

"别这么叫我！"

显然，他们认出了彼此。苏兮看得清男孩脸上的情绪——诧异、不信、疑惑、愤怒。

"小远，你怎么在这儿？"

"我说了别叫我小远！"黎志远站起身，用力将头甩向一边。

"你来这儿做什么？"沈山南加重了语气。

"我来找害了我姐的凶手，杀人偿命，我要替我姐报仇！"

"凶手？谁说她是凶手？报仇？你打算怎么报仇？"

黎志远愣了两秒，然后用难以置信的语气冲沈山南开火："沈山南，你看清楚！她是凶手，杀我姐的凶手！警方说有证据显示她是嫌疑人！你的未婚妻被杀你却包庇着凶手！沈山南，我当初说什么来着？你根本不是真心爱我姐的！”

“我没有！”苏兮无比冷静地说道。

沈山南似乎并未被他一腔近乎狰狞的“正义”威胁到，随之正了正领带，严声厉色：“她究竟是不是凶手该由警方查证！而不是你来审判！”

黎志远：“……”

“志远，你先回学校。”良久，他的语气软了下来。

……

“人渣！”黎志远往地面啐了一口，拽了拽衣角，将滑落至胸口的拉链拉高。

他转身要走，却被苏兮一口叫住，“等等！”

“我们见过。对吗？”

“我不知道你在说什么。”他下意识扶了扶帽檐，脖子往冲锋衣领里缩了缩。

“不知道吗？我以为你跟踪过我，在咖啡店。”苏兮横眉。

黎志远喉头一软却毫无妥协之色：“我不是跟踪，是调查。”

苏兮还想追述些什么，沈山南却一步跨到了她面前，做出保护的姿势：“你跟踪她？黎志远，你跟你姐感情深我能理解，但结果还是等待警方的进一步信息为准。我建议你不要胡乱猜测，更不要感情用事。调查案情跟判断有没有罪都是警方和法院的事情。我们静候结果，而你，千万不可以生出额外的事端。”

黎志远不再作声，发狠的目光死死盯住苏兮的脸。分秒凝滞，突然猛地转身，一头扎进黑漆漆的楼道。

苏兮不过是佯装镇定罢了，她的脸早就变了颜色。

沈山南前后左右打量着苏兮，三分关切七分紧张地问她有没有受伤。

苏兮轻揉被撞痛的肩膀：“多谢沈先生。”

沈山南伸手关门，她却突然转过身：“你也听说项链的事了？”

他脚下一顿，没说话。

“那条项链我早就弄丢了！我不知道它为什么出现在那儿！”

沈山南面色紧绷，却还是选择了冷静。

“我最好的朋友被杀，而我因为一个荒诞又真实的理由被警察定性成了头号嫌疑人。”苏兮靠上墙面，无力感丛生。她觉得自己像是一艘即将入水的巨轮，沉重到无力挽回的地步。

沈山南静静走上前："你该冷静，警察给你施压根本算不上什么。"

她不说话，四周陷入一种虚妄的死寂。

良久，在钟表走针的"嘀嗒"声中，沈山南再次开口："我相信你。"

他的语气很淡，淡到苏兮听不出这句话究竟几分真。

她迟疑，缓慢地仰起脸："什么？"

"我说我相信你。"

"你信我？"

"相信。"

"为什么？"他肯定的语气反倒催生了她的疑虑。

"因为黎露说过，你是她最好的朋友。因为我有辨别是非善恶的能力，因为你的眼睛看上去很善良，里面没有跟凶杀有关的任何情绪。"

苏兮彻底愣住了。她看着眼前的这个男人，不禁陷入深深的迷惘。他镇定、理智，一字一句条理分明，面对自己这样一个杀了未婚妻的嫌疑人，他没有暴跳如雷，反倒是选择了信任？

沈山南将门反锁，转身往屋里走。然而他没来得及坐下便被苏兮拽住："沈先生，您真的一点不也怀疑我？"

沈山南顿足，眉宇间写满了郑重："你这是在怀疑我的居心？苏小姐，我的未婚妻被人杀害，我的伤心不是外人所能轻易见到的。可难道伤心就一定要弃理智于不顾吗？现在凶手不明，越是这种时候就越应该清醒。我最终的目的不是怨谁、怪谁或针对谁，而是得到一个合理的、证据确凿的真相。而在这个真相到来之前，我必须比以往的任何时候都理智都坚强！只有这样，才能够避开愤怒制造的迷雾，看清楚一切背后的真相。"

他一脸从容，一字一句掷地有声。他说这番话的时候目不转睛地盯着苏兮的眼睛，似乎要将她看穿。

是警告吗？苏兮暗暗揣测，为什么明明是在安慰，却又像是含沙射影？

"所以，刚刚您说的那番话我并不完全认同。"

"什么？"这下换沈山南惊讶了。

苏兮将目光从地面上转移，转而投向他的脸："我不相信警察的看法，至少目前不信。我清楚地知道自己根本就不该被列入嫌疑人名单！所以我想自行调查，尽早洗清嫌疑，也尽早查出谋害黎露的真凶。”说到这儿，她顿了顿，然后抿了抿嘴唇，继续道，“您愿意帮我吗？”

沈山南并未立即作答，眼里闪过一丝商人特有的狡黠。

“我认为您会答应的。”

沈山南看向茶几中央的 Bacardi 兰朗姆跟切分好的半个新鲜菠萝：“你会做 Pina Colada 吗？”

苏兮不明其意，却还是下意识地点了点头。

“那就要看你的 Pina Colada 做得怎么样。”他说。

一丝浅浅的微笑划过嘴角。苏兮知道，这并非刁难，而是默许。

这一晚，他们没有再举杯倾诉，也没有向彼此流露自身的软弱。他们谈起了刚刚那位不速之客。

据沈山南说，黎志远是黎露唯一的弟弟，还在上高中。但姐弟俩关系并不是特别好，打从父母离异那天起，黎志远就成了黎露身上的寄生虫。他对黎露多少是有些怨尤的，将导致父母离异的罪责归结到了她的身上。

“当然，这一点我也是跟黎露结婚前才知道的，有一次我们约好一起吃晚餐，她在小区附近等我的时候被志远拦了下来。我过去帮她解围的时候才知道了他们之间的这层关系。”

“所以这几年里苏兮每个月往国内打钱都是给黎志远的吗？”

沈山南点头。

“苏小姐，虽然发生了这样的事情，但希望你别往心里去。志远还是个孩子，父母离异后姐姐成了他唯一的依靠。现在他的天塌了，难免会钻牛角尖。”

苏兮摇头：“不会。再怎么说都是我欠黎露的。”一想到闺密，她的眼眶又红了。沈山南动动嘴想要说些什么，可苏兮没给他这个机会。

“对了沈先生，我一直忘了问，您跟黎露究竟是怎么认识的？”

沈山南若有所思地撇开眼，目光落向苏兮的侧影：“酒会。别提多混乱的一晚，睁开眼睛的时候她在我身边睡得正香。”

说罢，他笑了。那笑容中却似乎隐隐藏匿着什么。苦涩？失落？感伤？或是尴尬？他觉得自己是个坏人，接受了一个不喜欢的人，只为忘掉那个喜欢的人。

待酒杯见底，沈山南看了看手表，然后面无表情地说：“不早了，我得走了。”

一个小小的举动似乎成功唤起了苏兮的某种假设。要知道，在短短的几十分钟里，他已然看了很多次表。

“您这是……还有要事吗？”她话语中充斥着试探。

沈山南摇摇头：“没什么。lisi 在等我。”

lisi？这又是谁？是女人吗？难不成除了黎露他还有别的女人？

然而没等她要到答案，沈山南的手机响了起来。他换鞋出门，挥手作别。

当晚，苏兮收到一条短信：“以后就别沈先生沈先生了，听着别扭。就随黎露，叫我山南哥。”

第六章

.1.

黏稠的黑暗中，一股刺鼻的血腥味儿朝她聚拢。她用力摇晃着脑袋，却于事无补。像是被下了定身咒，她觉得呼吸困难，双臂大张却全然动弹不得。

一副轮廓模糊的面孔朝自己迅速逼近，又在咫尺处凌空止步。

苏兮害怕极了，试图尖叫，却被一双凭空生出的手臂掐住了脖子。没等她看清对方的脸，那人便开始发力，越握越紧，越握越紧……很快，苏兮就有些喘不上气了。她用力晃动脑袋，全身上下不停地胡乱扭动着，拼命挣脱却根本无法挣脱。

赶在窒息的前一刻，她突然间惊醒。项链勒住了脖子，身下潮湿而黏浊。她伸手一摸，原来大姨妈驾到。

美梦总是短暂，而噩梦却在冥冥之中将时间拉长。

在梦里挣扎到精疲力竭，苏兮勉强睁开双眼，脖子异常酸痛。她望了一眼闹钟，八点十七，距离上一次去卫生间仅仅过了十多分钟而已，可不知为什么，这短短的十多分钟却像是千帆过尽。

眯眼瞬间，突然想到了什么，她一个鲤鱼打挺翻身下床面。

.2.

苏兮推门而入的时候，江妙菱正帮一位客人挑选手袋样板。

一位三十多岁貌似白领的女人，虽未名牌加身却也绝不寒酸，腕上的那块“肖邦”泄露了她的贵妇身份。她站在镜子前面，左手拎着款马臀皮风琴包，右手挎着只打蜡面中号邮差：“这两只定型都不错，皮子摸起来挺硬的。”

“这是植鞣革。它的特性就是牢度高，坚韧耐用，它具有吸水吸油的特性，所以会随着使用的时间变长颜色变深，变得越来越软，慢慢变成具有你特点的皮具。”

女人本来也就随口问问，听妙菱这么一解释反倒有些诧异了：“革？这么说它不是真皮？”

妙菱摇摇手，从工作台的样板集中拿出一片皮革来：“您看，这块就是原皮料。其实很多人都对‘皮’跟‘革’有所误解。简单来讲，’皮’是制革的原料，而‘革’是由皮制成的。”

女人伸手接过，前后左右反复察看。

的确，现在不少经营者往往把“皮革”简称为“皮”，把人造革简称为“革”，这种说法是不正确的，也是不严谨的。“皮”是指皮胶原纤维仍处于其在动物身上的状态，革是指将动物皮经过物理及化学的处理除去皮中无用的成分，并使皮的胶原纤维的化学结构发生变化。

“您知道吗，LV的老花和棋盘格款手腕和背带基本都是植鞣革，很多大牌都偏爱这种皮革。因为包包最经常接触和容易磨损的地方就是提手和包底，所以大牌设计师很巧妙地利用植鞣革耐用的特性让包包寿命更长久。所以说一件好的植鞣革皮具不仅能传代使用，还具有很高的收藏价值。”

这么一说，女人如获至宝。“姑娘，那麻烦你给我参谋参谋。”

思忖片刻，妙菱悉心解说：“您左手这款看上去时尚大方上档次，适合于正式场合，就算出席酒会也决不欠妥。右边这只邮差，复古、文艺，英伦范儿十足，适合秋冬。”

客人还是有些犹豫不定：“我有选择困难症，那……你觉得哪一只更适合我？”

“这要看您的个人喜好以及平日的穿衣风格。不过单看气质，右边那只更合适。”

……

江妙菱一路将客人送到店外才又返回工作间，见苏兮正盯着镜子愣神，上前几步问她是不是有什么问题。

苏兮想了一下，开门见山：“恕我直言，就刚才那位客人，我怎么看都觉得那只风琴包更符合她的气质。”

江妙菱坦言：“我也这么认为呀。”

苏兮一愣：“那你为什么还推荐给她那只邮差包？”

“因为客人喜欢那只啊！”

“你怎么知道？”

“不知您注意到没有，她的确对风琴包做了很细致的询问，却也只是一直挎着并没拿起来仔细看。反倒是右手那只，虽然没过多询问可始终抱在怀里，里里外外看得特别仔细。想必她心里早就有了答案，也兴许就是为了那只包而来的。因此当她询问我意见的时候，并非真的让我帮忙选择，而是为了让我帮忙确认她自己的选择而已。所以我只用说出她想要的就好。”

苏兮听罢，不禁由衷感叹，这个看起来又傻又甜的女孩还真是有一套！

“那你有没有想过，如果你明知客人喜欢右边那只，而左边那只更符合她的气质，你这次干脆就卖给她左边的，那么她一定会始终惦记着右边那只，说不定改天会把另一只也一并买下来。这样一来你不就轻轻松松卖出去两只包了吗？”

苏兮正为自己的投机取巧暗自叫好，一道身影打眼角一闪而过。未见其人，先闻其声——

“苏小姐真是极具商业头脑，可也不见得所有人都像您说得那么笨拙。我们店从来不强调以商业手段取胜，可品牌忠诚度也始终居高不下，皮具订单更是供不应求，向来不为卖多卖少发愁。苏小姐想必也是涉世尚浅！将来你会发现，人生的选择其实差异并不大，而喜好反倒更为重要。”

苏兮知道他这是在嘲讽自己，正想着该如何文绉绉地怼回去，不料却被江妙菱抢占了先机：“是啊是啊，老板常说我们不能以买卖作为最终目的。”

做生意不以买卖为目的？什么鬼逻辑！商场一贯腥风血雨，那些强调情怀的人大多早早儿死翘翘了。

“老板说，我们要以顾客的喜好为目的，帮助顾客挑到自己心仪的皮具，只有她们发自内心地喜悦，才能让被选中的皮具发挥出它们最大的价值。而对我们店来说，也可以增加回头客的持有率。”

这不是盲目崇拜又是什么？苏兮撇嘴。可再仔细想想，这种“无脑的崇拜”自己又何尝没有过？

遥想她上一次发出类似感慨，还是在跟前男友做爱以后。苏兮像只小动物那样蹭在他的胸口，仰起脸，眨着星星眼。一场爱从头到尾做了不过五分钟，她却说，亲爱的，你是这世界上最 man 最猛的生物了！

如今回忆起来，苏兮只觉得胃里一阵波涛汹涌。她下意识想做个呕吐的动作，却被季霖郁打断。

“苏小姐，您不是做了预约吗？请问体验还是私定？”他显然不愿耽误工夫。

苏兮回过神，从包里掏出一沓资料。“不瞒您说，我今天是来谈合作的。”

季霖郁皱眉，“我们的服务项目里没有这一项。”

“季老板，这些天我初步评估了一下你们店的皮具风格跟皮料等级，很显然，你们跟那些滥竽充数的皮艺手作店不同，并不仅仅着手于中低端皮料，您有极高的鉴赏功底，对材料也是有极高的要求的。那我呢，之前在欧洲 gr 集团做物料采购，手头资源丰富，供货端可靠，渠道稳定，价格合理。如果您需要，我们可以达成长线合作。”

季霖郁并未过多思考，直接冷下脸来。他说：“苏小姐，既然您这么开门见山，那我也就不拐弯抹角了。您可能有所不知，我们店的皮料供应全都来自父辈的关系以及我的亲朋好友们。我对跟陌生人的商业合作毫无信任，也从来不参与任何商业行径。这家店是祖上传下来的，不仅仅是为了谋生，最重要的是传承。而我唯一要做的，就是做好一个皮匠该做的事情。”

面对这番坦诚而不失礼节的回绝，苏兮脸上有些挂不住。

她沉淀了情绪，指向货架最下排那只托特：“既然如此，那您当我刚刚什么也没说。我预约想私定那款包。”

季霖郁张张口，还没等他拒绝，苏兮便抢着表明想法：“不用一模一样，小三寸就好。”

“对不起。”

“按照原价。”

“真的不行。”

“我是真的喜欢！”

“苏小姐，请别让我为难。”

苏兮这就有些不乐意了：“难道那只包对您有什么特殊的意义？”

“这是我的私事。”季霖郁说完便起身离开，兴许突然意识到了自己的鲁莽，没出三步又停了下来，“如果您真的喜欢，外面有一款跟这只类似。您要不要来看看？”

执拗是小孩子的做法，大人只在意目标是否得逞。苏兮决定退让一步。

当季霖雨将那只包包递到她手中的时候，苏兮先是一愣，打眼看去是没太大区别，可当她上身试背，款型上的差异立马就显现出来了。

虽说并不完全符合自己的心意，可苏兮还是将那只包做了预订。交了预付款，被告知四天后来取。

苏兮径直走向门口，脸上的不悦一览无余。妙菱快步追过来，挽住她的胳膊：“你别太介意。我们老板就是这样，一谈商业立马变脸，其实他本人是非常正直非常善良的。只是他从来不接受任何人抛来的橄榄枝，我们店曾经一度陷入危机，大企业提过收购，但他拒绝了，最终自己挺过来的。在这一点上，我打心眼儿里佩服他，觉得他特别有骨气。”

妙菱说着，目光突然落向苏兮的指尖：“哎，苏兮姐，你这戒指是肖邦的 Happy Spirit 系列吗？我 18 岁成人礼上我爸送过我同系列的另外一款，看来咱俩喜欢的东西挺像，这是缘分。你以后常来玩儿，路过进来喝杯茶都行！”

苏兮出门左拐，不禁陷入沉思。这个季霖郁还真是奇怪。为什么身在商场却不在商言商？为什么不接受他人的援手？明明商业价值那么高，却偏偏一副看上去很讲情怀的样子。他的身上好像藏了很多很多秘密。

她正想着，手机突然响了起来。

.3.

付钱下车，沈山南已经在楼道门口的台阶上翘首以待了。他提着两只大大的购物袋，说自己今天正好有空带些公司新款过来，都是些皮质的笔筒啊置物筐啊之类的小东西，考虑到苏兮刚搬家应该用得上。苏兮说正好呀，我正想着置办些零碎的小装饰呢，可是我这空手套白狼说不过去，要不然，请你吃饭？沈山南说吃饭就算了，不过你可不是白拿，是我有求于你。

“有求于我？”这下换苏兮吃惊了。

“听黎露说你有饲养宠物的经验，所以能不能帮我照顾一下我的 Iisi？”

“照顾 lisi？”

“对，最多一周。”

没等苏兮弄清楚，后备厢自动打开。接着，一只黑白花纹三通七白的边牧朝这边奔来。它很奔放，也很热情，黑毛油亮白毛一尘不染，摇头晃脑的样子怎么看都像个没经历过风雨的富家小姐。

真不愧是沈山南的宠物！苏兮暗暗感慨着。

“真可爱！可是你真放心把它交给我吗？”苏兮问出这番话的时候，lisi 正一个劲儿地往她臂弯里钻。

沈山南一脸宠溺地笑着，仿佛苏兮跟 lisi 交换了角色。

这种感觉苏兮又何尝没有呢？她也不知该如何形容那股突如其来的窃喜。当她得知 lisi 身份的一刻，心底里某个阴霾角落就那么毫无预兆地明媚起来了。她的呼吸变得顺畅，血液也加速了流动。

她忽然羡慕起黎露来。

.4.

正所谓一波未平一波又起，短线产品走低还未得到有效缓解，万邦又陷入了新一轮的危机。

一批标注了免检产品的高端马具因机器缝合出现了问题，若及时得到补救也就罢了，可事发第一时间竟遭到了媒体大肆曝光。

消息传播速度迅速，导致万邦企业形象受损，股价一夜之间暴跌，同行更是争相落井下石。

车子在高速路上疾驰，明亮的氙气大灯将道路拓宽，将黑暗开膛破腹。

刚钻出一条山底隧道，车载蓝牙提示有电话进入。沈山南将音乐关掉，“老赵，有线索了吗？”

“沈总，根据我们的调查，是一家叫即刻的媒体在事发第一时间做出的报道。可奇怪的是，他们不仅没有对消息进行垄断，反倒转手将消息卖给了几大报社。”

“把水搅混，然后眼看万邦股价暴跌，坐收渔翁之利，即刻应该是收了不少黑钱啊！”沈山南似乎深谙其道，“报道者查到了吗？”

“查是查到了，可是……”

“可是什么？”

“可他在当天就辞去了职务去了美国。”

一家小小的媒体，一个小小的记者，能跟万邦结下什么怨什么仇？沈山南断定，表面上看来这是一次歪打正着的媒体报道行为，而其背后所隐藏的，想必是一场极具恶意的商业打压。

“继续查，他的背后一定存在操控者。就从几家对手公司查起。”

第七章

.1.

早上十点半，警察局内俨然一片如火如荼的繁忙景象。就在所有人员伏首案前的时候，大门“咣”的一下被推开，“张飞”成功挤进了众人的视野。他腋下夹着几页薄薄的文件，步履有失以往的从容，在接连起伏的疑惑目光中径直走向距离最远的那张办公桌。

“武老师，您看看这个。”

老警察从案卷深处抬起头：“怎么了？看你慌成这样。”一边说，一边伸手将他卡在腰间的衣角拉出来。

“老师，看来这起案件可不是一个简单的过程。或者——”

老警察目光一滞，抬眼令其打住，静静将手中几页报告翻完，神色严肃了三分：“怎么现在才送过来？”

“最近市郊凶案频发，法医那边尸体太多忙不过来，咱们的报告才刚出来。您看，这是报案人口述死亡现场的时间，这是110接到报案的时间，这是死者准确的死亡时间。”

“确定吗？”

“非常确定！我出来时正好碰见当日跟现场的法医，她大致跟我解释说血液一般在20分钟左右就会凝固，血液凝固时，血液中的纤维蛋白原会形成网状，黏住红细胞。血液凝结成块状，会在周围形成淡黄色的血清环。如果不是在警察到场前不久断气，那么只能推测有人提取了死者的血液然后加入了抗凝剂并且布置了现场。但另一项检测证明，这种推论不成立。”他说着，伸手指了指文件下方的几行小字。

老警察眉头紧锁，目光落向地面，显然在深深思忖着什么。

良久，他深提一口气，道：“再传唤嫌疑人。”

.2.

苏兮站在长长的工作台一端，期待的目光落向那只新鲜出炉的托特包。季霖郁小心翼翼地将纯棉布袋拉开，手指自皮革表面寸寸摩挲而过。

“完工以后我已经给它上过两道油。全新的植鞣革皮面毛孔是最大的，非常娇嫩易脏，所以使用之前要先用油脂滋润一遍，然后放在阳光不是特别毒的地方晒几天，记得补油。”

此步骤用专业术语来讲叫作“养牛”。这个词最先来自于保养牛仔裤，后来演变成了保养皮具。总之就是说，让一个物件按照你设计的轨迹变成你想要的样子。

作为一个“行内人”，皮革方面的知识苏兮自是了然于心，却并不想刻意卖弄。

“植鞣皮革吸水性强，脏了千万不能用水擦，不然脏点会变成脏斑。用牛角油或者貂油保养，马油也可以，但切忌用食用油或无色鞋油。苏小姐，您有——”

“日本貂油。”她接话。

“很好。日制纯貂油常温下是凝固的，使用的时候把手洗干净，直接用指腹蘸油在皮革表面擦拭，通过体温帮助油品融化促进吸收或者用干净的海绵蘸油在皮具表面快速涂抹。不要一次蘸太多，貂油比较黏，过多的油分吸收不了只会覆盖在皮革表层，粘上了脏东西反而容易污染皮革。”

季霖郁细细交代一番，转手将包递给苏兮。

皮革质量上乘，没有牛氓蚊虫叮咬的痕迹，很好地保留了原始的皮革纹路。皮料剪裁规整，走线整齐而均匀，边角打磨适当，封边更是毫无纰漏。为了良好的承重跟定型，老板选用了 2.5mm 厚度的皮革，设计简洁大气，内部设有隔层跟内袋。

当苏兮将包带挂上肩时感到有些意外。相比上次试背的样品，这只包定型极好，底部做了加厚加固，即便放入一台 Macbook Pro 也不见变形。

苏兮提着新包走出工作室，刚才转过一个街角手机响了起来。她迅速接听，怎料对方短短一席话，成功将她的一脸笑容瓦解掉。

.3.

半小时后，苏兮落脚警局审讯室。

“我们今天找你来，是掌握了新的情况。”“张飞”活动了一下脖子，“现在能否请您重复上一次供述的发现凶案的时间？”

武姓警察唱白脸，心平气和道：“别急，您想好再说。”

“距离我打报警电话一个半小时左右。”苏兮眼珠一转，“对了，我有印象！应该是晚上10点20分。”

“张飞”紧皱的眉目舒展开。

“确定吗？”

“确定。”

不等他质疑，苏兮追述：“我平日有设置提醒睡眠的习惯。那天一样，手机闹钟响过一次。当时我正好走到黎露家楼层拐角，怕吵到住户就赶紧摁掉了。”

“为什么上次不说？”他的声音低了八度。

“警察同志，我不是不说，上次太紧张了根本没想起来这茬儿。”

“张飞”面色一沉，冷笑：“不。苏小姐，你现在也没说实话。”

苏兮气息一凝，不解：“你……你这话什么意思？”

张飞显然没打算藏着掖着。

“根据我们的尸检结果显示，死者真正的死亡时间与你所供述的不符，比你交代的晚了一个钟头。”

“晚一个钟头？怎么可能！我确定是10点20分，手机闹铃不可能出错！”

“张飞”毫不理会她的辩解：“你屡屡撒谎，现在又谎报案发时间，我们认为你这是在故意混淆警方视听。”

苏兮这下彻底蒙了。什么撒谎？什么混淆？

“为什么过了一个半小时才报警？”“张飞”再问。

这个重复性问题似乎激怒了她。她抿唇，维持着最后的几分冷静：“我已经说过很多遍了！我怕被牵扯进来。不瞒你们说，我天生喜欢预设，看到现场的刹那就连自己是如何被讯问、被怀疑的情节都预想到了！”

说到这儿，她停下，重重泄了一口气，放缓语调道：“我放弃之前二十多年铺垫的一切回到国内，除了一纸文凭跟一笔存款一无所有。我必须抓住能抓住的所有机会将人生从头来过，我的家庭对我寄予很高很高的期望，我不能让他们失望！所以我不允许自己出任何差错，一点儿都不能！你们可以理解吗？我要创业，要生存，要给爸妈一个完美的交代，所以要尽力避免一切不必要的麻烦！因此在拿起电话之前，我犹豫了很久。”

“打完报警电话你去了哪儿？”“张飞”倒并未受她情绪的影响，表现出一如既往的低沉。

“我只想回家。”

“那到底回了吗？在此时间区间之内，有证据或证人吗？”“张飞”显然不放过任何细节。

“我往家走，当晚街上人并不多，没证据！没证人！”

“张飞”不再追问，将话锋引向别处。

“根据法医解剖的声明，在全面检查过死者的胃之后，发现死者晚餐没吃东西，但是喝了点东西，所喝的东西里混有水合氯醛——一种麻醉药，又被称为米奇费因，被害人在被刺死前已经麻醉了。并且死者体内有大量酒精成分，现场却无任何相关的痕迹。”

“为什么跟我说这些？这能说明什么？”

“说明你早有预谋！你担心自己行凶过程中对方反击，便决定先进行麻醉再趁她手无缚鸡之力的时候好对她下手。完事儿之后你检查了现场，不料却在慌忙之间落下了项链。”说罢，他将报告往桌面轻轻一置。

苏兮只剩下呆若木鸡的份儿，愣了整整十来秒才做出反应。她跷起二郎腿，气定神闲道：“你在说什么我完全听不懂！我只知道我看见黎露死了，虽然因为害怕被牵扯进来而再三犹豫，但我最终还是选择报了警。”

说到这里她顿了顿：“等等，那一个小时究竟什么意思？”

“难道不该问问你自己吗？”

天方夜谭！警察什么时候开始干起作家的活儿了？

“请问警方有证据吗？这一切不过是你们的假设。”苏兮笑笑，反唇相讥。

“若假设成立还怕找不到证据吗？”“张飞”迅速给出回应。

两位警察面面相觑了一阵子，随着一个心照不宣的眼神前后起身走开。

审讯室之外，老警察抱臂而立。

“小张，说说你的看法。”

“如之前判断，嫌疑人撒谎的可能性极大。不过客观来讲也不能排除同伙作案的可能。现在我先做一个假设：嫌犯确认被害人当晚一人在家之后，与被害人把酒言欢，等待被害人昏迷的过程中打了报警电话，接着下手将其杀害，最后清理现场。”

“可这里面显然是有漏洞的，因为凶手无法预估出警时间，也无法确定这段时间之内会不会有其他人登门拜访。如果计划受到干扰杀害不成又怎么办？难道她就那么有信心能够一击即中吗？”

“所以我们不能排除同伙作案的可能！”

“你也别假设了，还是从证据入手吧。”

“张飞”仰天长叹：“是啊，还有太多问题没有弄清楚。她究竟为什么撒谎？为了掩饰什么？那一个小时的时差又究竟是怎么回事儿？”

见老警察半天不作声，“张飞”继续往下说：“可是武老师，根据目前的证据指向，苏兮明显是重要嫌疑人。而且我的直觉告诉我，只要能找到证据，那么凶手一定是她！我以前见过她这样的女孩，她们总能把事情处理得很好，看上去没有任何破绽。但只要发生过的就一定会留下痕迹，因此我们不能放松一丝警惕。”

……

.4.

苏兮前脚走出警局，后脚就接到了沈山南的电话。他约她吃饭。可经历了刚才这么一出儿她根本吃不下什么，沈山南便也随她的意，干脆改约到了咖啡馆。

苏兮才刚坐下，沈山南便将一只包装精美的礼品袋双手递上。

“辛苦你了苏兮，帮忙照顾 lisi。”

“举手之劳，又何必如此客气呢？”苏兮半天不肯接过。沈山南浅声催促：“是我的心意，你务必拆开看看。”

苏兮拆开来看。那是一只木雕，跟小臂一般长短。仔细看，是一个眉眼精致的小矮人。

“不是什么昂贵的东西，我自己刻的。礼轻情意重。”

“您喜欢雕刻？”

“爱好，清闲的时候做做，放松精神。”

没一会儿，服务员前来点单。

“一杯美式。”沈山南彬彬有礼道。

“给我一杯拿铁。”苏兮顺手合上菜单。刚想额外交代些什么，不料却被沈山南抢了先：“牛奶换成豆乳。”

一丝惊异划过眼角，疑惑在脑内扩散。在服务员渐远的背影中，她秉持一脸狐疑问他：“你怎么知道我不喝牛奶？”

沈山南目光一紧，转而换上一副盈盈笑意：“你说的啊！就那天晚上，你说你喝咖啡不加牛奶，乳糖不耐受。”

“我说的吗？”苏兮有些迟疑，“我实在是想不起来了。”

沈山南试图撇开话题，问道：“对了，刚刚打电话你说你在警局？”

“嗯。”

“是有什么新线索了吗？”

苏兮并未直接回答，似有意回避：“这几天对我来说简直是折磨。”

“我懂。”

“我不是被死——”

“人”字未出口她便意识到自己措辞不妥，迅速抬头瞥了一眼，改口道：“我是说，我不是被那场面吓的，而是警方对我严重的怀疑让我根本无法安心。”

沈山南点头。

“山南哥，黎露的事情有进展了。可是我好像被牵扯得越来越深了。”

沈山南侧耳。苏兮则不安地摆弄着腕上的手链。

“我被警方进一步怀疑，他们说我所供述的时间跟法医判断的死亡时间有一小时之差。这事儿太奇怪了，也就是说我发现了黎露的死亡，然后她才被杀，然后我才报了警？”

“这话什么意思？”

“黎露真正死亡的时间的确是在我报警之前，可怪就怪在反倒比我所提供的案发时间推后了一个小时。”

沈山南摆摆手：“等等等等，你这么说我反倒更混乱了。”

苏兮进一步解释：“也就是说，真正的死亡时间是在我目睹死亡现场到我打电话报警的这段时间之内。”

沈山南唇齿半张，难掩吃惊之色！

“所以警察对我的供词产生严重怀疑。他们的种种假设根本就不属实，可我又偏偏找不到一个目击证人。”

沈山南的错愕并未减退，他迅速调整好情绪浅声安慰：“事情已经发生了，我们只能接受并做好善后工作。你不用太担心，也许是法医那边搞错了也说不定。虽然这些年检验技术突飞猛进，可法医的判断多少也存在误差。推迟半个小时或提早一个小时，这种情况也不是全然没有可能。”

“一个半小时的间隙，偏偏没有一个人能为我作证。”

沈山南深深叹了一口气，蹙眉：“可能是你的运气不够好。”

“运气？”

“对。警察破案也是需要运气成分的。比如说案发时，目击者正好站在窗台上远眺。有时候啊，运气就跟爱情一样。”说着说着，他突然有些走神。

“在我看来，所谓运气不过是那天晚上她在那儿而我正好也在，于是运气将我们联系起来。”苏兮接过话，压垮人的沮丧又来了。

“还好吗？”沈山南关切道。

“好着呢！”她拼命挤出一丝笑。

沈山南最见不得苏兮明明不好还强颜欢笑说没事的样子，眉目一陷，挨着她坐下。

“难受就哭出来。”他似命令，却温柔到不行。

钟表的指针过了零点，苏兮缓缓抬起眼帘，长叹道：“山南哥，我很难平静，亲眼见证的事情在警察口中却变了样。有时候我真怀疑那天晚上是不是我的第二人格做出了什么自己没意识到的事情。就这么短短几天，我从报案人上升成重要嫌疑人，真怕明早一睁眼自己升级成凶手直接被警察铐走。”

沈山南不说话，默不作声地伸开手臂，小心裹住苏兮的肩膀。

运气——这恐怕也是命运的眷顾吧。他暗暗想着。

时隔四年，这个当初令他念念不忘的女孩又原模原样地站在了自己面前。早在此生初遇时，他就已经动了心。那件厚厚的外套里究竟住着怎样的一具灵魂呢？是快乐还是悲伤？是乐观还是厌世？是脆弱还是倔强？他承认自己前半辈子根本不相信一见钟情，可吊诡的是，这女孩的出现结结实实粉碎了他顽固的认知。

于是，他向她要电话号码，而她也毫无迟疑地给了他。然而就在他一遍一遍不厌其烦地拨过去而被告知为空号的时候，他陷入了一场深沉的、铺天盖地的失落。

四年，整整四年。

她在明他在暗，他关注了她整整四年，她却毫不知情。而此时此刻，她就像是天外飞来的一颗棒球，仿佛只要他戴上手套就能立马抓住。

对啊。为什么不呢?

“山南哥，你说说，那一个小时里究竟发生了什么？”苏兮突然扬起头，沈山南寸寸逼近的面孔戛然止住。

他调整了语气，说：“比起乱猜，我更倾向于等待。真相也许会迟到，但终究不会缺席。”

第八章

.1.

上午十点半，江妙菱为客人丈量腰部尺寸，有访客推门而入。看清来者，她多少有些吃惊——

“苏兮姐？”

苏兮不好意思地笑笑：“我是来修包的，不过不是什么大问题，一锤子的事儿就没预约。”说罢，她举头环视，只见季霖郁正坐在工作台前忙活。

他朝这边轻瞥一眼，手头的动作却未停下。

苏兮走过去将包放上桌，解释说自己用它装了几天电脑结果包袋受重有些下垂。本身是无伤大雅，可垂到胯部以下就会显得她有些矮，所以她就想把肩带搞短一些。家里没专业工具，就自己拿剪刀戳了个孔……

说着，苏兮弯腰去找包带上那个打坏的皮孔，抬头瞬间差点儿撞上季霖郁的胸。不知何时，他已神不知鬼不觉地移步到了她面前。

他伸手抚摸皮带的伤口，眼中满是心疼。

“我也没想到会戳坏，本以为很容易的。您看您能不能——”

他不开口，眉头紧拧作一团。

“这两天我忙着见客户，觉得合适就一直背着。”

季霖郁似乎对她的解释完全不感兴趣，严声厉色道：“你可以不喜欢它，但不应该糟蹋！”

苏兮被怼得一头雾水：“我喜欢啊，也并没有不尊重！不过一个小失误，又不是不能补救，您说话也太重了吧！再说我是客人，花钱买包也是买了您的服务，您态度能客气点吗？”

“坦白来讲，这里的每一只皮具都是我秉持一腔诚意一寸一寸打磨、一针一线缝出来的。你手中的这只也不例外。你可以不尊重人，但至少应该尊重别人的劳动成果。”

乍一听，理直气壮。仔细一想，还真是头头是道。

兴许他是个聪明人，不费吹灰之力便抓住了她的心理短板。也兴许他天性愚钝，处世一板一眼，毫无人情可言，尖锐到无懈可击却不自知。

季霖郁默默站着不作声，紧盯苏兮的脸，眼睛里燃起冰冷的火焰。

苏兮与之对视，正想着该如何反击，他唇齿一动：“包留下。”

苏兮一怔。

他的“挽留”令她不由得放软了态度：“那……那真是不好意思，谢谢帮忙。”

可他似乎并不领情：“不是帮你。我是怕别人看见了这烂糟糟的肩带质疑我匠心手造的质量跟我季家的手艺。”

这人到底是装酷还是真不会说话？一出声就能把人推出三百里。苏兮看了一眼手表，问：“大概需要多久？”

“两个小时。”

“这么久？”

“修理最多三分钟，但我手头的活儿还没完。”

“您能先帮我修吗？我赶时间。”

“万事都讲个先来后到。”

苏兮有些生气，呛声：“那请问老板，我现在背什么？我是要去见客户的，总不能将这些零碎全拿衣服兜着吧！”

季霖郁不作声，从架子上取过一只款式普通的包袋递给她：“你先用这个，下午把它还给我。”

苏兮冲着那包袋一番打量。不过是只其貌不扬的中性手袋，牛头层，厚实，纹理紧致，褶皱处填满岁月的痕迹。

.3.

苏兮来到事先约好的咖啡店，自称苟总的男人已经到了。男人四十岁过半，着黑色衬衫，头顶一汪地中海。

苟总自诩皮具贵族出身，谈起实力更是底气十足——

“苏小姐，不瞒您说，苟昀这个人是很讲细节讲品位的。什么爱马仕鳄鱼皮、香奈儿小羊皮、Fendi鸵鸟皮，根本入不了他的法眼。他的旅行袋、皮带、皮鞋，统统都是Cordovan马臀的，就连家里凳子的座椅也是马臀皮。和众多养牛大神一样，苟昀比较崇尚小众而低调的华丽，最爱日本新禧，然后才是小川，霍尔文嘛——”他很是不屑地摇摇手指，“也就那么回事儿。”

一听对方奇怪的第三人称自称跟浮夸的论调，苏兮心中立马有数。

要说古人自呼其名是为了表示谦卑，比如周天子赐给齐桓公腊肉，齐桓公就会说“小白”如何如何。现代人这么干的大都是因为自命不凡，特别是成年男性，使用第三人称称呼自己，是觉得这样做会给自己带来一种高高在上的“重要感”。性格古怪或者极度自负的人往往有这个倾向。这是自我膨胀的表现，这种人认为自己是无所不能的“超人”，喜欢用第三人称来吹嘘自己。

苏兮笑着扬起下巴。她说苟总，看来真是我术业不专。要不是您今日提起马臀，我都不知道自己一直掌握着错误的知识！

经她这么一夸，苟总立刻春风满面。他说，人人都犯错嘛，苟昀也一样！何况苏小姐您这么年轻，犯个错就更正常了。至于错误的知识，要不您说来给苟昀听听？说着，他便跷起了二郎腿。

“据我所知啊，就您提到的三种皮革，霍尔文有着最好的韧性，有着近似于橡胶的弹性。作为二层皮的马臀皮，霍尔文的机械性能是最好的，也是油脂最充分的。并且霍尔文的背面也可以使用，印章或者背面颜色都很有质感。其次是小川。我听说小川就是高端的新禧。小川从新禧那里买进半成品，然后打磨。小川会把买来材料中不光滑或者疏松的部分切掉。最差的是新禧，会有一些疏松的粗糙的部分存在。而且新禧的背面是没有使用价值的。这个世界上，马臀皮的原料80%以上是被Horween收购掉的，日本只能捡零碎，甚至日本一些马臀皮是中国产的，比如说Ganzo的低端的子品牌Fico……”

随着叙述的深入，苟昀的脸色由粉红转成猪肝红，再由猪肝红转为深茄红，最终以一个无比轻蔑的笑眼作为收场。

“苏小姐，不得不说您的专业素养很高，但对阶层的了解恐怕就不够深入了。私人定制，那要看身份，看出价。有财力还怕用不到上乘的皮革吗？有实力还怕找不到合作吗？只要您好好儿跟苟昀合作，保证您创业道路稳中带风，生活处处有惊喜！”

面对苟昀的一脸色相，苏兮正想着该如何给出刻薄而不失优雅的一击，对方“高贵”的目光不经意落向置于一旁的皮包，瞬间亮起来了。

“鼎盛昌？苏小姐您是鼎盛昌的什么人？”

苏兮被他毫无预兆的转变搞得一头雾水。

“什么鼎盛昌？”

苟昀咂咂嘴：“别太低调啊苏小姐，您能不知道鼎盛昌？您背着他家的祖传皮包还说不知道鼎盛昌？”

苏兮如实说道：“这个包是给我修包的工匠临时借我用的。”

“借给您？哪家工匠？”苟昀伸长脖子静候下文。

苏兮随手一指：“匠心手造皮具工作室。”

苟昀眼中闪过一道狡黠的光：“您说的皮匠是不是姓季？”

“对呀！怎么，您也知道？”

苟昀一拍大腿，他说：“苏小姐，这可是您有眼不识泰山了。您口中的皮匠可不是一般匠人！他可是鼎盛昌的传人！”

“鼎盛昌究竟是谁？”

“鼎盛昌，曾鼎盛一时的百年传统手做皮具大家族。始于清末，盛行于民国。你口中的季老板可是个业内人尽皆知的大公子！他的父母、祖辈那可是有头有脸名号响亮的……”

一家小小的工作间，哪有他说的那么悬！这人讲起话来口若悬河，想必做事也不怎么靠谱。若与他合作，指不定到头来竹篮打水一场空。

苟昀的夸夸其谈非但未能成功俘获苏兮的好感，反倒让她提早结束了洽谈。

就这样，苏兮回到了皮具工作室，却恰恰撞见季霖郁冲着江妙菱发火。她很快被那个名叫缪诚的男孩引进咖啡室，指着玻璃询问事由。

缪诚犹豫了一下，开口解释：“妙菱制皮之前忘了洗手也就算了，可她刚刚打孔的时候又走神把孔给开大了。这不，老板正说教呢！”

苏兮转身，透过玻璃向对面望，那副冷冰的嗓音沿门缝溜进来——

“如果不小心造成皮孔过大就将皮子翻过来砸，多砸两下就能恢复一些。”

妙菱似乎松了一口气，眨着星星眼附和：“对啊对啊老板，这不是一下就好了吗？又不是什么大事儿，您干吗发那么大脾气？”

她的反应令季霖郁错愕，火气水涨船高：“这不是技术的问题，是你做事态度的问题！如果再有下次，你直接卷铺盖走人！”

事后，季霖郁打发江妙菱跟缪诚去仓库裁皮料。如此一来，偌大的工作室只剩下他们两个人。

季霖郁正襟危坐，苏兮在一旁饶有兴趣地观摩。他才刚拿起工具操作了两下，苏兮便有些按捺不住了：“您这制作工艺看上去也不怎么难，要不，我试试？”

季霖郁默默吞了一口气，握着工具的手反倒紧了紧。

苏兮干脆外套一脱：“老板您放心，我这人做事很小心的！”

季霖郁起身，将木锤交与她。

苏兮模仿季霖郁的姿势在木台前正坐。可季霖郁并未全然脱手，而是帮她稳稳固定住底座。苏兮右手拿起锤子，左手张开，轻轻覆于季霖郁的手掌之上。接着，她并没有随意下手，而是准确定位再一下一下落锤。

她小心翼翼，屏息凝神，眉心因专注而微微皱起。季霖郁也不知自己怎么了，竟莫名地走神。

待苏兮完成手头的动作，抬头瞬间正好撞向那双寓意丰盛的双眸。她以为自己的唐突冒犯了他，缓缓抽回左手，解释道：“我很少用工具，不老练，怕不留神砸到你的手，所以——”

“没事。”他目光低垂，似乎有意掩饰什么。

……

临走时，妙菱送苏兮出门。

苏兮想起了什么，走出两步又重新退回来“对了妙菱，你听说过鼎盛昌吗？”

妙菱打了个响指，答道：“这里就是鼎盛昌啊！”

“苏兮姐，不瞒您说，我就是因为这个才委身于此学手艺的。就比如刚才，我爸我妈都没训过我，可老板却想训就训我还不敢还嘴。您知道这是为什么吗？”

“因为他长得好看？”苏兮讲了句玩笑话。

妙菱笑嘻嘻地点头：“这是一个原因。可最重要的还是因为老板的名头。”

“什么名头？”

“我们老板是鼎盛昌百年传统手作皮具大家族的后代。他父亲是鼎盛昌第六代传人，在本地乃至全国的名号都是响当当的，他的母亲是业内大名鼎鼎的皮具设计师。可是——”说到这儿，江妙菱闭了闭嘴。

“可是什么？”苏兮迫不及待想要知道答案。

“可后来他的父母因为一次事故双双离世了。”

父母双亡？

“苏兮姐，你是不是也开始有点崇拜我们老板了？”江妙菱意犹未尽。

崇拜？苏兮笑笑，跟妙菱告别。

走在路上，苏兮突然想到了什么，放慢脚步，从包里掏出手机。

.4.

电话刚响了一声便被速速摁掉了。沈山南若有所思地抬起头，如炬的目光射向秘书 Anna：“刚才说到哪儿了？”

Anna 上半身前倾，道：“沈总，对手公司通过马具事件对我们恶意打压，整个儿事件的持续发酵导致万邦股价大跌，3 日下跌 3%，5 日下跌 6%，17 日下跌 4%。不过随着影响越来越小，下跌也逐渐减缓。”

“查到即刻背后的操纵者了吗？”

“查到了，是朗格皮具。”Anna 将摊开的文件夹放上桌，“这还多亏了江临皮造的帮助，我方向合作公司请求协助，最终是江总提供了有力证据。”

沈山南若有所思地点点头。

“要反击吗，沈总？”

沈山南将文件大致浏览一番，不着急回答，低头细细思忖着什么。

他清楚地知道，一家公司运行过程中必然要面对各种风险。样板设计跟材料研发都是最基本的，而最最重要的是公关部门。公关团队不仅仅是应对平日里的各种对外事宜，最大效用在于当发生紧急情况时面对媒体的形象的树立。

片刻，他重新扬起脸：“目前的重点先放在公关上，挽回我们万邦的负面影响。制裁朗格置于其后，一旦对媒体放出消息，我想朗格必会主动找我们谈判，到那时候万邦很容易就掌握主动权。这样 Anna，麻烦你帮我找公关部王经理过来。”

晚上九点，苏兮回到家。她倒了杯水在沙发上坐下，背后突然响起一阵敲门声。苏兮踢掉拖鞋，轻手轻脚走向大门，屏住呼吸朝猫眼里看，只见一个身着居家服的女人站在一墙之外，弯曲的手臂间像是端着些什么。

苏兮很是谨慎地将房门拉开一条窄缝，屏息，等对方先开口。

“你好，我是隔壁刚搬来的，这有您的包裹。白天快递上门看您不在就放我那儿了。”女人说着扶了扶脸上的面膜。

一时间意识到自己的失礼，苏兮一把将门敞开：“谢谢您。”伸手接过包裹。

目送对方走进斜对面的房间，她这才合上门，不放心，又加了一道锁。

快递？最近好像并没购置什么东西。该不会是炸弹吧？一时间，种种猜测纷沓而来。她将包裹置于茶几上，站在客厅中央，托腮而立，五分钟之后还是决定打开看看。

那是一只普通大小的快递纸盒，周身由灰色塑胶袋包裹。将其拆开，是一只更小的纸盒。再拆开，是一个被透明胶带捆绑的黑色塑料袋。

等她将所有的包裹物拆除，展现在自己眼前的是一个新鲜的苹果。

苹果？她重新拿起快递盒，却发现寄件人信息已经被磨得模糊不清了。回首瞬间，箱底的一张小卡片引起了她的注意——寄件人：宙斯。

字体洒脱而固执，这种笔迹通常发生在胸怀大志而隐忍待发的人身上。

除此之外，再无其他痕迹。

宙斯？古希腊神话中统领宇宙的至高无上的天神？

是恶作剧吗？苏兮深深地想着。

第九章

.1.

那日苏兮打电话给沈山南，不过是为了询问凶案调查的进展。沈山南忙完后立即回拨过去，毫无掩饰地展示出自己心力交瘁的一面来。

除去被集团事务搞得焦头烂额不说，未婚妻被杀事件也毫无进展。苏兮送上寥寥安慰，也不好再多问。

此时的苏兮仰躺在沙发上，杯中琥珀色的液体眼看要见底，她将手机相册里跟黎露的合照一张张翻过，眼泪簌簌往下落。

看着看着，她突然有些懊恼。

倘若自己当年努力学习不违父母之命，便不会因为高考失利而被送出国读书；倘若不出国，也就不会在毕业后进入皮具企业做资深采购；倘若不做采购也就不会跟闺密产生利益瓜葛；倘若没有利益瓜葛就不会跟闺密闹掰，那么闺密也可能不会遇害……

苏兮将这些年来的经历仔细梳理，最终的结论是——这是命运，可能是自己不够幸运。

而命运又是什么呢?

兴许，命运是原生家庭授予的烙印。看似无关痛痒，却隐隐跟随一生。

苏兮生于一个二线城市的知识分子家庭。母亲是教师，父亲同为教育界前辈。严苛的家教加上父母望子成龙的心态造就了她的完美主义人格，却因为从小到大学业成绩平平，因此成年后总是在寻求存在感跟人生定位。当年她高考成绩不理想，父亲觉得面子上过不去，而母亲对她的未来深表焦虑，无奈之下干脆攒足了劲儿送她出国读书。落地布拉格的那一刻，苏兮暗暗下定决心，就算另辟蹊径就算拼个头破血流也要闯出一片属于自己的天地。

于是六年之间，她两耳不闻窗外事，最终以优异的成绩顺利毕业，后来在一家欧洲中高端皮具企业谋得高就。

苏兮大学时期交了一个同为留学生的男友，两人约好毕业后结婚，婚礼细节想好，婚纱照拍好，就连酒店都已经预订下来了，怎料临结婚却遭遇未婚夫的无情背叛。这件事给了她无比沉痛的一击，自此紧闭心门，不敢再轻易相信感情。

那是待在欧洲的第八年，举目无亲的苏兮备感孤立无援，头一次产生彻底回国的念头。

事实上，对于浮夸的工作环境她也并不十分享受。高端皮具多少意味着要跟奢侈品接轨，同事们大多是欧洲人，模特身材贵妇装扮，肩头不是爱马仕就是香奈儿，脚下不是 Dior 就是 Valentino。

没人在乎你学历多高文化积淀多深，你究竟喜欢莎士比亚还是昆汀 · 塔伦蒂诺。比起文化，大家仿佛更愿意讨论公司又多了什么桃色新闻：潘通今年又评选出了哪些流行色；哪家高档餐厅的服务费更贵，服务更好。

然而跟所有初入职场的年轻人一样，身在其中就必须向群体靠拢，再怎么视而不见也无法完全摆脱他人异样的目光。于是，二手 Fendi 她买过，为了一只 Dior 季度新款透支信用卡的事儿也干过。这种时候，她总是跑去黎露那儿蹭吃蹭喝请求收留。

从平安度过实习期的那天起，苏兮的人生目标就彻底模糊了。毕竟是白种人的社会，混到中层就得花费掉毕生的气力，而拼到高层更是可望而不可即。工作期间，她也时常思考自己的人生定位跟价值，她不想永远做大企业里的一颗普普通通的螺丝钉。于是她考虑再三，最终决定回国安身立业。

可即便如此又能怎样呢？情况并没有因此而得到改善，甚至，甚至比之前更糟。

想到这儿，苏兮举头将杯中的液体干尽，迫使自己将注意力转向电脑屏幕。然而才刚摁下开机键，那张面孔“嚯”地从脑海中跳了出来。

他的冷峻，他的冷静，他的冷漠。

真是不可思议！其貌不扬的皮匠工作室背后竟然隐藏着一个声名远扬的家族。

.2.

隔日，苏兮出现在了匠心手造。这回她省了兜圈子，开门见山讲明来意。

……

“季老板，还是请您酌情考虑，我公司的价格比市面上任何一家都合理，而货源品质比任何一家都要高质且稳定。”

“谢谢，不用。”季霖郁摇头。

“如果您不满意，价格方面可以有商量的余地。”

“不用。”

“如果您非得这样，我们可就实在没法再让步了。”苏兮故作遗憾道。

“我不是在讨价还价。”

“那若您在价格上没有不满，我们可以免费提供一批皮料供您试用。”

“苏小姐，我想我已经说得很清楚了。”

虽然提前做足了心理准备，可面对季霖郁一副拒人千里的态度，苏兮还是感觉像是被人用冰块甩了好多个耳光。

而就在这尴尬关头，江妙菱抱着一沓皮料出现在走廊这头，皮料堆得过高，高到遮蔽了她的视线。她的动作吃力极了，无论从哪个角度看过去，都好像皮料在有意欺负她似的。

苏兮赶紧上前搭手，待皮料落向桌面，她忽而生出一个念头来。

她借口有事将妙菱拉到一旁，以闲聊的口气问她是否每一次都负责去仓库拿皮料。

妙菱愉快地拽了拽挂在胸前的一只做工精致的皮质钥匙包：“钥匙在我这儿，老板只信任我，只有量大的时候缪诚才给我帮忙。”

苏兮暗暗叫好，低头看了一眼手表：“妙菱，我来是想跟你说星晴天街有家新开的店，地中海菜，我试吃了一次挺地道的。下班一起吃个饭好吗？”

看对方面露揣测之色，苏兮迅速补充：“我刚回来，没什么朋友。”

她这么一说，江妙菱也不好再推托：“好呀苏兮姐！我七点就能下班，点完货通常会到七点四十五，我们八点见好吗？”

妙菱走进餐厅的时候，苏兮已经率先入座了。待她坐下，训练有素的服务生前来点单。

点单完毕，两人闲聊起来。

“你这么可爱，应该很多人追吧。有男朋友了吗？”

妙菱端起杯子礼貌回应：“还没有。”

“怎么会呢？是不是不好意思说？”

妙菱红着脸：“我心里已经有人了。”

苏兮故作揣测，笑道：“让我猜猜啊！该不会是你老板吧？”

江妙菱的面颊“唰”的一下烧得火红：“你怎么知道？我表现得有那么明显吗？”

“没有没有，你表现得很得体，是我比一般人敏感罢了。”

江妙菱端着杯子显得有些手足无措。良久，她抬眼问道：“苏兮姐，今天叫我出来不光是想请我吃饭吧。到底什么事儿啊？”

果然是个灵性的姑娘，苏兮暗暗想。“那我就明人不说暗话了！我是过来人，看得出你对季老板的用心。”

江妙菱听闻，目光顿时亮了起来。

“据我观察，你们老板这个人呢，外冷内热，分寸感强原则性更强。所有事情都很难进入他的法眼，除了他的店。所以我觉得，你若能通过正当手段帮他将店在短时间内做大做强，他一定会对你刮目相看。”

妙菱颔首深表认同，可接着又摇摇头：“光靠我啊？苏兮姐，这个并不简单。”

“所以你需要我的帮助！”

“帮我？”妙菱眼中闪过一丝怀疑。

苏兮微微一笑：“妙菱，你不仅可爱而且很聪明。你不用质疑我的用心，这不是天上掉馅饼，但也绝对不是陷阱。”

“那你能说说吗？”

“想必你也看出来了，我想要跟季霖郁合作成为你们店的供货商。这一来呢，是你们店对皮料档次的需求符合我的供货层次跟标准；二来呢，我的确很欣赏你们老板的手艺跟专业精神。我这边货源稳定，价格公道。你想想妙菱，他从亲朋好友手里拿货不也算是商业合作吗？不尝试，又怎么能知道什么是更好的选择呢？”

“所以呢？”江妙菱咬着吸管。

“所以我现在有一个好想法，不过需要你的协助。我免费给你皮革，你想办法暗中换掉同样材质的库存。接着我会设计几款样式时髦的小皮具，去预约的时候就跟你们老板说是你的设计并无条件利用我的资源打广告，有兴趣的人自然会去你们店找你进行私定。这样一来，你们店的业绩想必水涨船高，而老板会将这一切功劳都算在你的头上。到时候，我所提供的皮革受到客户青睐，需求量大增，可进口货源毕竟有限，我也就能借此时机想办法介入供货……”

“可是苏兮姐，你刚不是还说正当手法吗？”

“对呀，这并不违法！”

妙菱明显是动了心，却又有些举棋不定。

“这样做真的合适吗？如果老板发现我从中作梗一定会开除我，甚至记恨我。”

“不会的妙菱。俗话说打是亲骂是爱，你们老板对你的维护是人人都能看得出来的，不然他也不可能对你那么严格。再说不还有我呢吗？到时候你把一切责任都推在我头上，而我定会帮你说话。你要知道，你这么做，都是为了匠心手造。”

妙菱不再说话，抽出吸管，将杯中的液体一饮而尽。

.3.

为了感谢江家的帮助，沈山南亲自设宴款待。地点定在“凯明斯顿”，位于近郊的一家五星级酒店。

这一天，沈山南穿了成套枪驳领西装，经典英式剪裁，单扣设计。内搭质地上好剪裁合体的修身衬衫，配花式简单的领带，一双棕色系带牛津鞋，优雅得一如既往。

他在大厅旋转门边恭候宾客的时候，背后突然传来一声轻唤——“沈大哥！”

沈山南回头，眼角的诧异稍纵即逝：“妙菱？几年不见你都长这么大了！”

“沈大哥，你还是没变，我从背影一眼就认出你了！”

沈山南走上前，关切道：“小妙菱现在在哪儿高就啊？”

“我现在可是一个皮匠的小学徒！”

沈山南眉目轻抬：“谁这么荣幸，能把我们江大小姐揽入麾下？”

“鼎盛昌！匠心手造工作室，您听过吗？”

沈山南微怔：“不错啊妙菱，我可听说鼎盛昌一般不轻易收学徒的！”

“因为我不一般啊！”妙菱咯咯笑着，冲他眨眨眼。

江临皮造跟万邦集团多年来强强联手，这是人尽皆知的事实。这基于沈山南的干爹跟江家是世交。江妙菱上小学那会儿就常常被沈山南带着到处跑了。可出于沈山南跟父母的合作关系，妙菱起初有点别扭，不知道该叫他沈叔叔还是沈大哥。

宴席后半场，大家放下官腔，聊起了家事。

“山南，你未婚妻遇害的案子有进展了吗？”

沈山南放下筷子，重重叹了一口气：“警方在做进一步调查。劳烦江兄操心。”

江秉城摇手，挑眉道：“真是辛苦老弟了。不过，你信警察？”

“我信法网恢恢，疏而不漏。”

江秉城嘴角一拉。少顷，重新说道：“对了，听说报案的是个刚回国的女孩？叫苏——苏什么来着？”

“苏兮。”

“对！就是这个名字。”

沈山南将刚才置于唇间的酒杯重新放回桌面。正欲说些什么，只听对面一声脆响，抬头看，原来是妙菱打翻了碗筷。

她一面轻声说着抱歉，一面手忙脚乱地清理着被茶水打湿的桌面。

沈山南低头沉吟，好不容易开口说道：“这个苏兮，她是我未婚妻的闺密。才刚回国，打算创业却撞上这么个事儿，也挺糟心的。”

直到宴席结束，江妙菱都再也没有开口讲一句话。

.4.

当晚，苏兮从超市出来，拎着两只超大型购物袋。她感到有些不堪重负便挑条近道走。

所谓近道就是远离马路的一条碎石小路，路面狭窄导致车子无法通行，灯光不明因此晚间行人很少。

一阵风过，树影摇曳如同鬼魅。苏兮打了个寒战，沿着记忆中的方向加快了脚步。

五分钟后，她钻进小区后门。

刚过转角，一只手臂不知从哪里冒了出来。有那么一个瞬间，苏兮觉得大脑空白一片，双脚悬空，来不及做出反应便被一把捂住了口鼻。她头皮一紧，冷汗"唰"地一下冒出来，蜇得皮肤生疼。

她想要放声大叫，却根本发不出半点儿声音。

"嘘——别动！"

是他？

苏兮狠狠顿住。

"你被人跟踪了知不知道？"

"什么？"

"你被跟踪了。"

"这么晚你怎么在这儿？"她反问。

"我住这个小区。c栋5d。"季霖郁一手接过她手中的购物袋，"倒是你，怎么被跟踪了？"

苏兮踢走脚下一颗碎石："我哪里知道！"

"要报警吗？"

"空口无凭。"

季霖郁认为她有所隐瞒，调侃道："怎么，欠人情债惨遭尾随？"

苏兮冷笑："想象力真丰富。"

季霖郁不再追问。苏兮反倒像为了撇清些什么似的将闺密被杀以及警察对自己的怀疑和盘托出。

"所以是你做的吗？"季霖郁一脸狐疑。

"当然不是！"她神色一暗。

"行，时间不早了，我送你回家。"

"嗯。"

"对了，你记一下我号码吧，紧急情况打电话。"

……

季霖郁准时来到工作室，江妙菱正趴在桌前跟缪诚交头接耳。他轻轻一咳。妙菱闻声一跃而起：“老板，大新闻！”

季霖郁皱眉，看上去并不怎么感兴趣。

妙菱倒是兴致不减：“老板，您知道最近发生的那个新娘结婚前夕被离奇杀害的案子吗？”

季霖郁注目而视。

“那您知道报案者是谁吗？”不等季霖郁回答，她便忍不住脱口而出：“是苏兮！苏兮姐呀！”

第十章

.1.

她觉得自己不该再往前走了，但一种令人反感的力量却推着她一直走下去。

过道是狭长的，似乎永远没有尽头。面孔陌生的男人们穿着同样款式的衣服，木桩似的站在道路两侧。当她走过去，他们回过身默默盯着她看。

她通过了很多扇门，身不由己地走下去。同样陌生的面孔，同样堆在角落里的生锈的机器，同样沾着厚厚油污的枕木、钢管以及大大小小的沟渠和深井。

她这才意识到，自己似乎身处一个厂房内。

当她专注于在这些障碍物之间行走的时候，并未觉得恐惧。然而当她认清自己的处境时，突如其来的惶恐像是水滴落入滚烫的油锅，刹那间扩散至四肢百骸。那种感觉并非痛苦，亦不是焦灼，而是一种被禁闭时的窒息感。

一些她所熟悉的记忆片段轰然前来，纠结成团，不可辨识，发出种种不可描述的杂乱声响，起伏、旋转，终于形成了一个个噬人的旋涡。

她觉得喘不过气，呼吸越来越困难。就在这种窒息达到顶峰的时候，她突然从厂房内部抽离而出。

“哐哐哐——”沉闷的敲击声撞入耳畔。苏兮猛地张开眼，仰头看闹钟，凌晨三点半。夜半叩门声足够骇人。

是谁?

她赤脚下床，将睡衣拉展。她不敢开灯，透过猫眼偷偷向外看。楼道里一片死寂，除了稀薄的黑暗什么都没有。她将耳朵贴紧门缝，静静听了几分钟，待确定门外动静全无这才小心翼翼地将房门拉开一条细缝。

“吱吱呀呀”的开门声一下子惊醒了廊灯，刹那间，整个儿楼道灯火通明。

苏兮屏住一口气，“哗”的一下敞开门，楼道深深，半个鬼影都没有。是恶作剧吧? 她默默想着。然而就在抽身瞬间，置于门毯一角的白色信封引起了她的注意。

她小心翼翼地将它拾起来，迅速收回手臂并用力撞上门，扣上安全锁。然后她才将信拆开。只见一行歪歪扭扭的字迹跃然纸上，潦草、硕大，看得出字里行间包含着极其强烈的情绪——

“我知道是你。我有证据。”

苏兮紧紧贴住墙面。不用过分猜测，这种愤愤的口吻一定出自黎志远。想必那晚一路跟踪的人也是他吧！可又能怎么样呢？面对这蓄势已久的恶意她只能承受吗？可恨有的人情是一辈子都还不清的。

晚一些的时候，她将信放进抽屉，走进浴室，长久地注视镜子中的自己。直到那种疏离而陌生的感觉迎面而来——镜中的形象渐渐远离，面孔也变得陌生。

我究竟是谁？我到底做了什么？

他究竟有什么证据？如果没有，他为什么要费尽心思栽赃我？

.2.

在江妙菱的协助之下，一切进展得十分顺利。唯一令苏兮感到奇怪的是，这招“偷梁换柱”竟没有被季霖郁识破。看来她运气不错，又或者实属侥幸，老马也会有错失前蹄的时候！

苏兮设计了三款包，一款适合通勤的提、挎、背三用小号托特，一款偏休闲风的斜挎马鞍，还有一款文艺感满满的剑桥，并且三款都选用了意大利托斯卡纳地区出产的高端原色植鞣。

提交设计稿后的第三个周末，妙菱通知她去检验成品。苏兮果然没失望，每只包都美得一如既往，精致到无可挑剔。苏兮煞费苦心地给包包拍了照片，上传到各个社交平台并打上匠心手造的招牌以及江妙菱的联系方式。很快，她的审美受到多方共鸣。据妙菱反馈，工作室短短四天便接到了十几单订单，定制量是之前的三倍。

季霖郁貌似始终被蒙在鼓里，自然将功劳归于妙菱。而江妙菱趁热打铁，以皮料库存不足及客户需求为由，向其提议从苏兮那儿进货。

“老板，百分之九十的订单都讲明了要枥木革。可是咱们枥木革的库存不足，进货量也是供不应求。我建议——”

季霖郁似乎看出了江妙菱意有所指，注目，示意她可以往下说。

“我之前跟苏兮姐聊过听说她就是高端皮料供货商我们可以考虑跟她合作。”

季霖郁不动声色地摇摇头。

“可是老板，客人的订单咱们都已经接下了。”妙菱有些为难。

“为什么不提前做好预算？”他加重了语气。

“做了，没想到冯少那边突然货源不足，说是加紧流程可清关方面又出了点问题。”

情势所趋，季霖郁虽并未断然拒绝可也并未痛快答应。他的目光在那三款包型上落定，垂头想了一会儿，转身拿起电话。

.3.

三天之后，供货合同签订。

“能够为您解决燃眉之急是我的荣幸，也感谢您赐我创业路上的第一桶金。”苏兮说着，伸出右手。

季霖郁轻轻一握，迅速抽回手掌：“虽然是临时合同，也希望合作顺利。”

完事儿后，季霖郁有事出门。苏兮倒并不急于离开，而是带着大功告成的喜悦走向咖啡间。江妙菱伸手将一杯刚萃好的“苏门答腊”递给她。

妙菱将合同翻来覆去看了一遍又一遍：“苏兮姐，虽然你大不了我几岁，可我挺崇拜你的。你独当一面，翻手云覆手雨，达到自己目标的同时又能让多方受益。这世界上好像没什么事儿能让你轻易退缩。你知性又果敢，看起来没什么攻击性，但又绝不是个任人揉捏的软柿子。你走路时脚下生风，而且我总感觉就连老板都会让你三分。”

经她这么一夸，苏兮低眉，面颊一红。

“我这次实属侥幸，遇到了个好搭档。如果没有你的帮助我根本不可能得到合作机会，所以最该感谢你！”说着，她从包里掏出一只包装精致的小礼盒，“礼物！我知道你的品位，觉得这款香调很适合你。”

妙菱双手接过：“那我就不客气了，我喜欢玫瑰的味道，你真是太了解我了！”

在苏兮看来，Chloe 的肉丝带是对教养良好的白富美的最好诠释。前调里的荔枝跟小苍兰给人轻柔活跃的感觉，后调的玫瑰更是令年轻的性感初现端倪。就好比一枝顺风顺水未经风霜的玫瑰，平安喜乐，体面无忧。

.4.

苏兮再次见到沈山南是在半个多月以后。他临时约她，说是送 lisi 去做药浴刚好路过她的住处，问她是否方便出来坐坐。

刚才结束了大半周的忙碌奔波，苏兮痛快地答应下来。

他们约在对街一间咖啡店，人不多，苏兮一眼就望见了坐在窗边的沈山南。

“山南哥！不好意思让你久等。”

“没事儿，我也才来五分钟。”话虽这么说，可苏兮注意到置于桌面的那杯中份美式。此时，它都快要见底了。

沈山南询问她的近况，苏兮说虽然不尽如人意，但也算成功取得了几个客户资源，物流也已经开始运作了。不过目前各方都还在试水阶段，就等着政策好转，等到风头过去就可以正式开张。最近关税管制正值高峰，局势多少有些动荡。

“山南哥，不过有件事……我比较困扰。”苏兮说着，搅了搅杯子顶端那层厚厚的泡沫。

“工作上的事吗？”沈山南口吻温柔。

“不是，是黎志远。我接二连三受到恶意骚扰，却又无法还击，不知道该怎么办才好。”

沈山南似乎明白了她的意图，十指相扣：“你是——希望我帮你脱离他的骚扰？”

“不完全是。”苏兮流转的目光在桌面停顿，“山南哥，关于黎露的死……我有一种怀疑。”

“什么？”沈山南神色一紧。

“虽然我不该这么想，但是我的确有点怀疑黎志远。”

“这话从何说起？”

“从案发到现在，他一直在恶意骚扰我。跟踪、吵闹，甚至还寄过恐吓信。他一而再，再而三地说自己持有证据，可凶手明明不是我，他又怎么可能有证据？若他真的有证据，又为什么不及时拿给警察呢？”

“你觉得他是在威胁你？”他眯起眼。

“可以这么说。但我认为说成栽赃嫁祸更准确一些。”苏兮转动手中的咖啡杯，“山南哥，我有个不情之请。”

“说来听听。”沈山南注目。

“之前你说起过黎志远对黎露的物质依赖。所以，能不能查一查他们之间在金钱上的联系？”

沈山南的目光游移于桌面，良久，抬起眼：“苏兮，我理解你的心情。可志远他还只是个孩子，他不可能做出如此出格——”

“我们的调查对他没有任何坏处，对我们中的任何人都没有坏处。”

沈山南的手指轻轻敲击着桌面。沉吟良久，他终于做出决定：“给我一点时间，让我想想办法。”

……

晚上七点半，计程车一头扎进距离广场最近的街口。

苏兮一身套装站在“笙歌”门口，浓妆艳抹的红男绿女们擦肩而过。她顶着身格格不入的装扮走进自动门，在服务生轻车熟路的引领下前往308包厢。

目之所及处，女人们端着酒水，男人们吞云吐雾。穿着燕尾礼服的乐者在舞台上吹着小号，角落里有人在调情，有人在拥抱。

好一片纸醉金迷！可苏兮无暇顾及。要说这个“GWB”集团的纪总也真是不靠谱，本来约好了午餐，怎料他说太忙硬是拖到了下午。苏兮顺势更改计划预订了晚餐的位置，可对方一个电话就又安排到了这儿。

结合市调来看，“GWB”无疑为一个处于浪尖的超级大客户。不仅如此，从之前三番五次的拜访可以看出纪总对此次洽谈也是表现出了极大的诚意。若能与之达成合作……苏兮无法预知最终会达到怎样的效果，可对她而言这算得上创业初期一根最为粗壮的橄榄枝了。

通过三条走廊，她们来到308包厢门口。服务生转身离开，苏兮拿出镜子照了照，伸手推门。

“纪总您好，我是苏兮！”苏兮礼貌地伸出右手。

“啊——苏小姐！来来来，坐！”姓纪的倒不客气，起身，一把抓过她的手差点儿将苏兮带倒。

苏兮合了合衣领，道：“纪总这场合选得还真是别出心裁，不过，您看咱们要不要换个亮堂点儿的地方？也方便您仔细看条款……”

怎料对方根本没兴致听下去，大手一挥：“合作什么的都不着急。来，苏小姐先吃点水果。”

“纪总，我公司提供的资料您过目了吗？”

姓纪的喝了一口威士忌，笑：“苏小姐，这场合谈什么工作？破坏了咱们的雅兴。今天我约苏小姐来纯属娱乐。玩儿尽兴了什么都好说！”他说着，将菜单往苏兮怀里一塞，“苏小姐看看想喝点什么，随意点，我请客！”

“今天确实不大合适。要不，我改日去公司拜访？”

话没说完，姓纪的已经靠了过来。

“身在江湖，想必苏小姐也是留过洋见过大世面的，矜持、保守什么的，绝不适合你这样时髦前卫的女人！”他说着，伸手就要往苏兮大腿上摸。

到了这份儿上，苏兮立马了然。她一跃而起，冲向门口并拉开了门。才刚探出脑袋，却又被姓纪的一把拽了回去。她欲放声尖叫，却被从背后伸出的肥厚手掌堵住了嘴。

眼看姓纪的那张肥硕油腻的胖脸就要贴上来，惊慌之余，苏兮伸长胳膊照着桌面一阵乱摸，突然，冰凉的触感贯穿食指。她默默握紧，积攒起全身的力气，不遗余力地抡起手臂。只听耳边一声脆响，是酒瓶磕上大理石桌沿碎裂的声音。

“妈的，还想对老子行凶？你也太自不量力了！”姓纪的低吼，与此同时将苏兮握着酒瓶的手臂死死按在沙发边缘。

这么一闹，姓纪的借着酒劲兽性大发，整个儿身子压了上来。

苏兮被吓得够呛，奋力挣扎，眼眶憋得通红。

就在这千钧一发的时刻，房门“咣”的一声被踹开，一个伟岸的身影出现在了黑暗旋涡的中心，即便辨不清样貌，可直觉告诉她——是他。

走廊里迷离又暧昧的灯光此时却给人一种逃出生天的光明幻觉。苏兮不由得松了一口气，这是她有生之年头一次感受到什么叫作“汹涌浪潮中的一根救命稻草”。

季霖郁伸手按亮顶灯，只见苏兮仰在沙发中央，现场一片狼藉。她手里死死握着半只破碎的伏特加酒瓶，湿乎乎的裙子贴在身上，头发乱作一团。

没等苏兮反应，季霖郁两步上前，砸碎酒瓶的同时一把将她拽起来：“你没事吧？受伤了吗？”

苏兮没回答，余惊未定地望着他。她木桩般站在原地，眼神透露出三分无助七分临危不惧。

背影里的男人一脸惊恐，不敢轻举妄动。季霖郁不由分说将苏兮打横抱起，她没拒绝，却也没有试图伸出手臂。

没出两分钟，一道熟悉的身影姗姗来迟。待苏兮看清来者，不禁尖叫出声："山南哥？你怎么在这儿？"她说着，搂住季霖郁脖子的手下意识松了松。

"我恰巧在隔壁约了客人，听这边有动静就——"话没说完，目光在苏兮悬空的双脚上叫停。

"这是……发生了什么？"

沈山南心头一凉，又忍不住打起鼓。及时出现的明明应该是自己，潜心设局不过是为了英雄救美俘获苏兮芳心。这下可好，怎么就被别人抢先一步？这个看上去不谙世事的男孩究竟是个什么路数？

"把她交给我。"沈山南没多想，大步跨上前，毫不客气地要人。

季霖郁眉目一横："她，不行。"由不得苏兮选择，他抱着她转身离开。

走上主街，季霖郁伸手拦下一辆出租车。将苏兮小心翼翼放入后座，自己也跟着坐进去。

待车子缓缓发动，她余惊未了地问道："你为什么在那儿？"

"什么？"

"你为什么会在笙歌？"

"喝酒。爱好。"

"你的爱好是逛夜店？"

季霖郁平视窗外："有什么问题吗？"

苏兮惊讶极了，生性冷淡的人竟然热衷于纸醉金迷？这不是道貌岸然又是什么？

"万万没想到啊。以为你是个谦谦君子，原来是个衣冠——"苏兮住口。

"怎么，不要忘了我可是你的救命恩人！平日里工作需要全神贯注，为了放松喝两杯酒动机再单纯不过。衣冠禽兽，你的那个山南哥才是吧！"他浅声奚落。

苏兮一听，差点儿一个鲤鱼打挺翻起来："你又不了解，凭什么那么说他！"

他显然不屑一顾，冷哼：“倒是你，你怎么在那儿？”

“谈工作！”

“尺度真大！在那种地方谈工作！”他撇嘴，语气里有掩不住的轻蔑，“不过对你们这种女孩来说，应该也没什么好大惊小怪的吧。”

那句“你们这种女孩”如同一记响亮的耳光，精准地扇在苏兮的心头。

她张张嘴，欲反唇相讥，不料却被司机的一脚急刹车叫停。

第十一章

.1.

早上七点半，金城武正一脸暧昧给苏兮喂食一罐凤梨罐头，她也正冲他笑得娇羞，不料搁在床头的手机突然一阵尖叫，这一叫，彻底摧毁了苏兮的黄粱美梦。

苏兮动了动身子，有些迷离的目光扫过屏幕。

“山南哥？”

她的声音酥酥的，懒懒的，很容易便能令人联想到一团软软的小白兔。

“……”

“山南哥？听得见吗？”苏兮睁眼检查了一下听筒。

“黎志远的事儿……有眉目了。”

“查出什么了？”她“噌”的一下坐直身子。

“黎露不久前买过一份生命保险……”

“受益人是黎志远？”苏兮迅速接过话。

电话那端陷入一阵严峻的沉默。

在接下来的一段时间里，沈山南对保险的事情继续跟进，事实尚未查明，他不可轻易下判定。而苏兮则出于高端皮革的供货跟匠心手造联络越发紧密。

周三，苏兮来到匠心手造，一单款项签完就要离开却被季霖郁拦下。

他面无表情：“苏小姐，我不得不说你很聪明，擅长发现对方的弱点并能够在对方毫无知觉的情况下一击即中。”

苏兮立刻意识到他这是意有所指，淡定自若地微笑回敬：“谢谢您的夸奖，我只是给大家行方便罢了，自己最好能从中分那么一点点小利。不过还要谢谢季老板高抬贵手。”

季霖郁侧目冷笑：“你的这份感谢我照单全收。我一开始也曾想过拆穿，只是在那种情况下佯装毫不知情对谁都好。”

苏兮有点儿明白，却又不那么明白，做出一个“请”的手势示意他继续往下说。

“你可能不太了解，像妙菱那种紧追潮流的女孩根本不可能对那三种款式的包感兴趣。苏小姐，那几只包其实是你的主意吧？”

苏兮笑笑：“也许在我的影响下她突然发现了它们的美也说不定。再说妙菱一向欣赏季老板您的风格跟手艺。”

“即便你说得对，可她对皮料的了解并没有你想象中那么深。铬鞣跟植鞣有时候都分不清，更别说标新立异的枥木了。”

苏兮上前半步，随之抖落一身机灵：“俗话说得好，季老板，魔高一尺道高一丈。您果然胜我一筹！这么说来——合作愉快，季老板！”

……

.2.

结束整个上午的繁忙工作，沈山南端着咖啡穿过走廊，不经意侧脸，余光落向紧随其后的市场部经理。

他驻足，问道：“新产品拓展进行得怎么样了？”

王经理跟着收敛了步伐：“就上月销售额来看，新品上市反映良好，在业界的销量稳居第一。”

“不错。新项目畅销理所应当。接下来有什么计划吗？”他又问。

“据大数据显示，包具在中层消费者中颇受欢迎，年轻人则更考虑性价比。而我们发现，面对高端消费者群体还有足够上升的空间，所以我们准备引入高端手工私定项目，目前在针对市场做调查。”

“好。辛苦你了。”沈山南说完，转身走进办公室。

事实上，对于这一项目的实施沈山南早有打算。高端手工私定，季家可谓近水楼台。此前两个月，他顶着一脸诚意三番五次前往，开出一切极具诱惑性的条件，却屡屡遭到鼎盛昌新一代掌舵人的断然拒绝。

自打季霖郁的父母不幸双亡，鼎盛昌的名号日益没落，与万邦之间的交情也越发清浅。按理说每个人身上都存有一两个能被轻易击破的弱点，沈山南原本胸有成竹，却万万没料到这个季霖郁根本就是根无处下口的硬骨头。

这该如何是好？他把玩着手头的钢笔。

他玩儿着玩儿着，眼神突然亮了起来。他一把捞过置于桌角的手机，照那个熟悉的名字拨下去。随着三声漫长的等候音，电话被接了起来。

“现在方便吗？”

隔日，苏兮站在匠心手造门口，公文包看上去沉甸甸的，里面装着与并购相关的全部资料。

这个季霖郁的硬脾气她可是领教过，胜算究竟有几分？她说不好。

苏兮提前做了预约，因此季霖郁早早儿等在了咖啡间。当他的目光落向苏兮手中硕大的文件袋，心中三分了然。

苏兮不着急，端起咖啡浅浅抿了一口，慢条斯理地说：“季老板，想必您听说过皮具行业的龙头企业万邦吧？”

这话似乎触痛了季霖郁的神经，他无比平静地站起身，然后面无表情地放下杯子并推开了门。

“季老板？”

“没有其他问题我先去忙了。”他淡淡说着。

“季老板！”苏兮两步追上前，二话不说挡在他眼前，“据我所知沈总之前不止一次地拜访过您，加上您刚才的反应，想必您也一定清楚我此行的目的。可是您应该明白，这单合作一旦达成，无论对万邦还是对鼎盛昌都是极好的机会。按照万邦开出的条件，您只用给内部工匠进行培训，甚至不用亲自动手。您主要的精力还在自己的店里，万邦更多的是想借用鼎盛昌的名头。这么看来，无论是在收入额上还是在品牌影响力上，您都是享有主动权的。”

然而季霖郁并不接茬，他扬起下巴，低眉，用那种特别轻蔑的目光望向她。苏兮不由得向后靠了靠，接着他身子一闪，执意绕过苏兮。

“我给你破了一次例，你倒是得寸进尺起来了。”

苏兮站稳脚跟，微笑回敬道：“规则就是用来打破的，而且就目前来看这次破例结果不错，再破一次，想必水涨船高！”

“您是哪里来的自信认为能够说服我？”季霖郁挑眉，将目光抛向远方的地平线。

“零自信。”苏兮一脸从容。

“这话倒挺有自知之明。这么看来您跟万邦关系不浅，还是说他们给了你巨额回扣？宁愿牺牲自己也要为他人做说客。”

“什么意思？”苏兮明知故问。

“你想过没有，我匠心手造若被万邦收购，无论以哪种手法形成怎样的定局，这之中还有您存活的余地吗？”

她当然想过，但她更相信沈山南的人品。

“万邦要的不过是打着我们鼎盛昌的名头，将精良手造转变为大规模量产！”

“我不明白这种双方得利的买卖又有什么不好。”

“没什么不好。但这种肤浅的商业观念严重违背了我们鼎盛昌的精神信仰。我们是皮匠，追求的是对产品精雕细琢，追求完美和极致，在精益求精中升华，达到其他同行无法匹敌的卓越品质！这些都是机械化生产所不能及的！”

季霖郁的字字珠玑令苏兮实在有些恼火。可她的恼火并非因为季霖郁不给她面子，也并非因为失去了一次赢得沈山南好感的机会。她之所以生气，是因为没能实现对自身的刮目相看。

要知道，无论工作还是生活，成就感都是一个太重要的体验。很多时候，当多方合作进展不顺，我们为何会沮丧会焦躁，一个很重要的原因就在于计划被打乱令我们失去了掌控力；执行失败，成就感自然而然被剥夺。

当苏兮想清楚这个问题时，反倒坦然。她轻吐一口气，道：“也罢。商谈失败这是常事。可是季老板一口都不松可是有失君子风度。有一件事始终让我感到疑惑，不知今天能否得到答案。”

“说吧。”敌进我进，敌退我退，绝不刻意冒犯，这是季霖郁的道德准则。

苏兮侧身，目光打展示架上一扫而过。

“那只保留款托特包到底是什么来头？”

“这是我的私事。”

面对一而再，再而三的拒绝，令苏兮面儿上有些挂不住了。沉默半晌，她欲起身离开。季霖郁突然开口：“它专属于我生命中一个非常重要的人。”季霖郁退回木架前，单手托腮，若有所思地说，“有的物品生来是为了被利用被消耗，可有的物品的价值天生就是用作纪念。比如婚戒、手表，再比如，刻了名字的项链……”

他后来又说了什么，苏兮再也听不进去。

那两个字如同膨胀的氢气球，被拼命鼓吹，越吹越大，越飞越高，最终，“砰”的一声凌空爆炸！

项链？他是怎么知道的？霎时间，内心深处一阵风声鹤唳。

不不不，他其实并没有那种意思，只是恰巧提到了这句。

对！我一定是想多了。

等等——

等等！苏兮流动的目光踩下急刹车。

就在此时，没错，此时此刻，一个更为重要的信息闯入了大脑。

.3.

她站在镜子前，卸了妆的脸像颗剥了壳的鸡蛋。她正准备放水洗澡，置于大理石桌面的手机响了起来，余光滑过，是沈山南。

他开门见山，话语中有隐约的酒气。

“睡了吗？”

“没有。”

“我在你家楼下，方便上去吗？”

苏兮本想拒绝，看着窗外泼墨般的夜色却又犹豫下来。

挂掉电话，苏兮钻进卧室，脱掉宽松的浴袍换上了一身像样的家居服。没出五分钟，门铃响了起来。

沈山南换鞋进屋，在沙发上落座。苏兮将一杯备好的蜂蜜水递给他，眼帘低垂：“对不起山南哥，鼎盛昌的项目上没能帮到你。”

沈山南大手一挥：“胜败乃商场常事，今天咱们不谈工作！对了苏兮，你还能记起咱俩机场初见的场景吗？”说到这句话，他的目光顿时熠熠生辉。

“怎么会忘，我当时特狼狈，正跟男朋友闹分手。”

“前男友？”他有意强调，“送你项链的那个？”

苏兮点点头又摇摇头：“对，是前男友，但项链不是他送的。送项链的是我初恋，出国前我们在一起过。短短八个月，却好像为彼此付出了自己所能付出的一切。可后来异国恋太辛苦，没多久他就放弃了我。”她顿了顿，“至于前男友，我们经常争吵。遇见你那次是第n次，但绝不是最后一次。”

“他常常惹你生气？”

“是我任性。事实上我们能走过五年并非偶然，他的脾气真是很好。”

“怎么个好法？”沈山南下意识地撇撇嘴。

是啊，怎么个好法呢？苏兮翻阅着回忆。

比如那次她去安特卫普拜访好友，回家的路上在夜班车里睡着了。醒来的时候她看着陌生的站台以为自己坐过了站。而这时候他正好发消息问苏兮到哪儿了。她怯怯回复说自己可能坐过了，他就回复了一句话：“别担心，坐过了我就去下一站接你。”

苏兮清楚地记得当时是周一凌晨一点，他第二天大早还有考试。可他从来都是这样，从来都很冷静很温柔很宽容，而最特别的是，他的这份温柔心有所属。

苏兮讲出这段往事的时候，始终回避着沈山南的目光。

“在一个男人面前细说别的男人的好，你不觉得这么做有些残忍吗？”这想法一经成型，他突然被一股生猛而绵柔的力量拽住衣领用力摇晃！而他自然看得清楚，那股力量，叫作“嫉妒”。

于是，他试图转移话题——

“听说你高中一毕业就出国了。为什么想出国读书？”

苏兮耸耸肩，递上一个无奈的笑。

“不是我想，这条路是我爸妈给选的。爸妈也辛苦，跟自己赌着，跟我的未来赌着，学成归来最好，若半途而废就当让我见了世面。”

她抬起头，用那种求助似的眼神拽住面前这个拥有“业内大佬”人设的男人。

“山南哥，你们成功人士是不是普遍拥有一个好家世？”

沈山南挑眉。好家世？

我？一个白手起家的小镇青年？一个一切为了理想而生的理想至上主义者？他将目光抛向窗外夜色，陷入沉思。

关于家世，沈山南很少提及。他怕遭人白眼更怕成人笑柄。他的童年环境可谓困苦。父亲在镇上经营着一间做鞋作坊勉强糊口，母亲常年给人打零工。

就是这样的一个少年，他秉持脱离生长环境、到达更高阶级的决心拼命往上爬，大学时期受到企业家“干爹”的资助才得以接受高等教育。

良久，他转过身来，坚毅的目光直射苏兮的双眸。

“如果说原生家庭必须成为我们不得不背负一生的镣铐，那么通过自身的努力跟奋斗我们至少能够减缓伤口所带来的种种疼痛。”

这话令苏兮感触倍增。她张张口，欲抒发内心的小感慨，不料却被沈山南抢了先。

“苏兮，有件事我始终憋在心里从未跟你提起。几年前，就在我们初次见面的机场，那时我就已经认定了某些事情。以至于这一次相遇，我不得不……不得不……”

沈山南深深提了一口气，像是要做出什么重大决定。

“所以，所以希望在往后的日子里，我能够护你周全，也希望你愿意拿我当作唯一的依靠。”他的话语真挚而深情，声带因紧张而微微颤抖着。

苏兮看向他的脸，突如其来的表白令她错愕。

沈山南慢慢靠近，慢慢靠近，直到伸手罩住苏兮置于膝头的手掌，苏兮目光一陷，心头一软。

不行！这样不行。她强迫自己冷静，手指猛地一颤。

为什么？这意味着拒绝？她怎么能拒绝自己？从来没有人能够拒绝自己！

沈山南眉头微微皱起，充满期待的眼神流露出挣扎的痕迹。

苏兮转过脸。

沈山南紧追她的眼神，七分不解外加三分执拗。

闺密的凶案至今都还没尘埃落定，她心里不可能没有任何顾忌！

苏兮收起下颚，片刻，小心翼翼仰视他的脸：“山南哥，我只是……”她没能再说下去。

只是？只是什么？看着她那欲抽而未抽出的手掌，沈山南目光一暗，接着却又亮了起来。是啊，还没到时候，只是因为还没到时候。

在眼前的重重迷雾散尽之前，他不得不去承受这份煎熬。

在势均力敌的僵持之中，苏兮的沉默更胜一筹。沈山南作罢，只好慢慢地将手松开。慢慢地，慢慢地，慢到让自己尽量感受不到这决裂之苦。

该怪罪于这戛然而止的冲动吗？不！怪就怪理智来得太不是时候！

气氛垂直落入一种难以言状的尴尬。苏兮抱着杯子喝水，而沈山南显然老练很多，含情脉脉地望着她的侧脸，一刻都不舍得放松。

时间一分一秒地过去，苏兮突然挪动了一下身子。

“对了，说到案子我倒是有一个重要发现。”

“什么？”沈山南回过神，目光熠熠。

紧接着，苏兮将季霖郁提起项链那件事和盘托出。

“你怀疑季霖郁？”

“不！只是，他的话让我想起另外一个细节。”

大约是几周之前，黎志远在小区门口拦下苏兮的去路，并在无意中提到项链的细节。事后苏兮仔细一想，这件事没有任何人对他说起过。苏兮怀疑过警方，但警方在确定嫌疑人之前不会轻易透露案件相关的任何细节。

“当时我没反应过来，现在也可能是想多了。假设，我是说假设！假设那条项链是我落下的，而黎志远当时并不在案发现场，我此前又没有跟他见过面，他怎么可能清楚证物的细节呢？”

话虽这么说，可沈山南的第一反应明显不在案子上，他当头问道：“这个季霖郁，你似乎跟他走得很近。你们之间除了供应关系，难道……”

“我还是他的顾客。”

沈山南听罢，眉眼一松。

第十二章

.1.

夜里十点半，苏兮只身出现在市高中男生宿舍楼前面，暮色浓重，人影稀落。已经过去了二十分钟，她显得有些焦急。

她无法确定自己言语的力度，更不确定对方究竟会不会真的前来赴约。

苏兮垂头看一眼表，再抬头看一眼门洞。这动作重复了不知多少遍，终于，一个影子坐拥黑暗前来。

“是不是所有凶手的脸皮都跟你一样厚？我不找你，你还主动找到学校来了？”

苏兮沉了一口气：“黎志远，我比你年长，你讲话尊重点好吗？”

“嘀，尊重！”黎志远眼睛一斜，“什么事儿？我功课忙，有事儿说事儿，没事儿我走了。”

“黎志远，你姐的死亡保险受益人是你这事儿你知道吗？”苏兮不惧开门见山。

“不知道！”他断然否认，与此同时双手抱胸，向后退了一小步，“是真的？”

“你说呢？”

黎志远吃惊的表情足足延续了十五秒那么长：“我信你？那怎么没人通知我拿钱？”

苏兮好像一开始就知道他是那种人，或者说终究会变成那样的人，冷眼道：“你确定你不知道保险的事儿？”

“我确定不知道保险的事儿。”

“你在撒谎。”

“凭什么这么说？”

“就行为学来说，对问题生硬重复是典型的撒谎方式。就刑侦学来说——”

“什么？”他叉着腿，拭目以待。

“我有证据。”

“你能有什么证据！”黎志远很是轻蔑地撇开眼，目光却变得机警。

苏兮见状，不慌不忙地说：“我的证据表明，你姐投保那天是携你一同前往。”

少年面色一僵，出口反击：“无稽之谈！可别自己做了坏事儿反过来泼我脏水！”

苏兮点头：“好，那你看看这个。”说着便拿出手机滑开一段视频，“你可要看仔细了，左边那个穿黑衣服的是不是你？”

视频很短，只有半分钟。播放完毕，黎志远抿着嘴唇迅速将眼神瞥向地面：“谁知道是不是伪造的！”

“所以你不否认画面上的这个人是你？”苏兮乘胜追问。

这话怼得黎志远哑口无言。的确，录像是真的，拷贝件，沈山南想办法从保险公司监控室弄到的。

“谁知道是不是我！有本事拿去给警察啊，让他们查清楚！威胁我算什么本事！”

“这份录像我们当然还会深入调查。不过你最好消停点，别欺人太甚！”

第二天中午。

苏兮离开税务中心，刚伸手拦下一辆出租车就接到了快递员的电话，应该是网购的加湿器到货了，想想便加快了步伐。

然而当她从门卫手上接过包裹的时候才意识到这并非什么加湿器，目测只有原件的三分之一大小。

苏兮端着盒子回家，拿小刀划开胶带。之前的状况又一次发生了——拆了一层又一层，全部拆完，呈现在眼前的是一只与上次毫无二致的苹果。

而这一次，好像稍稍又有些不同。是箱底儿的便条，除了署名宙斯之外还多了一行字——“手眼通天”。

她的心里直打鼓。到底是谁寄来的？到底是恐吓我还是提示我？如果是恐吓，它的威胁何来？原因又何在？

.2.

沈山南出差回来，一下飞机便直奔公司。刚才在办公桌边坐下，耳边传来敲门声。

“沈总您找我？”市场部经理顶着一脸不安站在门口。

沈山南请他进屋，接着闷声问道：“新闻报道究竟是怎么回事？”

经理掩不住心慌，扶了扶镜框又伸手抹向脖颈：“沈总，您走后的第三天，一批意大利进口植鞣皮料掺假遭到揭发。”

“哪一批？”

“据咱们内部查证，是来自新源皮革三月份的货源。”

“新源？确定吗？”一丝质疑划过他的脸。

“百分之百。”

“对市场有何冲击？”

“怎么说呢……”

“直说！”沈山南攥紧的拳头猛然敲击桌面，眼中升起一团火焰。

经理深深提了一口气，声线微微颤抖着：“坦白来讲，万邦市值变动股价下跌，一级市场相对稳定，各方股东手中的股份既没有流入二级市场也没有大宗交易的趋势。但二级市场散户持有的股份有流动的迹象。”

“为什么没有及时采取对策？”沈山南声色严峻。

经理犹豫，不断瞥向沈山南：“沈总，当时咱们跟新源谈协议，是在江总的帮助下才争取到了最低价格。眼前这事儿牵扯到江临皮造，我们实在不敢轻举妄动，只得等您回来。事实上我们也并没耽搁，在查出货源的当天就跟新源那边初步交涉过，但是对方显然在想方设法推脱。”

沈山南低头思忖了一阵：“行。你先回去吧。”接着拿起座机话筒，按下秘书间的号码：“帮我约新源皮革的厉总。”

“好的沈总。约在什么时间？”

“越快越好。”

隔日上午，位于凯明斯顿旁侧的咖啡厅。

沈山南置身于大厅最里侧的方桌旁，对面坐着位四十来岁的女人。女人衣着华贵，头面精致，包包是BV，鞋子是Dior，看上去品位不凡派头不小。

位子是预订的，经过一株大型绿植的点缀，一方小小的空间在开阔的大堂中显得颇为隐蔽。

女人缓缓搅动杯中的咖啡，嘴角带着丝优雅的笑："沈总，万邦的事我听说了。真是不好意思，没能及时助您一臂之力。"

"厉总，今天我不是来寻求帮助的。"沈山南气定神闲道。

女人换了个警惕的坐姿，手指绕着杯口画圈："沈总今天……该不会真的只是请我喝咖啡吧？"

"厉总恐怕并不屑于跟我一起喝咖啡吧。"沈山南冷冷一笑，话锋随之一转，"我知道您在这儿约见男客户，并高价拿下他们。先是咖啡，接着是晚餐跟甜点，然后说，'以前我从没有试过，但现在我在想，咱们要不要一起开瓶红酒？'最后避开摄像头，前去预订好的客房。"

女人显然没料到沈山南会来上这么一手，顿时面如土色："你这是威胁！可是你没有证据！"

"不好意思，我倒是有几个熟人，正好是厉总高价签下的客户。"

"你——"

"并且我根本不需要证据。我只需要从您众多异性合作伙伴中随意挑出几个，然后找人告诉他们您的一贯手段。"

"够了！"厉总很快便意识到自己的失态，迅速理了理鬓角的碎发，刻意压低声线，道，"你到底有什么要求？"

一丝隐秘的浅笑自沈山南嘴角划过："也没什么额外要求。一，终止新源跟万邦的合作。二，新源想办法帮万邦出面澄清。三，一个月之内，损害赔偿金必须出现在公司账户上。"

厉总面露颓然之色，考虑了一会儿，道："前两点我答应，但是一个月……有些苛刻。"

"厉总，我不是来讨价还价的。我劝您尽快着手。"

话说完，他起身离开。

……

.3.

如果说沈山南深陷窘境，那么苏兮的境遇也不怎么好。两家本能顺利转化为正式交易伙伴的大客户经过妥当沟通条款拟好、价格谈好，眼看要签下合同了，半道儿却因为皮料检验标准的不可定性告吹。

苏兮觉得很沮丧，是那种煮熟的鸭子眼看着飞出了锅的沮丧。

如果这还不算糟，那还有更糟糕的——接下来的一个周，她又被季霖郁泼了冰雹。

这天天气不错，苏兮打算订款新包鼓舞自身士气。事实上打从踏进店门的一刻起她就感觉气氛有点不对劲，但也没太在意，径直走向工作间那个身着亚麻衬衫的背影。

“老板，我想订一款小号水桶，要斜挎，能放下手机、钥匙跟零钱就行。”

季霖郁转过身：“您稍等，我找妙菱做记录。”

苏兮从包里掏出几张纸片递给他：“我已经详细标记了，草图在第二页。”

季霖郁双手接过，大略浏览一番：“要针扣还是磁铁？”

“针扣的防盗性是不是高一些？”

沈山南点头：“原色植鞣吗？”

“红棕色，擦蜡皮。”

他在纸上快速记下几笔，交代下周一来取。

“对了季老板，皮料用得还满意？若需要继续供货，您最好能提前跟我说。”

季霖郁沉了一口气：“这件事我正想说。”

“还需要？这次走多少？”

“我想停止我们之间的交易。”季霖郁无比郑重地说道。

“停止交易？”苏兮愣住，开什么玩笑！

“合同上的特殊补充条款，双方都享有一个月的反悔期。”

“我知道。可是为什么？皮料质量有问题吗？我们的服务您不满意？还是供货时间上有问题？”好好儿的合作怎么说中断就中断？

“皮料没有任何问题，只是我们工作室无法接受批量生产，顾客等不及，大量订单被撤销，因此不再需要那么多高档皮料。”

苏兮不知道，皮料过剩只是借口，真正令季霖郁感到不满的是她为沈山南做说客这件事。

她沉下一口气，笑道："季老板，我很珍惜跟您合作的机会。除了商业交流，我对您的手艺尤其敬重。不瞒您说，最开始让我有欲望踏进这间店的是你橱窗里的那些包，而第一次让我心动的，则是展架上的那只托特。说到这儿，对了，我能冒昧地问一下那只包是您给女友的吗？"

兴许季霖郁也对自己单方终止合同的行为感到有些不妥，苏兮这么问，他的语气便放软了些："给我母亲的。"

原来是这样！苏兮心底一陷，似乎又抓住了某个契机，从容地说道："季老板您看，您的父母显然对您寄予厚望，将鼎盛昌托付于你，并等您来帮它东山再起。因此从这一点上来讲，我们之间的合作是至关重要的。"

季霖郁久久不发一言。

"季老板，您——"

"什么都不用说了！"

季霖郁分秒间失控，却被强大的理智抹过。

他一字一句道："苏小姐，我一向不喜欢别人提及我的父母，更不接受任何以他俩名义对我的说服。不仅如此，你是凶案的嫌疑人，我不得不考虑，跟被警方怀疑的对象合作有损于我们老字号的名声！"

这话实在是伤人，呼吸瞬间凝滞在喉管，眼眶跟着红了。苏兮像尊石像般一动不动，眼里噙满泪水。

"别这样啊，在这种情况下掉眼泪也太狡猾了！"他在心里冲她大喊。

她忍住眼底的滚烫，话从牙缝挤出来："我视你为伙伴，可你怀疑我跟杀人案有关。季先生，你可以不跟我合作，可以不喜欢我甚至讨厌我，但请你不要冤枉我，更不要侮辱我的人格！"

话罢，苏兮有些窘迫地转过身，留给他一个决绝的背影。

季霖郁呆呆伫立。他刚才还满腔怒火，但此时已经被成功浇灭。愤怒冷却下来，他感觉自己像是一具空壳。

怎料刚才走出两步，江妙菱跟缪诚一前一后迎面而来。苏兮实在不知该以何种面目面对，只好重新回到桌边，迅速从桌角抽过一本《缝线的艺术》假装翻阅。

“小妙菱，指甲油借我用一下。”缪诚浅声说道。

“你要干吗？”

“车停路边被刮了，肇事的孙子跑了。”

“车刮了干吗借指甲油？”

“我车是银色的，就刮花了指甲盖大小的一块，去修理厂不划算，我干脆自己补补。”

妙菱眼睛瞪得老大：“你这钱省得也太不是地方了！”

“小妙菱你那么善良，就给我用用嘛。”缪成连哄带求。

妙菱不禁笑出声来。

她上前几步，在苏兮身侧驻足，用一副小孩子要糖吃的口吻说：“苏兮姐，能陪我去一趟储藏间吗？”跟着一把挽住苏兮的胳膊。

见苏兮半天不抬头，妙菱感到有些奇怪，小心翼翼看向她的脸：“苏兮姐，你这是怎么了？”

苏兮将头埋得更低：“没什么，随便翻翻。”

妙菱当即顿住，指着封面吞吞吐吐地说道：“苏兮姐，你的书……好像拿反了。”

苏兮一愣，偷偷瞥向对面。此时的季霖郁正给皮子走线，目光相撞的瞬间他迅速撇过头，重新披上一身事不关己的冷峻。

苏兮有些囧，不好意思地笑了，浅声催促说：“不是要我陪你去仓库吗？快走吧。”

妙菱咧嘴一笑，那份天真的无辜就更诚挚了，她的脸庞生动而纯洁，眉目间是一片动人的温柔。

背影中，季霖郁停下手头的动作。他将扎破的手指放入口中用力吮了吮，忽然感到一阵心烦。

江妙菱翻找指甲油的时候苏兮四下环顾。仓库还算开阔，皮料堆叠整齐，零配件按类分放，各式工具成套摆放。

她的目光扫过一列列木架，突然在门后停了下来。

“妙菱，谁的腿受伤了吗？”一丝狐疑划过眼角。

“没有啊，怎么了？”

“没什么，我看门后放了套拐杖就随口问问。”

妙菱突然回过神来：“哦，那是老板的！之前老板把脚扭伤了。”她歪着脑袋想了一下，“对了苏兮姐，大概就是您刚来店里那会儿。”

那会儿？一个大胆的假设闪过脑海——难道是他？

对呀，怪不得头一次见面就觉得莫名眼熟，难不成，他——

一阵穿堂风过，灌入衣领，苏兮不禁打了个哆嗦。

下一秒，妙菱的声音自门边传来：“苏兮姐你不出来吗？我准备锁门了！”

第十三章

.1.

整个儿晚上，苏兮的思绪陷落于库房门后的那副拐杖上，睡不着，躺在床上辗转反侧。

夜风呼啸，将浅色的纱帘掀起。浮动的月光将那个忽明忽暗的背影投射在纱帘之上。

是他吗？冥冥之中，两个轮廓泯灭的背影相互交错——一个是凶案当晚那个从头黑到脚并在仓皇之中撞了自己的怪人，一个是工作台旁那个身着象牙色亚麻休闲衫、眉宇之间蔚然成风的男孩。

苏兮闭上眼。

不不不！一定是误会！

可若真的是他呢？

即便真的是他，也许他拜访了朋友正好路过也说不定。

可那一身掩不住的惊慌呢？

这所有的一切，到底是哪里说不过去？

丢在现场的项链、亲眼目睹的案发现场、凭空推迟一小时的作案时间、黎志远的恐吓跟谎言、仓库门后的拐杖……一时之间，无数问题涌入脑海，想着想着，苏兮觉得越发恍惚，梦境纷沓而至。

.2.

一阵惊雷将她震醒。她撇头看窗外，大风呼啸天昏欲雨，仰头看表，七点二十分。闹钟还没响，她却再也睡不着了，干脆跳下床，赤脚走进浴室。

难得清闲的一天，即便这种清闲用寥落形容可能更为恰当。早餐吃了简单的全麦吐司跟白水煮蛋，佐以小半碗酸奶 musli，最后以一杯风味纯正的意式浓缩收尾。

穿过客厅的时候，苏兮的余光扫过凌乱放置于门边的几摞旧书，那可都是她不辞辛苦高价从欧洲运回来的。她原地停下，捧着杯茶盘腿坐在地板上。她将书本从上至下一一翻过，米兰·昆德拉、赫拉巴尔、萨冈、波伏娃……直到拿起一本《捷克语的基本语法》，手头动作慢了下来。翻开第一页，两个名字并排签于纸页右下角——Susie、Eva。

Susie 是自己，Eva 是黎露。

记得刚接触捷克语的那段时间，除了“你好”“再见”“吃了吗”之外什么都不懂。初来乍到，学校将她安排在了布拉格城堡附近的宿舍。宿舍是套间，五间卧室外加共用的走廊跟厨卫。走廊顶头连着一个半圆形的大露台，半夜睡不着的时候，苏兮就从窗户翻出去塞着耳机将双腿悬在半空中眺望城市夜色，直到半个月后，黎露成了她唯一的舍友。

作为留学生的她们经济并不宽裕,可黎露还是会想方设法将生活过得充满希望。

秋天的第一个周末，黎露一时兴起要做道特色菜肴。自己削土豆的时候要苏兮去楼下越南人开的杂货店买一块黄油。苏兮来到商店，看着面前一大冷藏柜的黄油墙彻底傻眼。她犹豫很久，最终挑了块量多价低的。

她一路上都在为自己的小机灵手舞足蹈。到了宿舍将黄油递给黎露，黎露呆呆愣了七八秒，笑得前仰后合。后来她才知道，那哪里是什么黄油？根本就是一块猪油。苏兮舍不得丢掉，随后吃了两个周的猪油煮白菜。而这两个周里，黎露做饭的时候总给她留上一份……

想到这儿，她的眼泪又来了。苏兮吸了一下鼻子用力将书合上，迅速抽出下一本。压在底下的一个黑皮笔记本。她翻开，原来是工作时期的记事簿。从末尾往回几页记录着各种软件的登录密码。再翻，是萨冈的小说摘抄……大概翻了十来页，突然，一串数字跃然纸上。

这是什么？重要的日期吗？看上去不像。重要账号吗？未免过于眼生了。

e3657876527891？究竟是什么？

直到一个念头闪过脑海。她沿着那道光追根溯源——对，这不就是黎露的邮箱密码吗？

要说这串数字还得追溯到刚工作那年，黎露陪客户在阿尔卑斯山脉滑雪。当时紧急需要收取一份重要的工作文件，可处于山顶咖啡屋的她根本收不到3g信号。于是她打电话给苏兮告知自己的邮箱密码，要她帮忙登录将内容念给自己听。

苏兮走向电脑，输入黎露的账号，很容易便登录进去。

一时之间，原本如深潭般死寂的邮箱像是投入了一连串石块，突然变得躁动不安。苏兮一封一封往下看，除了铺天盖地的广告邮件，还有一些同时好友发来的新婚贺电。

不重要！这些都不重要！

一口气翻到第七页，她怔住了，瞳孔骤然放大。她花了整整三分钟的时间让自己的大脑恢复运转，合上电脑，一把从桌角取过手机，然后照那个名字摁了下去。

沈山南将手机揣回兜里，表情凝重了三分。他稍作犹豫，还是伸手推开会议室的门。

“我们万邦收购三大皮料供应公司，目标是在六年之内。在宣布收购的同时，为了能够迅速在高端手作皮具行业站稳脚跟，我们将积极接受亚太区订单。下面请看一下企划书上的现财务状况。流动资金3300万元，流动负债……”

一席话落定，最后排传来一阵铿锵有力的掌声。大家纷纷回头望，发现站在门口的沈总。

“报告不错。大力推动并购吧。”

他说完，大步流星走回办公室。等Anna关上门，沈山南这才掏出手机回拨过去。

“你刚才说的话什么意思？”

……

随着对话的深入，他的眉头越拧越紧。

寥寥几句后，目光自手腕间那块鹦鹉螺上一扫而过。“这样，你现在到我公司附近的星巴克。我还有一个电话会议得处理，四十分钟以后到。”

十五分钟后，苏兮出现在了星巴克门口。今日的她难得一身休闲打扮，浅色阔腿裤搭黑色羊皮机车款皮衣，手拎一只Celine笑脸包。化淡妆，气色在豆沙色唇膏的衬托下显得格外清新。

“你说你在黎露的邮箱里发现了恐吓信？”沈山南迫不及待地问道。

苏兮没作声，直接摁亮屏幕给他看。

沈山南接过 iPad 速速浏览，神色越发凝重起来。

“黎露是他亲姐姐，他怎么能这样做？”然而他迅速抬起头，脸上的愤怒被一丝疑惑取代。他停顿了一下，接着微笑说道，“苏兮，我没别的意思，就是好奇，你是怎么登入黎露的邮箱的？”

苏兮眉头一紧：“你这是在怀疑我？”

沈山南摇手：“不不不，只是你想必也了解，她这人向来重视隐私，连我都没有她的密码。”

苏兮收起 iPad，将事情的来龙去脉如实道来。

沈山南陷入沉默，手指在唇间摩挲。

“会是误会吗？”

“我看不是。”

良久，他沉吟：“这样猜来猜去也不是个事儿，我得去找志远谈谈。”

“我能一起去吗？”

沈山南表情一凝，却还是答应了下来。

按照黎志远的意愿，他们约在了学校南门一间乌烟瘴气的小酒吧。

包间内，沈山南将几页纸往桌面一摊：“看看。”

黎志远并没有立刻伸手去拿，而是看向苏兮：“哟，怎么着，保险单下来了？”

沈山南再也无法忍受那副嘴脸，面无表情地冷哼道：“快了。”而苏兮忍住想要抽他耳光的冲动，目光死死咬住他的脸。

“这些是不是你写的？”他站起身，将纸张甩向桌面。

黎志远轻瞥几眼，没否认也不解释。

“我问这是不是你写的？”沈山南语调一沉。

“是又如何？关你屁事！”

“跟自己的亲姐姐也能说出这样的话，你还是人吗？我劝你最好当着我们的面解释清楚，不然下次来问话的可就是警察了。”

黎志远面露凶光，掏出根烟来往唇间一衔：“你们？凭什么？你们是谁？

哟，凶手反倒威胁起被害人家属来了？”

“混账！”沈山南不得不亮出撒手锏，“黎志远你可别忘了，你现在每个月的生活费，你所花出的每一分钱可都是从我账上走的！”

这么一说，黎志远立马软了下来。他将烟插回烟盒，声音跟着低了八度：“我不就一时冲动说了些难听话吗，屁大点儿事儿用得着搞这么严重吗！我实话跟你们说吧。这事儿不怪我，要怪就怪我父母。在我很小的时候他俩就离婚了。他们为了自己的利益重组家庭，还美其名曰勇敢追求幸福。我被丢给了姐姐。喃！我姐，没错，她对我很好，尽职尽责，又当爸又当妈！可是这件事错就错在我爸妈把遗产都留给了她。我该怎么办呢？请问我该怎么办？我问她要钱她却一毛都不愿意多给，我只好去偷去诈，有次还差点儿被校方开除！要说我浑蛋，那我的浑蛋也是他们三个造成的！”

“你撒谎！黎露根本不是那样的人！她每个月给你打钱，时时刻刻惦念着你的安危！她做了一个姐姐该做的所有事，甚至比这还多！”苏兮努力克制，可声音却在发抖。她狠狠压抑着内心的愤怒。

“我没撒谎！不然我怎么可能威胁她！她自私！跟我爸妈一样自私！”

“所以你杀了她？”苏兮的脸上闪过一丝难以名状的惊恐。

“你这个女人是疯了吗？”黎志远“啪”地将火机往地上一摔。

“是你干的吗？”沈山南拍案而起。

“我说了！不是我！”这一吼，四面顿时安静下来。在众人惊恐的目光中，黎志远用力甩上门板绝尘而去。

事已至此，沈山南劝苏兮先回去。一路上，两人维持着史诗般严峻的缄默，嘈杂的公路电台里一个外国歌手正叽里呱啦唱着什么。

“山南哥，你知道遗产的事儿吗？”

沈山南摇摇头，将音乐声调小：“我们很少聊到钱。确切来讲，我们根本就是很少聊天。虽然要结婚了，可黎露跟我像是身处两个世界。”他顿了顿，补充道，“可能是性格使然，我们很难有共同语言。”

“既然如此，那为什么要结婚？”苏兮转身，看向他的侧脸。

沈山南仰天一叹：“因为……大概都觉得是时候给自己找个伴儿了吧，世界这么大，有趣的事儿那么多，有没有共同语言似乎也没那么重要。”

途经一个路口，红灯起，沈山南踩下急刹车。

“结婚就是一时冲动下的结果，不然你说呢？”沈山南的眉间划过一丝伤感，可很快又恢复了以往的欣欣向荣。

一抹苦笑爬上苏兮的嘴角。良久，她抬手一指：“山南哥，绿灯了。”

.3.

与“瑞丰坊”之间的发展进展迅速，这并非好运加持，苏兮可谓铆足了劲儿。瑞丰坊本是业内一间老牌企业，这几年更是凭借轻奢皮具声名鹊起。苏兮为了拿下这一单，不惜将靳世荣一家老小照顾了个遍。

这个靳总，口碑好身家厚，没有任何道德瑕疵遭人诟病。要说唯一的特点，就是怕老婆，与其说怕，不如说爱。靳太是原配，从靳总一穷二白便伴其左右，家里的一汤一羹都是她省出来的，支持靳总创业硬是不顾娘家反对变卖了陪嫁来的一房一车。历经艰难险阻十余载，好不容易将一间街边小铺变成了半栋摩天大楼。

这些也都是苏兮侧面了解到的。于是她决定从靳太下手，一步步瓦解靳总的心理防备。靳太喜欢限量版香水，苏兮不惜重金一手包揽；喜欢大品牌当季新款，苏兮托关系找巴黎的朋友代购；喜欢收集古董珠宝，她满世界地大搜罗。

就在不久之前，苏兮托朋友拿到一瓶伊慕沙兹堡雷司令逐粒枯葡精选甜白葡萄酒。订好卡座请靳总前来品尝，靳总难得高兴，酒量尚浅却喝得酩酊。晚些时候，苏兮将他安排到十五楼套间。刚打开电梯门，只见三五人影谈笑风生。靳世荣的手臂搭在苏兮肩头，全部力量压在她的身上。待电梯门关上，只听耳后一声轻叹：“哎，阿郁，你看她像你那个朋友吗？”

苏兮闻声抬头，四目相对之间，只见季霖郁用力盯她一眼，紧接着面无表情地侧过身去，那样子像是面对一个毫不相识的陌生人。

“你认错了。”他冷哼道。

苏兮动动嘴显然想要开口解释，可就在此时，电梯门开了。她只好在他难以释怀的余光中扶着靳总朝长廊深处走去。

他难道在生气？对啊，他就是这样，一旦遇到不开心的事便会迅速缩回自己的壳里。他这是在因为我而感到不开心吗？

安顿好靳世荣，苏兮乘电梯下负一层。走到车边才想起自己喝了酒。本想打电话叫代驾，解锁手机的瞬间却犹豫了。她转念，拨下另一个号码。

铃声响起的时候，季霖郁正跟哥们儿在顶楼旋转餐厅欣赏夜色。手机响第一遍，他放任不接。响第二遍，干脆摁掉。响到第三遍，一旁的钟少率先伸手，正要讲话，却被季霖郁一把夺了回去。

"喂？"

"你还在酒店吗？"

"有事吗？"

"我在停车场，喝了酒开不了车，看你要不要一起走。"

"叫代驾吧。"

"哦。"苏兮泄了一口气，正要挂断，却被对方制止——"你稍等一下吧。"

怕季霖郁找不到自己，苏兮守在停车场入口。电梯门一开，季霖郁跟着出现在眼前。她张张口想解释，他却提步就往车边走："停哪儿了？"

"你送我？喝酒了吗？"

"感冒，没喝。"

一路上，季霖郁将电台音乐开到最大，似乎有意掩盖尴尬。直到一个红绿灯路口，车子减速，苏兮将音量调小，说道："今天我是应酬，他是我目前在争取的最大的一个客户。"

"这是你的事。"他目不斜视。

"我不想人误会。"

"我怎么会误会？这不是你一贯的做事方式吗？"

他那毫无感情可言的反问令苏兮感觉如鲠在喉。她憋着一口气，说道："放我下去。"

绿灯亮起，他一脚踩下油门，装作看不懂她的情绪。"别急，还有两个街区。"

.4.

早就过了下班的时间，可季霖郁好像并未打算收摊。他绷着脸，眉心高高耸起。

"江妙菱，这块意大利植鞣你用的是什么斩？我有没有说过以你现在的水平应该用菱斩而不是欧斩？”

江妙菱：“……”

“还有这件，在六菱斩斩距的选择上，我有没有说过表带用 2.7mm 的，大型包具用 3.85mm，而钱包用 3.38mm？”

“说过。”江妙菱不敢辩驳，浓密的睫毛因心虚微微颤抖着。

“重做！”季霖郁回头，正正逮住在一旁侧目的缪诚：“你监督，出现任何差错你负全责！”

待季霖郁消失于走廊尽头，缪诚戳了戳江妙菱的手臂：“哎，你觉不觉得这两天老板怪怪的？”

“怪？什么怪！这是男子汉气概！”

“你说得怪好听。我倒是觉得他教训你的次数比之前多了，气势也比之前猛了。”

“这是重视！说明我是可塑之才！怎么，有点嫉妒了？”江妙菱扬扬眉毛。

缪诚撇嘴：“我可不这么认为。哎，对了，你听说咱们终止跟苏兮姐合作的事了吗？”

江妙菱瞬间严肃三分：“不知道啊，什么时候的事儿？”

“你没发现苏兮姐有阵子没来店里了吗？怎么小妙菱，消息不灵通了？”

“到底出了什么事儿？”

缪诚正要解释，那道冰冷的声线从背后传来：“江妙菱你过来一下。这些苹果又是怎么回事儿？”

苹果？妙菱怔了怔，刚要张嘴说不知道，缪诚抢着说道：“老板，那是我早上买的！赶上对面超市打折！”

第十四章

.1.

遭遇新型的市场冲击，万邦集团面临进行整改。

沈山南推开办公室的门，冲沙发上的两个男人欠欠身子：“干爸、江总，不好意思，让两位久等了。”

江秉城很是客气地点点头。年长一点的男人摊手，要沈山南坐下。

“沈总，这是我们江临皮造最新出来的《手工皮具行业未来趋势》的报告。请您参考。”

沈山南细细翻看：“对此我也有所耳闻。就整体市场而言，价格混乱将持续一段时间，皮料市场上原料价格半年来不停地异常上扬，中端皮料的卖家大幅减少，低端料增加。因此可以看出皮具从业者的增加应该是很迅速的，次皮现在都可以冠上各种名目出售，这在以前是基本看不到的。”

“是的沈总。”江秉城接过话，“皮料市场的混乱在未来一段时间内将加剧手工皮具市场的进入难度，由于很难摸清皮料的特性与价位，部分初级从业者可能因不断试错而无力支撑退出市场。对老手来说，由于大都识货且多数都有长期合作的商家，这种混乱对他们影响较小。长期来看，这种混乱对老手来说甚至是好事。由于来自普通从业者的干扰不断减少，高级客户们将越发倾向于与特定的业者建立长期固定的联系，精进技术将成为老手更迫切的任务，谁的作品够精良谁就能占据更大的市场。”

“对了，铬鞣现行走势如何？”沈山南注目。

“铬鞣皮料圈一向与高仿界关系密切，高仿的市场地位预期将逐渐下降，最近铬鞣皮料从业者圈也的确在发生一些微妙的变化。高仿业者正在紧缩市场，减少对外培训使用的款式，减少出售量，货品减少的同时价格也就自然保持住了。由于高仿工作室在收缩人手，部分原来的高仿匠师已经进入市场以私人定制的方式低价制作高仿作品，这可能会压低高仿品的价位。

“但由于是各大品牌使用量最大的皮料，铬鞣皮从手制市场消失是不可能的，因此如何维持高级铬鞣制品的价位高度是个大问题，铬鞣皮无法进行太多装饰，往往只能靠款式和手感来抓人，这种情况下最好的选择就是高仿。而且高端铬鞣皮作品使用的工具价钱，制作作品的工时都是大数字，更加影响了从业者们选择高仿的倾向。只要没人砸市场，可见的时间内高端铬鞣制品将以中高端价位稳定运行。培训市场上由于从业者不断增加，热度一直很大，由于培训市场均为长期市场，使用的案例不可能经常更换，未来一段时间里高级的制作培训将不断出现，但洗牌率也会很高。”

沈山南陷入短暂的沉思，少顷，抬眼问：“干爸，您的意思是？”

长者喝了一口茶，不紧不慢地说道：“现阶段万邦所面临的形势严峻，山南，我怕你心里没底畏首畏尾。今天我来就是想告知你，万邦集团跟江临皮造并非一般的合作伙伴，在过去的几十年里，我们并肩度过了一个又一个的危难时刻，也多次救彼此于水深火热。我相信，无论现在还是未来，万邦遭遇险境，江临皮造一定会伸出援手。所以你尽管放手去做，大刀阔斧！”

“是的沈总，以我们两家的交情，任何时候只要您需要，张口便是！”江秉城信誓旦旦道。

“那我就在此以茶代酒，提前谢过沈总，也谢谢干爸！”沈山南仰头，一饮而尽。

……

苏兮正坐在客厅的地毯上检查几款皮料，手机响了起来。她迅速接听，接着便整装出门。

Anna 轻轻叩门。

“请进。”

“沈总，苏小姐来了。”

沈山南招呼苏兮进屋，请她在沙发上坐下。

“山南哥，这么着急找我来是黎露的事情有进展了吗？”

沈山南摇摇头：“抱歉让你失望。遗产跟保险的事情都还在查实。今天请你来，是想跟你谈一项合作的。”

他说着，目光滑过苏兮的侧脸：“自从上次皮料掺假事件后，我们立即终止了跟供应商的合作。现在供应链出现了空缺，我们急需一个货源稳定可靠的供应商。”

“跟我合作？我可是刚刚起步。山南哥你是认真的吗？”苏兮无比错愕。

“不然呢？”沈山南笑笑。

然而苏兮似乎并未因此而高兴，反倒有些忧心忡忡。她下意识撕扯着指尖的角质，沉吟久久：“我知道这是个很好的机会，可是我……”

“怎么？不愿意？”

苏兮站直身子，道：“客观来讲，我公司的业务属于起步阶段，进展不错，也的确需要像您这样的贵人提携。但我担心……担心我司跟万邦并非旗鼓相当。在实力不足的时候，我不想为了证明自己或获取最大利益而拖任何一方下水。”

沈山南一下子明白过来，他微笑，用充满信任的口吻说道：“你怎么能这么想呢？你又不是在害我，你是在帮我。”说着，他将文件塞入苏兮手中，说道，“你看，物料供应协议都已经拟好了，就等你点头。其他条款都是常规，最重要的两点我已写明。一，万邦保证始终采购，无论在何种情况之下。二，以高出当时市场价百分之五的价格进行采购。独家材料供应方，在采购此项材料时不进行招标。”

“山南哥——”

“苏兮，你的处境我看得见，你的想法我都懂。你相信我就好，就算全世界都想拉你下水，我也一定是那个想方设法让你安全上岸的人。”

话罢，他递给她一个坚定赤诚的眼神。

.2.

缪诚吃完午饭回到匠心手造，正巧撞见季霖郁跟一位顾客闹了点不愉快，顾客满脸煞气，老板一脸冰霜，而江妙菱不得不扮演起了和事佬的角色来。

“我是顾客，顾客是上帝，我可以付钱啊，多少都可以，但你得按照我的要求做！”女人站姿如圆规，摆出一副盛气凌人的架势。

季霖郁半天不作声，妙菱只好挡在前面一阵点头哈腰：“不好意思女士，我们店从来不做那种款式，那不是我们的风格。”

女人当然不乐意，白眼儿一翻：“要不是你们店的名头好谁会来这儿订包！你们也不开门看看，就对面新开的那家手工皮具店，人家要什么有什么，款式比你们这儿的时髦多了！不就是开个手工店吗，牛什么牛？再说你们店的风格也没什么推陈出新啊，几年前做这些如今还做这些，一点点创意都没有！号称一只包能用一辈子有什么用？审美早就过时了！”

季霖郁似乎并未感到恼火。他扬起下巴，安静的目光平移向窗外的车水马龙，然后慢条斯理地说道：“不好意思女士，我不是艺术家，不管创作。我只是个皮匠，讲求重复过程中的精益求精。如果店里的款式不合您的心意，还请您去别家看看。”

顾客就差拍案而起！她尖声叫道：“哎你个做包的，装什么装啊！”

……

送走客人，季霖郁出去透气。缪诚立马递上一个苹果：“到底怎么回事儿，小妙菱？”

江妙菱倒也不客气，“咔嚓”咬了一口：“是个新客户，可能不太了解咱们店的制作风格，从网上下了个爱马仕铂金包的图片让老板做一模一样的。老板说不做她就闹起来了，语气还挺冲。”

可是话说回来，对面那间店是怎么一回事儿啊？之前门可罗雀眼看就要倒闭，最近突然就火起来了，势头走高，抢尽了风头！

缪诚对此深表疑惑。可妙菱却是自持观点。“据说是款式多，设计时髦，以铬鞣为主，什么大牌都敢仿却又让人抓不住任何话柄。”

“怎么做到的？”

“看似 LV，再看是爱马仕，翻过来看是香奈儿，其实啥也不是，但就是深得人心！指不定身后有什么高人指点。”

缪诚点点头。据他所知，最近行业确实不景气，国内皮具圈上不上下不下的，一批人接二连三退圈，好多群里都在卖工具，布兰查德一套一套地出，法国烫边机，日本裁皮刀……要说在传统跟新潮的权衡上，季霖郁的确自持一番固执。保持传统是好事，可这并不符合当下的行情，于是，等季霖郁回到工作间，缪诚鼓足勇气开始了一番劝说——

“老板，就咱们行业我最近也了解了一些。咱们手工皮具从业者的位置实际是在一个夹层中，也就是批量化的低端产品和大牌奢侈品之间这个位置。因为个人无法与机器竞争，将定位定在中低端是没有发展的，这几年消失的无数线上工作室就是证据。咱们手工皮具的方向尽量靠向中产阶级，全力靠向艺术品，在处处都有机器在压缩手工从业范围的现在，这应该是一个不错的办法。提倡情怀可以一时，但很难一世。如果品牌影响力不足，普通人的作品如果千篇一律，哪怕用了最好的料子，上了最好的工艺，生命力也仍是有限的……”

季霖郁眯起眼睛，中气十足：“为了短期的盈利去做爆款，去压成本卖样子，最后完蛋的总是自己。”

巨大的落地窗前，沈山南望着夕阳出神。

身后，一个黑影闪进门内。

“怎么样了？”他似乎有所察觉，沉声问道。

“对工作室的施压已经开始了。我们跟周边的十来家皮艺手作公司签订了协议，目前已经分散了匠心手造的部分客源。”

“看来小有成效。”沈山南唇角轻轻勾起，道，“但也别太过分，毕竟以后是要合作的。等到火候差不多了我们再出面跟他谈，放宽条件。到那时候我们摇身一变，可就正大光明地成了鼎盛昌的救命恩人。”

“这招联手上演的英雄救美真是高明！我们江总说了，请沈总放心，他一定鼎力相助。”

.3.

已经过去了这么久，可黎露的事情依旧毫无进展。虽然警方没有再传自己前去问话，可苏兮心里始终七上八下。

苏兮吃过晚饭专程绕道匠心手造，打算去取回此前定做的那只水桶包。事实上江妙菱已经给她打过数次电话提货，可她手头事务繁忙只能一再拖延。当然，还有一个理由足以令她望而却步，那就是自打内心生成有关拐杖的猜测，她突然不知该如何面对季霖郁。

苏兮在店前停下，所幸还没打烊。店门半敞，室内灯火阑珊，想必妙菱跟缪诚应该都已经下班了。

她抬腿跨进那道门，穿过走廊，一曲《月光奏鸣曲》自大厅深处传来，旋律婉转动人，却在幽暗的烘托之下平添了几分危机四伏的感觉。

苏兮站在走廊尽头，余光扫过空荡荡的咖啡间，眉目一紧，瞳孔骤然放大！

发生了什么？

她再也来不及思考，一个箭步冲上前。

第十五章

.1.

三米之外，季霖郁倒在地板上。室内不算明亮，角落里的高脚灯散着疲惫的光。

遭遇打劫吗？这念头从苏兮脑中蹦出来，她立马前去查看，看那板正的姿势又不太像，头下还垫着一只腰包大的皮垫，四周也没有任何挣扎或被打乱过的痕迹。苏兮凑上前，屏息凝神地观察。他的面容安详，呼吸沉稳，面颊泛起淡淡的红晕，一改往日里的冷若冰霜。

苏兮心尖一颤，柔软的目光划过他的额头、眼窝，再到高挺的鼻梁、嘴唇，最终落在他颈间一条银色的链子上。银链一端似乎还挂着个坠物，小方盒的形状，在衣物轻薄的遮掩下反倒显得突兀。它是什么？她细细揣测，不自觉地，伸手摸了过去。

然而就在肌肤与衣物触碰的一刻，季霖郁抽动了一下。苏兮迅速收回胳膊，重心一仰，差点坐到地板上。

他将醒而未醒，貌似是被梦魇压身，表情痛苦，脑袋微微晃动，口中喃喃念叨着些什么。苏兮凑近了听——

“不要，妈——爸爸，别——不要——”

没等苏兮反应，季霖郁的眼睛突然张开，一把抱住苏兮的手臂，又猛地放开。直到那两束空洞而茫然的眼神被面前的影子填满，一切才又恢复了平静。

“别怕，你做噩梦了。”苏兮轻声安慰，“梦到什么了？”她问。

“昨晚熬了一夜，实在是撑不住了就躺一会儿。”说完，他像一只断了线的木偶，重新落回地板上。

“梦到什么了？”苏兮再问。

“我父母。”他有气无力地说着，话语中充斥着未了的余惊。

“这不是坏事儿，说明你挂念他们。他们在做什么？”苏兮递上杯子，换了一副相对轻松的语气。

“坠崖。”

苏兮一怔，意识到自己说错了话。而此时的季霖郁将脑袋紧紧贴在实木地板上，丝毫没有要起身的迹象。

“你不是一直想知道那只托特包的来历吗？”良久，他将视线移向台灯，泯灭的目光与昏黄的灯光交相辉映。

“我的确感到好奇，但你不想说可以不说。”

“那是我学成之后亲手完成的第一只包，是给我母亲的。说来也很好笑。有一天我在一本日本手作杂志上看到了那只包的原型，也不知哪来的灵感，脑中突然就闪现出改良后的效果。我妈是皮艺设计师，我觉得以她的审美一定很喜欢，于是立马放下手头的工作开始打版并选好了皮料。然而就在我剪裁模版的时候才突然间意识到，我妈已经过世一段时间了。”说到这儿，季霖郁停了下来。他别过头，用力掩饰着内心的脆弱。

苏兮心头一紧。

“从头到尾我硬是一滴眼泪都没掉。后来咬着牙着将包做完，也算是对我妈的一个交代。”他的嘴唇剧烈颤抖，“还有，你不是一直好奇为什么我对商业行为避而不谈吗？”

“为什么？”

“我不是什么怪人，也不是什么千年不化的冰山。我的父母，是在一次商办途中车子坠崖而亡。当时我收到了爸爸临死前的最后一条消息，想必他当时已经命悬一线了，却还是使劲全身气力说出那番话。”

“什么话？”

“他要我发扬祖业，永葆匠心，并明确告诫我无论如何要远离商业纷争！”

……

凝滞的沉默将两人之间的空隙填满。良久，季霖郁坐起身，看向苏兮的眼：“苏小姐，我想向你道歉。”

“什么？”苏兮觉得不可思议。

“对不起，那日出言不逊是我的错。我不该在没有事实证据的情况下对你进行人身攻击。”

苏兮被他一本正经的措辞逗乐了，内心一片畅然：“什么话呀？我都不记得了。”

自己满腔郑重却撞上对方的嬉皮笑脸，季霖郁面子上有些挂不住，他的脸又紧紧绷了起来：“苏小姐好像并不打算接受。”

苏兮意识到失态，端正了语气：“那天晚上我们的确闹了些不愉快，但我认为，都已经过去了。”她说，“你看，其实我们每一个人都有被愤怒、悲伤、各种情绪冲昏头脑的时候。可我们是成年人啊！难道要像小孩子那样说错一两句话就老死不相往来了吗？”

季霖郁看着苏兮的眉眼，就那样静静看着，似审视，却毫不怀疑她说出的每一个字。然后，他笑了。

晚一些的时候，季霖郁拿出那只水桶包交给苏兮验货。

“见你一直没来取，我怕皮子干燥就擅自替你照管了。已经上过三次油，保护层形成得差不多了，回去可以放心使用。”他说着，手法娴熟地用棉布罩装好。

苏兮这才注意到长长工作台尽头，原本空荡的角落被堆得满满当当。那里放着十来只皮插花袋，七八只染色植鞣革红酒套，还有三只二十厘米高的皮兔子玩偶。

“这些都是你做的？”她感到有些不可思议。

季霖郁颔首：“外地一间私人会所定制的。昨晚跟缪诚熬了整整一宿才按时完成。”

“我以为你这儿只接个人定制呢，没想到还能批量供货。”

季霖郁耸耸肩：“都是从父辈那里延续下来的关系，有长期合作拿货的高端买家，也有几个企业合作定制。也多亏了他们，如果光靠散客订单，这间店很难延续下去。”

“你不是说你不接受商业运作吗？这么一来岂不是很矛盾？”

“不接受商业运作是不想因为量产而丢掉匠心，单凭我们三人纯手工制作是不可能实现大规模生产的。现有的都是父母交代过的亲戚朋友，人家也是看在父母的面子上照顾我生意。”

苏兮点点头，目光落向一只蒸汽时代打扮的兔子玩偶：“那几只玩偶也是会所订的？”

“嗯。给参与宴会的小孩子们的见面礼。”他说着走上前，拿过一只小鲸鱼零钱包递给苏兮，“我那天顺手多做了一个，送给你，一点小心意。”

打烊之前，季霖郁送苏兮出门。苏兮走出十多米却又转身回来。她的目光不断瞥向他的膝盖：“季老板，你的腿伤……痊愈了吗？”

季霖郁一愣，笑意划过眼角：“早康复了，本身也无大碍。谢谢关心。”

“对了，那您知道黎露吗？”苏兮仔细观察着季霖郁的表情。

他稍作回忆，倒并无反常之处。少顷，反问：“这个黎露……你不是说过她是你闺密吗？怎么了？”

“哦，没什么，黎露最喜欢水桶包，我突然就想到她了。”苏兮借口道。

.2.

苏兮有些后悔，怎么能如此明目张胆地怀疑一个内心善良的人呢？她坐在电脑前面，无所事事地翻看黎露的邮箱，试图找出更多蛛丝马迹。收件箱看到最后，再无任何线索。再翻开垃圾邮件，关掉。接着，她点开已发消息。

怎么会这样？已发邮件数居然为零？

她迅速登回自己的邮箱，往后翻，再往后翻——对！就是这个！

一条消息跃然屏幕之上，内容看似毫无意义。那是黎露半年多之前发给苏兮的一条消息，短短一串字母，没头没尾，甚至连不成句。那时候她俩的关系已经完全破裂了。苏兮并未多想，只当她操作失误，或是以这种方式试探自己的态度。

然而此时此刻，这条消息突然变得至关重要起来了，像是潘多拉宝盒的钥匙，通往一团神秘的火焰。

于是，她将它誊写在本子上。“F，baghelpooocedhadAn。”

到底是什么意思呢？F是谁？An又是什么？help是暗示谁需要帮助吗？ced又是什么？黎露啊黎露，你到底想说什么？

整个晚上，苏兮对着那行字母发呆。她动用手头能够找到的一切资源进行翻译，可惜没结果。

难道应该从什么名言暗语下手？相关词条搜尽，却还是头绪全无。

俗话说术业有专攻。苏兮只得将它连夜发送给在欧洲进行语言学研究的朋友，第二天一大早，等来的结果并不如人意——

“对不起 Susie。这根本就不是一句完整的话，它甚至不符合语言学的基本语法。”

一直等到工作邮件亮起，苏兮才得以从冥思苦想中抽身。她点开查看，是 Celine 发来的单据，告知她万邦订购的皮料已经顺利出库了。

午后，苏兮带着项目资料面见靳总。会议结束已经到了晚饭时间。苏兮整理好文件随大家一起离开会议室，走到门口却被靳世荣叫住。他说自己知道附近有一间不错的私房菜馆，邀请苏兮一起用晚餐。苏兮没多想便答应下来。

餐厅相隔半条街区，坐落在一栋洋房式公寓。老板娘年过四旬风韵犹存，远远儿看见靳总立马笑脸相迎。靳世荣稍作吩咐便被请去贵宾席入座，苏兮紧随其后，一路被服务生领到了顶楼天台。

待酒水先上桌，靳总举杯相邀：“苏小姐，见到你我很高兴。”

苏兮礼貌回敬道：“见到您我也高兴。”

可对方并不打算收口，继续说：“不知怎么了，每次见到你我都特别开心。”

苏兮一愣，打趣儿道：“我也是一样！”

“你为什么开心呢？”靳世荣话锋一转。

分明就是有意引导，苏兮干脆开起玩笑：“因为见到您意味着我能加薪！”

“还有呢？”

“意味着我们之间的合作能够进一步展开。”

“还有呢？”他眯着眼，饶有兴趣地等候下文。

“还有……运气好的话还能够通过靳总获得更多合作方！”

苏兮知道靳总想要表达什么，她这样品位超凡的女人实在太容易使得成功男人兴致盎然。可苦于经验不足，她无论再怎么佯装镇定却也无法应对自如。

直到老板娘拿着壶梅酒前来寒暄，他才肯放过她。

几番往来，靳总的确摇身一变成了苏兮的伯乐，他也的确为她连线了不少客户。

就比如眼下这位，坐标杭州。苏兮原本提前三天订好了飞杭州的行程，怎料就在前一晚接到了靳世荣的电话，他说：“你别去杭州了，改飞上海吧。杨总直接来上海跟我会合。”

翌日，苏兮抵达上海顺利见到了杨总。一行人聊完已经是晚上七点，三人从酒店会客厅出来，苏兮跟在后面给手机定位。

“这么晚了，咱俩一起吃个饭吧，苏小姐。”靳世荣提议。

苏兮收回手机，笑道：“杨总一起来吧，今天我做东！”

杨总正要点头，只见靳世荣暗暗使了个眼色，他顺利接过，笑着回绝道：“不用了苏总，我明早有个重要会议，今晚还得赶回杭州。祝你们用餐愉快！”

苏兮顿了顿：“靳总，要不咱们改下次吧，想必今天您也累了，不如早点回去休息。”

“什么累不累忙不忙的，饭总是要吃的嘛！”

苏兮想要借口推辞，紧要关头手机响了起来。她看了一眼屏幕，迅速走到一旁接听，没出一分钟便又回到原地：“真是不好意思靳总，您看我差点儿忘了，今天还约了个客户，人家看我没过去，打电话来催了。”

靳世荣跟着泄了一口气，转而说道：“去哪里？要不我送你过去？”

苏兮摆摆手：“不用了，对方说派车过来接。”

两人相继下楼。在靳总失望的目送中，苏兮只身钻进了停在街角的一辆黑色 x6。她系好安全带，扭头看向司机的侧脸：“多谢啊，劳烦您千里迢迢专程来救驾！”

“不是专程。刚好来上海会朋友。”

季霖郁说着，摇上了车窗。

.3.

上午八点，季霖郁大步走进工作室。他看起来心情不错，顺手将一包橘子丢给缪诚：“一起吃。”

缪诚笑嘻嘻地接过，当即剥开一牙递到妙菱嘴边。

季霖郁喝完一杯意式浓缩，穿好围裙又去清洗了双手。然后他返回工作间，将妙菱招至身边：“今天的预约多吗？”

妙菱拿出记录簿翻看："本来有一个还临时取消了。明天倒是满的，三场体验，定制也有好几个。"

"正好，前两天有顾客预订了一款皮雕钱包，既然没什么事儿你俩都来观摩。皮雕不常做，趁这个机会学习没坏处。"

江妙菱不解："既然皮雕那么好看，咱们接的订单却很少，这是为什么？"

季霖郁将预备好的皮料摆上切割板，解释道："自几年前市场的热点开始转型，皮雕皮具一直在不断收缩阵地。大量的压版货毁坏了市场对皮雕制品的信任度。压版对市场价格的冲击力是相当大的，例如满雕加皮绳包边的皮雕钱包，即便是普通级别的工匠制作收费也不会低于1500，毕竟工时在那里。使用压版后，300余元就有人出手。话说万事皆有规则，凡是遭到破坏，市场就会倾斜。"

说着，季霖郁摊开工具一一检查对照：削边器、橡皮榔头、打磨棒、不同目数的砂纸、白胶、厚度计、皮冲……

"这一单的包面是应客户要求定制的图案。因为需要雕图，所以使用了植鞣革。我会边做边讲解设计思路。"

"首先是图案的绘制，底稿必须绘制在绘图纸或漫画纸上，不能使用其他纸张，这样主要是为了增加稿件的保存时间。缪诚，这个你最懂也最擅长。"

缪诚笑笑，冲江妙菱吹了个口哨。

"其次，客户的要求是将妻子和孩子一起放进图案里，并且要绘制成妻子仰望孩子的样子。这是相当难办的要求，如果将整个钱包外皮面积全都设计上图案，折叠之后图案的完整性将大受影响，而在各种使用场合摊开钱包给别人看完整的图案近乎开玩笑。所以尽管难度上大大增加，我还是选择只雕半面，以图案完整性为优先来进行设计。"

他打住，将事先绘制好的底稿拿给大家看。线条熟练，惟妙惟肖。

"在图案题材上，客户的妻子是美国人，发色为金棕色，脸型略长。以远期血统来看，由于发色并非黑色，所以不属于罗马系人种。其家族中有金发和棕发、红发三种发色，以发色与血缘关系来看，纯金发为北欧系，棕色为地中海系，红色为凯尔特系，现代欧洲因为血统混合，多为棕色到黑色之间的颜色。这个案例里的发色因为家族发色中同时存在金色及棕色，无黑色发，所以家系应考虑出自英吉利海峡以西，地中海以东的欧洲地区。所以图案设计中参考了此地区的古代服装，即罩衫与带袖口长袍的搭配。因为要考虑皮雕时的刀线，所以取消了花纹细节。”

妙菱听罢，不禁皱眉：“老板，雕个女性形象而已，照着照片雕就行了，额外考虑这些不多余吗？”

季霖郁放开紧抿的双唇，说道：“那是自然，若想要完成让人满意的作品，广泛的涉猎跟周到的考虑是必不可少的。在图案布局上，为了突显妻子形象，将其绘制在人视线优先注视的范围也就是手持时人手心的位置。孩子们放在图案上部，为了让他们不过于抢视线，在孩子周围绘制了云线，云线密度最高处位于妻子头部附近，起视线导向作用。

“接着我们将进行外皮的制作。植鞣革，此处我们选用了托斯卡纳植鞣。”

“您说过托斯卡纳植鞣的皮质相对柔软，好像并不符合皮雕的要求。”

季霖郁冲妙菱扬了扬嘴角：“没错！它的确是以软质著称，较少用来雕刻，但比起硬质植鞣，它使用后的密度变化要小得多，不会出现太厉害的用后变形现象。”

“现在拿起你们前方右侧的直板裁皮刀。”

妙菱跟缪诚照做。

一直忙到下班的点儿，江妙菱接了通电话，径直走向季霖郁。

“有事吗？”他注目。

“老板，苏兮姐刚打电话来说想预约周五的体验课程。”

这令季霖郁感到吃惊，她什么时候对手作感兴趣起来了？一想到向来头面精致举止优雅的苏兮挂着个围裙叉腿坐在桌边的笨样儿，嘴角不禁浮出一丝不易察觉的笑。

“老板？”

“可以。”他正了正神色。

“可周五那天您的预约已经排满了。”妙菱蹙眉。

季霖郁停下手里的活计，仰头轻轻一叹：“前面四场都是皮手环，步骤相对简单，早上九点开始最晚下午就能结束，预约私定的客户你跟缪诚接待。去问苏小姐，能否定在周五晚饭以后。”

江妙菱长这么大哪里受过这样的累？她说老板，可这样安排的话你又要加班了！工作量这么大，身体吃不消的！

季霖郁不过分言语，依然坚持。

江妙菱心里挺堵，也形容不来究竟是什么滋味，总之酸酸的，涩涩的，有些心疼，有些怨尤。

他们不是才中断了合作吗？这才几天啊，怎么突然变得亲密起来了？

第十六章

.1.

苏兮随缪诚走进工作间，季霖郁显然恭候已久。她在江妙菱的帮助下系好围裙，又认真清洗了双手，等再回到桌前，手工所需的材料都已经准备好了。

一块墨绿色牛筋垫板垫底，一瓶白胶置于左上角；中央几把法斩用于皮具的定位及打线孔，斩的旁边分别是皮革剪刀和剪线用的剪刀；下面最左边是橡皮榔头，通常和斩搭配使用；右边几把是削皮器；再往右是铜模，用于在皮革上印字，铜模上面是厚度计，紧挨着的是皮冲，用来打孔；接着是用于打磨皮边的打磨器。

得知苏兮是头一次进行皮具体验，季霖郁问她有没有什么想法。苏兮扬言要做一只款式简单的包，却被季霖郁笑着否定掉了。

“第一次，我倒是建议做手环或钥匙扣之类的小物件。”

苏兮将这份善意提示误认作轻视，反唇相讥：“老板，我跟其他新手不一样，我是圈内人，已经有了一定的知识储备跟经验。”

季霖郁随手拿起一把斩。他说：“恕我直言，您所谓的经验无异于纸上谈兵。如果不是，请告诉我这把斩的斩距。”

苏兮唇齿微张，半天说不出个所以然来，只好作罢。

“既然是第一次，那我就以对工具的讲解开始。”他说着，目光落向桌面。

“首先是刀、尺、剪刀。简单来讲，这里用的基本都是美工刀，裁皮也用美工刀，也有专用的裁皮刀，不过相对少用。另外还有削薄刀、一把小剪刀剪线头。而常用的钢尺是 30cm 和 15cm，60cm 的很少用，L 尺大小也可以各备一把。其他的看个人实际使用需求。”

“接着是斩。”他说着，从桌面上拿起一只貌似平面叉的工具，“斩是工具的重中之重，用于打孔。现在市面上许多斩都是参考日式、欧式斩，斩齿数据可能都是不加思考地照搬，而面前这几把，是我根据自身需求定制的中正斩和正雄斩。齿数和齿型也是根据自己的喜好设计。但作为新手，建议使用3.38mm斩距跟3.85mm斩距，2+8齿或2+10齿都可以。2齿是转角用的，5-6齿看起来打斩轻松但是效率品质不如多齿的好。”他停顿，拿起苏兮桌前的斩具，“比如这个。”

“而至于手缝针，咱们店用到的是英国JohnJames跟德国S+U，具体要根据线粗来配针。手缝线，我习惯用法线。”

“为什么是法线？”

“因为早期的扁蜡线、圆蜡线都被淘汰了，麻线容易起毛，但颜色和缝合后的质感都会好很多……”

季霖郁花掉将近一刻钟的时间讲解了各式工具的用途及使用方式。

眼下的目标是一款上色植鞣革马蹄扣手链。季霖郁一边示范一边进行口头指导。苏兮第一次接触真正意义上的手作，这才发现看似轻而易举的流程操作起来竟然困难重重——

裁剪皮料吧，手不够稳导致裁剪不规整；打斩吧，线条不直斩距不均等；磨边吧，本该800目的砂纸错用成了400目导致打磨过度；销边吧，力道不足根本销不出均匀的倒三角；好不容易到了封边的步骤，却因为打磨不够细致而边角毛糙；好不容易到了打孔的阶段，却因为用力过猛皮冲深陷以至于皮孔过大……

苏兮有些松懈，她说实在太难了，比自己想象的复杂太多。

季霖郁看着她专注的侧脸，嘴角情不自禁微微扬起。苏兮似乎有所察觉，扭头，却撞上了那一脸一如平常的淡漠。

苏兮每做一步，都由季霖郁进行修正。到了缝线阶段，她拿着根蜡线无论如何穿不到针眼儿里去。季霖郁要帮忙，她摇手拒绝，倒像是在跟自己赌气。她屏息凝神，眼看就要进去了，怎料线头却在碰上针孔的瞬间变了方向。

这项漫长而乏味的重复性劳作很快便将她仅剩的耐心消磨殆尽。苏兮双手一悬，重重靠上椅背。

正当她打算放弃的关头，一双温暖的手臂轻轻绕过她的双肩悬至眼前。作为皮具匠人，他的手指干净好看，修长白皙，指节分明，不经意间便透露出其不凡的背景。

苏兮不禁扭头，正正对上季霖郁不动声色的脸。没等她看仔细，他极富磁性的声音在耳畔荡漾。

“你看，十字缝线法要这样。先这样绕……过针孔，再反手一错，这不就固定住了吗？”他的气息轻而均匀，缓而有秩的节奏类似于催眠，吹着吹着就吹红了苏兮的脸。他字句分明，可苏兮根本听不进去，耳边尽是体温轰起的“嗡嗡”声响。

“季老板，您好像靠我太近……”

“别多想，这只是一项服务。”

江妙菱走到家门口才发现手机落在了工作室。她折回去取，一进门就撞见了这般情景。她迅速收回步子，捂着嘴，硬是没让自己发出一点声音。后来她贴着墙壁静静站了好一会儿，在咖啡间拿了手机便默默转身出去。

看似步骤简单的缝线，缝着缝着就绕成了一团，苏兮只好拆了重做。怎料拆了一遍又一遍，使尽浑身解数也缝不好。深深的挫败感折磨着她，她不禁想起《安徒生童话》里那个拥有呼风唤雨能力的魔鬼不得不屈膝于公主一根卷发的故事。

看看看看，我俩多像！

她试图通过回忆故事的方式让自己投入，怎料整个儿故事在脑中顺利过了一遍，手头却绕成了乱麻。

苏兮实在缝不下去了，求助的眼神落向季霖郁。然而他似乎并未被打动，一脸郑重地说道：“还得你自己来。”

手环完成，已经临近午夜。

季霖郁整理着工具，突然觉得有些好笑：“本来两个小时的手工被你做了六个小时，也算是破纪录了。”

苏兮眨着疲惫的眼“从时效上来讲是很低，但从性价比上来讲我赚到了！”

由于预估短了尺寸，手环有些紧，加之以马蹄扣连接，单手很难戴上。苏兮要季霖郁帮帮忙，季霖郁也不推托，干净而修长的手指划过肌肤，苏兮竟有些意乱神迷。为了掩饰心中的小鹿乱撞，她随意搭茬，说：“这只手环可是比

BV 的蛇头手带好看多了！”

季霖郁颔首：“皮革的美是年代感的美，旧化的美，又是古代服饰的主要材料，再加上机器永远无法替代的纯手工制作，在我看来，那些现代的奢侈商品比起手工皮具的复古之美，显得太过苍白无力！”

……

.2.

接下来的一段时间，江妙菱表现得十分心不在焉。做事水准大打折扣，工作上更是频频出错。这让季霖郁大为恼火。

头一次，她记录错了客人预订包具的尺寸，等人来店里拿货的时候才发现问题，季霖郁不得不全部拆线从头来做。后来一次是因为搞错了体验课程的日期，客人来做一只两折款钱包，进门才发现老板两手空空一脸蒙，与之面面相觑了好一会儿，愤愤要求退款。

可每每季霖郁要冲她发火都被缪诚以不可推敲的理由挡了过去。然而到头来妙菱貌似并不领情，她很是不耐地冲缪诚叫道：“这是我跟老板的事，你干吗总出来逞英雄！”

缪诚佯装出一脸委屈相：“小妙菱你为什么老是说我？”

“因为你——”

“我最受不了别人说我！特别是我喜欢的人！”

他这么一说，妙菱的火气瞬间消掉大半。缪诚接着递上一个苹果：“先休息休息降降火，剩下的我帮你做！”

……

江妙菱说不上自己究竟怎么了，近来格外注意起苏兮的动向来。她将这一切归结于苏兮出色的能力，于是下决心夺回老板的注意力。

不久后的一个早晨，季霖郁黑风扫脸走进匠心手造。

“我们被顾客投诉了。”他的声音没有一丝起伏，冷若冰霜的眼神丝毫让人感觉不到任何温暖。他的语调阴沉，却足以起到震慑人心的效果。

江妙菱似乎预感到了什么，目光陡然一落，有些不知所措。

缪诚感到难以置信：“为什么？”

“质量上出现问题。”

“可咱们匠心手造的制作工艺从来不会出问题。会不会是皮子本身有问题？”

“客人显然不是这个意思。”

缪诚不再追问，可季霖郁突然转过身，沉沉说道：“你们如果知道什么就告诉我。这其中究竟有什么猫腻，我迟早会查出来。”

这句话，似乎意有所指。

季霖郁去里间换工作服，江妙菱一把拽住缪诚，说：“我……我好像闯祸了。”

她承认说为了改变自身劣势，将自己制作的包具跟老板做的掉了包混在顾客定制的货里卖了出去。本想以自以为精湛的手艺在老板面前赢得好评，怎料反而遭到了顾客的不良反馈。

缪诚一听瞬间爹毛：“你胆子也太大了！你跟老板做的可能一样吗？”

可眼看江妙菱委屈得就要哭出来，他有些后悔，低头想了一会儿，说：“小妙菱你别怕，你就装作不知情，交给我处理。”

“你准备怎么办？”妙菱的表情瞬间缓和。

“到时候你就知道了！”缪诚打了个响指。

果然，此后老板再也没提这件事。江妙菱找缪诚要理由，缪诚搪塞说顾客自己搞错了。也是在很久以后，妙菱才从季霖郁口中得知原因。原来缪诚要到顾客的联系方式，亲自上门道了歉。事后他主动跟季霖郁承认说是自己包装时不小心弄错的，当时打眼一看没发现有什么不一样，还旁敲侧击夸奖妙菱缝线技术进步大。

季霖郁当然不会轻易放过他，从当月工资里扣掉了一只包的价格以作惩戒。

.3.

连续两个月业绩下滑使工作室落入维艰之境。而就在这当口，沈山南再次登门造访。

“您请回吧。”季霖郁举止有礼地下了逐客令。

还没坐下便惨遭拒绝，这让沈山南有点摸不着头脑。

“我不会跟万邦合作的，您就别白费力气了。”他面目冷淡，淡到好像在拒绝理发师Tony老师的种种推荐。

“可据我了解，你们工作室近几个月的营业额似乎不那么可观。”

季霖郁面不改色：“您不了解，也不需要了解。”

他说完就要走，却被沈山南叫住：“季先生，其实我们是一类人。我从白手起家坐到今天这个位置，凭借的就是一路血泪以及对信念的坚持。”

这席话似乎成功引起了季霖郁的注意，他缓缓转过身，眉目轻挑。

“看在我一腔诚意的分儿上，您能不能听我把话说完？”沈山南很少求人，这种行为方式令他感到不自在。

卖惨吗？虽说是阐述事实，可他打心眼儿里看不起自己。

季霖郁占了上风，却并不乘人之危。他文质彬彬地摊摊手：“请说。”

……

从匠心手造出来，沈山南径直走向停车场。这个季霖郁！都已经沦落到这般田地，竟然还是果断拒绝自己抛出的橄榄枝。若仅仅如此也就罢了，为何短短几周未见，他看上去敌意更甚呢？

沈山南不知道，也许他永远都不会知道了。

两日前，江家。

饭桌上，江妙菱心不在焉地数着米粒，食不知味。

“怎么了这是？不舒服吗？”江秉城一脸担心。

“不是。”

“那是……感情上遇到困惑了？跟妈说说。”江母小心翼翼询问着。

妙菱拗不过，坦白说是工作上的问题！不知究竟哪里出了问题，最近工作室客户流失增多。

“这可就奇怪了，听万邦的沈总说不是好几次都要救它于水深火热吗？”

“可是我们老板拒绝了。”

“你们这个老板啊，可真的是……”姜秉城晃动手指，“商海里有多少条小渔船，都是想方设法地搭上万邦这艘巨轮，风险小、利润大。谁又不知道这是坐收渔利的好买卖？偏偏这个季霖郁，何必跟钱过不去！”

江妙菱放下碗筷，语气强硬了几分：“我们老板有自己的想法！可比那些一遇危机就四处抱佛脚的人强多了！”

这话倒让江秉城手头一顿：“我女儿眼光果然独到！不过话说回来，若不言商，我还是非常欣赏你们老板的做事态度的。有自己的坚持，极具匠人主义精神。特别是在这个物欲横流的时代，实在是不可多得的美德！”

饭后，江妙菱约朋友去逛街，回到家已经晚上十一点多了。路过书房的时候，她听见父亲跟下属谈话。正往卧室走，“鼎盛昌”三个字引起了她的好奇。妙菱忍不住驻下足来，躲在门外偷听——

“万邦这手牌打得不错，打点了一圈儿，可算是把匠心手造逼到了墙角。”

“江总，看来万邦这次是想要曲线救国，变相对鼎盛昌伸出援手。”

“谁说不是呢？但愿沈山南这招是好心，是念及旧情。咱隔岸观火，看他成败在此一举！”

江妙菱感到吃惊。不！是震惊！原来客户的流失都是万邦暗中作祟一手造成的，即便理由足够感人，可这手段也太过……怎么说呢？

龌龊。

江妙菱收起耳朵，小跑几步回房。在她渐远的背影中，江秉城的声音在电话一头响起：“她都听见了？”

第十七章

.1.

晚上十点半，苏兮对着笔记本发呆。

“F，baghelpooocedhadAn。”是暗语吗？黎露究竟想要传递什么信息呢？她也曾三番五次地怀疑自己完全搞错了方向，也许仅仅是封恶搞邮件罢了。可就目前看来，这是唯一能够抓住的线索了。

刚刚打开拉丁文翻译软件，门铃响了。苏兮拉开门，只见季霖郁站在门外，手里拿着把红色长柄伞。

“这个——你上回忘在工作室了。我今天回家早顺路给你送过来。”

“谢谢。”苏兮伸手接过，季霖郁顺势将一个包裹从腋下抽出来，“你的快递，在门外边放着。”

苏兮的目光自包裹上一闪而过，眼角无意间流露出一丝惶恐之色。

季霖郁手头一顿。

“哦，没什么，我网购的东西到了。快进来坐。”说着便请他进屋，季霖郁低头看表，倒也没拒绝。

苏兮泡好茶，浅聊几句便又不自觉地坐在沙发上发起了呆。

季霖郁别别扭扭地坐了一会儿，突然开口说道：“看你也累了，我先回家，你早点休息。”说着就要站起身，苏兮一下子回过神来。

“等等——有件事，我可能需要你的帮助。”话罢，她将撕破皮的手指放入唇间轻轻吮。

“什么事？”季霖郁重新坐回沙发上。

苏兮内心显然有所保留，犹犹豫豫地找借口道：“我跟朋友玩儿了一个字谜游戏。”她说着，将记事本递过去，“这句子是线索，最终破译出来应该是一句话。我试过很多方法都行不通，现在遇到了瓶颈。”

他沉默着伸手接过：“一般的方法都试过了吗？”

“是啊。翻译跟资料都查过了，但显然没那么简单。”

季霖郁的目光在那行字母上徘徊，口中念念有词。深思熟虑了好一会儿，缓缓抬起头来：“记得小的时候，我常跟我妈玩儿一个游戏。从字母到数字的正逆转换。按照这个思路，如果我没猜错这应该是一组数字。”

“数字？”

他点点头，饶有兴趣地取过纸笔。

“若字母 a 代表数字 1，b 就代表数字 2，c 代表 3，以此类推。到了 j 开始变成两位数，那么就将十位跟个位相加。”

“相加？怎么个加法？”

“j 的次序在第 10 位，所以 1 加 0 等于 1；k 在 11 位，1 加 1 等于 2。同样，以此类推。”他说着，“掌握了这个规律，我们一一对应到这句字母里去。”

“让我来！”苏兮抢过笔。“f 是 6，b 是 2，a 是 1……”她掰着手指头，眉心因过度专注而微微隆起。

没过多久，一串数字跃然纸上——“6217853700035481415？这是什么意思？”

季霖郁理了半天也毫无头绪：“看上去没有任何逻辑。难道我想错了？”

苏兮并不急于否认，没等季霖郁琢磨透便匆匆抢过本子。她说，那先这样，等到答案揭晓我第一时间告知你结果。

季霖郁似乎从那副诚惶诚恐的表情中看出了什么，目光在她的左肩处停顿了三五秒，突然直视她的脸：“凶案的事情怎么样了？”

苏兮内心一颤，却还是故作轻松地轻叹道：“警方还在调查之中，目前似乎没什么进展。”

“有什么需要的话，随时联系我。”他的目光流转。

“谢谢你。”

送走季霖郁，苏兮照常给大门上锁。她接着走向卧室，却因突然想到了什么而重新返回客厅。

她伸手，从沙发一脚拾起那只盒子，拆开。果然与之前两次无异，一个尺寸相当的苹果，一模一样的字迹。而这一回的留言是——“见卵求鸡”。

.2.

下班时间一到，缪诚提着袋苹果开门而出。过了半个小时，季霖郁从一大堆工具中抬起头，这才发现静静坐在一旁的江妙菱。

“还不走？”

“我在等您。”

“有事儿？”

妙菱点点头。

“这周六我朋友结婚，大家都携伴前往，我没伴儿怕被人笑话，所以能不能邀请您跟我一起。”

“我去不合适。缪诚呢？”

“缪诚爸妈从家乡过来了，他说周末要带二老去周边逛逛。这事儿他们几周前就已经订好了，我不能强行扰乱人家尽孝不是？”

季霖郁摇摇头。

“老板……您是我唯一能想到的人选了！就一下午，您帮帮我！”

季霖郁：“……”

“老板——”她搬出一副小孩子要糖吃的语气。

季霖郁架不住小徒弟的软磨硬泡，仰头想了想，说：“你现在回答我一个问题，答对了我就跟你去。”

这话将妙菱脸上的阴霾一扫而光：“您说！”

季霖郁轻轻挽起袖子：“如何简单区别铬鞣跟植鞣革？”

倘若换作之前，妙菱想必二话不说当场弃权。可这次不同，经过缪诚几个周以来的说教答案早已了然于心。

她清清嗓，慢条斯理地回答说——

第一，植鞣的伸缩性小，吸水易变软，可塑性容易整形，颜色从本色的浅肉粉色到淡褐色。铬鞣革吸水性大，且弹性和伸缩性一般，颜色呈淡青色。金属铬是重金属，对环境污染大，鞣制皮革采用环保的植物鞣剂。

第二，植鞣革硬度一般比较高，可塑性很强，这也是可以雕刻的原因。颜色单一，色彩偏内敛。基本上是动物本色，或稍有深浅的不同。铬鞣革可以有很多色彩，色彩繁多呈半光泽。一般比较柔软，韧性高，但不挺实。

第三，植鞣革可以封边，铬鞣革皮内里纤维已破坏，通常只可以上边油。

第四，植鞣革弯曲后正面褶纹会很细，反之反面褶纹会变得很大。铬鞣革因为比较柔软，弯曲后正反面的区别不会特别明显。

说到这儿，她不禁放慢了语速，面露焦急之色："还有……哎，还有一点我怎么想不起来了呢？"

"第五，植鞣革的吸水性强。铬鞣革防水性更好稀释较慢。"季霖郁不动声色地补充道。

"老板，所以……我这算是勉强通过了吗？"她满怀期待。

季霖郁咧嘴，反问："对到场宾客有要求吗？"

妙菱瞬间笑逐颜开："要求正装就行。谢谢老板！"

.3.

周日上午 11 点，本市唯一一家六星级酒店。

沈山南穿着一套量身剪裁的枪驳领西服套装，脚踩深棕色雕花布洛克系带皮鞋。毫不夸张地讲，除了新郎本人他足以称得上全场最佳。苏兮则伴于他身侧，颀长的身姿傲然而立。她着裸色拖地长裙，露出白皙骨感的美背，脚蹬 Jimmy Choo2016 年春季款高跟鞋，右手端着香槟，左手浅浅挽住沈山南的胳膊。她的妆容精致却并不乍眼，举手投足优雅得恰到好处，

她随他一路穿越人潮。在某个突如其来的瞬间，小臂突然被轻轻握紧。

怎么了？苏兮立刻抬头望向沈山南，却发现他的目光正落于正前方某处。苏兮不解，顺着那目光看过去，一怔——

季霖郁？他怎么会在这里？此时的季霖郁一改往日里的禁欲系打扮，穿着质地上好的深蓝色修身西装搭配擦色孟克鞋，丝毫不逊色于在场的任何人。而且他并非独自一人，身边站着笑靥如花的江妙菱。

"季老板，好久不见！"沈山南走上前。

季霖郁的目光刻意绕过苏兮，对沈山南微笑，那笑却不达眼底。

"沈大哥！苏兮姐！"江妙菱冲他们摇手。

"妙菱也来了！想不到季老板也跟新人认识！世界真小！"沈山南说着，

回头冲苏兮笑笑，目光引向季霖郁被挽住的手臂。

“新娘是我朋友，老板是硬被我拉来陪同的。”妙菱掩不住内心的愉悦：“对了苏兮姐，你跟新人也认识？”

沈山南笑笑：“苏兮是受我邀请。既然我们妙菱有了骑士相伴，那就好好儿享受。”沈山南说着，回首温柔一瞥：“我们过去吧，就要开始了！”

据说新人双方都在欧洲长大，因此整场婚礼秉持欧式风格，小巧精致、完美无瑕。气球、草坪、长椅、白色桌布、玫瑰花瓣……无一不体现出新人的良苦用心。

仪式结束后是下午茶时间。

苏兮路过甜品台的时候不禁驻足：“竟然有我最喜欢的树轮蛋糕！”她眼前一亮，忘乎所以般地从沈山南的臂间撤下手臂。

“喜欢就别客气！”沈山南看着她的侧脸，无比宠溺地轻抚她的双肩。

苏兮拿起一只 mini 树轮放入口中，轻轻咀嚼，黄油的浓香瞬间充满口腔，接着，她放入第二只。

少顷，她心满意足地眯了眯眼睛，这才重新将手臂插回沈山南的臂弯：“山南哥，新人出手果然阔绰，这是把欧洲代表性甜品全搬来了吗？”

沈山南：“……”

见沈山南半天不作声，苏兮不禁仰起头。然而下一秒，她猛地抽回手，大惊失色地叫道：“怎么是你？山南哥呢？”

季霖郁板着脸：“我一路走得好好的，是你突然挂住我。你的山南哥在哪儿我怎么知道！”说着转身要走，却被苏兮反手挂住：“哎对了，那天晚上——”

季霖郁迅速甩掉她的手臂，向一旁移了半步：“苏小姐请自重。”

苏兮退后一小步，冲他眨了眨眼睛。正要往下说，一道清甜的嗓音插进来：“老板，我正到处找你！我朋友想见你。”妙菱说着一把挽住季霖郁的胳膊。

“那——你们先聊，我去外面看看。”苏兮很是识趣地抽身离开。

苏兮坐在露台的长椅上百无聊赖，没多久，一只香槟递至眼底，只看蓝宝石袖口就能猜到来者是谁。

“真是对不住，邀请你来却没能照顾好你。”

“我这么大的人还能丢了不成？”苏兮愉快地接过酒杯。

不远处，一道酷似严寒的目光射向他们。这目光并未停在原地，而是大步上前，直到一个声音使苏兮回身——

“苏小姐，刚才你想对我说些什么？”

一阵狐疑之色自沈山南眼角划过。

苏兮欲开口，却被沈山南拦臂截下，与此同时暗暗抛给季霖郁一个挑衅的眼神：“不好意思季先生，有什么话请之后再说，我现在得带苏兮见几个朋友。”

季霖郁面色一沉，只好悻悻作罢。

婚礼分为好几个环节，下午茶过后是乘游船到湖心小岛按次序跟新人合照。最后以一餐米其林三星收尾。

对了，就在享用这顿昂贵料理期间，还发生了一件事。

坦白来讲，这是苏兮有生以来第一次吃米其林。她同沈山南一并前来，两人的名卡自然被摆在一起。沈山南跟在座好友们肆意推杯换盏，而苏兮始终视线低垂，小口小口嘬着杯尝起来并不怎么合口的红酒。

沈山南使用起餐具来轻车熟路随心所欲。可她呢？先是偷偷上网查看用餐礼仪，接着却眼睁睁地错将用来蘸虾的黄瓜酱汁误当凉汤一举干掉。好在没多久沈山南便注意到了她的不适，垂头，抛给她一个体贴而安慰的眼神。

到了上主菜的时候，他不停用眼角瞥向她，慢条斯理地选用餐具，不动声色地重复着手头的所有动作。他刻意放慢每一处细节，只为让她看得仔细，操作起来毫不费力。

苏兮知道，这是暗示，是引领，是善意，是让自己避免犯错的同时又避免了尴尬。他的体贴，他的细致入微，无一不撩动着她的心。

……

傍晚七点半，宴会圆满结束。来宾们拿了伴手礼从餐厅走出来。傍晚时分，凉风习习。那些衣着考究的男人、面目优雅的女人正跷着脚坐在露天咖啡座里抽着雪茄喝着香槟。

沈山南因为突发的商务事宜被迫留下，他不得不将苏兮交给季霖郁。

服务生将车子开到大堂正门前，苏兮看着前后几辆保时捷跟玛莎拉蒂，目光最终在那辆排在队伍末尾的“途昂”上落定。

众目睽睽之下，她的脸上有点挂不住了。

这感觉此前也曾有过，在第一次穿着新买的球鞋参加公司周年酒会的时候在第一次背着双肩包跟客户在希尔顿顶层的旋转餐厅见面的时候；在第一次被公司派去 LV 商谈供应链事宜，亚裔柜姐向自己投来鄙夷的目光的时候……

她迫使自己掐断回忆，将全部重心放在高高弓起的脚背上。

“妙菱，我想往前走一小段，你要不要一起？”

尽管她刻意压低了声音，却还是被季霖郁听到了。他从她的眉目间看出了什么，垂头，将嘴唇堵在她耳边，用同等音量一字一句地说道：“觉得丢人，你可以打电话叫出租。”

苏兮猛地回过头：“我真的只是吃得太饱想散一下步而已。”

江妙菱的目光在他俩之间徘徊，随之摆出一副有心无力的姿态：“苏兮姐，我是很想陪你散步，可我鞋跟太高今天又站了很久，实在是走不动了。”

季霖郁借势，一把揽过妙菱的腰，调侃的目光紧盯苏兮的脸。

“老板……”江妙菱脸颊一红。

苏兮笑笑，转身走开。

酒店位于河边，不出二十米便是开满野花的青草地。河风迎面，潮乎乎的，苏兮不禁打了个冷战。

她承认这是虚荣心作祟，强烈的羞耻感自心底生发转眼间便随血液流遍全身。苏兮远远儿看着江妙菱如公主般自信满满地坐进车内，而自己却像丑小鸭一样躲在夹竹桃的阴影里。

然而事实远远不止这些。比如在刚才那场婚宴上，当英俊潇洒的服务生动作利落地扭开瓶盖要帮她将玻璃杯注满的时候，她笑着道谢，可内心慌乱到眼睛都不知该往哪里瞟。然而当她看向江妙菱，只见她不动声色地点头微笑，自持一番优雅。

好笑的是，人性的内核恰恰如此：公主就算衣衫褴褛也不惧任何鄙夷的目光，而贫女就算穿金戴银，周遭一个友好的笑都会被认作嘲讽。

没一会儿，途昂在身边停下。没等苏兮拉把手，前排的车门从里面打开。苏兮钻进副驾，季霖郁一脚踩下油门。

待车子驶上高速，季霖郁突然不冷不热地说道：“苏小姐并不想坐在我身边吧？”他的声音很平静，平静得没有一丝声线的颤抖。

“为什么？”

“因为你坐得并不舒服。”

苏兮有些摸不着头脑。她说：“不会啊，我觉得挺好。”

他冷冷一笑：“我的车子哪能跟沈山南的高性能轿跑相比！”

苏兮以为他这是刻意暗讽自己，反唇相讥说：“季老板可别这么说，你这车发动机挺响的，也算是工薪消费跑车体验了。”

季霖郁绷着脸不再接话，苏兮心头一颤，后悔自己出口刻薄。

到家已经快十点了。苏兮收起高跟鞋，坐在地毯上轻揉脚踝。突然手机“叮”的一声响，她立刻滑开来看。

“今天宴会上你想跟我说什么？”

苏兮迅速打下一句话，转念间又迅速删掉，换言之——“字谜游戏有结果了！”

“我的答案正确吗？”

她想了想，回复：“你是我所见过的这世界上最聪明却最不动声色的人！”

“所以我猜对了？”

“嗯。还有——今天下午的事，对不起。”

第十八章

.1.

周三上午九点，苏兮如约抵达万邦附近的咖啡店。落座没多久，一位三十来岁的女人朝这边款款走来。她是个美人，即便苏兮并不喜欢这个词。

苏兮向来不喜欢别人叫自己“美女”，也不喜欢以此称呼别人。这个词显得轻薄，特别是在当今社会，不过是个性别称呼。在她看来，真正符合个人审美喜好的不在皮相而在气质。有的人五官分开不好看，凑在一起好像也欠缺些什么，但举手投足间所流露出的优雅，一个眼神所隐隐昭示的挑逗，都有着致命的吸引力。

“您好苏总，我是叶染，万邦采购部负责人。”她礼貌一笑，接着很是利落地伸出手。

苏兮回过神，迅速打量着面前的女人，跟想象当中的人设相差无几。她穿衬衫跟烟管裤，中高跟漆皮鞋，淡妆红唇，走起路来足下生风，一字一句力道十足。

待服务员将咖啡送上，没有多余的寒暄，叶染开门见山。

“苏总，虽然合同签订，但该执行的流程还是要走的。我是物料直接负责人，既然以后长线合作，那么对彼此的了解也就颇为重要。苏总，能否介绍一下您公司的物料来源？”

苏兮笑着回应：“意大利植鞣产皮区主要就是托斯卡纳大区，主要集中在托斯卡纳的佛罗伦萨。佛罗伦萨的制革业是很出名的，也是佛罗伦萨主要的经济收入来源之一。与我公司直接对接的工厂，正位于此处。”

叶染喝了一口咖啡，侧目：“可据我所知，作为中国主要进口国的意大利，顶级的皮料却不销售往中国。欧洲的奢侈品品牌，例如爱马仕所用的皮料其实并没有指定某一个厂家，而是公开招标，每次招标皮厂都会拿最好的皮去竞标，因为大牌选用了你的皮，是对你的皮最大的肯定，也是一种无形的宣传，所以顶级皮料在国内基本是可望而不可即的。”

“您说得没错，坦白来说，我们所联系的皮料供应厂家也无法提供世界上顶级的货源。但相比整个儿亚洲市场来讲，绝对出类拔萃。厂家采用一岁半的公牛皮，并且经过严格筛选。”

叶染皱皱眉，深表疑虑。苏兮了然，却并未打算停下来：“然而我公司最大的优势还不在于此。据我了解，国内公司总的来说进口皮料有三种途径：自己有进口相关资质的自己进口，自己没有进口资质的找贸易公司进口，或者直接找贸易公司拿货。其中找贸易公司进口是比较多的，因为内行都知道在国内办理进口资质的复杂性，所以很多厂家都是找了贸易公司。进口的流程呢，省事却费时，你找你想要的厂家订货，交款，厂家开始制作皮革，等皮革制作好后给你发货，所以一般来说你订货到拿到手上的时间都在四五个月以上，这四五个月内厂家要面临汇率升降、海运各种风险。”

说到这儿，苏兮打住，抛出一个自信的笑：“而我公司的优势正在于此，我们熟悉清关相关的所有流程，可以有效规避种种风险。供货渠道安全稳定，皮料质量大有保障。”

苏兮淡定自若，叶染目光灼灼。叶染盯着苏兮的眼睛，分明是在测试她的诚实度。良久，她的眉头渐展，道：“作为万邦供应链的一部分，您一定也听说了我公司不久前那次皮料掺假事件。因此在这里，我有一个疑问希望您能给予解答。”

“您请说。”苏兮立马意识到叶染是在有意测试自己，摊摊手，做聆听状。

“我的问题是：为什么前三五年的皮料和这两年的皮料区别有些大呢？话说它们都是从意大利进口的皮料，为什么质感相差不少呢？”

苏兮用一口咖啡的时间迅速组织了语言，然后镇定自若地回应说：“不瞒您说，这个现象我也有所关注。我个人认为，主要取决于以下几点：

“第一，我国是个人口众多的国家，手工皮具在国内来说是小众。但基于人口基数，对于国外厂家来说这也是巨大的市场，所以现在在国内能见到的进口皮是越来越多，有人有需求就会有人做，做的人多了竞争就大了，同一个意大利厂家可能要接触几十上百个来自中国的买家，你不接受的C级皮其他买家接受，久而久之，意大利厂家也越来越贼，皮的质量就下降了。这就是这几年的三边直哪怕是A级三边直也会出现单宁酸浸泡痕迹的原因，因为这几年的制作周期相对以往已经缩短了不少。

“第二，中国加入WTO已经很多年了，不过相对欧美国家来说贸易的开放程度区别还是很大。有自己开公司涉及进出口贸易的人应该清楚，国内做出口的手续和做进口的手续的繁杂程度区别还是很大的。你要进口意大利或者欧洲其他国家生产的皮料，除了海关的一系列手续以外，你还得做皮料的环保质量等各方面的报告，国内银行开启对国外转账等各种复杂的手续，这都给进口皮上了一把锁。基于以上很复杂的手续，在国外售价相对低廉的皮料到了国内都成了天价。

“第三，出口国自身的问题。比如美国霍尔文，制革和销售是分开的，在没有那么大量的情况下，你需要从亚洲总代那拿皮，所以价格居高不下。意大利皮厂用的是意大利Silva产的栲胶，Silva顶级的栲胶只在欧美销售，所以国内的植鞣和进口有差距也是必然的，意大利经济很差，作为一个地区的支柱产业，皮厂和栲胶厂的关系十分紧密，这也是一种贸易保护吧。最好的栲胶只提供欧美工厂，最好的皮料也是，所以在国内想买上等皮料难度还是不小的。

“第四，国内竞争使然。国内卖皮的不少，竞争压力很大，不过这不是良性的竞争。很多人买皮料不知道自己需要什么，最主要的原因还是很多人不懂皮料，这给了卖家可乘之机，用国产皮料冒充进口皮。还有一点，很多人买皮只关注价格，并不关注买的价格和质量是否等价，宁选便宜的不要贵的。中国有句老话，好货不便宜，其实就是这么个道理。意大利产，这句话出现的地方太多了，意大利生产皮料的厂有两百多家，每家工厂制作手法会有细微区别，这就导致每个厂生产的皮会有细微的区别，有的油脂好，有的皮面好，这需要买家自己选择。

“综合以上几点，出现了目前的市场反馈。当然，我说的可能还不够全面。”

叶染十指交扣，频频点头，嘴角似扬而非扬，严肃的目光中藏着若隐若现的笑意。

“苏总，这么看来您对内地市场了解不浅。但您毕竟既没有参与招标也没有参与竞价，为了后续合作有保障，我们需要严格的样品检测。”

“本月十号就能到货。”苏兮胸有成竹地回应道。

叶染颔首。

“付款方式想必你也清楚了。第一期为预订款，于签订合约并办理保证经认可后给付，数额以不超过采购总价30%为限。第二期款，于物料运抵企业时付40%。第三期为尾款，物料运抵企业，经验收合格后给付。”

“我明白。”

“不好意思苏总，作为采购主管我肩上责任重大，务必公事公办，不当之处还请您谅解。”叶染说着，礼貌性点点头，接着再次伸出右手，“合作愉快。”

.2.

缪诚野心不大却极具创意，内心也深藏着一套自己的想法。除了日常工作，闲暇时他爱好独立设计。可不巧遇上季霖郁这么一个固守传统的老板，再怎么时髦美观的设计最终也只落得个屡遭否定的下场。

所幸江妙菱对他的审美倒很是欣赏，特别是收到一款为她量身定做的“飞碟包”以后，妙菱对其更是好感倍增。

于是，她决定助他小试身手。

当然，整个儿项目暗中进行——缪诚设计图稿、打磨样板、制作成品，而妙菱负责宣传、售卖，必要时为他提供购买皮料费用。虽然手艺不够精湛，但设计够独特够大胆，颇受年轻人的喜爱。

为了确保此行动不被老板发现，缪诚平日里不动声色兢兢业业，业余时间上门服务量身剪裁，制作完成后再送货到家。

有天晚上，他应客户要求去附近一间小区送货。刚走进大门，一双人影出现在距离最近的楼道口。本来他也没怎么注意，可余光一瞥，咦？他们的轮廓怎么看着有些熟悉？定睛看，那不就是老板跟苏兮姐吗？

这么晚了，他们怎么会在一起？

缪诚立即闪身到一处夹竹桃的树影深处，只见苏兮吃力地拎着两只大大的购物袋，而季霖郁伸手接过，然后两人一道上了楼。

吃惊之余，却又不禁暗自叫好。果然天降大任于斯人，难道自己的机会来了？

午休时间，江妙菱摘掉厚厚的卡其布围裙去对街吃饭。前脚踏出店门，后脚便被缪诚拦到了一边。他说一起吃饭吧小妙菱！我有事儿要告诉你。

……

四十分钟过后，缪诚率先推开轻食店的门，身后半米跟着黑风扫脸的江妙菱。

过马路的时候，他搂了搂她的肩："他是无情剑，你是可爱多，你俩根本不是同路人。天下男人这么多，你这是何苦？"

妙菱身子一闪："天下男人是多，但也要分个良莠吧！不行！一定得做些什么！"

.3.

对于跟丰裕皮具之间的合作，苏兮可谓使尽浑身解数。三番五次上门拜访不说，就连靳总的老婆都快要被她买通了。眼看着合作成功在望，可半路杀出了个程咬金，对方资源上的优势直接导致煮熟的鸭子飞出了锅。

然而这背后究竟隐藏着些什么，苏兮自是心知。

这天晚上，靳太亲自设宴请苏兮吃饭，大概是说这么长时间以来彼此建立了挺深厚的情谊，自己在项目上却没能帮上忙，觉得挺抱歉的。

晚饭过后，靳太又招呼了一众闺密一起 KTV。苏兮心里堵，自是借机喝得七荤八素。到了散场的点儿，她醉得张不开嘴，大家谁也不知道该把她送去哪里。到头来还是靳太脑子灵活，用苏兮的指纹给手机解了锁，通讯录从头翻到尾又从末翻到头，最终挑出一个号码拨了过去。

凌晨一点半，季霖郁的手机响了起来。他稍作询问，接着便穿衣出门。他顺着导航一路摸过去，半个小时后顺利抵达酒吧。他费尽九牛二虎之力将苏兮塞进副驾，她却把着方向盘死不松手，嚷嚷着自己没醉不想回家要去吹风！季霖郁拗不过，驱车往郊区的方向走。

一片田野，道路很窄，苏兮半眯着眼睛，一脸享受地倒在座椅里。下高速没一会儿，只感到车身朝左剧烈一抖，然后就不动了。

"怎么了？"

"后轮陷泥里了。"

苏兮瞬间清醒不少："那怎么办？"

“只能等拖车了。”

苏兮似乎睡醒了，伸了个懒腰将车窗摇到底。

“我以为你不会来呢。”

“你真行，大醉酩酊还知道向我求助？”

“意识清醒，就是动弹不了。我不开心的时候喝醉就这样。再说，电话不是我要人打的，是靳太自己拨过去的。”

“醉酒时想起的都是重要的人。”

苏兮摇摇头：“不不不。我是早有准备。”

季霖郁侧目，抛来一个极度疑惑的眼神。

苏兮解释：“今天这顿哪是什么安慰宴，根本就是鸿门宴。靳太也没那么好心，她怎么可能专程照顾一个失意小客户的情绪？她今天是故意的，也怪我之前为了项目太过殷勤，让她误会觉得我跟靳总之间有问题。她也就是想借机给我穿小鞋，我没想到她来这招啊，结果弄巧成拙了。”

“那我就好奇了，她怎么就在你通讯录的茫茫人海中选中我了？有什么特别？”

“是备注。”苏兮说着，将手机递过来——“良人。”

季霖郁突然心头一烫：“为什么用这个？”

“多有年代感啊，她会以为是她老公或者其他哪位业内翘楚吧。”苏兮大大咧咧地答道。

季霖郁安静下来，试图在那微醺的眉目间揣测她的真心到底有几分。苏兮似乎感觉到了两道注视的目光，扳过后视镜观察自己糊了的妆容。

“我现在是不是很丑？”

“嗯，不怎么好看。”

“有多丑？”

“满分100，你99.9，还差0.1。”

时隔几日，苏兮见完客户顺道来匠心手造取回之前定制的霍尔文钥匙包。离开之前被江妙菱拉进了咖啡间。

待苏兮落座，她端来一杯美式双手奉上：“苏兮姐，你看咱们挺熟了，我想问个比较私人的问题，您该不会介意吧？”

苏兮双手接过杯子，说：“当然不会！说来听听！”

妙菱十指交扣：“苏兮姐，听说前几天夜里你跟老板被困在野外了？”

“嗯，开泥里去了动弹不得只能等拖车。”

“然后呢？”

“然后没了。”

看着妙菱质疑的眼神，苏兮放下杯子：“真的没什么，妙菱你别瞎猜。”

“我没有姐，我是看你跟沈大哥挺配的，那你对我们老板是怎么个态度？”她有些迫不及待。

苏兮松了一口气，解释道：“山南哥是前辈，交流也比较多，自然了解。可季老板……作为合作伙伴，他严谨、专注。其他的，我对他了解不深，也说不出个所以然来。”

自己言辞隐晦地询问，对方却断然否认。自视为重于泰山的一切，对方却是一番轻描淡写。这感觉就像是捉贼，一路穷追猛打，终了，却发现对方是个好人，而自己只有觍着脸道歉的份儿。

江妙菱突然觉得自己不仅可笑又有些可悲，真正喜欢一个人，反倒是小心翼翼的。勇气薄弱，不敢轻易触碰，生怕一不小心触犯了什么。

.4.

说到沈山南，近日来，万邦的整改可谓一波三折。

季末，万邦的一条高端商品线因为整个儿系列设计外观太接近于一线奢侈品牌而被起诉，全面下线。

收益最大的一条命脉被斩断，沈山南焦头烂额，只能加快推进另辟蹊径的速度。

“现在市场对版权的保护越来越严格，致敬大牌再也不是个侥幸通关的好办法了。抛开市场风向不谈，就万邦个体而言，目前唯一值得孤注一掷的就是高端手工定制这条线了。要想一击即中，鼎盛昌是重中之重。可季霖郁打死不松口，该怎么办呢？”沈山南难掩焦虑，在办公桌前来回踱步。

“沈总，我认为您是否可以换个思路？”江秉城倒是一派气定神闲之色。

“换个思路？江总是怎么个意思？”沈山南侧目。

“求人不得，可技术呢？他鼎盛昌久负盛名可并非仅因一个或几个小小的皮匠！是因为皮匠所掌握的不为外人所知的精湛制作工艺。”

这么一说，沈山南醍醐灌顶：“您的意思是——我们索性跨过季霖郁这道坎儿，直接在技术上找突破？”他若有所思地点点头，接着却又摇摇头，“不容易啊江总！世人皆知，鼎盛昌的工艺代代相传，而季霖郁又是唯一的传人，若季霖郁不开口，又怎么可能得到技艺要领？”

“沈总，非常时期非常手段。正人君子也偶尔需要小伎俩加持不是？”

江秉城，多像是一部制作精良的恐怖片。条理清晰逻辑有序，所有的情结都埋在平和的叙述下。打眼看是一幅空旷无垠的风景画，可是在风景画的背景里，藏着一个窥视万物的人设，你用放大镜才能看到他上扬的嘴角带着阴森森的杀气。

第十九章

.1.

午间，缪诚趁用餐时间偷偷溜出去送货。怎料刚返回店里就被老板逮了个正着。

“这大作是出自你手吧？”他的声线清冷，一字一句掷地有声。说着，将手机递至缪诚眼底。

缪诚侧目而视，喉头跟着一紧：“老板，您这是哪儿……哪儿弄来的？”

“顾客发消息质问我，为什么我们家做的包没用过一个月竟然开线了。”季霖郁一把抽回手机，“我该如何跟人家解释呢？”

“我……“缪诚垂头，双肩微微颤抖，半天“我”不出个所以然来。

“从我早上进店起，客人一轮一轮电话轰炸。人家倒是客气，说咱们店虽然服务态度有所改良，还提供上门服务，可制作工艺却下降了不少！你有什么好说？”

“老板，出了问题我不推脱，我会主动跟客人道歉，您怎么惩罚我我都接受，可是咱们店真的得改革了。虽说经济大环境不好生意难做，可您看看人家对门儿，完全没受到什么影响，反倒是越发红火！”

看季霖郁抱着手沉默，缪诚沉淀了情绪继续往下说：“老板，我之所以愿意跟着您是敬重您的手艺，更是敬重您的匠人精神。可是店里这几个月的订单大幅减量，对街的生意反倒是越来越火，前两天不知做什么活动店门口竟然还排起了长龙！老板，这是个强调商业理念的时代，我也是为了咱们店着想，即便跟您想法不太一样——”

“想法不同你可以走人！”他一语将对话斩断。

缪诚死怔三秒，不再作声。他回到工作台边，面对着一套工具发呆。直到江妙菱吃饭回来，他远远儿看着她的侧影，轻咬下唇。良久，他掏出手机，默默浏览起店面租赁的信息来。

.2.

凌晨，丝丝凉意沁入肌肤。三米之隔的窗边，象牙色纱帘被晨风带起。纱帘的另一侧，一张轮廓模糊的面孔渐渐浮现。月光的余温将她轻轻包裹，她气若游丝，温柔如初。

沈山南似乎知道来者是谁，他缓缓坐起身，下床，赤裸着身子朝那张脸靠近。当他看清那张日思夜想的脸，不由得上前吻住了她的嘴唇。

然而片刻之间，黑暗如同旋涡一般席卷而来。一阵强烈的窒息感传入四肢百骸，他拼命张开口，剧烈的咳嗽迫使他张开双眼。

挣扎了好一阵，他好不容易从浴缸里伸出头来。

原来是场梦。

他看了一眼表，差十分钟八点。

水，已经温了。

然而沈山南并不着急起身，轻轻闭上眼，意犹未尽地在水中待了一会儿。然后他从浴缸边缘摸过手机，照着那个特殊标注的名字按了下去。

“苏兮，我想见你。”

九点一刻，沈山南敲开了苏兮的家门。

“山南哥，你是说黎露的事情有线索了？”

沈山南抿了抿双唇：“保险的事情基本已经查证，还有黎露父母的遗产，跟黎志远说的相差无几。”

“所以说黎志远是有作案动机跟嫌疑的？”

沈山南颔首：“不仅如此，上周我安排的人还发现黎志远去催保险金，打听过死亡保险相关事宜。但保险公司也需要经过调查、核赔等手续，还在走流程，所以耽误下来了。”

苏兮嘴角溜过一抹隐秘的浅笑，提议将这条线索上报警方。

沈山南目光一沉：“可志远他……”

“这是杀人案，包庇不得！”苏兮向沈山南身边挪了挪。

沈山南表情复杂，看上去很是为难。良久，抬头道："你现在是警方认定的嫌疑人，这么做指不定会徒生事端。"

"怎么会？我可是主动协助调查！"

"话是这么说，但警察会觉得你的上报是为了给自己找替罪羊。"

这么想来也不是没道理。苏兮有些泄气："那该怎么办？"

沈山南重重一叹。他说这事儿就交给我吧。你暂时别插手了。

……

下楼左拐，沈山南一头扎进车里，掏出手机拨下一串号码，对着听筒严声厉喝："出来见我。就现在。"

西门外，两个影子相对而立。

"现在我掌握了你作案的动机跟证据，你还有什么好说？"

"放屁！你这是嫁祸！为了保护真凶！"针锋相对，对方显然有些恼火。

"谁是真凶？"

"那个苏兮！"

"话可不能乱说！"

"如果你所拿捏的这些也算是证据，那我手里掌握着的足够给那个姓苏的致命一击！"他面目发狠，用力掐断手头的香烟。

沈山南神色一紧，言语随之放缓。他说："虽然手握佐证，可我却很为难。把你交给警方，我没法跟黎露交代；可若不上交，我更没法跟她交代！"

"你是在威胁我？"

"黎志远，我是劝你。如果你真的做过什么，我劝你自首。"他说着，伸出三根手指捏在一起，"七天。我给你七天。如果七天之内你毫无动静，我会将证据交给警方查证！"

"沈山南你就是一浑蛋！我告诉你，我要有天下地狱，也一定会拖着你！"

……

3.

苏兮花了整个儿下午在家做了场大扫除。整理冰箱的时候，发现薄荷跟罗勒叶用完了。晚饭过后她去中心超市采购。

结账的人很多，收银台前排起了长龙。苏兮拿着张银行卡翻来覆去地看，看着看着，目光亮了起来！

这卡号好像……有点眼熟。

可究竟哪里眼熟呢？

良久，她的目光一闪——

对了，十四位数！十四位，跟黎露发来的那串英文所破译出的数字位数相同！

一个令人振奋的结论在脑中轰然炸裂。不知怎么了，当她在想和谁分享这个消息时，她想到了季霖郁。

她再也等不及了，放下购物框，迅速掏出手机：“现在有时间吗？我去找你。”

“在。”

四十分钟后，苏兮出现在了匠心手造门口。

她推门，探身进去，整个儿走廊静悄悄的，一首安德烈·波切利的名曲婉转低吟。

她抬脚往里走，刚走出两步突然有些后悔。

从良心上来讲，她对季霖郁的怀疑虽说有所减少，但并未消失殆尽。她一而再，再而三地见证着他的善意，却始终没有摒弃对他的怀疑。

那副置于仓库的拐杖，那个凶案现场的背影，那瞥寓意丰盛的淡然眼神……久久地，久久地，在脑中挥之不去。

想到这儿，脚下如同拴了秤砣。欲向后退，角落里却传来一声问候：“我在缝汽灯罐套。稍等。”

话到了嘴边，又被她生生咽了下去。

“汽灯罐套？”苏兮试着转移话题，轻手轻脚地摸到他身旁坐下，“怎么个做法？”

她随口一问，他却答得认真。

他说一般汽灯罐套有两种，甜甜圈形跟矩形。他说着便举起手中甜甜圈形状的皮料：“比如这个，我用这个圆形刀具在圆圈中切割上部的皮革。接着在皮革边缘压痕。”

“然后用分隔器来调整间距，并打孔，最后用十字缝线法缝合，并连接顶部和侧部。"

说到这儿，他停下来，任凭指尖风生水起。

经过十多分钟的缝线，成品大功告成。

"好了！"

话音刚落，四周一片漆黑。

苏兮的心一下提到了嗓子眼儿，浓稠的黑暗将风声冻结，少顷，季霖郁沉沉说道："别怕，停电了。"

接着，他轻车熟路地摸出一截蜡烛，点燃。

他将灯套上好油，说："我准备做盏煤油灯，你要不要……"

她似乎知道他想说什么，立即抢着答应下来。

季霖郁从窗台上拿来一只洗净的墨水瓶，填满煤油，弄一段棉线从铜钱中央穿过去，一头伸入瓶底，另一头露在外面当灯芯。

"找我什么事儿？"他浅声问，却并未停下手头的动作。

"也没什么，就是刚好路过，看你在不在。"苏兮搪塞。

季霖郁不再追问，专注于手头的活计。他搓棉线的时候，苏兮探着身子欲伸手接过，却被拦下了："煤油会弄脏你的手。你观摩就行了，观摩也算参与的一种。"

苏兮收回身子，目光渐渐从他的手指滑向他的脸——喉结、嘴唇、牙齿、鼻梁、眉眼，最终，在他的太阳穴处落定。

有那么一个瞬间，她觉得内心跟窗外的夜一样潮哄哄的。

火柴划亮的一刻是不是应该发生点什么？该我主动吗？还是该伺机等待呢？可如若等待，他又会不会主动做些什么吗？

苏兮猛地意识到，类似的揣测深深浅浅，可自己好像从未试探过他的心意。

时间一分一秒地过去，所有想象渐入佳境。

"差不多了。你来点火？"季霖郁说着，猛地回过头，差点儿撞上苏兮的脸。

恰恰就在这一刻，全宇宙的动静戛然而止，他没有退后，她亦没有退缩。他们彼此似乎都在期待着什么，他的瞳孔在黑暗中扩散，心跳渐渐被打乱，而苏兮心头一软，此时此刻，唯闻他清浅的呼吸。

脸，靠得很近。他甚至可以看到她脸上细致的绒毛，闻到她身上淡淡的香气，呼吸变得灼热，语言已然多余。那副闪着温柔的目光扫过季霖郁的心尖，令他情不自禁地颤了一下。

苏兮的眼里蒙了水雾，脸上泛了红潮，鼻尖渗出细小的汗珠，嘴唇微微张着，露出鲜嫩水润的舌尖。在蜡烛昏暗光线下，她好像有了平时看不到的独特娇媚。

季霖郁眯眼，感受着这个触手可及的女孩。他眼角的一抹笑意被她敏锐地捕捉到，微微翘起的睫毛呈现优美的弧度。

苏兮再也无法动弹，沉浸其中难以自拔。

草莽的绿海将炙热一一掩埋。

渐渐地，他的身子越发前倾，越来越近……越来越近……

直到一束宽阔的光源扫向了他们，顷刻之间，整个儿房间明亮如白昼。

第二十章

.1.

当苏兮辨认出强光后的那张脸时，很是从容地离开季霖郁身侧。

妙菱的身子貌似晃了晃，然后轻轻吐出一句：“苏兮姐，原来你也在啊。”她的声音很轻，像薄纱，衬得其中的失落异常分明。

她解释说早上接到停电通知却忘了告知大家，下班后屡屡拨打老板的手机却一直无人接听，不放心，就折回来看看。说着便将桌面的应急灯调整了角度，令光源不那么刺眼。

季霖郁若无其事地站起身，从一堆皮革废料里摸出手机：“忘了开声音。”

江妙菱笑笑，接着看向苏兮。

苏兮轻瞥一眼季霖郁，刚才发生的一切像极了一场梦，在江妙菱的背影中，他们两个人都逐渐恢复了理智。苏兮靠在桌沿上，拿起那只煤油灯反复把玩。而季霖郁也恢复了平日里的冷淡。

尴尬之余，苏兮只好没话找话。

“你这儿最近生意怎么样？感觉大环境不好，整个儿行业挺低迷的，就连万邦都举步维艰，看得出沈山南也挺头疼。”

季霖郁不作声。良久，季霖郁浅声说道：“你跟他走得很近。”

苏兮没料到他会突然讲出这么一句，解释道：“万邦是我的客户之一。”

然后季霖郁猛地转过了身，用那种无可救药的眼神望着她：“我不明白，天下做皮具的那么多，你为什么偏偏跟他搅在一起？”

苏兮不解：“这又有什么问题？”

他放下手中的工具，道：“当然有。”

“我不明白，你到底对他有什么成见？”苏兮加重了语气。

“不是成见那么简单！”他沉吟。

“那是什么？”苏兮不明所以。

“是怀疑。”季霖郁将目光瞥向窗外，“我一直怀疑我父母的死跟万邦有关。”

“怎么可能？”

“我爸妈曾跟万邦有过合作，用我们鼎盛昌的技艺交易股权。中间发生了什么我不知道，但我父母没多久就出了车祸了。”

“这些都是谁告诉你的？”苏兮上前几步。

“知情人都这么说。传言也并非空穴来风！万邦手上存有一份录音，只要我能拿到它，就能指证沈山南！”

苏兮不信，出言反驳：“传言这种东西往往就是空穴来风！即便是真的，你又怎能妄下结论将矛头指向沈山南？”

“不确定，所以才怀疑！”季霖郁答道。

苏兮抱起手臂，向后退了两步。她替沈山南辩解，说他不是那样的人。

“我发誓！你不了解他。”

“你好像很了解他似的。”他低声奚落，复杂的表情里貌似还有更为复杂的情绪。

“至少比了解你更深。季老板，你的秘密太多了。”

这一刻，她心如刀割。

自己坦诚交心，却换来如此结果。

季霖郁张不开口，心底一股寒流涌过。他死死盯着窗台上的那排仙人掌，直到苏兮走出工作室，他都始终没有看她一眼。

.2.

江妙菱在家门口停好车，耷拉着脑袋向前走，没出几步就撞上正往外走的沈山南。

“沈大哥。”她心不在焉地打了个招呼。

沈山南立马挂上一脸符合长辈气质的关怀：“哟，妙菱这是怎么了？”

这么一问，妙菱像是抓住了根救命稻草：“沈大哥，能跟你聊聊吗？”

沈山南凝神想了一下："那咱们去兜个风？"

穿过灯火辉煌的城市腹地，车子在市郊这一大片人造森林公园门口停下。爬上半山，远山间的山坳处城市的辉煌夜色平地而起。

面对此番美景，江妙菱却一点也开心不起来。在沈山南的循循诱导之下，她才肯将内心的阴霾倾泻而出。

沈山南静静听完，忽然一阵怅然若失，然而这低落很快被一丝狡黠所替代。他说对于这件事自己倒是有一个办法，问妙菱要不要听听意见。妙菱点头，眼底盛满了驱不散的疲惫。

沈山南实在不愿想象苏兮跟别的男人独处一室的样子，根本就是难以接受！他有些痛苦，然而这痛苦随之转化成了进攻。

看着妙菱耸动的双肩，一个声音隐隐递至耳畔——"你的机会来了，靠近它，然后抓住它。"

接着，他用了短短五分钟的时间将针对鼎盛昌的计划和盘托出。

妙菱听罢，眉头紧皱。她向后退了一大步，说："沈大哥，这是偷盗，是背叛。我不能这么做！"

"妙菱你好好想想，你要抓住要害，制定长久之计。这么做看上去像是背叛，但实质是在帮助鼎盛昌东山再起，更是在帮助季霖郁。事成以后，他感激你都来不及！"

看江妙菱迟疑不定，沈山南换了副姿态，使自己看上去更和颜悦色一些。

"妙菱，你是不是不相信沈大哥？"

江妙菱轻轻摇头，目光落徘徊在脚尖却始终不敢直视沈山南的脸。

沈山南微微俯身，缓和了口吻。他说："妙菱你想想，就凭我们两家的关系我怎么会害你？江临皮造跟万邦集团在商业上连横已久，私下里也是情深义重。你也知道，万邦此前经历种种不良事件，股市遭遇打击，二级市场的散股也都是你父亲想方设法帮助我们回收。

"妙菱，沈大哥是男人，最懂男人需要什么。任何成功都需要略施小计。认清他真正的需求，而后暗中相助。爱情是一场冒险，险中求胜是关键。

"我在帮你。要说帮你，其实也是在帮我自己。"

"帮自己？"江妙菱目光闪烁。

“对。”沈山南望向远处的灯火，目光有些失焦：“你知道吗，在很多年以前我就认识你苏兮姐了。”

.3.

季霖郁站在窗边给仙人掌浇水，江妙菱领着一位客人推门进来：“老板，这位客人想做高定，但是在价格上……似乎不那么满意。”

女人上前一步：“老板，这只包特符合我的审美，但价格不符合我的心意，能便宜点儿吗？”

季霖郁摇摇头：“不好意思，明码标价。”

女人见他不给自己台阶下，立马换了副声色：“你这儿定价这么高，对街差不多款式的还送貂油跟一套清洁剂！人家追求物美价廉，可你们样式万年不变价格万年不减。”

季霖郁一派淡然之色。他解释说在手工皮具这个领域从来就没有物美价廉，皮料越好，做工越精细，就一定越贵，一定是一分价钱一分货。江妙菱见状立马接过话。她说姐姐您可能有所不知：我们家和对街的款式类似，但无论皮子质量还是制作工艺都有着天壤之别。

客人一手叉腰，话语流露出些许不屑：“人家也是真皮，怎么就不如你家了？”

匠心手造向来以质服人，从不漫天要价。之所以贵，主要还是皮料质量决定。

很多人都不知道，500 块的牛皮跟 5000 块的有本质的区别。有台机器叫片皮机，原厚 4-5mm 的一张牛皮，厉害的机器可以片出 8 层之多。当然，最常见的是片成两层——最上层是头层皮，下面的二层皮，没有真皮层了，只有纤维组织层。二层皮也具有皮革的特性，表面喷涂化料压上花纹后看起来也没什么区别，但其耐磨度差，容易露底和破损。一些品质差的覆膜二层皮，甚至是有毒性的。二层皮都还算良心，有些所谓“真皮”，甚至是下脚料压制而成。这就是一个最常见的“真皮”陷阱。

其次呢，牛和牛的命运不同。比如非洲跟欧洲生长的牛，非洲这头吃住环境都不够好，皮肤没那么光滑，被牛虻蚊虫叮咬是常事；而欧洲那头牛每天在美如画的环境里自由生长，环境好虫子少，皮肤紧实又光滑。两头牛长成后，分别被剥皮取肉，完成使命。自然而然地，非洲那张牛皮，皮质疏松，布满疤痕。当然，用来打磨光滑，喷上化学材料，甚至压花处理，也是一张可用的皮，也就是半粒面革或者修面革。而欧洲那张牛皮呢，毛孔清晰，光滑紧实有弹性。除了基本的鞣制染色工艺，不需要过多处理，自带美丽属性。这就是传说中的全粒面革。

季霖郁一面解释，一面从样品中拿出两块皮革作比对。左手是品质上好的英国马缰革，右手是品质一般的原色植鞣。看切面，马缰虽然表皮都被削掉一些，仍然紧扎厚实肉面光滑。而另一张比马缰薄一些，肉面已经松弛起毛了。

不仅如此，牛的种类和大小也决定皮的品质。我们说牛皮，一般都是黄牛皮。水牛皮厚重，很少用来做包。因为妊娠、脂肪多导致皮质疏松等，公牛皮肯定比母牛皮好。两岁以内的小牛皮，毛孔小而清晰，弹性大耐力强，皮质细嫩手感好，尺寸也远小于成年牛，这就显得更加珍贵，价格极高。除开原料不说，根据制革工艺、缝制工艺的不同，价格自然存在高低。

季霖郁耐着性子讲解，客人却没有丝毫动容之色。她说她不管那些，什么非洲欧洲南美洲，跟自己一点关系没有！她就是觉得价格高了，说来说去到底能不能打折！

“我可是你们老顾客介绍来的，季老板还是不肯松口吗？”

“一分价钱一分货，不好意思。”

客人看样子也没耐性再磨下去，摆着张臭脸转身走人。

整个儿早上，季霖郁一身阴霾，搞得工作室气压极低。

好不容易挨到午休，江妙菱拉上缪诚吃饭。她说有事儿跟他商量，然后花了一顿饭的工夫将自己的计划告知与他。

站在工作室门口，她拉住缪诚的衣袖，以那种小孩子要糖吃的语气说道：“我一个人完成不了，你能不能帮我？”

缪诚早就有了一番打算，一方面是为了自立门户做想做的设计，一方面是为做出番事业得到妙菱的认可，目前看来这无疑为一个好时机。一番审时度势，他点头答应下来。

又过了三天，缪诚在缝制一个笔筒的时候旁敲侧击问起鼎盛昌的独门手艺来。他说久仰鼎盛昌大名，实在迫不及待想要取经。

在过去的三天里，缪诚不断想象开始这番对话时的场景，早早预热好了台词、潜台词甚至画外音。意料之外的是，就在季霖郁开口的瞬间，那些烂熟于心的措辞通通烟消云散。

现实根本不像想象中那般困难重重。

季霖郁笑笑，他说秘诀还真是有，每个大家族都有秘密啊，鼎盛昌也不例外，祖上传下来一本皮艺精造的书，取名《皮匠秘策》。

答案到手得未免太过轻而易举！轻易到缪诚甚至怀疑季霖郁是不是在开玩笑！

.4.

沈山南第一时间便在电话里得知了这件事，暗地里打听，没出几日便得到了核实。传闻季家的招牌之所以经久不衰，的确因为那么一本叫《皮匠秘策》的秘籍。至于其中内容，此前从未公开，也就不得而知了。

宴会结束，沈山南身披风尘驱车回家。孤零零的城市公路，仿佛整个宇宙都已经熄灯。

不久，汽车驶入一条不见星月的山底隧道。他摇下车窗，将手臂斜斜探向窗外，任由烈烈风声灌入耳畔。

下一步又该做何打算？他的手指在方向盘上缓而有秩地敲击。

静默的余光里，沈山南猛地松开手指，任风景随风翻滚，直至消失在后视镜的边缘。

第二十一章

.1.

接下来的一周，苏兮接连往银行跑了很多趟，又是询问柜员又是预约主管，跑前跑后忙得马不停蹄，最终却被告知：她无权仅凭一串号码向银行查询任何户主相关的信息。

苏兮打开手机电话簿，从上到下翻了很多遍，翻来翻去最终还是想到了沈山南。

她打电话给他，相约去市郊一家古色古香的茶馆。他没拒绝苏兮的邀约，却否定了她选择的地点。

晚上七点，那辆铁灰色的 AMG 一脚刹在了公寓楼下。没出三分钟，沈山南的电话打了进来。苏兮在一堆造型各异的玻璃瓶中选了娇兰的“一千零一夜”，轻轻一喷，举头看向镜中的自己，浑身上下散发着耀眼的光。

四十分钟以后，她随沈山南落脚南海边，那是一间私人会所式酒馆，据说是他朋友开的。

沈山南要了 homemade 款 Mojito，老板极力推荐，说基酒特别，用的是岛上教堂酿造的葡萄酒。而苏兮一如既往地要了 PinacOlada。它的中文名字很好听，叫“椰林飘香”，苏兮第一次听到这个名字的时候就深深喜欢上了它。

他们一路行至海边，远眺对岸的小镇灯火。沈山南明灭的目光跟水面恍惚的灯火交相辉映。苏兮看着他安静的侧脸，突然感到一阵难过。

苏兮记得头一次喝这款酒还是跟黎露一起，那是出国第二年，在布拉格希尔顿酒店顶楼的旋转餐厅，360 度落地窗，脚下是蜿蜒曲折的伏尔塔瓦河。

那次好像是为接待一位远道而来的合作伙伴。黎露为苏兮撑足了面子，她无数次地举杯相邀，醉到人畜不分，突然开口问她：“水边的月亮怎么天天都这么圆啊？”然后眼前一黑，栽进了沙发。

想到这里，苏兮不禁莞尔，怎料抬头的瞬间又红了眼。

沈山南闻声回头，问她：“怎么了？”

苏兮不回答，反问：“水边的月亮怎么天天都这么圆？”

沈山南抬头望天，抬手摸了摸她的额头，然后温柔解释道：“不是天天。今天是十五。”

苏兮不再说话，望着平静的海面发呆。良久，她突然转过身。

“山南哥，我今天约你出来其实有件事想要麻烦你。”她似乎预感到沈山南不会拒绝，不等他发问便从包里掏出笔记本，翻到写有号码的那一页撕下递给他。

“这是一个银行账号，我没有人脉，无法进行内部查询。所以能不能麻烦你找人查一下户主？”

沈山南伸手接过，目光打纸面扫过，神情突然晃了一下，却又被一个事不关己的表情迅速掩去了。

即便如此，他那稍纵即逝的情绪还是被苏兮捕捉到了。她轻声问：“怎么了，山南哥？”

沈山南皱眉，作深深思忖状：“这是……黎露的卡号吗？”

苏兮吃了一惊。他总是这样，好像轻而易举便能洞察她内心的想法，然后提前一步踏入核心，如此突然，令她措手不及。

“怎么了？”沈山南转过头来看着她问道，因为她无意中停下了脚步。

苏兮迟疑，与之对视：“山南哥见过这张卡吗？”

沈山南注目：“第一次见。”

“那你怎么知道？”

“直觉。你放心给我查却又不主动说明原因，说明你潜意识里觉得我会答应。我猜它一定跟黎露有关。”

苏兮松懈下来。她舒了一口气，解释说：“其实我也不确定是否真的跟她有关。甚至不确定是不是银行卡号。”

“什么意思？”

“以后有机会我再告诉你。山南哥，能先帮我查查吗？”

沈山南笑着点头。摇曳的树影落向左脸，他的眼角划过一丝阴霾。

.2.

苏兮躺上床却怎么都睡不着，只好瞪大眼睛望向天花板。想要数羊，冥冥中却看见一大群面目模糊的绵羊奔腾而来，这幻象令她烦躁。而就在几个月之前，每晚一过十一点她便会哈欠连天、四肢无力，前两秒还能保持清醒，第三秒便会进入人畜不分的混沌状态，连“好舒服啊”这样的感慨都来不及想，就能够火速进入梦乡。

可是此时此刻，她像条带鱼一般沿着床边辗转反侧，无限变换着姿态，想找到最佳的入睡姿势，结果却都是徒劳。

她干脆爬起来，站在窗边看对面人家潺潺流泻出的温馨灯火，突然间感慨人生有种很特别的、求而不得的美。事实上，这番感慨并非空穴来风。就在二十分钟之前，她接到了沈山南的电话。

他说经过长达半周的调查，那串号码的确是银行卡账号，而户主也的确是黎露。但不幸的是，那张卡早在几个月前就已经被注销了。

唯一的线索，断了。

.3.

翌日。

江妙菱站在咖啡桌一侧，胸前捧着台 iPad。她轻咬嘴唇，上身微微前倾，目光落向女人的肩部。

女人坐在桌边喝着一杯拿铁，跷着优雅的二郎腿。她嘴角轻轻挑起，却出言刻薄——“你们家店面不大名头不响，可价格都快赶上奢侈品了！”

江妙菱上前，挤出一脸微笑：“女士，您选择的是顶级皮料，对做工跟细节处理的要求也很高。”

“是啊，你们应该很少遇到像我这么内行的客人吧？”话罢，斜眼，抛给妙菱一个得逞又得意的笑。

在手作匠人眼里，前来定制的客人通常可粗略划分为两类。一类人选择私定，是因为厌倦了机器制作的完美无瑕跟千篇一律，喜好手工细微差异所带来的特别感，也就是人们常说的“世间仅此一件”。而另一类人选择私定，则是要求比机械更加精准的走线跟无可挑剔的做工。

“我家皮具虽说品牌赶不上奢侈品，用料也不及他们顶级，但我们家的手艺跟用心绝对是能够与奢侈品相媲美的。性价比更高，您何乐而不为呢？”

女人一听反倒是火冒三丈起来了。

“你这个小丫头真是哪壶不开提哪壶！说到奢侈品我就来气！我们70后姐妹团就是因为一只爱马仕铂金包闹得不欢而散！大牌包就是牌子大撑场面的玩意儿，几块破皮卖几万，傻瓜才要买！”

这恐怕是大部分人对奢侈品包具的认知吧，妙菱暗暗想着。以前甚至听身边的朋友说起过，“富人买奢侈品，不过是买只包；穷人买奢侈品，大多是为千疮百孔的自尊买上一服治疗自卑的药。”

这么讲来，对，也不对。

事实上，500块的包跟50000块的区别很大。除去品牌注水、顶级的手艺跟设计不说，真正顶级的皮料只有大牌用得起。

由于牛皮形状不规则且存在着不同部位的生长纹，一整张皮是不可能完全利用的。肩背和臀部，纤维紧密、颗粒均匀，耐弯折，且形状规则。颈部纹路多，肚腩松弛，形状也不规则。大牌用皮，都会挖取最规则、最完整、瑕疵最少的那部分。剩下的一部分用来做小件皮具，其余的就抛弃了。

奢侈品当中，对皮要求最高的要属宇宙大牌爱马仕。他们所选用的都是欧洲顶级制革厂的顶级皮革，甚至收购了不少皮革厂，来保证供应链的稳定性。最有名的当数法国HAAS制革厂和法国小牛皮制革厂TannerieSDuPuy。

至于Channel香奈儿，早些年就囤积了十多个传统工艺作坊。2013年又收购了有40多年历史的法国羊皮厂Bodin-Joyeux。Bodin-Joyeux年产量达300万平方尺，是香奈儿、爱马仕和LV的重要供应商。

这些世界顶级的皮料基本都掌控在了顶级品牌的手里。大牌用剩的边角料也会通过一些渠道出口到中国，但即使是边角料，价格也是不菲。

不仅如此，高级皮革都是有名字的。爱马仕常用做Birkin、Lindy的经典Box Calf小牛皮，出自HAAS制革厂；爆红的Celine豆腐包据说选用了Tadelakt小牛皮；还有植鞣革Barenia，采用在油脂中长时间浸泡的鞣制方式让皮质柔韧有光泽，呈现柔和的蜜糖色，摸上去如奶茶般丝滑，手感极好。

再比如爱马仕最普及最经典的Birkin用皮——Togo小牛皮。采用小公牛皮制作，经过自然摔打和收缩处理，呈现不规则的独特荔枝纹理，皮质柔软、弹力强、伤疤少。

除了一些常见的牛羊皮，大牌们还会选用稀有的特种皮。比如鳄鱼皮、蜥蜴皮、蟒蛇皮、鸵鸟皮。品牌只是一方面，当然，对有些人来说可能是全部。可一只高级的包包，绝对拥有顶级的皮料、五金、优秀的制作工艺和足以传承的设计。

当然，这些话江妙菱并没有解释给女人听。她相信她听不懂，也不屑于听懂。

有些人生来鞠躬尽瘁，有些人生来雍容华贵。

处理完订单，已经到了午饭时间。江妙菱望着桌面出神。她十指握拳，眉头皱成了一座小山。

直到缪诚提醒她吃饭，她提了一口气，却久久不敢抬眼。

“缪诚，你来得比我早，你见过那本《皮匠秘策》吗？”

缪成摇头：“传说那可是老板的至尊宝！你问这个做什么？”

“那么传奇的一本书，我可真想亲眼看看。不过老板肯定不会轻易答应。”她嘟嘟嘴，上前一步拉起缪诚的手臂轻轻晃，“这么重要的一个宝贝，如果让你存放，你会放在哪儿呢？”

“最危险的地方就是最安全的地方。最松懈的地方就是最严谨的地方。”缪诚故意做出一副颇有城府的做派来。

“难道还在眼皮子底下不成？”江妙菱笑着试探。

“咱们这儿最不起眼的地方就是仓库了。你觉得呢？”缪诚做了个鬼脸，昭示这不过是句玩笑话。

怎知，妙菱竟然当真了。

下午三点钟，江妙菱抱着一沓皮料走向库房。

她先是以目光对全屋进行扫荡，然后在初步锁定的几处目标上仔细翻查。终于，她在木架最下层发现了一个上锁的柜子。视线很低，位置隐秘，只有完全蹲下才能看到。这柜子看上去就很不一般，破旧归破旧，但看那表面的浮雕，一雕一饰都充满了仪式感。

柜门总共上了三把锁。一把是老旧的黄铜锁，另两把都是密码锁。趁四下无人，妙菱轻轻扶起最上面的一把反复研究起来。然而就在她的手指触摸到锁头的瞬间，一道黑影从余光边缘闪过。江妙菱猛地一颤，腿软跌倒在了地板上。

“小妙菱，你在干吗？”是缪诚。

江妙菱斜眼瞥他，与此同时迅速摸向耳垂，摘下一只耳环丢到架子底下。“我耳环掉了，在找呢。”

缪诚见状，大半个身子蹭过来：“我帮你！”

妙菱提了一口气，像是下着什么决心。然后，她将目光移向柜门：“哎，缪诚你看，那是什么？”

缪诚似乎并不感到意外，也没有丝毫好奇。他伸手握住那把黄铜锁头，侧过身来：“小妙菱，你知道这里为什么有这么多锁吗？”

“难道有什么秘密不成？”妙菱挑了挑眉毛，佯装好奇。

“为了防止窃取。”

“窃……窃取？窃取什么？”姗姗来迟的警惕感拔地而起。

缪诚没回答，笑着看她的眼，似乎要将她看穿。

“我的芳心啊！”缪诚话音一转，咯咯笑了起来。他没明说，可江妙菱听出来了，这话分明意有所指。

江妙菱缓缓移开目光，不知所措地站起身，就在她决定落荒而逃的时候，缪诚突然“噌”的一下站起来。

“看！你的耳环！找到了！”

江妙菱接过耳环轻声道谢。从他那充满笑意的眼神中，她似乎看出了些许警告的意味。他的沉稳冷静，突然让她感到一阵不寒而栗。

第二十二章

.1.

苏兮望着天花板，回忆起刚才的一场梦境。她梦见沈山南昂首站在自己面前，身后是桑菲尔德山庄里那棵被雷劈断了的樱桃树。

他们先是面面相觑，然后，他缓缓开启沉默的唇齿，含情脉脉地望着她的眼睛，说："你遇见我，是你的命运，是我的幸运。"苏兮虽有些不明其意，却还是在一股强大力量的驱使下点了点头。

接着，他上前一步吻了她，那个吻仿佛顺理成章，未经任何思考，她热烈迎合。这令她感到愉悦，感到被保护，被充满。

恍然之间，她觉得自己有些可悲。她不得不承认，自己对沈山南这样的人设有一种情结，一种简爱式的情结，一种与生俱来的精神依赖。如若要追根溯源，这源于自己跟父母之间不够亲密的关系吗？她捉摸不透。

恐怕就是因为这样，沈山南的暗示、他的暧昧，她虽无法坦然接受，却也从未拒绝过。

周六，难得晴朗。苏兮起床洗漱，吃了简单的早餐。打从落脚国内的那天起她就没好好儿 shopping 过，一来由于被卷入凶案实在是兴致全无；二来由于公司处于初级阶段太多事务需要打理；这第三嘛，就是目前一笔回款都还没收到，花费的都是理财收益跟以前的积蓄。因此在这个阳光明媚的早晨，她决定逛个街。

苏兮驾驶着一辆 mini 在大街小巷迂回穿梭。新区在城外旷野被开发，伫立起崭新的高楼，大多是新型的国企或创业单位。老城区落魄困顿，人口密集，市井气息浓厚。居民楼的阳台堆满生活杂物，晾晒各式衣物，摆放着一些或濒死或凋谢的植物。

狭窄的街道，老人将婴儿放在竹质推车中，在汽车一掠而过的尘土飞扬中缓缓走动；中年妇女穿睡衣提塑料袋，购买食物；管道工在路边石阶上昏昏欲睡。

这座城市，处处洋溢着红尘烟火声色堂皇的生机，是成功者的乐园，也是奋斗者的迷宫。它散发出极致诱人的气息，令你甘愿踮起脚尖不顾一切攀上枝头拼命摘取，而那些欢愉深处的浮光掠影却让你清醒地意识到自己随时会在层层剥落的岁月中摇摇欲坠。

泊好车，苏兮乘电梯上一层商业区。她打算添几件偏休闲风的衬衫，正好撞见 Acne 反季打折。抬脚要往店面走，突然被一个声音叫住——“苏兮姐！好巧，你也来逛街？”苏兮扭头，冲声音的来源望过去，只见江妙菱正朝自己走过来。她肩挎一只做工精致的刺绣手袋，身着束腰长裙，白色蕾丝的优雅被她诠释得恰到好处。

“是啊，难得闲下来。”苏兮看向她空空如也的手，开口提议道，“你一个人吗？要不要一起逛？”

妙菱莞尔一笑，目光瞥向大厅一角：“我逛得差不多了，正准备跟老板喝个午茶。”说着指了指隔壁的甜品铺，“人太多，他先进去排坐了。对了苏兮姐，你要不要先跟我们一起坐坐？”

老板？难道是季霖郁？苏兮神色一滞，连忙摆手拒绝：“不用了，你们约会我怎么好意思打扰呢？”

“这间店特别火，平时很难排到座位的！一起来吧苏兮姐，晚点儿逛街也不迟啊！”妙菱说着便一把挽上了苏兮的胳膊。

不算开阔的室内可谓人满为患，季霖郁像植株一般坐在靠窗的角落里。

“老板你看谁来了！”

季霖郁抬头看见苏兮，眼角划过一丝吃惊。

稍作等候，服务生将甜品上桌。妙菱伸手将粉色的盘子推到苏兮面前，“招牌舒芙蕾，你快尝尝！”她说着，整齐挖下一勺递到季霖郁口边。

季霖郁一个回眸猛地屏息，颀长的脖子不自觉地向后一缩，那呆木的神态令苏兮不禁喉头一抖。

谈天说地了好一会儿，妙菱起身去卫生间补妆。苏兮无所事事地玩儿着手机，余光深处，对面的季霖郁欲言又止。

苏兮觉得有些好笑，干脆抬头直视他的脸："巧不巧？我一直以为季老板您吃风喝雪守着一亩三分的工作室不食人间烟火呢！真是英雄难过美人关，季老板今儿竟然下凡了！"

季霖郁瞬间领会其中调侃之意，脸色一阵青黄，好一会儿才开口解释说："这不是上周妙菱帮店里挽回了一笔生意，我答应她周末陪她逛街作报答。"

苏兮吞下一大口胡萝卜汁："逛就逛呗，干吗解释。"

"别闹出什么误会。"

"有什么好误会的。"她小声嘀咕，"难不成还吃着碗里的看着锅里的？"声音很轻，却还是被季霖郁听见了，气氛骤然降温。

接下来的时间里，苏兮耷拉着眼皮玩儿手机，季霖郁瞥过目光望向街道。一直等到妙菱回来场面才再度升温，她一向擅长暖场，多冷的场子都能被她张罗得其乐融融。

用完午茶，江妙菱提议去三楼的家居店逛逛。正询问季霖郁的意见，置于桌面的手机突然响了起来。苏兮起身去一旁接听，再回来时直接从椅背上扯过外套。她说公司突然有点事需要应付，不得不先走一步。

话罢，目光越过季霖郁落在妙菱脸上："你们好好玩儿，我就不打扰了！"

.2.

下午三点，苏兮准时出现在万邦大厦总裁办公室门口。沈山南的会议还没结束，Anna 请她进屋稍事等候。

沙发出自法国高端品牌 Ligne Roset，符合人体力学设计，可苏兮却偏偏如坐针毡。她捧着只茶杯来回把玩，玩着玩着，突然一阵心烦意乱。

供应链出现空缺，这是出乎意料的。海关方面突然提高质检标准，这是谁都想不到的。

此次供货失误被苏兮视为创业以来所面临的头号 bug！万邦预付款到账，皮料却未能按时到港。她扳着指头一算，已经延误了整整三天半。

她愁眉不展，她望洋兴叹。她使尽浑身解数好不容易联系上了东南亚的合作商，所幸对方凭借曾经情谊，同意帮忙调货。

然而这件事远远不止调货那么简单。商场如战场，迟到半天就算违约，叶染自然不会轻易放过她。苏兮盘算着该如何跟沈山南交差，毕竟这单合作是他为自己达成的。如今出现如此大的纰漏，补偿罚款都是后话，对于他，她心怀愧疚。

“叶总监找你谈过了？”沈山南一进门便如此问道。省去寒暄让她觉得大事不妙，可他那一脸淡然，又让她觉得事情应该没自己想得那么糟糕。

苏兮不知该说些什么。直接开口道歉呢，显得不够真诚；尽力把问题解释清楚呢，又显得有些没担当。

“她怎么说？”沈山南脱去外套，挂好，提步走向办公桌，走到一半却突然转身朝苏兮走来。

强烈的愧意让她有些张不开嘴，小声说道：“一切按照赔付条款执行。”

沈山南看着她的脸，不说话，似乎有意等待她先行开口。

果然，苏兮照做了：“我公司会按照比例上缴违约金。一切按照规定，绝不节外生枝。”

沈山南眉眼一陷，叹气：“这不是我想听到的。”

苏兮吃惊而困惑。难道自己的表述不够专业精准？没能掌握商场的基本步骤跟语法？然而还没等她琢磨出个所以然，沈山南张口——

“据我多年来的观察，一般有两种人。一种人面对问题的时候执意自己扛，佯装很坚强，其实走尽了弯路吃尽了苦头，结果还不一定尽如人意。还有一种人，他们伶俐，甚至有一点狡黠。他们懂得服软，懂得如何规避风浪。他们懂得适时求助，需要援手的时候一定会开口。他们不会觉得不好意思，因为任何人都有无能为力的时候，都有力所不能及之处。”

苏兮终于明白他想要听她说些什么。他期待她张口，用小孩子那种做错事却还理直气壮的口吻说，“请你帮帮我。”就像他此前多次请求过的那样，他希望苏兮无论在何种情况下都拿他当作最最坚实的依靠。越凶险的情况越好！

可这份帮助，苏兮不能接受。

“山南哥，你说的道理我都懂。我知道会哭的孩子有奶吃！可我更加相信只有你尊重自己别人才会尊重你，你不自怜别人才不会可怜你！”

沈山南似乎料到她会这么说，并未表现出过分吃惊。

“不是所有的创业者都有人保驾护航。你遇到了我，这是我的运气，也是我们的宿命。”

苏兮清楚地知道，很多时候你觉得比登天还难化解的问题在别人那儿就是动动嘴的事儿。可即便如此，她却还是面带微笑道出心声：“我没问题，真的，我自己可以解决。”

沈山南站起身，托腮，抿着嘴唇半天不发一言。

“你必须承认自己在某些事情上的无力，承认自己的平凡！”他有意压低了嗓音，似乎压抑着内心的情绪。

她的眼圈一红，开口反击：“这恰恰是我最不愿承认的。”

年轻一些的时候，我们稍稍目标达成都误以为自己是天降大任于斯的幸运儿，以为自己是被上帝弯腰捡起的那颗糖豆，可经历越多越会发现，我们不过是沧海一粟，所谓与众不同也不过是冥冥之中沿袭了大部分人的节奏跟脚步。

“我们换个角度谈谈吧。你经受过欧洲职场的教育，我不知道你有没有感受过这样的职场规则：如果犯了错，责任全在自己，那绝不反驳赶紧纠错。但若责任不全在自己，那么一定不能轻易承认，要据理力争解释清楚，不然别人会拿你当软柿子。一旦被贴上软弱的标签，那么他人对你的攻击将会无所不在。但如果你是一个表现强势的人，那么他人在攻击你之前一定会进行思考。”

“山南哥，我知道你想说什么。谢谢你的宽容。但这一次全责在我，我必须立刻纠正。”

沈山南背手立于窗边。良久，他扭头，目光指向苏兮的脸：“你这副倔强的样子真是让人又恨又心疼。”

苏兮轻轻笑，本该扬起的嘴角却因深深的无奈而呈下垂之势。

“山南哥你知道吗，小的时候我走路摔跤。我妈第一反应是教训我，她说别人都能好好儿走道为什么你偏偏会栽跟头。以至于长大后每当我在人生道路上跌倒，伤口再深，我都只能装出若无其事的样子拍拍膝盖上的灰尘继续向前走，甚至连轻声喊疼的勇气都没有。”

“其实你真的不必把自己搞得这么忙碌。”

“忙起来我才会暂时忘掉所有忧虑，让强烈的心流注入工作本身，这种感觉类似催眠，使我放松也令我上瘾。”

人生总会陷入各种糟糕的境况，面临五花八门的境遇。她所感激的是，无论处于那种阶段，都有能力抚慰自己的焦虑。

话已至此，无须多言。

“有什么困难随时找我，我不会拒绝。”

“谢谢。”苏兮端起杯子，茶水已经凉透了。

他已经不再年轻了，说不出什么铮铮誓言，只想默默地护她周全。

从万邦出来已然临近黄昏。苏兮不着急回家，沿着大路往前走，不知不觉来到了一间书店。

她推门进去，沿着书架随意浏览。刚伸手拿起一本英文原版《简·爱》，一个熟悉的声音从后方传来——“你读夏洛蒂·勃朗特？”

她回眸，是季霖郁。

面对这样的他，苏兮多少有些吃惊。他穿着修身衬衫，深蓝色丹宁长裤，脚下踩着双乐福鞋，腋下夹着三四本书，没有了匠人的拘谨，反倒像是个不食人间烟火的文艺青年。

少顷，她将目光从他的外表移开，专注于问题本身，然后一本正经地回答说：“是呀，上小学的时候就读过青少年版，后来陆陆续续又读了很多版本，捷克文的有，法文跟德文的也有。”

《简·爱》，苏兮最喜欢的书。特别是青春期那会儿，罗切斯特先生完全就是为她量身打造的幻想对象，这本书更是对她爱情观的启蒙。

苏兮不多言，可季霖郁似乎看穿了她的所思所想，他指着封面上的那对肖像，道：“所以你喜欢沈山南？”

苏兮全然没料到他会讲出如此有失分寸的话，猛地抬头，目光灼灼。

“你在胡说些什么呀！”

“不是吗？”他微笑着，郑重其事地重复道。

苏兮“唰”地红了脸，顾不上否认，以逃离之势跑去吧台埋单……

.3.

这笔巨额违约款项让苏兮花光了近乎所有的积蓄。

她向来擅长自我批判，更擅长举一反三。

深夜，苏兮坐在书桌前，在记事本上整理着这件事的始末。收笔瞬间，她不禁联想到跟黎露情感的那处转折，突然像是受到了某种启示，大脑迅速运转起来。

这事跟当时的状况倒是有几分相似。72 小时，她隐隐地觉得，那逝去的 72 小时并非平常，就像是……就像是用时间刻意掩盖了什么不为人知的事实。

此想法一经成型苏兮立马核实。她算好时差，打电话给当时关系不错的财务部主管 Lisa。此时的她已辞职在家做起了全职妈妈，因此就算再怎么高级的商业机密也可以“降级解锁”了。

国内凌晨三点，欧洲时间早上九点。一通电话的工夫，苏兮终于得到了确切的答复。然而这结果令人咋舌。

Lisa 说这件事着实蹊跷，因此她至今还记忆犹新。当时预付款本在当日已经有所准备，可领导层似乎有意扣押，一拖再拖才决定放款。

所以，那迟到的 72 小时究竟发生了什么？难道黎露那时候就已经被盯上了吗？或者说，那件事根本就是凶案的前奏？

苏兮托着脑袋，不断涌入的思绪像是突然拧开了水龙头，一切的一切似乎都变得匪夷所思起来了。

第二十三章

.1.

眼看着亲口设定的七天大限将至，沈山南拭目以待。可他没料到的是，就在黎志远做出动作的前一刻，被他人抢占了先机。

六个半钟头之前，警局问询室内。“张飞”孑然立于桌前，这一次老警察并未随他一同出现。“张飞”的一举一动之间威严尽显，神色中所流露出的情绪明显放松了不少。该怎么形容呢？这么说吧，就连他那原本咄咄逼人的法令纹都显得宽容了许多。

“苏小姐，根据您所提供的证据，我现在代表警方正式通知您，您被解除重大嫌疑。”

意料之外，情理之中。苏兮如释重负，不由得挺直了腰板慢条斯理道：“看来是我提供的证据起了作用。可这一切究竟是怎么回事儿？你们有没有查出到底是谁、为了什么陷害我？”

“不瞒您说，我们的调查的确大有进展。”张飞低眉，挠了挠前额，“之前对您的多处质疑目前看来也都得到了合理解释。”

“那迟到的一个来小时究竟是怎么回事？”苏兮注目。

“这个嘛……”“张飞”有些为难，“现在您与案件无关，所以我们不方便透露更多细节。我只能告诉您，您所目睹的现场，是凶案的一部分。”

“一部分？”即便困惑却也淡然。

张飞重新回到桌边，若有所思地坐下来。他拿起纸笔的同时郑重了神色，恢复此前讯问的严肃语气。

“苏小姐，虽然解除了怀疑，但我还有一个问题需要您回答。”

“请说。”

“张飞”伸手将纸笔递至她面前：“现在我需要您写下几个名字。”

“什么名字？”

“就是您目前所能提供的，跟被害人共同认识的人的名字。”“张飞”说完，转身走去墙边，似乎有意为苏兮腾出思考的空间。

苏兮思忖，目光垂直落向纸面。短短半分钟，寥寥数个形象在脑中依次闪过。突然，她的目光顿住了。“张飞”显然是注意到了，正欲做出动作，只见她握着笔的手骤然一抖，干净的纸面上落下一个触目惊心的红点。

于此，张飞的心里俨然已经有了答案。

苏兮不断地瞥向眼前的警察，她将水笔轻轻放回到桌面，十指交扣。

张飞凭多年办案经验，一眼便看出她的欲言又止，轻声说道：“苏小姐，这是命案，还请您知无不言。”

苏兮皱眉，余光在桌面跟“张飞”之间徘徊。良久，那三个字从唇缝挤出来——

“沈山南。”

“您是指黎露的未婚夫沈山南？你们不是凶案后才见面的吗？”这下换作“张飞”吃惊了。

“我们好几年前见过，仅仅一面之交，我也是后来才想起来的。”苏兮说着，语气强硬了几分，“但关于沈山南我必须强调的是，我只是回答了你的提问，可这并不代表我对那个人有任何怀疑。他不可能做出那样的事情，还请你们别太……”

话没说完便被张飞厉声打断：“苏小姐，调查案情是警方的工作，您只需要提供有效的线索。我们查案，讲究的是证据，若没有明确的证据指向，我们就是想给一个人定罪都不可能！”

苏兮沉淀了一会儿，重新抬起头：“那我这……算是自由了？”

“苏小姐，您一直都是自由的，但有句话我必须提醒您。”

“您说。”

“凶案那日，如果您没有拖延那么久而是毫不犹豫地当场报警，黎露很有可能有救。”

……

一想到这些，强烈的自责就要将她吞没。苏兮浅浅坐在沙发边沿，坐姿因不安而显得僵硬。

沈山南看着她的侧脸，就那样静静看着，唇齿紧闭，心潮暗涌。

苏兮，我该拿你怎么办？

他不知道自己究竟怎么了，多年之前拿她毫无办法，多年之后依旧束手无策。每每想要更进一步，却总有理由在抬脚的一刻命自己打住，仿佛生怕一不小心打破些什么。

可他究竟害怕打破些什么呢？他不止一次地扪心自问。

兴许，是想象吧。每当他以此时的这种姿态看着她的脸，他宁愿相信她对自己是在乎的。每每看到她跟别人在一起，他便立地发誓要将她留在自己身边，可每当夜深人静，月光映出自己清冷的身影，他又心虚地想着，像我这样的人，真的配得到她的爱吗？

沈山南看着桌面上那条如假包换的项链，开口问："苏兮，难道这真的是一场天大的巧合？"

苏兮摇摇头："要说巧合，我更愿意称之为幸运。我一向认为凡事都要有Plan B，这样才能尽量避免自己在未来的某天陷入突如其来的进入维谷之境。"

事实上，几个月以来苏兮从未放弃对真相的索求，从未放弃对事实的印证。而这股强大的动力来源于心底里的那根刺——如果自己不那么自私，黎露可能还是活生生的。

虽然她不知道那条将罪行强加于自己的项链究竟出自何处，可本属于自己的那条是在环欧洲旅行的途中遗失的，于是苏兮孤注一掷地给能想到的所有对象发消息——维也纳的酒店、日内瓦的 hostel、Ibiza 的电子乐酒吧以及旅途中所有留了联系方式的旅人们……

功夫不负有心人，终于，一个德国沙发客的突然出现帮助苏兮成功洗脱嫌疑。

"她专程发视频告诉我说，那条项链在遥远的纽伦堡家中公寓的五斗橱里。我立马向她说明缘由，请求她将项链原封不动地寄回中国。后来，她照做了。"

"所以说项链是你在一次 couchserving 的途中不小心遗落在沙发客家里的？"

苏兮摇摇头："这就是我所说的幸运之处。确切来讲，那项链掉在了德累斯顿去往慕尼黑的火车上。”

“火车上？”这么一说，沈山南备感疑惑。

“德国铁路系统规定，凡是列车上遗落的物品，保存三个月后便可进行公开拍卖。所幸我朋友的室友是个摇滚青年，一直想买把电音吉他，因此常常关注小型拍卖场跟二手商店。那次德铁展开拍卖，她陪同室友前往，两人本是想要撞撞大运买下一把吉他的，结果意外发现了那条项链。”

事实上，这是一种巨大的解脱。对苏兮是，对黎志远也是。回顾之前的种种，她潜意识里认为黎志远才是漏网的真凶。然而就在她千方百计搜寻他作案的证据的时候，剧情发生了反转。

她与沈山南沉默对视。他的眼底有喜悦，那种昭然若揭的喜悦。想必这就是他口中的“运气”吧！曾经不以为然，可此时她不得不这么认为。

虽然凭借一条项链摆脱了嫌疑，可这反倒令苏兮陷入到了更深的迷惘——案发现场那条一模一样的项链又该如何解释？到底是谁、因为什么而杀了黎露？还有，凶手为什么偏要嫁祸给自己？

苏兮突然觉得自己正以某种合理的速度款款落入一个预设的陷阱，而直觉告诉她，陷阱最底端安置着名为“水落石出”的魔盒。

在这看似波澜不惊的背后，一双恶毒的眼窥探着一切，一双恶毒的手早已将桎梏备好，略施小技便得以请君入瓮。

粉身碎骨的时刻即为真相大白的时刻，人们总要记得，牺牲往往与获得相辅相成。

一切似乎都变得扑朔迷离起来。

.2.

案子算是告一段落，从凶案中全身而退，这令苏兮轻松不少。

告别沈山南，苏兮带着重生的喜悦离开万邦。不想立刻回家，便一路跟随心意，不知不觉走到了匠心手造。

离下班时间还有半个多小时，大家都在。缪诚裁着一块皮料，季霖郁置身角落，塞着副森海塞尔埋头给一条即将完成的皮带打孔。紧挨他身边坐着的是江妙菱，她望着他的侧脸，强烈的爱意从眼神中淌出来。

苏兮看着眼前的场景倒觉得自己有些多余。她的情绪一陷，愉悦跟着降温。是啊，自己的近况如何跟这里又有什么关系呢？再说季霖郁从未主动关心过，现在这么做，似乎……似乎有些自作多情。

想到这儿，她内心打鼓。刚准备不声不响地退出去，可提步瞬间妙菱正好不经意地回过头来，余光打苏兮身上一闪而过，“苏兮姐！”她迅速起身迎上前。

苏兮说自己来找老板，妙菱安排她在咖啡间稍事等候。

这一等就是四十分钟。待当日工作收尾，妙菱跟缪诚相继告别，季霖郁这才放下手头的活计移步咖啡间。

他泡茶的时候，苏兮突然开玩笑似的问了句：“妙菱喜欢你，你知道吗？”

季霖郁手一抖，滚烫的茶水顺着杯壁流到了他的手上。他迅速放下杯子，抽出手帕擦拭。

“我拿她当徒弟。”

“就是说，你不喜欢她？”

“怎么可能？”

“所以，你承认了？”

“你别绕我，也别乱想。”

“我乱想什么！”

“她是徒弟，我是师傅。”

寓意不明的一句话罢了，苏兮的心中却一阵窃喜。她张口想要说些什么，季霖郁突然回过头：“你来这儿有事吗？”

苏兮定定神，颇有仪式感地轻声咳，刻意昭示着自己将要宣布重大事宜。

季霖郁有些不明所以，抛给她一个疑惑的眼神，静待下文。

“我被警局从怀疑者名单上除名了！我清白了！”一句话说完，苏兮红了眼眶，才刚提起一口气，眼泪跟着大颗大颗地落下。这眼泪姗姗来迟，她原本以为自己会在沈山南面前真情流露的。

季霖郁被吓了一跳，手忙脚乱地去找面巾纸。咖啡间的抽完了，他只好掉头跑去工作台上找。在一堆皮料的下层，一本崭新的《简·爱》平摊在桌面上。

季霖郁想要伸手盖住，却被苏兮抢先一步发现了。她吸了吸鼻子，用眼角指着桌面问他：“怎么，你也对这个故事感兴趣？”

季霖郁轻瞥一眼没回答，抽出三张纸巾递给她。他那目光好像在说：“我就是好奇你究竟是怎么喜欢上沈山南的。”

……

.3.

沈山南出现在鼓楼南路。黎志远与之面对面站立，他耷拉着脑袋，锐气全无，俨然失去了当初的生龙活虎。

“苏兮被从头号嫌疑人里除名了。你现在怎么说？”

黎志远目光一暗，垂头：“我无话可说。”

“这对你来说是件好事。你该感谢她。”

“你什么意思？”

沈山南摇摇头：“你不需要明白，别再骚扰她就好。但关于保险那件事，我想听你的解释。”

“没错。保险的事我一开始就知道。确切来讲，那份生命险还是我劝我姐买的。”

“你？”过分的吃惊令沈山南不由得退后了半步。

“我们班有个女孩，叫余栎，人长得好看学习也好，各方面都优秀，可偏偏家里条件不好，听说她父母都在外地打零工。她有个姐姐是跑保险的，我喜欢她，想为她做点儿事儿，于是说服我姐把所有保险转到了她姐的公司。生命险是我让我姐买的，但那时候我真的不知道她会——”

黎志远收了收口。他深深垂下脑袋，像只丧失意志的鸵鸟：“我真的没想到这份保险这么快就会派上用场。”说完这番话，黎志远缓缓地、缓缓地蹲了下来。他双手抱头，陷入深深的痛苦。

他的解释令沈山南沉默。良久，他接着问：“那苏兮呢？你为什么自始至终都在针对她？你口中的证据到底是什么？”

黎志远将脑袋从双膝间拔出来，撩起嘴角冷冷地笑：“证据？这话你们也信？我不过是威胁她，让她不得安宁罢了。我对她的凭空栽赃也只是单纯地想要报复！”

“报复她？她跟这件事有什么关系吗？”沈山南愠怒。

这话似乎激怒了他，黎志远“嚯”地一下跳起来：“怎么没有？是她害得我姐不得不回国，是她害得我姐在行业内混不下去！是她斩断了我姐的大好前程！因为她，我姐不得不提前结束了她的欧洲梦！”他不顾一切地嘶吼着，那歇斯底里的样子像是疯了一般，“凶手不是她那是谁？到底是谁杀了我姐？是谁？”

对于黎志远来说，一切又重新回到了原点，他终于失去了目标，因此苏兮的解脱令他感到崩溃。

这一点，是谁都未曾料到的。

……

当苏兮从沈山南的口中得知这一切，心中顿时释然。

可即便如此，她也并不能坦然解除对黎志远的怀疑。一个陈旧的问题在她的脑海中一刻不停地盘旋——那条项链，黎志远究竟是如何知道项链细节的？他跟这起凶案真的毫无关联吗？还是……另有隐情？

即便置身事外，可苏兮决定继续追查下去。即便山高路险，即便荆棘丛生。逢山开路，遇水搭桥，因为她坚信，这是自己能为黎露做好的最后一件事了。

第二十四章

.1.

其实季霖郁已经不声不响地在人生低谷盘旋了挺长一段时间。

世事难料又磨人。寥寥十余载，他从耀眼的公子哥儿沦为了一个不伦不类的普通人。在某个午夜梦回的时分，他幡然醒悟——原来世界上除了背景优渥、自带光环之外，还有“危在旦夕”“苟延残喘”这样的词汇。

随着周围手作皮具店的兴起，匠心手造渐渐入不敷出，曾经赖以供货的好友也渐渐离他远去。

季霖郁卧薪尝胆等待着时机，想靠之前开枝散叶的关系东山再起。不料危急关头，曾经把酒言欢的难兄难弟们竟像躲避病毒那样冷眼观望，而后将他狠狠推开。

也曾被抛向生命的巅峰，多少双眼睛都羡慕嫉妒着，忽而被噩运提着领子从高空狠狠抛下，没有人落井下石已经算是幸运了。

晌午，苏兮正坐在桌前为两周后的国际皮具展会准备资料，突然接到江妙菱的电话。她约她出去，字里行间充斥着掩不住的火急火燎。

直到见面苏兮才彻底弄清状况。

“我们匠心手造凭借早些年的好口碑跟品牌影响力拥有着一群忠实度很高的客人。其中的一位好几年前在西班牙定居了，所以不清楚店内近况。他最近联系上我们，想要定制一批皮具作为婚礼伴手礼。”

“这是好事儿啊！你着急什么？”苏兮端起面前的 sangria，浅尝。

“苏兮姐您有所不知，一周前我们接了订单，可现在却面临着高端皮料库存不足的问题。您也知道，自从我们店开始走下坡路，供货也就跟不上了。老板又不愿意在大众市场进货，每天四处奔走求朋告友却也没什么结果，搞得我们也特别辛苦。”

“那他为什么不来找我？”苏兮口吻清浅，却一语击中要害。

江妙菱显然没料到她竟如此直接，猛地顿了一下，吞吞吐吐地解释：“怕是面子上挂不住吧。”

这很季霖郁。相当季霖郁。苏兮浅笑：“对了，买方对皮料有特殊要求吗？”

“有。事实上我们就是卡在了顾客要求上。如果是一般的高端牛皮都没问题，可看对方的意思，价格高低不是事儿，但至少得是日本新禧，能用霍尔文就再好不过了。”

苏兮若有所思地点点头：“这事儿我还真能帮得上忙。”她说着，换了个舒适的坐姿。妙菱听罢，脸上的表情跟着轻松了不少。

“对了妙菱，你知道爱马仕的饥饿营销吗？”

“我跟朋友都经历过，我们私下管这叫柜姐潜规则。”

苏兮咯咯一乐：“你别说，还真挺形象的。”

所谓“饥饿营销”，内行人再清楚不过。无非是调动人们的购买欲望，越买不到就越想要，越买不到的就是越好的！

就拿爱马仕来说，他们针对不同的国家有不同的营销策略。比如在美国买一只Berkin，柜员会根据名单记录顾客意愿，喜欢什么颜色、什么皮质、什么尺寸、金扣银扣等，然后到货了联系顾客，将其带进试衣间秘密验货。而到了北京，柜员就相当敞亮了，直截了当告诉顾客一比一的配货，当然还有一些地方是累积消费后进行申请……

可无论你走进哪家店，店员首先会告诉你Berkin没货。要说没货是不可能的，但店员会验证你的品牌忠诚度。比如你要买Berkin，他偏偏问你要不要Kelly，这时候你的回答可就要小心了，如果你说不要，那就是错失良机，她觉得调教失败，别说Berkin了，就连Kelly都不会卖给你。

江妙菱喝了一口拿铁，说道：“苏兮姐，其实我很想给老板类似的营销建议。”

苏兮立马领会其意：“你是说抬高价格、限制发售量，以此来激起大家的购买欲？”

“以我对他的了解，抬高价格这事儿肯定行不通。但可以捂货呀！现在店里皮料供应不足，这个方法也能满足现状。”

“你跟他聊过了？他怎么个态度？”苏兮侧目。

“没有啊姐，我可不敢直言进谏。之前缪诚就改革的事情提过几嘴，他就差拍案而起了！”

苏兮收敛了笑：“那我劝你还是别说了。”

“为什么？”

“这招看上去有理有据，可并不适用于匠心手造。你们店现在所面临的问题并非供不应求。供货链断裂只是暂时的，要害之处在于顾客流失，而顾客流失的头号原因就是缺乏创新。这个时代所有企业都在想方设法推陈出新，就连万邦那样的名企都如履薄冰。可是呢——”苏兮就此打住。

江妙菱自明其意：“苏兮姐，要不，你去跟我们老板说说？”

苏兮歪着脑袋想了一下，将一颗橄榄塞进口中。

.2.

一大早苏兮就感觉头痛，大概是前一晚泡澡后喝了劣质葡萄酒的缘故。那时她前思后想，久久无法入睡，于是喝了半瓶红酒，然而酒精似乎并未起到催眠的效果，她上床后还是很兴奋，还没弄清自己究竟是否睡着就已经是早晨了。

下午她正好有空，干脆约了季霖郁吃晚餐。邀请是提前两天发出的，他当时捧着电话犹豫良久，苏兮只好借口说想找人庆祝，庆祝她摆脱凶案、灵魂自由。他又犹豫了片刻，最后关头才好不容易答应下来。

然而见了面苏兮才发现，季霖郁似乎并不喜欢这样的场合，除了喝水不愿张嘴，两人面面相觑了近乎十分钟。等菜品端上桌，苏兮忍不住了。她端起高脚杯与他轻轻碰：“听说你的爱好是给皮具上油？挺特别的。”

这句话成功引起了季霖郁的注意，他迅速回应：“我对皮具保养方面最早的认知是来自我父亲。我爸是个老派的人，坚持最久的事情就是保养他的老皮鞋，他的鞋全是手工定制，出门前一定要确认它是锃亮的，不停地左右观察，仿佛要照出人影才算好。以前我看我爸一直坐在那儿，费力又无趣。可后来我发现啊，保养皮具给它们上油并不无聊，而是一种思考的打开方式，在短时间内重复同一个动作，能够释放跟解压。”

他说着掏出手机，从相册中挑出一张为顾客保养的旧包照片。双击放大，托举至苏兮眼前:“你看,这上油也是有技巧的。特别是貂油,要用体温融化油脂,用指腹薄涂。折痕处,要顺着痕迹涂抹。手工皮具这个东西,不在于奢侈的问题。浓浓的专属于皮革的味道、柔软扎实的触感,以及耐用和使用越久越有韵味的皮革特性……只要你踏出那一步,这些统统都让人深深着迷。”

“皮具的伤口能被你抚平,可你心里的伤口呢?”她的声音很轻,他手上的动作跟着一顿。

“什么?”他似问而非问,明显底气不足。

苏兮轻咳,坐直了身子:“今天请你出来,一是为我的事庆祝,二是想请你帮忙。”

季霖郁扬扬眉毛,表示自己并非兴趣全无。

“我有一批霍尔文的 Shell Cordovan 滞留,买方由于公司运营原因突然取消了订单,我都给厂家付款了,现在就想着把这批货赶紧脱手。”

季霖郁很快便察觉到了什么,面露狐疑之色。

“我想请你帮忙问问业内的同行,有没有暂时需要高端皮料的。”

季霖郁从膝头拿起餐巾,很是优雅地抹了嘴:“苏小姐,你认识的合作商应该比我多吧?”

苏兮轻轻皱眉,勉为其难地说道:“他们呀……我是嫌太麻烦了。区区一批皮料又得签合同又得立款项,怎么说也得一周,我可不想等。找你方便呀,再说我相信你。对了,不用付订金,到时候我收回款就行。”

季霖郁喝水,垂头,疑虑,纠结,不断瞥向苏兮。

苏兮自是一派风平浪静,端起雷司令小口小口地抿。

良久,季霖郁眉头舒展,貌似心意已决。他抬手摸了摸眉毛,说:“我的确有一位朋友,他最近也的确需要一批顶级马臀,他没说太具体,但霍尔文估计不成问题,我先帮你问问,一有答复就告诉你。”

苏兮脸上的表情明朗起来,插起一只虾放入口中,愉快地咀嚼起来。

.3.

晚饭过后,季霖郁回到匠心手造。他摸出钥匙插入锁孔,随着吱吱呀呀的声响,大片大片的黑暗在脚边铺展开。他突然感到心里很冷很空,冷到似乎揣着南北两极，却空到容不下一颗沙砾。

他不开灯，径直走向工作间。

刚刚落脚窗边，手机骤然一振。是短信。他迅速点开来看——

“以后你朋友们有什么需要随时告诉我，千万别客气！”

消息成功发送，苏兮放下手机。这话并未讲明，她也不知道他究竟能不能洞穿自己的心意。她只是想告诉他：我们之间不需要一纸合同，我随时可以为你供货，随时愿意伸出援手。

城市的另一个角落，季霖郁似乎一眼就读懂了此中暗语。他打开抽屉，从底部拿出那张全家福，看着父母的照片，一股强烈的羞耻感油然而生。

第二十五章

.1.

苏兮得知黎露生前怀孕这件事纯属偶然。

她去公司找沈山南，不小心被摔碎的玻璃杯划破了手指，沈山南开会还没回来，要她自己在抽屉里翻找创可贴。苏兮照做了，没翻到创可贴却翻到了一单怀孕证明。而这份证明的主人，是黎露。

她万万没想到会得到这样的反馈，感觉像是被人一拳锤中了胸部。

疼。闷疼。

然而她还没来得及将证明放回原处，办公室门突然敞开，沈山南回来了。苏兮握着纸张的手猛地攥紧，事已至此，她也只能先发制人。

“山南哥，这是怎么回事？”

沈山南猛地望向苏兮，眼中划过一丝稍纵即逝的诧异。突如其来的静默之中，他半眯起眼睛，仿佛在回味一段久远的回忆——

那个夜晚，纸醉金迷，他被灌得烂醉，被朋友拖到了不知十几楼的客房。过了没多久，门口响起了房卡解锁的声音，接着，黎露出现了。

他用力吻住她的嘴，再用力，吻到她说不出话，吻到彼此窒息。当他的嘴唇移至她的胸前，她意乱情迷地唤着：“沈总——沈总——”他全神贯注加大了力度，然而另一具轮廓在脑中越发清晰。

他压抑着自己，心里暗暗呼唤着那个名字。

“山南哥？山南哥？”冥冥之中，那具轮廓晃动五指，沈山南回过劲儿，身子一挺，猛地收回下巴看向她，这让她不禁有点畏缩。

“我发现了这纸化验单，然后让她把孩子拿掉了。”他半梦半醒道。

就像是被人当头浇下了一盆冷水，苏兮全身的神经都清醒过来，随即头脑发热，思维开始混乱。

“为什么？”

“因为，”他停顿，深深皱眉，然后用力提了一口气，“因为那个孩子不是我的。”

说这话的时候，沈山南不由得缩回了身子，把脸转向一旁。这恐怕是自己第一次见到他如此狼狈的表情。苏兮暗暗想着。

“黎露是什么态度？”她的声音颤抖着。

“她一开始坚持，但并没有过分挣扎，没多久就妥协了。”

没有过分挣扎？这怎么可能？在她的身上的确存在着很多灵魂的裂痕，可她向来重情重义，对弟弟都那么好，更何况是自己的骨肉！

沈山南的目光爬上苏兮的脸，片刻逗留，他似乎看穿了她的心思，背过身去，然后缓缓说道：“她当然不情愿，可那时候我们有了结婚的打算，确切地说，都已经在准备婚礼事宜了。”

“于是……你威胁她？”苏兮瞪圆了眼睛，她为自己的揣测感到不可思议。

“不。不是威胁！”沈山南断然否定，“那是冲动之下讲出的一席话，我当时愤怒到理智全无，要知道，在那种情况之下换作任何人都会和我一样。可你以为我不为自己的残忍感到后悔吗？但等我回过神来，她已经把孩子拿掉了。”

“所以……你还是按照计划跟她结婚？没有任何顾虑？”

“怎么会没有！可她已经受到了如此重创，难道还要我始乱终弃吗？”

苏兮倒抽了一口冷气：“那个男人是谁？”

“我不知道。”

“你怎么可能不调查不追究？”

“那是属于她的过去，我站在她的过去之外有什么资格追究？再说，如果这关乎我们的未来，我当然有权定夺。可她已经把孩子拿掉了，我再揪住不放是不是太没人性！”

随着一阵缄默，谈话戛然而止。

苏兮忍不住朝着他的办公桌看过去，他站在窗边，看着窗外林立的高楼。她只能看见他的背影。

最能体现一个人无力感的，就是他的背影。三毛看着父母的背影，体会出了那么多令人心碎的东西。此时此刻，苏兮也有这样的感觉。无论面儿上多么光鲜多么刚毅，可背影骗不了人。影子承载着一个人太多的痛苦、失落、妥协、无奈，以及那些不为人知的落寞和丑陋。

想到这儿，她不由得别开目光，突然想流泪。然而遗憾的是，她竟然不知道自己的眼泪究竟为谁而流。

“山南哥，你真的不在乎吗？真的一点都不在乎吗？”

沈山南：“……”

她以为他会极力辩解，就算什么也不说，轻轻点头也是好的！可最终，他轻轻摇了摇头，然后侧身，用那种无力回天的余光瞥向她：“我不知道。苏兮，我不知道。”

说这话的时候，他的瞳孔中散发着漠然，这让她感到陌生。

可苏兮知道，当一个人可以心平气和地谈论自己伤心的往事时，那么，这些事就真的过去了。

.2.

苏兮躺在床上，她觉得自己像是一艘沉船。残酷现实如同海水般不断灌入，足以令人窒息！

她不否认，自己对沈山南存有一种与生俱来的特殊的情愫，然而不幸的是，这份感情又并未使她盲目。也正因如此，她才会感到痛苦。

关于沈山南的态度，她不是未曾做出过任何思考。记得不久之前的某天，他俩在凯明斯基最顶层的旋转餐厅共进晚餐。聊起工作的时候，他无意间提到那件令苏兮感到痛心疾首的往事。他说就在东窗事发之前，黎露还想着要赚笔小钱实现梦想的。

“她是个多么天真烂漫的年轻姑娘啊！未曾经历职场的明枪暗箭，认定了只要踮脚去够欲望便唾手可得，她跟我当年真的很像。”

当他说出这番话的时候，恰逢华灯初上，整座城市的灯火在眼底铺展开。

“所以，我试图压低价格那件事你知道？”苏兮随口问道。

沈山南没否认，却立即转移了话题。

他含情脉脉地看着她的双眸，说道：“苏兮，你别介意。是我的疏忽，我不该在这种时刻提起这件事，可我跟她之间毕竟有过一段过往，无论深刻与否，总归不是说忘就能忘的。现在她又是这么一种情况，我心里的伤痕就算愈合了也还是会跟腐肉一样留在灵魂里。”

兴许正是这一连串反常的细节引起了苏兮的思考。她开始怀疑他，怀疑他对黎露的用心。这并非苏兮的本意，可不知从具体的哪一刻开始，她的脑中飓风四起。

临近午夜，苏兮躺在床上，床头燃着祖马龙的香氛蜡烛，她在脑海中整理着事件的始末。终于，流转的思绪在那个银行账户上定格。她觉得有些不对劲，那个账户一定意味着些什么的，不然黎露又怎么可能在那种情况下以那种方式传达那样的暗语给自己？

彼时，她俩的关系已然走到破罐破摔的地步，可她竟然还传达给自己那样的暗示？按道理来讲，黎露所信任的唯一的对象难道……难道不应该是沈山南吗？

苏兮终于坐不住了，这件事让她觉得细思极恐。

该从那个银行账户入手吗？她跟自己赌着，跟沈山南口中的命运赌着。倘若那个银行卡号没有任何可疑之处，她就相信他，无条件地相信，并且不再轻易怀疑！

然而没出三天，答案已见分晓。这场豪赌，苏兮输得丢盔弃甲。

她知道没有内部关系无法以正当的方式进行内部查实，于是她绞尽脑汁想出一个拙计：用转账的方式进行初步核对！

果然，苏兮照心意做了。可意外的事情发生了——账号跟户主对不上，账户也并未有过注销的迹象。

她找柜台服务人员进行询问，得到回复的时候她那原本温和的表情突然变得严厉，眼角的阴影也浓郁起来了。她觉得脑门儿一凉，全身的血液瞬间冻结。

为什么？他究竟为什么要欺骗我？

或者说不是欺骗而是隐瞒？他究竟想隐瞒些什么呢？

不不不！他这么做一定是有什么难言之隐！

苏兮觉得两眼发晕，赶紧伸手扶住墙面。她觉得有些痛苦，而她知道，这是自己不够聪明又不够愚蠢的恶果。

.3.

季霖郁坐在吧台一端，借苏兮的电脑查阅资料。没一会儿，苏兮将一杯咖啡递至他眼前："苏式手冲！快，尝尝！"

季霖郁挑眉，似乎在说："荣幸之至。"他端起咖啡喝了一口，敲击键盘的手指跟着顿了顿，"哎对了，你这 Mac 的右键怎么点的来着？"

苏兮飞速瞥了一眼屏幕，答道："触屏右下角啊！"

季霖郁试过，摇摇头。

苏兮立即凑上前："不对吗？怎么可能！"她说着一把拉过电脑，摸到触屏的瞬间，条件反射般点下了双击。季霖郁不为所动，倒是她自己感到瞠目——"如果你今天不问我的话，我好像从没注意过右键的点法！"

下一秒，一个细微的线索打脑海一闪而过——"等等！"

季霖郁抬眸，很是不解地望向她。

那稍纵即逝的灵光如昙花一现，没等她往深里想便淹没进了意识深处。苏兮撇撇嘴，季霖郁不再追问。可一股强烈的直觉正大肆昭示着某个事实，那大概是一个微乎其微的、在案件中被她所忽略的习惯性动作。

多亏苏兮的解囊相助，季霖郁成功渡过了一个小难关。然而，这一时之势并未使生意有丝毫回升之势。

他墨守成规，他孤注一掷，匠心手造在下坡路上越走越远。缪诚有了一走了之的念头，还是江妙菱好话说尽才暂时将他留住。苏兮也并非袖手旁观，然而五次三番却屡屡在他的倔强面前败下阵来。

就好比此刻，苏兮突然仰起脑袋，目光直指他的脸："你知道吗，你的手艺或许能打败这世间所有的人，却最终会输给时代。"

季霖郁停下手头的动作，起身，从架子上摸过一盒火柴，划亮。

"你知道吗，我从我爸那儿得到最好的东西就是他的性格对我潜移默化的作用。我记忆中的他，做事不紧不慢，生意上或手艺上遇到问题，晚上吃个饭、听盘 CD 或者看场电影，第二天就好了。他有被骗钱的时候，也有被最亲信的人忽悠的时候，但他从来都是一派淡然。他的眼中有智慧的盾光，仿佛总能很快看透命运对他的安排。"说着，他转身看向苏兮，"我们的生命走向兴许从源头就已经被规定，后来的一切都与生长环境息息相关。"

换作以前，苏兮会觉得他说的字字珠玑句句在理。可现在，这套说辞在她听来无非是苍白无力的辩解。

“季老板，现在手工皮具行业难生存，所有商家都在强调品牌运营。可是除了你的私人用包，我从来没在你做的商品上看到品牌标志。这恐怕对出货量有影响吧？”

“苏小姐，恐怕你对我有所误解。我毕竟是个手艺人，不是个商人。我不懂商场上利益至上规避风险的那一套，只想把手头该做的做好。其实不只是你，挺多朋友都问过我这个问题，你的作品这么有特点为什么不自己设计个 logo 啊？在我看来，如果作品多了，打上 logo，自己做不过来再做人手培训，再进设备，再开厂房，那和店里卖的流水线出来的商品有什么区别？显然违背了我的初衷，在这一点上我有我的坚持。所以毅然决然地放弃了这个建议。”

“可现今社会对手工皮具的定义也很宽容，认为可以允许使用一些铲皮机、削边机、烫边机等类似设备，只要缝制过程保证血统的纯正，手工操作就可以。”

虽有“手工”二字赫然在其名中，却已不能，更不该以“手工”的名义将其束缚！

“这样定义手工的概念，我认为是对手工皮具的一种曲解。至少在我看来，我只做纯手工，不碰机器，没有产量，没有品牌，不做流水线工艺，每一针每一线都融进自己的心血，自己画图，自己打样，最后才能给客户一个满意的交代。每一次和皮革的亲肤之感，都能让我暂时忘记琐事丢掉生活压力，体会它的美，才是皮具本身最大的乐趣。”

他的口吻温和，可一字一句掷地有声。长久的对峙之中，苏兮不自觉地败下阵来。

“苏小姐，你了解香水吗？”

季霖郁突如其来的发问搞得苏兮一头雾水，虽百思不得其解，却还是点了点头。

“商业香是为了取悦大众，而高端小众香与其说是香水，不如说是一种气味。”话罢，他做出“请”的手势，引领苏兮来到工作间后面的库房。

在最靠内的一面木架前，他蹲下身。打开那个挂了三个锁头的柜门，里面存放着的是香水。

他的手指绕过包装精致的玻璃樽，终于在一个透明的方瓶上落定。苏兮只看一眼就认出来，那是芦丹氏的孤女。

“我所理解的手工皮具跟线性小众香存在同样的道理。”

他说着，扭开盖子，托起苏兮的手腕，然后用玻璃棒在腕间、耳垂、后颈轻轻点了三下。而她保持静止，任由他摆弄。

“你说我特立独行也好，认不清世事也罢。我的手造作品就是小众、是精品，风格单一，具有审美共识的人总会款款入手，而欣赏不来的人，一眼都不会多瞧。”

苏兮轻轻扇动手臂垂头闻香，不时抬眼轻瞥他的背影。那颀长而伟岸的形象给人以错觉，他仿佛在昭告世人——“我见过是人生百态，生而如此不凡。”

第二十六章

.1.

苏兮走在回家的路上，夜风拂面，行至一处红绿灯路口，她停下，举起手腕放在鼻间轻轻嗅。

还记得刚刚喷上的那个瞬间前调辛辣发苦，然而时至此刻，那股带着防备的气味慢慢扩散开，变成温暖的冬日壁炉的味道。那缕孤寂的香火并非持久不变，也有卸下防备的一刻。像《简·爱》里性格孤僻、外貌不讨喜的女孩，内心有着炙热的追求，即便燃为灰烬也决不妥协。

冥冥之中，这香调似乎具化了他的轮廓。有温度，但只是厚重，不暖，甚至有种生人勿近之势，显得清冷孤傲。和他多像！在广阔林海中遗世而独立，内心有很高的壁垒，即便自我保护，也是个性鲜明。

从超市出来，苏兮剥开一颗大白兔奶糖放入口中，昂首阔步往家走。

扭开门锁，她径直走向厨房，将环保袋里的东西依次掏出来。掏着掏着，她手头的动作突然停下，跟着，眉眼狠狠顿住。

那是一只苹果，深红的、浑圆的，在暖光下反射出微弱而钝感的光泽。

难道是超市结账的时候误拿了别人的？然而很快她便否定了这个想法。当她将环保袋中剩下的物品倾倒而出，只见一张便签静静躺在环保袋的最底部。她将它取出来仔细观察，看那胶布的痕迹应该是从苹果上脱落的——“杀一儆百”。

字体虽小，却足够触目惊心。谁是那个“一”？谁又是“百”？

不！这绝非偶然，是刻意为之！是谁？到底是谁在捉弄我？难道是在丁字路口等绿灯的时候有人从背后偷偷塞进去的？又或者是在书店门口的物品寄存处？

她对此一无所知，只能凭空猜疑。

苏兮屏息凝神，谨防思绪自鼻息间溜走。接着，她站在原地将今日之事从头到尾捋了一遍：昨日去万邦签单之后就去见了策展方，接着今早去了匠心手造，季霖郁不在，是缪诚接待的自己……

这些面孔在眼前一帧接着一帧闪过，苏兮拿着苹果的手不自觉握紧，关节泛白，手背青筋凸起。

这已经是凶案过后她所收到的第四个苹果，上一个是在某日见完客户过后。同样的便签上写着同样的字迹——“不明就里”。

“我难道不该感到恐惧吗？”她扪心自问。恐惧当然有，特别是在头两次收到苹果的时候。它们仿佛一颗颗甜美多汁的定时炸弹，不知何时就会掀起一场惊涛骇浪！

但时至今日，那恐惧逐渐被钝化，演变成越发强烈的好奇。直觉告诉她，这个苹果跟凶案相关。然而这似乎又是一种暗示，一种没有危险的暗示。如果真的是皇后的“毒苹果”，那想必是一刀毙命而绝不会出现了一次又一次。

这暂时的自我安慰令苏兮感到安心。她一如既往地将苹果放进冰箱，等蔫儿了的时候丢掉，然后将便签收进抽屉。

.2.

三天后的夜晚，苏兮拖着一身疲惫回家。

说来也巧，她刚才走进小区就撞见了鼻青脸肿的季霖郁。说他鼻青脸肿是有些夸张了，但除此之外一时竟找不出更加恰当的形容。

苏兮执意将他带回家，拿出临时医药箱帮他清理伤口。季霖郁闭口不言，酒精滑过肌肤，他倒抽起一丝凉气。

她帮他贴好医用胶布，问：“你是被追债了吗？”

他摇头：“缪诚，喝醉了。”

“他酒后失态揍你？为了什么？”

他摇头。

苏兮握着棉签的手悬在半空：“挨了拳头不知道原因？”清浅的口吻中蕴藏三分奚落七分心疼。

季霖郁伸手摸了摸受伤的颧骨：“可能是因为我否决他的两张设计稿。”

“为什么？”

“有高仿的意味。”

“再怎么说也是人家的呕心之作，你也不能说否就否吧？”

“那我该说什么？撒谎吗？骗他？说你画得棒极了，简直是巧夺天工之作？”他的面部动作过大，牵动了肌肉，这令他不禁轻声喊疼。

“说话就说话，使那么大劲儿做什么！”苏兮温柔责备，又轻轻按压他眼角的胶布，确保短时间之内不会脱落。

事实上还有一个理由季霖郁没讲明，十之八九因为江妙菱，她恐怕才是这场斗殴事件隐藏的导火索。

苏兮将酒精、棉签等物品归位，将医药箱盖好。然后她猛地站起身，一阵突如其来的眩晕感从头颅正中央扩散开。

而此时，季霖郁恰恰没来得及收回伸直的腿。苏兮眼前一黑，身子跟着向前方扑去。待她反应过来，整个儿人已然“安全着陆”，然而垫在她身下的并非柔软的土耳其手织地毯，而是季霖郁屈起的双膝。

季霖郁仰着脑袋装若无其事状。苏兮却慌了神，口齿微张，眼睛瞪得又大又圆。她想挪开身子，一时却又不敢轻举妄动。而他的脸似乎正缓缓朝这边靠近，鼻息也越发清晰。

苏兮不自持地眯起眼睛。然而就在某个突如其来的瞬间，凶案现场的身影在脑海中一闪而过。她不由得用力转过头去。

是他吗？

不！你根本不该有这样的想法！

正值此时，他浑重的嗓音将她拉回现实：“苏小姐，坐得还舒服吗？”

苏兮的脸“噌”地烧起来了。她迅速站起身，埋着脑袋往卧室走，拉开柜门，这才发现医药箱还在沙发上。

.3.

周末。

一顿家宴的工夫，江秉城从妙菱口中了解到季霖郁“被揍事件”的始末。他将这定义为“年轻人间的小打小闹”，安慰了妙菱便只身走进书房。

然而他的思考并不止于此。季霖郁的固不可彻似乎令他看到了一束微光。

“江临皮造”全称“江临皮革智造”，历来高度重视环保工作，以“绿色皮革”著称。自成立以来，三十多年矢志不渝地深耕牛头层皮中高端产品研发、生产与销售。完善的产品线跟丰富多样化的产品风格满足了不同市场跟品牌商的需求。而针对高端的品牌客户，江临皮造亦能提供量身定制的解决方案。

在经济一体化大潮推动下，公司已经成为多数国际知名品牌和国内一线名牌的主要战略供应商。

可即便如此，受大环境影响的江临皮造也面临着转型的风险。经董事会决策及各部门分析商讨，他们决定从纯粹的皮革制造拓展向皮具。

江秉城放下报表，拉开墙壁上的大屏幕，一场电话会议随之展开。

“根据市场部跟研发部的综合分析报告来看，前面三个季度的数据可观：自然摔系列中的油蜡细树皮纹走势最高；接着是名仕自然摔、跟苯染轻油自然摔、小牛防摔；剩余的品种数据稳定，起伏不大。Napa 系列中走势最高的是古软 Napa 跟平面软粒面，苯染粒面和修面 NP 走势趋于稳定。至于特殊效应革就不容客观，漆皮跟竖纹油皮供货稳定，可仿马油皮跟高光数码销售额呈直线下滑趋势。”

说到这儿，电话那头打住。江秉城重重叹了一口气，道：“目前除了皮料制造，为争夺市场份额，我们还需要拓展皮具的生产。在这样的设想下，公司需要寻找一些合适的伙伴做合作分工，重构公司价值链的比例分配。经上层决定，有人格背书的合作方最好。”

“江总，我们跟万邦那边的合作——”

“跟万邦的合作照常，但必须居安思危，开辟出一个只属于江临皮造自己的独立而封闭的领域，完善公司本身的完整性。”

“初步企划案你们三个部门一同拟定，至少月末要拿给决议层。”

……

挂了电话，江秉城抬头看表，零点过十分，书房内烟雾缭绕。他剧烈地咳了一阵，拿起桌面上的合照——

十年之前，正值人生高潮的自己跟面目懵懂的沈山南。他俩穿同款同色的夹克衫，站在一棵巨大的合欢树下。他叉着双腿，流露出一副指点江山的气势来。而沈山南站如雪松，看上去拘谨、严肃，眼中却有锐气四射……

.4.

要说沈山南也没怎么消停，持续了六个钟头的会议势必要将他的精力消磨殆尽。

供应链管理的难点诸多：库存多、效率低、销售衰退、库存周转率低。目前看来，缓解问题的最好方式就是借助新技术精准优化供应链运营。

就万邦各部门出台的方案综合分析，利用新的技术、大数据及信息系统将顾客的综合感知、智慧协同、组织指挥、公司内部驱动协调一致，累计服务量，理解顾客需求，向顾客提供精准服务。在新零售时代之下，万邦借助“五化”来优化供应链。不仅如此，全渠道的销售系统也面临着变革问题。

想到这儿，沈山南停下步子。与此同时掐断思考，然后他抬手揿响门铃。

房门“哗”地敞开，苏兮出现在了咫尺之间。她邀请他进屋坐，自己去厨房沏茶，再出来客厅的时候，沈山南正将一只木质礼盒放上桌：“日本甜点，朋友刚带回来的，拿来给你尝尝。”

在沈山南的印象中，苏兮喜欢吃甜点，她总说人生太苦得加点儿糖。也不过是黎露生前跟他提过寥寥两三次，他便牢记在心。

茶过三盏，沈山南突然扭过头来看苏兮。

“现在你已经置身于凶案之外，所以，能不能给我一个答案？”

苏兮嘴唇微微动了动，一缕为难之色滑过眉梢。

沈山南似乎明白了什么，站起身，踱步至窗边。突如其来的不适使他焦灼，这种强烈的失控感简直令他无所适从。

苏兮看向他，十指交扣。

沉默半晌，沈山南猛地转回身子：“苏兮，之前我与你共同承担，现在却只剩下我一人孤军奋战。你不再会待在我的身边支持我，你不觉得这么做有些残忍吗？”

“山南哥，我并没有不再支持你的意思！我依然会跟你站在一起，在任何你需要我的时候。”

“真的吗？”他看上去有些激动，径直冲上来，一把托住她的双肩。

“真的。”苏兮无比镇定地对上他的双眸。然而话虽出口，可表情却没跟上。

“你在害怕？”沈山南面露狐疑之色。

“没有。”

“可是为什么，为什么你的回答让我感到忐忑？”沈山南暗暗想着，看着她那被过度淡然劫持的眼角，明明写着“言不由衷”。

沉默而压抑的空气在头顶浮动。良久，苏兮突然问道：“你会欺骗我吗？”

沈山南眉眼一紧：“怎么突然问起这个了？”他说着，别过头拿起桌上的茶水来喝。再回首，正正撞上苏兮一丝不苟的眼神，“不会。”

“那你有什么事情瞒着我吗？”苏兮追问。

沈山南显得有些恼火，他将水杯掷向桌面，刻意压低的声调恰恰昭示着某种一触即发的情绪。

“苏兮，你今天怎么怪怪的？我就算会隐瞒那也是为了保护你。所以也希望你无条件地相信我。能做到吗？”

第二十七章

.1.

那是一条自菜场中央开辟出的水泥道路，不算宽阔，四周围着嘈杂的讨价还价的市民。刚上完钢琴课的苏兮从音乐学院教职员工小区走出来，她背着个环保袋，厚厚的一沓五线谱若隐若现。

似乎是汇课不过关的缘故，母亲快步走在前面，苏兮小心翼翼地跟在她高大的影子里。母亲不断回过身斥责，后来她干脆停下脚步当众呵斥，照着苏兮的脸就是一巴掌。顿时，好奇的目光自四面八方投来，苏兮不停抹着泪，羞耻到不敢抬头……

早上六点四十分，她从哭泣中醒来，脸上没有火辣辣的痛感，却发现枕巾被泪水打湿了一片。

闹钟还没响，苏兮侧卧在床上用力回忆着刚才的那场梦境。可那些影像迅速褪色，轮廓越发模糊不清。

在苏兮心里，妈妈无疑为一名优秀的人民教师，却偏偏不是一个合格的母亲。她严厉而强势，将大部分的和善与宽容给了学生，将人设的 b 面——那些对生活的抱怨以及对工作的不满，统统留给了家庭。

然而与那些“慈父严母”型家庭不太一样的是，苏兮的父亲是一个更为强势的人。他焦虑，好面子，前半生吃尽了自尊心的苦头。

苏兮清楚地记得八年之前，她经过三轮筛选以亚洲区第一名的成绩顺利通过捷克国立大学自主招生后的那个暑假，父亲到机场送她去欧洲。眼看着就要进入安检，他们之间却发生了点不愉快。起因大概是父亲问苏兮大学毕业后要找什么样的工作，苏兮一边翻来覆去地玩儿着护照，一边漫不经心地应付。后来也不知怎么了，父亲突然间就火冒三丈了。

父亲在苏兮的心中始终是个忧心忡忡的形象，时刻处于对未来的惶恐之中。而每当他那些自我预设的问题找不到答案、内心的焦虑找不到出口的时候，便会本能地以逼问的方式将自身的焦虑转嫁给他人。

遥想那日机场，父亲一遍又一遍地问她未来究竟要走哪条路。苏兮本科都没开始读哪里又看得清未来究竟是个什么模样？父亲说的话她一个字儿都没听进去，心底里一遍又一遍地自问着：据毕业还有遥遥三五年，离别之际，爸爸为何这样逼我？

……

电话响到第三声，苏兮从千思万绪中醒过来。电子日历提示，今天是国际皮具展会的第一天。

.2.

苏兮并未成功租到独立展位，而是跟另一家皮具商分摊在西南角。这个位置既不开阔也不抢眼，唯一的优势就在于，它紧挨通往贵宾室的必经之路。

苏兮将电子设备调配好，待展的产品分类排列整齐。一切准备妥当，她举头四望，恰巧撞上款款走来的沈山南。苏兮感到有些意外，她以为这种场合万邦会派某部门经理前来。

然而沈山南并非独自一人，他的身侧伴随着一位友人。那人身着量身定制的英式西装，脚踩牛津鞋，梳复古背头，一对万宝龙银制袖扣衬托出其不凡的气度。

苏兮不禁一番观望，可望着望着，忽感那侧脸似曾相识。

究竟在哪里见过呢？她努力回忆着。对了，他不就是老东家的亚太区负责人吗？苏兮不确定，毕竟只在某年终酒会上打过一次照面，她立刻打开手机查看公司网页，果然。

苏兮下意识地将自己回国后的所作所为捋了一遍——进驻境外市场，唤醒隐形客户，开发新客户端。很好，没有一条违约。

眼看着他俩有说有笑地走过来，苏兮带着微笑，淡定自若地背手站在入口一角。可那人显然并未认出她，擦身而过的时候沈山南倒是靠近一大步，在苏兮的手掌轻轻一握，又缓缓松开。

苏兮抬头，正好撞见他嘴角一缕坏坏的笑。

“山……哦，沈总！”

沈山南驻足，侧身介绍：“嘿，Richard，这是苏兮。”他说着自然而然地搂了搂苏兮的肩膀，转眼道：“这位是 Richard，我朋友。”

Richard 的目光在两人之间徘徊，末了，冲沈山南眨了眨眼：“山南，你们之间好像……有点儿……”

苏兮看得出，他们的关系远不止合作伙伴那么简单。

“您说笑了，沈总这是——”怎料话说一半便被沈山南笑着打断，他目光一亮：“眼光很毒啊，你这个家伙，没错，我在追求苏小姐，可她好像不大乐意，你有没有什么妙招？”

男人豁然一笑：“你还要什么妙招？你本人就是妙招！”接着转向苏兮，开玩笑道：“苏小姐，如今像山南这样的痴情种可是濒临灭绝！你可要擦亮眼睛把握住哦！”

沈山南的坦然令苏兮备感吃惊。可吃惊之余，一个巨大的问号自脑内生成——他们究竟是什么时候认识的？如果他们在她辞职之前就已相识，那么关于那笔迟到 72 小时的款项……

在他俩渐行渐远的背影中，眼前似乎被蒙上了一层浓雾，明明直觉有路，却偏偏不知该从何处下脚。这几者之间究竟有什么关联？

正琢磨着，一个久违的声音自脑后传来。

“好久不见。”

苏兮思绪一乱，下意识地礼貌回敬，可当她抬头看清对方的脸，像是被冲击波击中，大脑瞬间怠工。

钟韶年！！

那个发誓给她一生呵护却在中途离席的前男友。此时此刻，他带着一脸亲和的笑原模原样出现在自己面前。

苏兮动动嘴，想说的东西太多，千头万绪一时之间竟生生哽在了喉头。

“你……回来了？”

他点头，掏出一张名片双手奉上。苏兮迅速浏览，眉心耸起一座小山：“萌兽派时尚皮具运营总监？”

钟韶年正欲说明，侧影中，一个女人迅速靠近，没等苏兮看个明白，她便伸手挽过钟韶年的手臂。

女人看上去三十出头，比钟韶年大上那么五六岁。赶在女人开口前，钟韶年抢先介绍道：“这位是苏兮，我上学时候的……朋友。”

苏兮喉头一哽。可没等她一颗心落入谷底，他跟着补了一脚：“这是黄莺，我女朋友。”

“是未婚妻。”女人抢着说明，接着伸出右手，“您好苏总。久闻大名。”

苏兮动了动僵硬的唇齿，“黄总，幸会。”与此同时，心底里传来“轰隆”一声巨响。她知道，那是仅存的美好想象幻灭的声音……

.3.

展会结束的第二周就有合作方主动联系苏兮。而令她备感吃惊的是，对方竟是钟韶年的未婚妻，黄莺。

苏兮在导航的指引下一路向东开，三十多分钟后到达“萌兽派”。那是艺术区里一栋三层独立建筑，四面落地玻璃环窗，衬得窗内北欧风装潢格外敞亮。

苏兮推开玻璃弹簧门，黄莺已经坐在长桌前等候了。长达五米的原木桌面上摆放着各类样品包具，看那阵势，她似乎早已做足了迎客的准备。

她彬彬有礼地请苏兮坐下，助理随之将茶水奉上。

省去虚情假意的寒暄，黄莺开门见山。

“苏总，展会那天有幸相逢，后来该交代的韶年他也都跟我说了。我知道您跟他之前有过交集，但这无伤大雅。说实话，我很欣赏你处理感情的风格，目标明确步子扎实，不瞻前顾后。”

苏兮听闻，正从包里掏文件的手悬在半空：“所以黄总今天找我来，是为了私事？”

黄莺摇摇头：“您误会了苏总，我是想跟您谈合作的。”

“合作？”

黄莺挑眉，抛过一个干练的笑：“商场合作，知根知底是好事儿，省去不必要的揣测跟试探。不光如此，我们专业部门将你们公司的资料跟数据做了全面分析，经各方商议，最终一致认为，贵公司虽说初入市场，但无疑为不错的合作对象。”

她说着，摊开手头的文件。在接下来的一个半小时里，苏兮照实回答了黄莺所提出的关于货源、供货渠道、结款方式、合作途径等一系列问题。而她所提出的疑问也都一一得到了解答。

初次商谈比想象中顺利。临走时，黄莺突然将苏兮叫住："对了苏总，有件事儿我想提前跟您说。"

"您请讲。"苏兮停下动作，作细心聆听状。

"是私事。"她微微颔首，"我要跟韶年结婚了。"

如同一盆冷水，从头泼到脚。所幸泼得苏兮茅塞顿开。

事实上从踏入这间办公室的那刻开始，她就一直在思考一个问题：比自己资历深的中间商那么多，直接供货商更是多如牛毛，黄莺为何偏偏选中自己？并且驾驭这种关系？怎么，难道是前任与现任之间的世纪大矛盾在自己身上得到了和解？她笑自己异想天开。

而就在此刻，苏兮突然明白了对方口中那句"不光如此"之外的东西。黄莺是想试探钟韶年吧，作为婚前的最后一道忠诚的考验。

想到这儿，她不禁莞尔。

"恭喜您！日后有什么需要帮忙之处请您随时开口。"话罢，她奉上一个明朗的笑大步朝门外走去。

.4.

眼看着窗外天光渐明。

苏兮历经一夜辗转反侧，好不容易做出决定。她按照名片上的号码拨过去，跟钟韶年约在一间敞亮的咖啡店。

坐下没多久，服务员前来点单。没等她开口，钟韶年轻车熟路地抢言道："给她一杯拿铁，牛奶换豆奶，少奶多咖啡。给我英式早餐茶，加蜂蜜跟柠檬汁。"

就是这个瞬间，苏兮鼻子一酸，眼泪差点儿跟着掉下来。

在过去的这些年里，除了闺密黎露，恐怕再没谁比这个男人更了解她的喜好了吧。不说远的，就三年之前，她哪里想过自己会有今天？

想到这儿，苏兮不禁低眉，将所有不该泛起的情绪通通咽回去，接着抬起头来抛给他一个再礼貌不过的笑。

“黄莺找我谈合作了。”她的声调显得有些僵硬。

钟韶年一愣，尴尬地笑笑：“我以为你会问我近况如何。所以你是来感谢我吗？别这样，苏兮。”

“多谢钟总监。”她举了举手中的咖啡，“同时也是想提醒你——除了工作，我们不该走得太近。”

听完这话，钟韶年僵住了。然后他泄了一口气，用那种一如既往的绵柔的目光打量她，道：“苏兮，你能不能别这样？就算分手了不是朋友也算是个熟人，你一口一句官腔不觉得有些别扭吗？我都快不认识你了……”他说着，任目光一寸一寸落向地面。那目光尤为复杂，其中包含着些许无力回天，些许难以理解。

苏兮不再接茬，换了个舒适的坐姿小口小口地抿着咖啡。喝掉大半杯，她重新开口。

“黎露死了。”她暗暗观察着他脸上的表情。

“我知道。”他抬眼看她，直到撞见那不解的眼神才又立刻解释，“我是说，朋友圈都传遍了。”

“是吗？”她淡淡一问，似敷衍。

“不过像她那种女孩……”他打住。

“哪种？”苏兮向他投去质疑的目光。

钟韶年没回答，话锋一转：“你知道吗，苏兮，咱俩之所以走到今天这地步，黎露真的是功不可没！”

“这话什么意思？”

“之前咱俩只是情感有问题，但真正让我下决心离开你的是对你人品的质疑。”

“人品？”苏兮眨眨眼，“我有点儿听不懂你在说什么。”

“你俩因为那件事闹翻以后，黎露跟着跑来找我。丑话说尽，不堪入耳。说实话，这才是压死骆驼的最后一根稻草。我决定跟你一刀两断。”

苏兮轻轻一笑：“所以在你心里，决裂在于他人的口舌，分手在于他人的挑拨？真就能这么轻易？”

她的反问令钟韶年有些无措。他轻咬嘴唇，像是在犹豫，少顷，小心翼翼地说道：“不仅仅如此。后来……后来我们之间开始了一段挺长的暧昧期。”

“你们？”苏兮发出一声低呼，“你跟黎露？”

“嗯。”

大脑瞬间短路，苏兮觉得自己完完全全被命运玩弄于股掌之中。

伴随着一阵短暂的沉默，她接着问道：“黎露怀孕的事你知道吗？”

钟韶年半晌不作声，冗长的沉默令苏兮有些透不过气。他静静看着她的侧脸，直到撞上她那万般质疑的目光，这才表现出极大的错愕。

“怎么，你认为……是我？”

她目光微怔，身子向后一靠，摆手道：“哪有，不过是突然想到了随口一问。”接着便迅速别过目光。

“苏兮，我有多了解你，你忘了吗？我清楚地知道你撒谎时所有的神态跟动作。”钟韶年重了重语气，那口吻像是揭穿一个正在撒谎的小孩。

苏兮抿着嘴不接茬。

良久，钟韶年沉吟：“不。不是我。但我真不敢相信你居然会对我产生这样的质疑。”

“就像我不敢相信你质疑我的人品。”苏兮回敬，“这下也算是扯平了。”

时间一分一秒地过去，他们之间陷入一种难以名状的尴尬。

一直到手机响起公事召唤，钟韶年率先告辞。可苏兮却并不想走，她朝吧台要了杯酒，算是致敬自己悲催的人生。

刚小抿一口，一个身影在斜后方落定。想必是钟韶年落下了什么回来找。苏兮正要张口问，那影子径自绕到了对面。

“这么巧？”她一脸诧异。

“我也刚才见完朋友。”季霖郁坐下，目光直指门口的方向，“那个人？”

“前男友。”苏兮大口吞下一口酒，解释道，“别误会，他要结婚了。”

季霖郁顿了顿，揣测的目光攀爬到她的眉间。

“想到以前的事儿了？”他不动声色。

“有点儿遗憾，怀疑自己当初的决定。”

季霖郁蹙眉。

“你知道吗，如果一个人毅然决然地离开你，就算他说得再好听，事后再后悔，别怀疑他的狠心，也别给自己找任何理由。你必须坚信，他就是不爱你了。因为如果他爱你，他会努力使自己变得更好，而不会借口配不上你。如果他爱你，他会争分夺秒跟你在一起，而不是借口忙碌。如果他爱你，他会排除万难给你希望，而不是借口有他参与的未来你会历经坎坷。

“因为人是情感动物，跟漫长的理智相比根本受不了眼下的煎熬；因为人都自私，他不能允许身边再无你的立足之地。真正在乎你的人，口袋里总是有糖，而不是鸡汤。因为他知道人生险恶无可避免，因此只想事无巨细，护你周全。”

季霖郁一席话落，苏兮跟着红了眼，低头，执意不让他看见。

良久，她仰起脸，咯咯一乐，道：“没想到季老板如此柔情似水啊！多大点事儿，早过去了。对了，我在南面约了客户，要不要载你一程？”

第二十八章

.1.

很多时候，苏兮能够感受到季霖郁的孤独。

比如上周工作室接到了一份数额超大的商业订单。一时兴起，呼朋唤友吃饭庆祝，要说都是一群有模有样连鬓角都修得齐整的行业精英，却约在了闹市中的一间平价酒楼。那酒楼甚至没有自己的招牌，租用着别家店铺的二层。

苏兮也受到了邀请，她被裹在人群里，在最靠里的圆桌前坐下。这感觉像是参加婚礼，不过分嘈杂，不过分安静，热闹得恰到好处。刚进门的一桌在摇骰子，左边三个美女红酒配烤肉吃得相当优雅，这种氛围在苏兮看来很特别，像街边小摊，却又明明置身于酒楼大堂。

席间，一位身着 Amekaji 风的年轻男人讲了个笑话。大家哄堂大笑，苏兮跟着咯咯乐个不停，她埋头喝了口啤酒，再一抬头，发现季霖郁正看向自己。

晚饭过后，季霖郁邀请大家去工作室喝了点儿小酒。凌晨一点，大伙儿一哄而散。待苏兮从卫生间出来，只见季霖郁抱着胳膊站在门口送客，直到所有人都已离去，他依然原地站着。整整五分钟，他盯着大门的方向没有离开半步。生活中的很多瞬间，狂欢之后是落寞。喧嚣退去的刹那，他觉得孤独。

她明白，他渴望被爱，但又害怕付出。在他这个年龄层次的人，都防着，怕受伤，爱情是冲动的感性的，是越理智就越无法得到的。

午后，季霖郁正塞着耳机埋头缝制着一件原色植鞣水桶包，苏兮推门进来。没等人招呼她便径自端起桌上的一杯白水，余光一瞥，见无人阻止也就毫不客气地一口气干尽。

“苏兮姐？”

苏兮闻声扭过头，江妙菱正抱着沓皮料目瞪口呆地站在走道口。苏兮的目光自她脸上一扫而过，匆匆打了个招呼，接着走向季霖郁。

她将手机往他眼底一塞：“你这儿的种类还是一成不变，你看看，别的工作室都已经创新到口袋设计上了！”

也没管对方是否真的在听，苏兮迅速拉开一旁的椅子坐下来。季霖郁这才回过神，将耳机摘掉，看向苏兮。

“我跑了一早上业务，刚刚谈妥了一个客户，这是对方展示的样品图。你看看这款，还有这款。手机时代谁还拎包啊！都在呼吁解放双手！据我所知，从今年开春起很多皮匠都已经在皮带跟腰包上下功夫了。”她顿了顿，“不过话说回来，手作皮匠越来越难当了，在保证市场接受程度的前提下还得考虑设计特点。千篇一律不行！没有品牌特点不行！季霖郁，你到底怎么走到这一步的？”

季霖郁笑笑不说话，将蜡线整齐叠放在桌面上。

关于产品创新这件事，他并非全然没有过考量，也偶尔参与网络皮友圈的讨论。大家互换信息，吐槽行业困境。

有人说，不是匠人不去创新，而是我们根本没办法发现创新的点，因为我们在熟悉的道路上越走越远，很难回到小白的状态。因为过去的经验给了信心和方向，所以才有了重复性的思维跟动作。然而过去的经验貌似很有效，但实际上当我们所能想到的东西越来越少的时候，就进入了一个无效循环的状态，而这背后所存在的是一个很严重的症结——就是“强烈的思维惯性”。

做了太久的“专家状态”，实在太难跳出这个舒适圈。

“苏小姐，我知道你想说什么。核心的突破点就是状态清零，回到客户的视角，在真正的用户使用中找寻需求痛点，只要解决痛点就是创新的机会点。我们不得不承认，大部分皮匠在皮具款式、花样的思维还停留在最开始的阶段。行内人把这称为审美跟不上手艺。然而这件事对我而言又有些不同。对于我，返璞归真不难，我更大的顾虑在于家族声誉。我所担心的是，若创新不成反被人抓了话柄，会毁了我‘鼎盛昌’的百年盛名。”

他停下，回过头，笑眼向她，好像在说：“这下你明白了？”

他的眼神跟之前的任何一次都有些不同，该怎么形容呢，没有敌对，没有反抗，是含情脉脉，倾尽真诚。

近乎六秒的对视，苏兮率先将目光瞥向地面。他接着轻触她放在桌面上的小指，苏兮这才注意到他俩竟然挨得那么近，跟着便迅速抽回身子。

.2.

江妙菱讲出这件事的时候，沈山南正用刀叉给一份“秘制烤翅”剔骨。

“这话你们老板当真听得进去？”他轻声问，却没抬头。

“是啊，说来也奇怪，反正他不像以前那样一提起这个话题就拒人千里。”

“看来他开窍挺快。”

妙菱叹了一口气：“唉，不如说苏兮姐魅力大。在我们面前他是老虎，在苏兮姐面前他是猫咪。”

沈山南手头一滑，盘沿发出“吱吱”一声响。他放下刀叉，笑着将那份骨肉剥离的鸡翅往妙菱面前轻轻一置：“来，你先吃这份。”

江妙菱愉快地开动，沈山南却陷入了沉思。

此前，他一而再，再而三地向匠心手造伸出援手，可季霖郁从不接招。本想着伺机而动，可就目前的情势看，除去万邦面临被抢占市场的危机不说，自己多年来精心呵护的感情眼看就要遭遇滑铁卢。这么一来，沈山南彻底慌了。

不久之前，他试图跟季霖郁谈项目培训，季霖郁一口拒绝，沈山南可谓回天乏术。

然而正逢此时，他的目光落向正面对一大盘美味食之无味唉声连连的江妙菱。沈山南琢磨了一下，开口道：“妙菱，就目前趋势而言，手工皮具业面临震荡。你们老板死心眼儿，还放不下面子，你得帮他！帮他争取机会！”他喝了一口酒，“你是聪明的女孩，不用我明说你也知道，你这么做也是在帮自己。”

“帮自己？怎么帮？我要是有能耐也不至于沦落到现在这地步。”

“苏兮目前也只是提出建议，如果你直接奉上一个好结果，那对他而言岂不是惊喜？”

“怎么说？”

“妙菱，你听我从头给你分析分析局势。”沈山南上身前倾，将名卡跟调味料从面前移开。

“从 2017 年底到今年年初，很多做高仿的皮匠已经感受到货不好卖了。

以前卖上万的现在大几千，走货量也有所下降。在 2017 年上半年，高仿品曾经有过一段价格飙升，吸引了不少人加入行业，其实只是回光返照而已。自 2017 年 12 月起，奢侈品关税大降 10%，其影响直接传导到终端价格上，降价带来的连锁反应使自 2016 年开始的奢侈品牌关店潮得以暂时停止，海外代购也受到了不小的冲击。这之中，高仿包受到的影响最大，被直接拉低了销量与价格。已经有相当的高仿从业者转型皮具工作室，开始进行普通包具的定制，同时，高端手作包具的培训业务也在加热。这件事会对行业未来几年的走向带来很大影响。”

“什么影响？”妙菱放下刀叉，一脸矇昧地问道。

“伴随着不断的降税，奢侈品价格会大幅下跌。这种压力会让大出货商压价销售并提高热门款式的制作量，同时减少普通款式的制作量甚至停产普通款式。到了小制作者这里，就无关利润，而是生存的问题了。

“高级包具培训和普通培训有一些不同，那就是生产工具的差异。普通定制培训一般是手制，但高仿业者转型都是带着资金，为了快速回笼资金，他们会选择进行半手工培训甚至全机械培训。这看起来没什么，但要知道，接受培训的人花了高价不是为了来玩一圈的，他们回去后会有相当一部分人加入从业。而这些新业者当然会接受上游培训者的皮料、五金、制作工艺、制作机械的一条龙辅助，最终成为新的业者。但皮具圈的出货渠道并不大，受资金压力影响，新业者很快也会变成新培训者。最终，从业门槛越来越高，普通制作者统统被甩出门去。

“这种趋势看似先进，但毁灭的是定制皮具的文化可能性。无论是半手工还是全机械，只要是流水线生产，版型都是千篇一律的。而定制的社会需求则来自个性化，如果任这种趋势发展，没有资金支持的优秀业者是做不起来的，今天的皮雕市场就是例子，为什么最终做大的不是皮雕师而是工具商？

“当商品失去创意，需求也就自然消失了，最终只有高手和多金者会留下来。这对市场而言远远不够，但这种趋势也不是一般人能够阻挡的。

“未来一段时间内，除了提升作品的文化内涵，加强作品的个性化，留意市场的新潮流和新变化外，在多面夹击下，小制作者无路可走。大家都希望能在三年后仍然从业，市场洗牌后，小制作者会大幅减少，资金充裕的工作室由于版型问题，也会有自己固定的客户群，到时能留下来的，都是赢家。”

沈山南的一番话果然奏效，妙菱脸上顿时浮现出一丝惶恐之色：“沈大哥，你的意思是，我们工作室如果再不谨慎行事，最终会走向落寞？那我……我该怎么做呢？”

沈山南早已做好了直言尽意的准备，他刀法利落地切下牛排一角：“说服季霖郁，接受万邦的培训师项目邀请。这是目前的最优选择。”

“可是沈大哥，我……”

沈山南自知她的顾虑，道：“于公，这是个携手创业的时代，你所做的无论成败都是出于对匠心手造的考虑。于私，为了获得季霖郁的肯定，你是不是应该做出点儿什么令他对你刮目相看呢？而于我，你大可不必有丝毫提防之心。你知道吗，万邦屡次股票跌价，你爸爸在二级市场暗中助我回购散股的时候是怎么说的吗？他说沈兄，股票在我手里但决策权在你手里，你大可不必担心。”

听他这么一说，妙菱不禁松了一口气。她又想起了那天季霖郁看向苏兮的暧昧不明的眼神，沉默片刻，终于放开紧握住刀叉的手，说：“那我试试。”

话虽这么说，但基于此前的教训，她的心中早已有了一套 Plan B。

.3.

短短一周过去，江妙菱又一次出现在了万邦。

稍作等候，沈山南招呼她进屋。然而江妙菱并未直接坐下，而是径自走向办公桌。没等沈山南开口询问，她便一脸惭愧地说着：“沈大哥对不起，我没能按照您的期望顺利说服我们老板，他没有任何做培训师的意愿。”

原来这丫头是来道歉的。沈山南并不十分吃惊，起身，轻轻拍了拍她的小臂，用那种关切的口吻安慰她：“没关系的妙菱，你不用自责，也不用有任何压力。季霖郁的倔脾气人尽皆知，你心意尽到就好。”

本以为她会就此作罢，怎料片刻之余，江妙菱突然仰起脸：“沈大哥，你觉得我代表匠心手造做万邦的短期培训师合适吗？老板怎么教我的我就怎么教给大家。只是先别让他知道，不然他肯定不允许。到时候记功劳，记我们老板的就成。”

沈山南这才弄清江妙菱的此番来意，道歉是其次，想必自荐才是她的真正目的！他稍作思忖，眼中闪过一道狡黠的光芒。

退而求其次？不如将错就错！

沈山南双手合十，目光炯炯：“我觉得这个主意好！一来，我相信咱们妙菱的能力；二来，在万邦得到锻炼的机会也是不可多得。这样，我这两天就让部门列好条款尽快发给你过目！”

妙菱嘴甜，一个劲儿地道谢：“谢谢沈大哥赏识，我虽然没老板道行那么深，但也绝不会让您失望！”

沈山南垂目，似乎在盘算着些什么：“对了妙菱，你有匠心手造的公章吗？”

“还要公章吗？”妙菱皱眉。

“当然，你代替的是季霖郁。要么法人代表签字，要么出一份授权委托书，最简单的办法就是盖个公章。虽然这个合作是咱俩之间私下达成，可合同毕竟得经过公司法务，形式还是得过一下的。”

“可是沈大哥，公章不在我手上。”

“那——”沈山南皱眉，“这就有点难办了。”他故作沉吟，“不过你也别遗憾，机会虽然不多，但一定还会有的。”

“不不不，沈大哥，我……可以搞到公章。”

培训师的事就此落定。江妙菱告别了沈山南就要起身离开。可就在她侧身而过的瞬间，她似乎注意到他的眼睛，也不知怎么了，心底莫名“哐啷”一声响。

他明明该是有所顾虑的，可为什么偏偏是一副势在必得的神情？

然而很快，这分稍纵即逝的疑虑被大功告成的窃喜抹了过去。

第二十九章

.1.

陪客户吃完午饭，苏兮跟着询问了供应进展。她本想去沿途的书城逛一圈，怎料从咖啡店出来以后就觉得关节酸痛全身疲乏，只好拦车回家。

晚上七点，她从昏睡中醒来，简单煮了速食汤，顶着颗昏昏沉沉的脑袋去丢垃圾，刚蹲在门外穿好鞋，耳后“咔嚓”一声响，不好的预感窜上心头，她全身上下摸了个遍。

果然，钥匙没带。

若只是没带钥匙也不算太糟，可她几番查看，浑身除了手头的一袋垃圾再无他物。没办法，只能去找住在附近的朋友求助。

她将屈指可数的人名在脑中过筛，一个地点信息脱颖而出——c 栋 5d。

苏兮原本只想碰碰运气，可门铃刚响了一声就有人前来应门。

“今天……回来这么早啊。”她收回一身窘态，装作若无其事的样子将睡衣裹严。

季霖郁唇齿半张，一副见了鬼似的表情：“嗯。你这是？”

“出来倒垃圾钥匙落鞋柜上了。我穿成这样走来走去也不方便，能临时借宿吗？”

“等等。”季霖郁立马掏出手机打算现场帮她叫开锁师傅，可还没来得及解锁，苏兮便冲他眨眼，有些委屈地补充道：“我好像发烧了。”她的声音细弱，眼神也很迷离。说着，眼睛一眯就要朝前方倒去。

季霖郁赶紧将她扶上沙发。他给她倒了水，在一旁坐下。

“吃橘子吗？”他问。

苏兮挑了挑眉。

“真不客气。”

“我是病人。”

他点点头：“不过话说回来，哪天我要是有了女朋友，你大半夜再穿件睡衣敲门那我可就说不清了！”

“你这么冰冷如铁怎么可能那么快脱单！你放心，我这么优秀，肯定比你先安定下来！”

季霖郁将剥好的橘子递到她嘴边：“这点我倒不反驳，你已经有合适对象了，估计你一个明示对方就屁颠屁颠跑过来。”

“你指谁？”她嬉皮笑脸地问他。

“别明知故问！”

“季老板，你不提还好，一提，我怎么觉得你心里有些五味杂陈？”

他迅速撇过目光，又拿起一个橘子。

“你的脸怎么比我还红？哎季霖郁，你这是在暗示我吗？”

“什么？”

“你在害怕？怕我被别人捷足先登？”

“你这么优秀，我哪敢。”

苏兮咯咯一乐，将线毯往身上拉了拉：“不过你可千万别误会，我跟你可不是天生一对！是冤家路窄！”

虽然顶着一脸不耐烦，可季霖郁不得不承认当听到“五味杂陈”四个字的时候，他的心头划过一道麦浪。

这是他头一次见到苏兮弱不禁风的样子。卸掉平日里的防备，卸掉一本正经，卸掉一身钢盔铁甲，此时坐在自己面前的就是一个软软的、腻腻的女孩。她会生病，会伤心，会调侃，会胡搅蛮缠，会说笑打闹……

“哎？发什么呆！”晃动的五指将他从深思中拽出来。

季霖郁：“？”

“帮我倒杯热水，有药吗？”

“阿司匹林。”

季霖郁起身，将剥好的橘子往她手里一塞。转眼的工夫就又回来了。

眼前的他双手各托着一只玻璃杯。苏兮正要伸手拿过左边那只，他身子一闪，将右边的递过来，他说阿司匹林这种药喝了得发汗，汗发透了才能退烧。发汗的时候容易脱水，得先补充足够的水分。

苏兮很听话，将杯中的温水仰头干掉。季霖郁这才将盛着开水的杯子放在嘴边吹了吹递到她手上。

苏兮喝了药，没过多久困意来袭。

“病人优先，今晚大床给你。我还找了件干净T恤，全新的，只过了一次水。你把睡衣套在上面，纯棉的吸汗。”话罢，他领她进卧室，像照顾孩子那样安顿她躺下来。然后帮她掖好被角，调暗灯光，轻声说晚安并带上了门。

微暗的光影中，苏兮回忆起他的脸，那张一丝不苟的、毫无冒犯之意的脸。她将脖子缩进T恤，一股好闻的雪松的气息扑面而来。

早上八点半，苏兮在一阵咖啡的香气中苏醒。她摸摸额头，烧已经退了；摸摸后背，T恤很潮，汗还没有完全干透。

她从床上爬起来，照着镜子勉强整理了仪容，轻手轻脚地将门拉开一条窄缝。瞬间，一曲维瓦尔第的《冬》传入耳畔。见季霖郁正端着个大托盘从厨房出来，她跟着敞开房门。

“起来了？吃早饭吧！”

苏兮简单洗漱，在餐桌边坐下。早餐是简单的酸奶musli跟培根煎蛋，吐司切片烤到了恰到好处的松脆度。

就在苏兮提着摩卡壶倒咖啡的时候，季霖郁将一串钥匙往她跟前一摆。

怎么，他家的钥匙？分我一把？要我做常客？这……恐怕不太合适吧？这么一想，手头的动作跟着慢了下来。正思考着该如何礼貌回绝，季霖郁开口说道：“你家大门的新钥匙。锁帮你换过了。”

“我家的？”

“怎么，难道你希望是我家的？”

一语戳中要害。苏兮目光慌乱，下意识地抹抹嘴，然后结结巴巴地问道：“我是想说——换锁……换锁难道不需要我在场吗？”

“这不是为了节省时间吗？再说也不知道你会睡到几点。”他指了指墙上的挂钟，“不过你别担心，开锁师傅是我爸的老熟人，我昨晚打了电话人家早上五点就从城东赶过来了。他是专业的，有警察局备案，我也登记了我的证件号。”季霖郁话罢，加快了咀嚼的速度。

苏兮目光一暗，被某种说不清道不明的失落包裹：“多少钱？我回家微信转给你！”

“算了。”

见她张口要道谢，季霖郁抢先拒绝：“不客气。”接着将一片土司放入口中，轻轻咬，发出咔咔的脆响。

“对了，我建议你把钥匙搁我这儿一把，以免昨天随手关门的情景重演。”

一听这话，苏兮顿时眉头紧皱！

看她一脸不乐意，季霖郁干脆改口：“留他那儿也行。”

“你刚才那句话怎么说来着？”她口吻紧迫。

“我是说放沈山南那儿也行，如果你信得过他的话。”

“不不不！再上一句！”

季霖郁想了一下，说：“让你留把钥匙在我这儿，以防以后半夜三更穿着睡衣来我家借宿。”

这话看似平常，可瞬间点亮了苏兮的大脑回路。某个重要的细节如同过电般一闪而过。

哪里不对呢？究竟是哪里？她绞尽脑汁，努力回忆着——

对了，是凶案现场！当时，她下意识地做出过相同的动作——恐惧、逃跑，并在落荒而逃之际用力甩上了门。

据说这叫作“肌肉记忆”，随手带门是她留学期间养成的习惯。那时候她跟几位素不相识的外国学生合租在同一间宿舍，没想象中那么友善，一不留神就会丢东丢西。被盗几次以后她可算长了记性，就算去公用厨房跟卫生间转一圈都会将房门锁上。

怪不得当初警察说在现场发现了我的指纹！

苏兮暗暗想着。

但这不是重点，目前的重点是：据警方提供的线索来看，真正的凶案发生在她目睹现场之后，“张飞”也无意中提到过，门锁没有被破坏过的痕迹，那么凶手显然是大摇大摆走进去的！

可问题就在于，苏兮并未跟警方提起自己顺手锁门的细节。

这么看来，如果当初是她顺手关上了防盗门，而凶手又毫不费力地进入了房间，那也就是说——凶手最有可能是拿有黎露家钥匙的那个人。

想到这儿，苏兮感到一阵不寒而栗。

二十分钟后，季霖郁跟苏兮一起出门，他先在邻居们好奇的目光中将她送回家，然后直接去上班。

苏兮走进浴室正想好好儿冲个澡，门铃突然响了起来。她关上水龙头，回到客厅透过猫眼儿向外看，然后想都不想便“哗”的一下拉开大门。

“山南哥，你怎么来了？”

“我给你打了一晚上电话没人接，担心出事就顺路来看看。”比起纯粹的担忧，他的表情中似乎多了几分严肃。

苏兮赶紧给手机充电、开机。18个未接来电，全是沈山南打来的。

“昨天整晚联系不到你，你去哪儿了？”似关心，苏兮却听出了几分质问的味道。

“我出门倒垃圾不小心把钥匙锁家里了，没办法只好在朋友家借住了一晚上。”苏兮轻声解释。

沈山南的目光在她的睡衣上停顿：“哪个朋友？”

“住……住一个小区的。”为了避免不必要的麻烦，应该随口编出个人设吗？李红？王芳？张兰？

正琢磨着，沈山南沉沉开口：“苏兮，我刚才上来的时候，在楼道口碰见季霖郁了。”

苏兮本可以正大光明地把实情讲出来，可不知为什么，面对沈山南质问的目光，她竟莫名心虚。

漫长的沉默令答案了然。沈山南轻咬唇齿，不再过分追问。

“你脸色不太好。”他伸出手，作势要覆上她的额头，不料却被她僵硬地躲开了：“我昨晚发烧，不过现在已经好了。”

这话似乎起到了安抚的作用，沈山南脸上的阴霾被驱散了大半。尴尬之余，他迅速收回悬在半空的手：“我十点半还有个会，你先好好休息。对了，好久没一起吃饭了，我订了餐厅晚上来接你。”

苏兮嘴边滑过一丝浅笑：“好。”

.2.

季霖郁来到工作室，江妙菱已经请假出去了。

近来她行踪诡秘，常常神龙见首不见尾。一周六个工作日，她两日下午请假，三日早走一小时。一旦问起来，她就搪塞说家里有事儿却又不肯说明原因。

尽管妙菱不明说，可她的动向缪诚似乎有所察觉。他跟踪过她，第一次在十字路口跟丢了，第二次跟到了万邦下属的一个技术培训中心。

他也曾含沙射影地进行告诫劝阻，可江妙菱似乎没听懂，坚决不为所动。经过几番旁敲侧击，缪诚大致猜出了一二。

妙菱再这样由着性子干下去，指不定会捅出什么天大的娄子来。好言相劝她视而不见，那他只好想对策，起码在东窗事发的时刻能够挺身而出。

六点十五，苏兮从停车场乘电梯上来，身边伴着沈山南。他穿着休闲西装，衬衫的扣子很节制地开到第二颗，鞋子一尘不染。

向前台报上姓名，训练有素的服务生立马前来带路。

一直到酒水上桌，苏兮都始终垂着眼帘不说话。沈山南默默揣测了一阵子，一杯开胃酒下肚，他决定率先开口。

“苏兮，你看起来有心事，要跟我说说吗？”

苏兮十指交扣，抬起眼睛的同时轻轻提了一口气：“山南哥，黎露的家门钥匙，你有吗？”

“怎么了？”沈山南神色一惊，目光陡然落向盘沿，其中的警惕异常分明。

“没什么，我最近老梦到她，想去她家看看。”苏兮下意识摸了摸眉骨。

沈山南盯住苏兮的脸，稍缓，然后一字一句地说道：“钥匙我有。但案子还在调查中，警方有可能随时取证，估计不会让你进去。”

苏兮双肩微耸表示遗憾：“那——以后再说吧，我也是一时心血来潮。”她说着，端起酒杯浅浅抿了一口。

看苏兮并不过分执拗，沈山南貌似松了一口气。他冲她微笑，气定神闲地拿起刀叉给羊排剔骨。

余光扫过他的脸。沈山南的态度令苏兮陷入了一种短暂的迷惘。倘若他矢口否认，她的怀疑似乎还有迹可循。可他大方承认全然没有要回避的意思，这究竟意味着他毫无顾忌，还是毫不知情？

不！她不许自己再去想！

这令她感到挣扎而不安，内心的狡猾和软弱仍然试图把这个很有可能成为人生的巨大转折点尽量往后推。

.3.

吃完晚餐，沈山南要送苏兮回家。苏兮婉言谢绝说自己想去逛逛，沈山南看了看表，表示自己也很久没逛街了，干脆陪她一起。

一街之隔就是商业中心，步行八分钟而已。苏兮先去咖啡店逛了一圈，然后捧着杯美式一路上走马观花。

路过香水柜台的时候她放慢了脚步。

“想挑香水？”沈山南跟着停下。

苏兮点头，挑出一款宝格丽的“大吉岭夜色”轻轻嗅。

记得最初接触这款香水是在许多年前的冬天。在一个穷学生眼中这价格赶得上一个月的饭钱，她看了无数香评，最终等到“黑五”打折才决定拿下。

本是冲着茶味儿买的，但喷在腕上才发现木质调很明显，应该是纸莎草的味道。她喜欢睡前将它喷在枕头上，淡淡一层足以，假装自己有个男朋友。后来这款香水被黎露抢去用。在黎露的想象中，用这款香水的男人应该是喝着伯爵茶，开着暖光落地灯，捧着本博尔赫斯，音响里传出海顿的小夜曲，随意、迷人，骨子里透着优雅而节制的气息。

少顷，她托着那只玻璃瓶回身说道：“你知道吗，这是黎露那时候最喜欢的一款香水。”

沈山南一怔：“是吗？”跟着眉头微蹙，“我一直以为她喜欢西普调。”

苏兮笑笑：“或许她后来改变了喜好。”

眼看着伤感来袭，沈山南试图驱散头顶的小团乌云。他上前一步，笑着解释：“我们闻气味，用的是大脑，而不是鼻子。每次我们用鼻子吸气，空气进入鼻腔，腔内有百万个嗅觉受体跟神经元，当气味分子锁进纤毛时，就会产生一种电子信号，告诉大脑怎样阐述气味。大脑受鼻子控制，味道帮我们选择伴侣，影响我们的欲望。它能改变我们的荷尔蒙水平，甚至触动记忆。”

“山南哥，没想到你这么渊博。”苏兮有些崇拜地说道。

“旁门左道的总能知道些。所以，要不要我帮忙推荐？”

看样子，他似乎已经有了主意。

得到苏兮的默许，他领她向货架更深处走去。沈山南拿起一只黑色方形玻璃瓶举至眼前，这是 Tom Ford 的“Tobacco Vanille”，辛辣东方调。

“亦刚亦柔，亦烟叶亦香草，外表与内涵并存，跟你的气质很搭。”他说着，翻过她的手腕轻轻一喷。苏兮凭空扇了扇，稍作等候，微微凑上前。香草、可可、咸话梅……这些柔情蜜意的食物突然稚气尽脱，紧跟着，烟草跟辛香料的加入令人捶胸顿足相见恨晚。

沈山南本要买给她作为礼物，可苏兮执意自付。沈山南拗不过，只好由她去。

然而结账的时候却发生了一个小插曲。苏兮精神不佳，出门太急忘了带卡包。站在收银台前一翻钱夹，才发现零钱整钱凑在一起还差两百多。她暗暗叫着“糟糕！”一旁等候的沈山南似乎察觉到了什么，尴尬关头，将钱包递上。

这期间沈山南转身接了个电话，刷卡完毕就等他签名，背影中，苏兮好意帮他将信用卡收回钱包。重新折起来的时候却无意瞟见了插在右翼的一张花样别致的银行卡。

她只是好奇它的图案却又不好意思抽出来，于是盯着它一直看。然而就在她打算移开目光的时刻，突然被人从背后用力一抽！苏兮被突如其来的掠夺吓了一跳，手头一滑，咖啡跟着泼向地面。

她扭过头，只见沈山南正一脸匆忙地将钱包往西装内袋里塞。

“山南哥？”他这是在生气吗？随便翻看别人钱包的行为的确十分无理。可还没等她道歉，沈山南上前一步扶住她的双肩。

“你没事儿吧？对不起，是我反应过度。没烫着你吧？”说着，他反手掏出手帕帮苏兮清理胸前的咖啡渍。

“山南哥，你刚刚是……怎么了？”

沈山南的身子骤然顿住，少顷，慢慢吞吞地解释说：“那个……那个钱包是别人送我的纪念物，对我来讲很重要。”

苏兮表示理解，然后去卫生间简单清理衣服。

目送她消失在大厅拐角的背影，沈山南不禁喃喃自语：“你知道吗，苏兮，其实那款香水是我最喜欢的味道。”

第三十章

.1.

如缪诚所料，没过多久江妙菱果然捅出了大娄子。

培训过程中出了差错，导致一批定制款纪念品报废。三大培训方对江妙菱的手艺产生严重质疑。这事儿本来只因妙菱学术不精而起，可也不知是哪方煽风点火，鼎盛昌被卷入其中。

季霖郁恐怕是最后一个得知消息的人。

周二一大早他照常来到工作室，缪诚埋着脑袋不吱声，妙菱也难得早到。空气中弥漫着一股说不出的味道。

季霖郁原本没当回事儿，按照计划缝制一只手包。直到一个小时以后，万邦法务部负责人将一纸“赔偿协议”跟一纸“原始合同”并排置于桌面。

季霖郁根本不知道发生了什么，顶着一脸矇昧将条款一例一例看过，表情越发严肃，一直看到最后一页签名处的公章，当头一道晴空霹雳。

这事儿江妙菱提前就知道了。她也曾找沈山南试图挽回，说当初都是她自己孤注一掷做培训，求他别把季霖郁卷进来，合同上怎么写她就怎么做，所有责任她都愿意承担。

沈山南听罢，立马套上一脸慈悲，口吻流露出些许无可奈何来。他说妙菱啊，你是匠心手造的员工，按照行规来说，员工犯了错公司本身难辞其咎。要说我跟季霖郁的父母也是感情深厚的，如果这事儿一开始捂得好也还好办，可谁知道消息走漏这么快，现在外面已经炸开了锅，媒体争相报道，我就是想保护他匠心手造都保不住了。

……

好不容易熬过艰难的一天，打烊后季霖郁坐在窗边的高脚椅上，身陷人生中最无助的时刻。此时此刻，当他需要找人倾诉时，第一时间想到的竟然是苏兮。

苏兮接到电话的时候，正面对着电脑处理邮件。

“现在有时间吗？”他的声音难得的低沉，这令苏兮不由得停下了手头的动作。

“行，我这会儿正好闲着。那……我去找你？”

“来工作室吧。”

挂了电话，苏兮插上耳机，一边化妆更衣一边将跟欧洲那边聊着工作。

半小时之后，工作室走廊深处，一个人影陡然一现。

“来了？”季霖郁勉强挤出一丝笑容。他以为是苏兮，怎料一抬头才发现是江妙菱。

“老板——”

“白天我讲得已经够清楚了。”

“老板，我是诚心道歉的。”

“别。你当初背着我自作主张盗取公章的时候就应该想到后果。”

“老板我错了，我真的知道错了。我原本是出于好意为咱们店着想，但是我大脑没跟上。”

“江妙菱，我实在是想不通，好端端的一件事你为什么事先不跟我商量？”

“沈大哥本来邀请的是你，可我知道你绝对不会同意，但又不想失去这个机会，这才请求他让我替代你。”

“你想过这么做的后果吗？盗用公章，换作别的老板你是会被送进监狱的！”

妙菱瞬间慌了神：“我真的没想到。我以为就是教授技艺，把你教给我的转教给大家就行。这并不难啊，哪那么容易出错？可是——”

“可是这事儿偏偏发生了。江妙菱，这世界上你不拿手的事情很多，难道都要一一试错吗？”

“老板我错了，真的不会再有下一次了，请您给我一次机会行吗？”

季霖郁将目光抛向地面，半眯着眼睛，沉沉说道：“不。是我的错，我不会管理员工；是我的错，我招人的时候就没擦亮双眼。”

“老板——”

“你先回去，从明天起先休息一段时间。这个月的薪水会照常打到账上。”

妙菱听闻，瞬间反应过来了：“我不要薪水，您能不能别赶我走。”

“江妙菱，薪水是你劳动所得，你没理由拒绝，但你犯了错就必须承担起责任，没有告你偷窃我已经非常宽容了。你现在还有退路不是吗？手握匠心手造的技术，顶着鼎盛昌学徒的头衔，去沈山南那儿谋个高位应该不成问题。”

季霖郁不说还好，这么一说，江妙菱嘴唇一抿眼泪“唰唰”往下掉。她快步走上前，用那种小孩子祈求大人原谅的口吻说道：“我不去万邦！我哪儿也不去！我要留在这里，必须留下！所有的赔款我来付，一切责任我来背，让我留下弥补过错好不好。”

“留下？除非你给我一个绝对正当的理由！”

江妙菱屏住呼吸，嘴唇微微颤抖着。良久，好不容易挤出一句：“因为我喜欢你！季霖郁，我喜欢你很久了。你以为我在匠心手造工作是为了谋求生路，是为了磨砺自己？不！我是为了你！因为我喜欢你！我每分每秒都想要见到你！”

季霖郁根本没料到妙菱会来这么一招。他倏地红了脸，嗓音跟着低了八度：“在说什么傻话！”

“季霖郁我喜欢你！不是徒弟对师傅的喜欢！是女人对男人的喜欢！你可以把我的人赶出工作室，但你不能把我的心赶走。”她说着，踮起脚，伸开双臂紧紧搂住他的脖子。

季霖郁身体一僵，试图摘掉她的手臂，可如何用力都于事无补。他头一次发现，这个平日里推开一扇弹簧门都要咬咬牙的女孩竟然有如此大的力气。他不敢轻举妄动，严声厉色道：“你别这样，没有用！”

然而妙菱根本不听，死死搂住他的脖子不放手。

苏兮万万没想到自己竟然会撞见如此“感人肺腑”的场景。她错愕不已，双脚踩下了急刹车。稍作沉淀，她转过身意图回避，然而就在扭头的瞬间，他们的目光相遇了。

“苏兮。”他轻唤。

江妙菱闻声，眼泪戛然而止，她抬起埋在季霖郁后颈的脑袋，目光平移向走廊。

刚才看清来者，季霖郁那冷静到近乎冷漠的声音在耳边响起——“你先回去。我约了苏兮谈点事。”

妙菱纹丝不动。

“妙菱，你先回去吧。眼下这种情况你们都需要冷静。给彼此一些时间，也让你老板想想下一步该怎么办。”苏兮说完，季霖郁轻轻将她推开。

江妙菱站起身，倔强的目光在苏兮跟季霖郁之间徘徊，半晌，她屏住一汪泪走向门廊。擦肩而过的时候有意停了下来，凑在苏兮的耳鬓说了些什么。

苏兮没听清，但……似乎是句难听话。

待目送江妙菱消失于走廊尽头，苏兮这才将目光重新投向季霖郁的脸。季霖郁似乎感到尴尬，低着头闷声解释：“不是你看到的那样，别乱想。”

苏兮明知道他指的是什么，心头莫名一甜，明知故问道：“什么？”

“她是来道歉的。”

苏兮微微颔首表示理解：“培训出错的事我听山南哥说了。”

季霖郁冷眼笑道：“他动作倒还挺快。”

“其实人生难关很多，你必须挺住。追求事业的道路对任何人来说都是孤独与艰险并存，而且这种局面并非一时而很可能是一辈子，所以你必须咬牙往下走。”

“就跟我说这个？一句安慰的话都没有？”一丝失望爬上眼角。

“我是想帮你解决问题。”

“是吗。”他苦笑，重新在地板上坐下。

苏兮想了一下，问：“你考虑过万邦吗？接受他们的支援，跟他们交换条件。”

季霖郁猛地仰起脸：“支援？他们只会假借支援的名义把我鼎盛昌吃干抹净。”

苏兮在他身边坐下。季霖郁见状，立即将一只靠垫递给她。

“不知道你是否听过‘仓廪实而知荣辱’这句话。其实你心里比我清楚，在目前这种情况下，什么情怀什么匠心无异为满纸空言！如果你愿意，我可以出面去跟万邦谈，帮你争取权益最大化，起码保证你在得到援助的同时家族招牌又不受到任何损害。”说到这儿，她放缓了语气，目光直至季霖郁的双眸，然后一字一句地问道，“你愿意相信我吗？”

季霖郁不回答，目光重重落向地面。良久，他反问：“你知道我最怕什么吗？”

“什么？”她侧耳，静候下文。

“你知道这个包具品牌吗？”季霖郁说着，起身走到工作台顶头的柜子里拿出一只貌似古董的包具。

“The Bridge的经典款医生包。我当然知道，产自佛罗伦萨的老牌，在欧洲很受医生、律师跟工程师这类人群的青睐。”

“那你现在看看它的内袋处。”

苏兮小心翼翼地敞开包口，立马领会其意。她指着内袋上的商标，问道：“你是说The Bridge这个Pelletteria的标志？”

季霖郁颔首。

“早期的The Bridge皮具有相当多的款式取得了Pelletteria的认证，代表这些皮具达到了教学样品的品质。而只有通过该协会的标准审查才能将Pelletteria的认章烙印在皮件上。可后期，随着品牌经营的商业化，出品的皮具经皮匠协会的审查整体未达到教学样品的品质，专用字Pelletteria便不再允许使用。”

“所以，现在如果能够找到全新的Pelletteria认证的The Bridge皮具还是很有收藏价值的。”

“你说得没错。但我想要表达的是，基本上所有从纯手工制造发展起来的皮具品牌，伴随着投资的引入、规模的扩大以及品牌的商业化，由此带来经营理念的变化，产品的质量都会有新不如旧的现象。The Bridge也不例外，即便皮具的整体品质还是保持非常高的水准，但出于控制成本的需求，像金属配件、缝线等确实有新不如旧之感。加上后来应市场需求推出的低端产品及青春品牌，质量肯定无法同Pelletteria认证的相比。”

“看来你还是对品牌商业化心存戒备。”苏兮泄了一口气。

“这是事实，也是发展的必然趋势。”

“我能理解，所以我才想要帮助你。”

她这么一说，季霖郁突然住口，速速朝她逼近：“为什么？”

他的突然发问令苏兮感到不安。

“因为，我们是熟人。”

“你对所有的熟人都这么用心良苦吗？”

苏兮挑眉：“我们是朋友。”

“就朋友这么简单？”

“还有，我欣赏你的才华，敬佩你的匠心。”

“世界上有匠心跟才华的人很多。”

“可是我偏偏就遇见了你呀。”

他这是在怀疑我的居心吗？苏兮想要辩驳，扭头瞬间却正正撞向季霖郁的脸，目光相接之间，他的神色突然变得微妙，有些含情脉脉，似乎不言自明、心照不宣。

“我也是。”一丝浅笑划过嘴角。

他也是？是什么？这话什么意思？

眼看着季霖郁越靠越近，咫尺之间的轮廓变得模糊。苏兮的目光开始失焦，心底豢养的小鹿就要破笼而出。然而骤然间，一个久违的幻影自脑海一闪而过，将眼前的好氛围打了个稀碎。

苏兮猛地起立。

季霖郁一愣，跟着抽回了身子。

他仰头，莫名其妙地盯着她看。她自然感到有些窘，便借口道：“这件事我只是提议，你自己权衡利弊。如果你考虑清楚了就告诉我，不用你出面，我帮你谈条件。不过就目前看来，万邦无疑为解决你燃眉之急的最佳对象。”

季霖郁没立即表态，沉默着收回视线，但目光深处潜藏着仿佛背靠悬崖绝壁般孤注一掷的光芒。

第三十一章

.1.

在媒体的大肆渲染下，造假事件将匠心手造推上了风口浪尖。季家名誉扫地，季霖郁个人在皮圈内的口碑也是一落千丈。

苏兮趁势跟他签订了供货协议，并替他向万邦发出求助，这似乎正中沈山南的下怀，他稍作姿态便立刻伸出了援手。

明明是被迫，可这种生死关头季霖郁又不得不接受。

事实上伸出援手的并非只万邦一方。与此同时，正处在转型期的江临皮造也向匠心手造发出合作请求，愿意帮其脱离困境。然而季霖郁迟疑不定，理由很多，一来是不清楚江秉城的动机，二来是江妙菱的作为的确令他望而却步。可说来说去，还是因为苏兮。

话说苏兮的确从中起到了重要作用。万邦列出的条款竟没有任何非分之处。先供货一次，算是对彼此的检验，如若合作顺利，那么接下来便可商谈长期合作的可能。

季霖郁面对万邦的“仁慈”半信半疑，可一旦想到苏兮便又立马安下心来。他们将此机会看作转机，季霖郁紧赶慢赶，终归在时限内完成了首批订单。

然而事情的进展并不如他们预想中那般顺利。通过一道道检验，末了，质检部门发来反馈，显示这批货中出现了近一半质检不合格的产品。

苏兮前脚接到消息，后脚跟季霖郁赶到现场申请开箱检验。

“会不会是在检验标准上比较模糊，你没把握好？”

季霖郁断然摇头，拿起一件产品里里外外地查看，走线方式不对，封边手法上也有出入。他的指腹在皮面上寸寸滑过，接着将包盖翻开，观察其背面，目光一顿：“把包里的测厚仪给我。”

良久，季霖郁缓缓站起身，像是完成了一场仪式。他回过头，目光骤然失焦：“这根本不是什么检验标准的问题，这批货根本不是出自我手。”

“怎么会？你确定吗？”

“我们家族自持一套走线法则，机器根本做不到，这也就是无法量产的原因。封边粗糙，涂抹不均。还有这皮料，你看看数表显示。”

苏兮半信半疑地凑上前，面露诧异之色：“好家伙！这根本不是我提供的那批霍尔文。”

“这些皮具被人调包了。我们被算计了！”季霖郁将包具用力甩回箱子，“沈山南！肯定是沈山南！”

苏兮拦住他：“你别急！现在还没有任何证据指明这事儿是万邦做的，你先冷静！”

季霖郁跺跺脚：“没证据是吗？我现在就去找他问清楚，这是我们之间的较量，他要是个男人肯定会承认的！”说着就要往门外冲。

“季霖郁！你有没有脑子！”苏兮抬高嗓门大喝道。

“那你说现在怎么办？”

“交给我！我来处理。”她上前一步挡在门口，“我理解你的冲动，可这不是真正的你。现在你先回工作室休息，接下来的交给我。这件事不简单，我们静观其变，有消息我立马联系你。”

这事儿无疑为雪上加霜。产品出自匠心手造，合作商也纷纷提出解约，巨额赔偿更是令匠心手造面临关门的局面。

季霖郁推掉手头的订单，沉淀了整整两天，第三天早上如梦初醒，似乎突然明白了苏兮的“良苦用心”，更是看清了沈山南的“步步为营”。

季霖郁坚信这是沈山南从中作梗，更认定了苏兮是帮凶。而他，多可笑，竟然眼看着自己一步步陷入了她亲手编织的牢笼。

“你真的认为调包这事儿跟万邦无关？”问出这句话的时候，季霖郁正面对着茫茫夜色走神。

苏兮合上笔记本，反问：“你还在怀疑沈山南吗？我说了这是误会，其中一定有更大的阴谋！”

“你这么信任他？”

“不是信不信任的问题，这么愚蠢的招式根本不是沈山南的行事风格！”

“风格？你倒是很清楚。你极力替他辩解，不了解的人会以为你们是一伙儿的。”说着，他侧目，“我实话告诉你，我甚至怀疑过，培训那件事就是你们一手策划的！”

他一天之内三番五次的质疑彻底激怒了苏兮。她焦躁不已，却还是秉持一贯的冷静：“我理解你所有的疑虑，但如果你觉得从一开始就有问题，何不先去问问这件事的始作俑者？也省了在这里狗咬吕洞宾。”

“妙菱？既然你执意把她扯进来，那我也就直言不讳了。我以为是你怂恿她这么做的。”

“我？”他的凭空指责令苏兮感到错愕。

“江妙菱有多单纯我比你清楚。苏兮，我劝你别为了达成自己的目的将肮脏的双手伸向她！”

“好，就按你的意思，我肮脏。但有一点请你搞清楚，别人捅的娄子，我绝对不会帮忙背黑锅。”

她的淡然再一次激怒了他，季霖郁忍不住继续说道：“这难道不是你跟沈山南联合上演的一出苦肉计吗？如果不是你们，她江妙菱敢这么做吗？她江妙菱有你苏兮心机深吗？她江妙菱有你苏兮手腕硬吗？请你不要忘了，她就是一傻乎乎的白富美，想得到什么轻而易举！根本用不着不择手段！”

“轻而易举？那你的心呢？难道她能够轻而易举得到你的心吗？也不用不择手段吗？”

季霖郁神色一僵，反驳：“你不用绕开话题！怪不得上次宴会江秉城说你们是一伙儿的，我以为他随口开玩笑，原来是在暗示我！你当初为了跟我合作就利用妙菱，现在沈山南也利用她。怎么着，看她好欺负吗？”

“你有什么证据证明是我？”苏兮音调平稳，可眼眶还是红了。

“很遗憾，我没有证据。但无论从哪个角度分析这都是唯一的解释。我看得出沈山南在你心里有多重要，你实话告诉我苏兮，你们究竟是不是从培训那件事就计划好了？接近我，说服我，我不接招你们就给我设套儿，然后以各种不堪入目的手段收购我鼎盛昌？无法达成目的就想方设法搞垮它？”

“这对我有什么好处？”苏兮直视他的双眼，即便此时此刻她正为自己的脆弱感到难堪。

“你可以在他面前邀功，还能证明人生价值。你固执自大，所做的一切不过是为了强调自身的存在感！这是我所能想到的唯一答案。我以为是橄榄枝，搞了半天是个诱饵。”说到这儿，季霖郁的眼眶跟着红了。他的声音陷入从未有过的低沉，面对眼前这个女人，他失望透顶。然后，他慢慢转过身来，说，“可是你，你知道我为什么会上钩吗？因为我相信你。我相信了你，可你却辜负了我。我那么信任你，你为什么要害我？你害死我了！”

苏兮喉头一哽：“我可以解释。”

“请你以后都不要出现在我的眼前。”

“至少听我解释。”

“我不想听你编出来的那一套！”

“让我把话说完好吗？”

“苏兮，别让我恨你。”他咬牙切齿，似乎在压抑着一触即发的情绪。

“季霖郁——”苏兮音调一转。

她觉得很委屈，眼泪簌簌往心底里落。什么自尊什么高傲都是空穴来风，现在的她就是一个手无寸铁的小孩，摇尾乞怜地等待他的一句应允。

强烈的羞耻感拽着她往外走，可她偏偏站在原地。如果现在转身，是不是连最后的机会都没了？如果现在走了，是不是实锤了自己的罪状？

“你不走，我走。”

他冷着脸，瞳孔中充斥着漠然，连一个细微的表情都懒得给出。他的眼神陌生极了，仿佛她是路人甲，而他也只是个路人乙，擦肩而过，便连头都懒得回了。

.2.

苏兮只觉得浑身酸痛无力，连呼吸都变得困难了。一回到家她便窝进沙发，委屈到死，却掉不下一颗泪来。

多讽刺啊！她所面临的种种就像是一部毫无逻辑可言的肥皂剧！可仔细想想，季霖郁的所思所讲又何尝不是事实？

江妙菱分明就是那种教养良好、背景优渥、人设讨喜的女孩子。她不谙世事，天真到让人忍不住想要守护。

她是被上帝弯腰捡起的那颗糖豆，是生来便自带光环的女孩。生活的烦琐与她无关，人世间的险恶更是绕道而行。

可自己呢？苏兮不禁苦笑。稍作争取，便被他说成不择手段。

坐得久了，苏兮觉得腰板儿酸痛。她活动了脖子，伸长胳膊从包里摸手机，一不小心却带出了一支眉笔。

她看着它，莫名的自卑又来了。

记得刚认识江妙菱那会儿，某天她去店里取一只预订的手袋。在咖啡间等候的时候妙菱凑过来，她说苏兮姐你口红的颜色看起来好温柔，是什么牌子能推荐给我吗？苏兮回答说，是雅诗兰黛的420，说着便伸手去包里掏。

她那天背着一只LV的Never Full，内袋宽阔，她摸了老半天都没摸到口红，只好将零碎一件一件往外掏——纪梵希的粉饼、Dior的眼影盒、Amarni的小胖丁、LAMER护手霜……重复性的动作令她感到倦怠，掏着掏着，一支眉笔被放上了桌面。苏兮眼神一紧，跟着伸手握住。

可她的动作再快，却也没能顺利逃过妙菱的火眼金睛。

苏兮将眉笔迅速揣回包里，没等对方开口问便含含糊糊地解释说，那是她临时买的，最近太忙旧的用完了还没来得及去专柜取货。妙菱立马笑着替她解围，她说“名创优品”的也不错，她也有一两支平价的替代货以备不时之需。苏兮面儿上有些挂不住了，将唇膏塞进她掌中。

……

如果说焦虑遗传了父亲，那么触底反弹的虚荣心应该是母亲所导致的。

苏兮的母亲家中姐弟六人，被姥姥辛苦拉扯大。苏兮上小学的时候他们还没搬家，母亲的工作单位离住家单程两个小时。于是在将近五年的时间里，母亲每早五点半起床赶班车，晚上八点到家。夏天有冷气的公交两元，无冷气的一元，母亲总为了省那一块钱在闷热的人群中挤上两个小时。苏兮印象中的母亲，买葱蒜都万般小心，虽然她从小什么都不缺，衣服鞋子都是爸爸出差带回的Disney，但母亲的节俭令她产生了“我家没钱”的意识，自此埋下了自卑的种子。

长大以后，她读了一些心理学的书，终于知道人们管这种心理叫作“原生自卑”。以至于大学以后苏兮变得格外爱美，学化妆，注重服装搭配，刻意提高审美。工作后更是补偿心理作祟。她不回避与生俱来的虚荣心，总是在力所能及的范围内包装自己，起码要看上去轻松体面，活得风生水起。

特别是在进入职场以后，她更是发现了一则血淋淋的真理——人真的会瞧不起人。并且当你融入这社会越深，接触的社会阶层越高，就越会发现：人类这个物种真的会从面貌、衣着、外在，对他人进行初步判断，先入为主的观念向来不可避免。

欧洲社会，阶级固化，尤其如此。

品德再高尚的人也会打心眼儿里瞧不起别人，你偶尔觉得他们善良宽容，他们不过是用良好的修养盖过了轻蔑的目光跟鄙夷的神态。

.3.

想到这儿，苏兮觉得丧气。她将包包扔回到地板上，一头栽进沙发。

人们常说解决问题的办法总要比问题本身多。苏兮费尽思量，最终决定借客户之手。她用三天的时间联系了所有信誉良好的高级皮匠，花 1.5 倍的价格请求他们帮忙赶工，当然，代价不仅仅如此，还会在未来的供货价格上有所退让。

数日后，苏兮拿着一套亲手整合好的解决方案主动登门，怎料途中却下起了倾盆大雨。为避免各种预设的尴尬局面，她提前一晚就预演好了各种合适的开场白——温情的，肃穆的，感人肺腑的，郑重其事的……

可当她抵达工作室，穿过那道窄窄的门廊，眼前的一幕将她的所有预设击了个粉碎——

已经过了打烊的点儿，屋内没开大灯，唯有角落里的一盏落地台灯散发出微弱的光。季霖郁照常坐在工作台前，江妙菱从背后圈住他的脖子。他不动声色，也丝毫没有躲闪的意思，任由她的发梢轻轻蹭着他的脸。

一开始苏兮以为自己错过了什么重要环节，冲动之下就要转身走开，双腿却像是被死死焊在了地板上。

她本无意偷听，可江妙菱的话一字一句生生闯入耳畔。

“你需要我。而我真的情愿助你一臂之力，江家诚意十足，我的用心你更是清楚。季霖郁，我不求你对我有所改观甚至获取好感，我仅仅是想要将功补过。”

在某个突如其来的瞬间，苏兮的大脑空白一片，可意识却沉重到如同灌了铅块。她觉得自己就快要支撑不住了，伸手摸到侧面的墙壁作为支撑。怎料才刚靠上墙面，她的影子便被落地灯准确无误地投射到了季霖郁斜对面的墙壁上。

那影子潮湿、卑微、灰头土脸、犹如一具浮尸，毫无形象可言。

下一秒，他们不约而同地转过头来。苏兮顿时感到羞耻极了。

可她坚持着，等待着，她以为季霖郁会同往常一样婉言拒绝，然而等到的却是一句——“好的妙菱，给我时间让我考虑。”

说出这句话的时候，他的声音很平静，平静到没有一丝声线颤抖，他死死盯住苏兮，像是盯着一个仇人。

他究竟是怎么了？苏兮看着那张冷酷如冰的面庞。

正是这张不动声色的脸庞，曾经是何等温柔何等温情，可是现在，就在她的面前，他注视着她，明明近在咫尺，却仿佛隔着南北两极。

苏兮不想去猜测那个表情的含义，对于他前后巨大的反差，她看不懂。她的心突然一阵冰凉，透彻心扉的冰凉！

.4.

从工作室出来，直走，右拐。苏兮顶着一脸茫然地穿过两条街。绿灯亮起，她的大脑被四面而来的信息塞满。

冥冥之中，眼前浮现出沈山南棱角分明的脸：“相信我苏兮，这并非我的主意。但我一定会查实清楚。”

究竟是谁在背后捣鬼？真的是万邦吗？还是沈山南？可他明明是想要跟季霖郁达成合作的，却又为何在如此重要关头搬起石头砸自己的脚？

江秉城那句笑意盈盈的暗语究竟是何意图？

苏兮想不通，可她清楚地知道，越是肮脏的人心，越是表面生辉。

第三十二章

.1.

大半周过去，苏兮成天到晚抱着手机。就算跟客户见面也势必将它放在面前最显眼的位置，生怕漏掉一条消息。

电话倒是接连不断，可没有一通是他打来的。她只好成心跟自己赌着，赌他会不会率先打来。

周一早上，闹钟照常响起。苏兮差点儿就要一个鲤鱼打挺翻起身，怎料一想到那张冰冷的面孔，整个人瞬间泄下气来。她实在很难调动起元气满满的精神气儿，伸手按掉闹钟拉过被子盖住脸。刚才摆好姿势就有电话打进来。

她想都没想便按下接听键。

出乎意料的，是钟韶年。

苏兮只一秒便清醒了过来。她清清嗓子，尽量使声音听上去不那么懒散。

“你好。”

那头明显一顿：“不好意思这么早打搅你。有时间见面吗？我……我遇上了点儿麻烦。”

见了面苏兮才弄清楚事情的来龙去脉：海关因为手续不齐等问题扣留了“萌兽派”的一批皮料，这倒不是关键，关键是这批皮料中有一匹品质极高的霍尔文，那是公司准备用来作样本的。情势紧迫是因为已经跟第三方签订了合同，前两周他们一直在联系货源，可对方要么说量少难以发货，要么说品质达不到那么高，倒是所有条件都合适的，可签约周期太长。眼看交货日期就要到了，可一时之间很难找到合适的货源。

苏兮拿起勺子，轻轻搅动杯中的咖啡，慢条斯理道：“供货给大陆？”

“不。发往东南亚。”

她感到狐疑，抬眼看他："那为什么要经过大陆？"

"说来话长，这批货实际上……"钟韶年很是不安地搓着手，"我们在中间，属于……"

看他欲言又止，苏兮立马了然。是二道贩子的角色吧？

"是黄莺要你来找我的？"苏兮话锋一转。

钟韶年下意识点头。

"她倒是省事儿。这么一来，连人情都省了。"苏兮浅声奚落道。

钟韶年这才反应过来，匆忙改口道："不不不，是我自作主张。"

这举动似乎刺痛了苏兮，她停止了搅拌，端起杯子浅浅抿了一口，半开玩笑道："怎么，在旧人这儿获利去新人那儿邀功啊？"

钟韶年想要解释，可苏兮显然没给他这个机会。

"为什么找我？"

钟韶年被她的开门见山噎得够呛："苏兮，咱们能不能别这样？"

"为什么找我？"她重复。

"因为……因为我们清楚你们公司的供应方向，知道凡是出自你之手的皮料质量上乘。再说，咱们之间不是本来就有合作吗？彼此信任度又高，再说咱们俩之间——"

他话没说完，苏兮抬手斩断："千万别提以前，如果你硬要提，那我们就不用谈下去了。"

钟韶年立马打住。

"我这……这不是没招儿了吗？黄莺把这块儿分给我负责，之前次次都很顺利，谁能想到偏偏这一次海关把货扣下。"他连哄带求着，"苏兮，我拜托你，只要你能答应救急，条件你随便开，只要不是特别过分的我都能帮你谈下来。"

他若不开这个口，苏兮还真是没多想，兴许稍作姿态也就答应下来了。可既然他都这么说了，那干脆——

苏兮低头沉吟，良久，说道："我听说，你们萌兽派跟江临皮造还有生意往来。"

"的确，我们公司跟江临皮造在铬鞣制品上有合作，某些定向领域也有交叉合作营销。"

苏兮上身前倾："他们只负责给你们供货吗？"

"不单单供货。"钟韶年停顿，瞥向四周，声音跟着低了几度，"还有新领域的合作。他们公司面临行业拓展，动作不大，并且还没有对外宣称。"

"那你是怎么知道的？"

"所以说信息也并不完全准确，我们也是在合作过程中感受到的，属于初步猜测。"

苏兮听闻，眉眼一展。她端起咖啡小口小口品，故作思忖的姿态，可谓吊足了钟韶年的胃口。

这招果然奏效，没出几分钟，钟韶年熬不住了。

"苏兮，我知道你在想什么。我不为难你，但目前事态实在是紧急。这样，你就给句痛快话，能不能帮？如果不能帮，我真的不怨你，只是给我时间好去找别家。"

即便斩立断，但她还算是个念旧情的人。毕竟好山好水好风光过，自己也早就已经过了嫉恶如仇的年龄。

"别心急啊钟总监，我怎么会拒绝你呢？我手上的确有一批存货。你们需要什么规格？"

"要百十来平方英尺的三边直，最好能均张 40 到 50 平方英尺。量倒是不大，只是样品催得紧。"

"这款货嘛，确实有点紧。"苏兮似乎有些犹豫，"不过……"

"苏兮——"

"我可以帮你想办法，但我还真是有条件。"

"什么？"

"帮我暗中收集江临皮造业务拓展的动向。"

钟韶年皱眉，似乎是起了戒心："可以是可以，只是你想知道这个做什么？"

苏兮沉淀了一下，微笑着搪塞道："江临皮造跟我公司算是平行竞争关系。现在创业不易，这个行业水又深，我一个女孩子单打独斗，不得多留个心眼儿吗？害人之心我没有，但防人之心不可无。知己知彼才能百战不殆。"

钟韶年这才舒了口气，面部的紧绷也展开了："行！我答应你。"

"好了，你这个中间人也算是不辱使命。剩下的具体流程让黄莺来跟我谈。

还有，尽快把详细的参数写给我，我得让那边核对库存。如果没有三边直，我可以整张保97码。”说完，她又想到了什么，跟着补充道，“对了，你们确定只是发往东南亚市场吗？不会流入大陆？”

“非常确定。”

苏兮迟疑，最终还是点了头。

“那行。这事儿就算是谈妥了。我先走，晚点儿还约了客户。”

苏兮说着便伸手拿包，却被钟韶年从背后叫住：“我感谢你不计前嫌。以后，我们……我们还有可能以朋友的身份相处吗？”

苏兮本想大方说“好”，可脑中出现黄莺的脸，随即抬起视线，道：“以后的事谁知道呢？交给命运吧！”话罢，头也不回地朝门外走去。

……

.2.

苏兮也说不清自己究竟是从何时起对江临皮造起疑的。是因为江妙菱的作为吗？还是因为江秉城的暗语？

总之，她似乎看出了些许端倪。江家面儿上与万邦同仇敌忾，可暗地里总是动向难测。她不方便跟沈山南直说，只能自己先查着。没问题最好，若真的出了什么病灶也好及时对症下药。

万邦跟鼎盛昌之间的对立将苏兮逼到了一个尴尬的位置。接二连三的突发事件更是令她备感心力交瘁。近来一段时间，她什么都做不好，精神萎靡不振。心头像是被压了块巨石，她觉得自己很累，很失败。

于是，苏兮决定给自己放个小假，出国散心访友，而沈山南并未拦着，给她时间休整。

长达十来个小时的高空飞行，她一路上未曾合眼。因为只要一闭上眼睛，那两个身影就在眼前交替出现。一个是寄托情结、屡屡护自己周全的业内前辈，一个是势均力敌、冤家路窄的冷面老板。

即便是好运加持，可创业终归是件举步维艰的事情。没错，这才是创业的真相，天天在恐惧中度日，每一步不是刀尖就是悬崖峭壁。

就在不久之前，苏兮逼自己去要账，坐在人家公司总裁办公室打死不肯走。

“不给钱我就死给你看。”说着她从包里掏出封遗书，说道，“这是手写副本，我备了两份，还有一份在朋友那儿，我这边一跳他那边立马对媒体公开！”

来来回回折腾了六趟，总算把钱要回来了。

事实上，诸如此类的至暗时刻不止一次发生在她身上。印象最深的是不久前的一个夜晚，凌晨三点，苏兮试着给沈山南发信息：“山南哥，出来陪我会儿。”

沈山南找到苏兮时，发现她正在不声不响地抽着根Kent，脚边散落着十多个烟头跟三个空酒瓶。

“什么情况？”他问道。

苏兮半晌不说话，良久，开始吧嗒吧嗒掉眼泪。沈山南见状，只好自己也点根烟，默默陪着，不声不响任她流泪。凌晨六点半，天亮了。烟盒空了，眼泪也干了，两人收拾好一地狼藉各自回家。

苏兮也是后来才知道，那一天的沈山南过得也并不好。能那么及时地把他叫出来，正是因为他彻夜无眠。

万邦因为培训事故等一连串恶性事件导致股价大跌百分之十五，他的内心无比痛苦，但仍要坚持转型。核心人员挨个儿离职，可他无法放弃。多惨烈啊，仿佛每一次转型，都是在革自己的命。

想到这儿，苏兮叹了一口气，扭头看向窗外。她轻轻眯起眼睛，情不自禁想起他的好来。就是这样的一个男人，怎么可能忍心将她一步步拖入水深火热？

预计降落时间是早上六点半。苏兮赶在早餐发放之前去卫生间刷牙洗脸，还顺便化了脸淡妆。因为缺乏睡眠，她的胃里一阵翻江倒海，婉言拒绝空姐递上的早餐，不停地要温水来喝。

落地、滑行、开舱门，她穿过人群，直奔机场卫生间。撑在马桶上忍受着阵阵眩晕，喉头直泛酸水，徒留胀满泪水的眼眶跟空空如也的胃。

她按地址打车去酒店，登记了入住，睡了整整一天一夜。

第三日黄昏，当她提着大包小包的礼品回到酒店房间，刚准备从冰箱取水来喝，手机突然响了起来。她照屏幕扫了一眼，按下通话键。

“山南哥？”

“最近怎么样？休息得还好吗？”

苏兮不禁扬起嘴角：“挺好的。该吃的吃了，该看的看了，该买的也买了，后天还打算跟留在这边的朋友们组织一场 girl's night。”

一听苏兮恢复了元气，沈山南的情绪自然有所好转。

“记得你挺喜欢艺术。昨天我跟一位法国客户聊天的时候，他无意中跟我提到最近有一场德意志画家老卢卡斯·克拉纳赫的展，正好就在慕尼黑，离你住的地方不远，推荐你去看看。”

老卢卡斯 · 克拉纳赫的展，苏兮上学那会儿就在比利时看过。他是德国重要画家和雕刻家，更是德国文艺复兴的领袖艺术家之一。他画肖像、宗教以及神话题材的作品。画作现存于维尔茨堡、汉堡、莱比锡等德国诸多城市，这次是难得一遇的系列展。

苏兮立马来了兴致，欣然说道：“说来还真巧！不仅是卢卡斯，我还喜欢他的好朋友丢勒。”

“那正好，看来我是歪打正着地投你所好了！”

“对了山南哥——”苏兮忽然转了话锋，“匠心手造皮具被调包的那件事，有眉目了吗？”

沈山南沉默了一下，似乎有所保留：“这件事还在查，你先好好休息，一旦有线索我立马告知你。当然，你要是有什么需要也一定随时联系我。”

苏兮笑了，目光打挂钟上一扫而过，中国时间已然凌晨两点半。她谢过沈山南，匆匆道了晚安。

她接着走向沙发，可手机还没来得及放下便进了条邮件，点开来看，是克拉纳赫画展的电子门票。

他似乎向来都是这么周到。不强求，但又总能提前一步为她布置好一切。

第三十三章

.1.

翌日，苏兮专程抽出大半天时间去看展。地点是在距市中心四站路的“新绘画陈列馆”，周二一大早人流量小，整座展馆安静极了。工作人员分区安静职守，貌似艺术家的绘画者们坐在画前进行临摹。

苏兮虽不具备过多的专业知识，可她爱极了这种氛围。她捧着本厚厚的从入口处借来的说明书，一幅接一幅地看过。

直到在一幅名为《亚当和夏娃》的作品前，苏兮找椅子坐了下来。

老卢卡斯的许多画作都有不同的版本，亚当夏娃主题的变奏更是数不胜数。有铜版画、板上油彩，这不过是其中一幅。然而吸引苏兮的并非构图、风格或人文性的东西，而是那个苹果——散发光泽的、极具诱惑的、被夏娃托于掌中的苹果。

“苹果与西方文明的渊源起始于《圣经》中人类的祖先亚当和夏娃在伊甸园偷吃禁果的故事。据《圣经》记载，上帝造人之初亚当和夏娃无忧无虑地生活在伊甸园里，但上帝告诫他们绝对不要偷吃园里生命树和智慧树上的果子，否则后果严重。但夏娃受了蛇的诱惑吃了智慧果，并且给了亚当一个，亚当同样也吃了。上帝震怒人违背了他的命令，把他们赶出了伊甸园。后来经过证实，禁果就是苹果，因为在拉丁语中表示苹果的词语也可以表示邪恶。因此苹果就和原罪产生了某种关系。但同时，亚当和夏娃偷吃禁果从某种意义上来说也透露出他们的好奇心、求知欲，而这也是人类的天性。好奇心、求知欲是一切科技成就的最初动力。因此，在此处苹果又有了智慧、强烈的吸引和诱惑等含义……”

读到这里，苏兮合上书本。她重新看向那幅画，不禁有些走神。

那我收到的苹果呢？又该如何解读？它象征着福祉还是灾祸？象征着控制

还是诱惑？她的目光不由得下沉。事实上，苏兮的这番联想并非空穴来风。这事儿还要说回几天以前。

傍晚，苏兮与当地好友用完晚餐独自返回酒店。刚到房间，前台打电话来通知她去取快递。苏兮想都没想便迅速跑下楼，伸手接过快递盒的时刻，一股不好的预感涌上心头。

她当即向大堂经理询问了这个包裹的出处。经理解释说是 MSN 公司，几位快递员轮番送货，常年如此，没有任何不正常之处。

再多的也打听不出什么了。

苏兮回到房间，迫不及待地拆开包裹来看。果然如自己所料，一个苹果，非常新鲜。她照例往箱子底部翻找，终于，一纸便签呈于眼前，便签中央的四个黑色大字足够动人心魄——“铺谋定计”。

铺什么谋？定什么计？这话到底是什么意思？苏兮抱着握着苹果的手臂不禁有些发抖。要知道，这已经是她目前为止收到的第五个苹果了！

她不禁猜测起寄件人的真实身份来。宙斯到底是谁？他到底是有多大的本事竟然轻而易举追到了欧洲？难道她是被跟踪了？

苏兮不敢再往深里想。迅速走向窗边，透过窗户一角窥视四面八方，然后猛地一用力，百叶窗随之闭合。

她在床边坐下，鬼使神差地盯着手里的苹果。比起恶意威胁，她是多么希望，这不过是一场善意的警告。

.2.

苏兮很快便对这座飞速运行的城市产生了倦意。时间充裕，她去附近湖区待了数日，按计划亲自上门拜访了几家潜在客户，跟合伙人见面，整合 customers chedule，完善了 replenishment policy 跟 backscheduling，分析潜在趋势并制订了新的供应计划。

第九天晚上，苏兮一身风尘地回到酒店。刚刷开房间大门，接着便接到了前台打来的电话，被告知有人在大厅等候。

苏兮以为是本地朋友过来约吃饭，欣然下楼迎接。可到了大厅，她发现除了几对外国夫妇再无他人。她感到困惑，坐在公共沙发上等了一会儿，然后鬼使神差地走出自动旋转门。

她将目光抛向空荡的街道，路灯微弱的光晕将白日里的浮躁沉淀。不远处的椴树下，一例孤清的影子站着抽烟，他穿一件浅杏色风衣，背着一只硕大的皮质双肩包。

苏兮定睛看，然后她震惊了。

季霖郁？他怎么会在这里？这明明是偶像剧里才会出现的桥段。她脚下一顿，欲上前问候却偏偏被自尊拽着往回走。毕竟不久前他才说了那么难听的话，自己又怎么可能放下姿态轻易原谅呢？

可就在苏兮意欲转身的瞬间，那道目光恰恰落在了她的身上。“苏兮——”他踩灭烟头，紧追上前。

苏兮抬眼一瞥，习惯性地恢复了一脸强势。她转身小跑回大厅拐角，抬头，迅速瞟了一眼电梯层数，转身冲进了快速通道。

季霖郁看她有意躲闪，从后面一把拽住她的胳膊：“苏兮！”

她故意不看他，试图甩掉他的手。可没等苏兮反应过来，他用力一拽，牢牢将她圈入怀中。

“你是要自己逃上楼，还是要留下来接受我的道歉？”

苏兮一顿，动作跟着停下。

季霖郁见状，随之减小手臂的力度。他本以为她会就此妥协，可他显然低估了她。苏兮借巧劲儿，肩膀一耸弯曲膝盖一下子钻出了他的“圈套”，隔着眼中一层薄薄的雾气，说道：“请你离我远点儿。”

“苏兮——”

“你不懂我，那我永远都是错的。所有的道歉跟解释都是多余。你这是何苦？”她说完，撒腿跑上楼。

苏兮一路小跑回房间，迅速关上了门。

然而没过太久，背后传来叫门声。

她置之不理。门铃就那么一直响着，这份固执倒是符合季霖郁的人设。

三分钟过去，她终于忍不下去了，冲上前，“哗”地拉开门。正要说句难听话，他弯腰，一个吻眼看就要落下来，苏兮上身一闪，向后方踉跄了两步。

季霖郁随之上前，并反手关上了门。

“苏兮，给我个机会，至少听我把话说完。”

想到当初自己的那番苦苦哀求，她侧身，面窗而立：“这话听起来很耳熟。”

季霖郁重重叹了一口气，深深看向她的眼睛，那眼底的情绪正好被苏兮捕捉到。他那棱角分明的脸上现出一片羞愧。

她立马明确了他的意图，却端出副恃宠而骄的作态。

“苏兮，我之所以来找你，是因为我——”

“因为你觉得你对不起我。”她抢着说道。

她的直白，令他不禁咂舌。

她转身，走到他面前，踩着五厘米的高跟鞋也不及他的身高。她微微扬起下巴，目光一寸一寸游走在他紧锁的眉心。心头刚刚一软，可想起那句“别让我恨你”便又迅速撤回目光。

四目相对间，他的眼膜逐渐灼热：“没错。我是来道歉的。你为我做了那么多，可是我却不分青红皂白误会了你。我觉得很对不起你。”

“千里迢迢道歉？别这么说。我会以为我在你心里是个什么重要的人物。”

季霖郁逼近，伸出双手握住她的双肩。他的力道刚刚好，既没有弄疼她，又正好将她制伏住。

“放开我。既然不喜欢又何必给我那么多的暗示？现在还这副样子。你是觉得自己很有优越感吗？可是不好意思，我不是江妙菱。这招对我没用，我不想听。”她甩开他的手臂，不再给他劝说的机会。

“我跟她真的不是你想的那样。”

“我都亲眼看到了，还应该怎么想？”她眉头一挑。

“我也是一时冲动。”

“冲动？你不一向都以冷静、冷漠甚至冷酷著称吗？”她调侃道。

季霖郁深深叹了一口气，扶墙而立。沉默半晌，他缓缓说道：“苏兮，妙菱在我心里的定位一直是徒弟，如果更进一步，是妹妹。你可能不太理解这种感受。我小时候有个亲妹妹，刚出生没多久，我爸带她去保健中心游泳，就再也没回来。我爸说她被游泳圈套住反扣在水里，硬是没抢救过来。那是我童年记忆中最重大的一次事故，后来家人不曾提及。而妙菱这个女孩，不管是从外貌、性格还是孩子气的做事方式，在我看来都是一个标准的妹妹的人设。所以我对她自然会宽容一些。再说那天晚上，我真的是被气糊涂了，我都不清楚自己当时究竟怎么想的，我只有一个目的，就是要你委屈、生气、伤心、失望，就像我当初感受到的那样。可这是错误的，遗憾我后知后觉。如果这件事伤害到了你，真的对不起。”

其实打从他出现在酒店门外的那刻起，苏兮就已经打算与他冰释前嫌了。后来的这些纠缠跟挣扎，不过是情绪作祟罢了。

她缓缓背过身，突然不知该以何等面目面对他。

“还有一件事，皮具调包的事情有眉目了。”

苏兮猛地转身回来，快步走到他面前，仰起脑袋与他对视。他目光灼灼，只想借机吻下去。

突然，她定住了，用那种小女孩要糖吃的口吻说道：“我饿了，你一定也饿了。不如边吃饭边说吧。”

“法餐！我请！”

“还要再开瓶好酒！”

.3.

转眼天就已经黑了，街道上升起了薄薄的雾气。方便起见，苏兮提议就在距离最近的一家法式餐厅吃点。他们在窗边坐下，很快，训练有素的服务生前来点单。

entrée 要了 escargot 跟生蚝，plat 分别要了牛肉塔塔跟 Confit de Canard，季霖郁没要甜点，却为苏兮要了份 Moelleux au Chocolat。

在服务生的背影中，苏兮单手托腮，问道：“你是怎么知道我住这里的？”

“朋友圈定位。”

“我就知道你不会这么平白无故地跑来跟我讲和。”

“你的优点是太聪明，缺点是藏不住事儿。”

“哪有你大智若愚！”她笑道。

“不敢不敢，你比我愚。”

苏兮笑嘻嘻地反击：“你这人真是白长了一张好人脸。不仅脾气硬，嘴还毒。”

季霖郁放下刀叉，以一个郑重的眼神终止了玩笑：“苏兮，谢谢你的挽回计划书。我一字一句认真看过了。”

“所以你决定采用我的挽回措施了？”

季霖郁摇头。

“什么意思？”

“那天咱俩不欢而散以后，我冷静下来想了想，去找沈山南谈过。”

“你找过他？”

“对。沈山南说这件事在弄清楚之前先暂停一切行动。他跟我保证，会成立专案组进行调查。当时我才反思这件事的始末，如果如我所料这系列事件都是万邦自己制造的，那他们随便找个理由搪塞过去也就完了，为什么还要成立专案组调查呢？”

“就因为这个你就相信了？”苏兮面露狐疑之色。

季霖郁颔首。

事实上，他的确有所保留。沈山南的原话是：“我会成立专案组调查这件事，但不是为了你，也不是为了我自己，而是为了苏兮。”

不知为什么，话到嘴边，却被他咽了下去。

“这么说，万邦那边有结果了？到底是谁干的？”苏兮喝了一口红酒。

季霖郁伸长手臂越过桌子，轻轻抹去她嘴角的一丝酒渍。苏兮目光一滞，匆匆低下头。季霖郁微微一笑，慢条斯理地说道：“想必你也知道，像万邦那样的大企业，打印机都是经过密钥加密的。”

“嗯。这个我之前的公司也用。就是你坐在自己的办公室，将文件传送到部门公共主机，然后你穿过走廊，走到主机旁，打印机上输入密码才能够得到文件。这样做是为了避免泄密。”

“可偏偏那段时间打印机出了故障，跟咱们那批货相关的文件被盗取了。”

“有意为之？”

季霖郁点头：“万邦经过多方调查，从监控视频里发现了一个行踪可疑的部门职员。据深入研究，那名职员刚入职万邦不久，之前是新源皮革的部门经理。”

苏兮一愣，表情变得复杂。

“怎么了？”

“你知道新源皮革是谁吗？”

季霖郁摇摇头。

“我当初有机会得到给万邦供货的机会，是因为一批皮料掺假被取消了合作。而供假货的这家公司，正是新源皮革。”

季霖郁恍然大悟：“难道他们是有意报复？”

“可是你想想，一家小小的公司跟万邦能有什么仇？”

“你怀疑背后另有其人？”他轻轻问道，插起一只明虾送入口中。

苏兮若有所思地点点头。

“对了，我建议让妙菱回匠心手造继续工作。”

“你不介意？”她的提议令季霖郁感到意外。

苏兮莞尔一笑，道：“季老板，工作室可是你的！我有什么资格介意？再者说，成年人的世界够残酷了，我们应该去维护那些单纯的心。”

.4.

航班起飞时间是晚上七点，苏兮一大早就起来收拾行李。季霖郁从自己房间过来，气定神闲地往沙发上一靠。

“你都打包好了？”

“我是来讲和的，不是来旅游的，行李特少。”说着便端起一杯茶水来喝。

看苏兮在冰箱里一顿猛翻，季霖郁顿时心生好奇。

“哎，你看见我冰箱里的苹果了吗？”

季霖郁手头一顿：“怎么了？”

“我明明记得放进来了啊，还长腿了不成！”

季霖郁松了一口气：“我昨天趁你午睡的时候洗着吃了！要不我现在去买点儿带路上？”

苏兮猛地转身，神色一紧，道：“你没有不舒服吧？”

“还怕有毒不成？”

她的目光一乱，说道：“没，没有，我是怕你水土不服。”

第三十四章

.1.

苏兮推着行李走出安全门，老远便看到一道熟悉的身影。他身着整套深蓝色枪驳领西装，黑色牛津鞋，头发用发蜡固定得一丝不苟。

“山南哥你怎么来了？”

沈山南上前，递给她一瓶巴黎水：“今天不忙，我看这个点儿不好打车就过来接你。怎么样，玩儿得开心吗？”

“挺开心的。”

“是不是开心得都把我给忘了？”他半开玩笑道。

“哪能呢！”苏兮从推车里提出一只礼品袋递上前，“这是给你的礼物！”接着提起更大的一包，“还有这个，lisi 的。”

沈山南双手接过：“这么大份，看来在你心里它的分量比我重不少。”沈山南讲着玩笑话，目光却突然在苏兮身后不远处落定，脸上的笑容随之消失了。

季霖郁？

他正纳闷儿他们怎么赶巧乘坐一趟航班，季霖郁已径直走到了苏兮面前：“你的随行杯，插我背包侧袋儿了。”他说完，这才看向沈山南，文质彬彬地伸出右手：“您好，沈总。”

沈山南伸手与之轻轻一握，瞬间的失意从他眼中闪过。

自那日从江妙菱口中得知他俩因为成品调包事件而闹到决裂的事，他虽然心疼苏兮，却又未尝不曾暗自窃喜。本以为两人关系就此止步，又怎能料到出现如此巨大的反转，季霖郁，他竟然飞去了苏兮身边。

至于他们之间发生了什么……他不敢想。

“山南哥，车子还坐得下吗？”苏兮笑着说道，眼神瞟向季霖郁。

沈山南摊摊手："当然。"话是说出口了，可表情没跟上。他自觉尴尬，闷声不响地接过苏兮的手推车。

怎料季霖郁似乎并不领情，推辞道："不用了沈总，刚才等行李的时候我已经打电话叫好车了。"他低头看了眼手表，"司机应该快到了。"看似温文尔雅，可字里行间充斥着疏离之感。

季霖郁的回绝似乎正好合了沈山南的意。他笑笑："那可真不好意思了季老板，再会。"说着转身往门外走。

沈山南一路上的脸色都不怎么好看，苏兮也只好三缄其口。直到进入市区大堵车，他俩才有一搭没一搭地聊起来，话题不痛不痒，语气不咸不淡。

到了苏兮家楼下，沈山南将行李从后备厢拖出来。苏兮站在台阶上跟他道别："画展很好看，谢谢你的票。"

沈山南沉默半晌，目光流转。他走上台阶，缓缓抬起胳膊，帮她将额前的一丝长发捋至耳后："好好儿休息，尽快把时差倒过来。我八点还有个会，先走了。"

"山南哥——"苏兮开口将他叫住。

"还有什么事吗？"

"我还以为你会反对我——"她话锋一转，轻言搪塞。

可他似乎猜出了下文，抛给她一个寓意不明的微笑："我只希望你开心。"

.2.

沈山南讲出这件事的时候，妙菱正往盘子里放入一坨wasabi。她沉着脸，心头千帆过尽。

"所以说他们是一起去的欧洲？"

"差不多吧，不过听说季霖郁是后来追过去的。"沈山南伸手取过一只海胆。

"追过去，为什么？"

沈山南意味深长地摇了摇头。

晚饭过后，沈山南回公司开会，妙菱则开车前往工作室。穿过熟悉的过道，只见季霖郁正埋头给一套客人送来保养的马鞍上油。

江妙菱站在桌边沉淀了好一会儿，轻轻开口："你还没吃饭吧。"说着，将两只环保袋放到他面前，"这是一套刚打包的料理，海胆还新鲜，你赶紧吃。

还有，这个是零食，你平时饿了垫垫。”

季霖郁手头一顿，目光在桌面稍事停留，跟着站起身婉言谢绝：“不用了妙菱。这都是你们小姑娘吃的，我还是习惯按点儿吃饭。”

这番推拒似乎伤了妙菱的心。她一动不动地站着，半天也没讲出一句话。

局面僵持了好一会儿，季霖郁终于决定开口。他说：“妙菱，你也知道我这个人挺直接，不喜欢的东西一向当场拒绝，也不管对方作何感想。对不起。”

江妙菱立即明白了他的意思，心头一凉，却执意假装听不懂，笑着问道：“听说你前段时间去欧洲了？”

他点头。

“独自旅行？你怎么不叫上我呢，我对行程规划可都是轻车熟路。我可以——”她小心翼翼地试探着。

“不是。”季霖郁大方回应，没有丝毫犹豫。

四目相对之间，他的坚决，她的期待，最终汇成一句话：“我去找苏兮了。”

一颗心，瞬间坠入谷底。

江妙菱原地沉默了一会儿，将吃的一件一件从环保袋里掏出来：“季霖郁，你知道吗，这些都是我生日那天买的。”

一周之前的今天，江妙菱的生日。她本来想找季霖郁一起庆祝，可发短信他不回，电话怎么都打不通。她干脆找去他家，可按了很久门铃都没回应。后来她坐在楼道里等，一直挨到零点整，打开蛋糕，插上蜡烛，然后和着眼泪一口接着一口地吃掉。末了才发现竟然忘了许愿。

季霖郁静静听她说完，内心深处泛起一阵愧疚。他不动声色地伸出胳膊将零食圈回自己面前，笑道：“我刚好有点儿饿了，这些我留下，不过以后你别再买了。”他冲妙菱微笑，伸手打开料理盒。

“对了江妙菱，如果你还没找新的工作，下周一回来上班吧。”

.3.

苏兮刚从浴缸爬出来，身上的水还没擦干就听门铃疯狂响了起来。她下意识点开置于盥洗池一角的手机，一秒之内就意识到来者何人。

8 个未接来电，全是他打来的。

苏兮手忙脚乱地套上睡衣睡裤冲向门口，通过猫眼迅速观望，没过分思考便一把拉开门。只见沈山南靠在门框上。

“苏兮。”

他小心翼翼地喊着她的名字，唇齿散发出浓烈的 pastis 的气息。

“山南哥，你喝酒了？”

沈山南抿着嘴唇不说话，神色复杂极了。

她请他在沙发上坐下来，转身从茶几上拿杯子倒水给他喝。才刚提起茶壶，却被他从背后一把抱住。就在那个瞬间，苏兮感到身子一僵，大脑空白一片，所有感官停止了反应。

接着，他有些沉痛的呼吸贴着她的耳背响起：“苏兮，你不能就这样不要我，你不能就这样把我忘了，我等了你五年，我忘不掉你，也不能没有你。”“山南哥，你别这样。”苏兮挣扎着转过身，欲顺势将沈山南往沙发上推。然而她的反抗并未得逞，沈山南一个反手将她带上沙发。他眯着眼，霸道的吻如同骤雨般落上她的脸颊、眉毛、眼睛和嘴唇。而她则不遗余力地甩着脑袋，奋力躲闪。

面对苏兮的抗争，他突然愤怒起来了。

“苏兮，你本来就应该属于我，五年前如此，五年后更是。你必须承认你心里有我，为什么要自欺欺人，你明明是喜欢我的。”

“不。”

他倏地停下，瞳孔聚拢。

“你说什么？”

“我有喜欢的人了。”她的语气坚定，不容置疑。

“是谁？”他发出沉闷的低吼。浓烈的情绪从眼中淌出来，其中三分期待，七分怀疑。

苏兮咬着嘴唇，半晌，好不容易挤出一句：“对不起，山南哥。”

霎时间，沈山南像是一具泄了气的塑胶人偶，重重落向苏兮。苏兮被压到胸腔生疼喘不过气，却不敢轻举妄动。

这是一个至暗的时刻。然而即将迎接他的，并非黎明。

他沉痛的气息滞留在她的耳畔，逐渐弱化，最终化作痛彻心扉的一缕青烟。

有那么一个瞬间，苏兮觉得他的呼吸几近停滞。

然后，他突然说出了一句话：“多年以前我让你轻易逃走，这无疑是一个天大的错误。所以现在，我不容许自己再犯下相同的错误！”

说完这话，沈山南站起身，认真整理头面，试图保持最后的体面。接着，他毅然决然地走出了大门。

.4.

万邦针对季家的计划并未叫停。赶在苏兮出国度假的这段时间，沈山南趁机出手匠心手造。

季家最初是以“植鞣皮革的制作工艺”声名大噪。之所以凌驾于其他皮具世家之上，业内相传，这要归功于家族所持有的一款祖传秘制封边液。

所谓植鞣革封边就是针对植鞣革边缘，通过打磨使边缘变得耐用美观的处理方法。基本的原则是通过逐渐升高目数的打磨工具，对皮边进行一系列的打磨，配合不同的打磨试剂，最终使皮边达到一定的耐用和美观程度。

一旦掌握了这个信息，万邦上层立即下令研发部对鼎盛昌出品的所有皮革制品进行反向开发，最终得出结论：除了皮革的精准选择跟精湛工艺之外，重点在于封边不易开胶。

沈山南拿到整套分析报告，陷入深深的思考。

季霖郁不是嘴硬吗？既然如此，他也只能使出撒手锏了——

.5.

苏兮接到电话的时候正因 boo（bill of operations）中的一项问题被搞得焦头烂额。可她还是毅然放下手头的工作，直奔匠心手造。

季霖郁坐在桌边煮一壶普洱。看苏兮来了，伸手请她坐下。

“老实说我不应该找你来，可我也不知道最近究竟怎么了，每到关键时刻总会第一时间想到你。”他的声音低沉。

苏兮目光一亮，接着又变得暗淡。她看向酒精灯蓝紫色的外焰，莫名有些走神。

她又何尝不是有着同样的感觉呢？可凶案现场的那个身影好比一个魔咒，

每当她想要靠近，靠得更近，那影子总能在关键时刻变成一堵墙，结结实实挡在他俩中央。

“你说有急事？”苏兮收神。

季霖郁沉了一口气：“这话你恐怕不爱听。”说着，提壶沏茶。

“到底出什么事儿了？”她切切问道。

他浅浅瞥她一眼：“沈山南终于对我下手了。”

“这怎么可能？不是误会吗？”

季霖郁将茶杯置于茶盘内，从脚边的抽屉拿出一份文件：“今天上午沈山南亲自来见我，向我索取鼎盛昌封边液的秘方。他知道不可能撬开我的嘴，就用我爸妈的赔偿合约进行‘敲诈’。”说着将文件递给苏兮，“这是复印件。你自己看看。”

苏兮不急于下判定，将那份文件从头到尾仔仔细细读了一遍，满眼诧异地问道：“这么说，叔叔、阿姨当年真的入股万邦了？”

季霖郁点头：“这事儿我也是刚才知道的，还不确定真假。”

“可这最后一页……可是有叔叔、阿姨的亲笔签名的。”苏兮有些尴尬地说道。

季霖郁神色一沉：“是啊，要不是那签名我现在也不用为难了。”

“可合同上注明了赔偿合约这事儿跟你没什么关系啊！”

“的确威胁不到我个人，但关系到鼎盛昌的声誉。不然他也用不着拿这个威胁我。”

苏兮颔首。事实上她对季家是否参股这件事并不感兴趣，她的第一反应便是如何应对。她在窗边徘徊良久，突然快步踱到季霖郁面前，仰着脸问道：“鼎盛昌的手艺制作流程申请过专利吗？或者说，你有没有考虑过这个问题？”

“这个专利我倒是真的听我爸提起过，申请专利意味着公开制作流程，可无论鼎盛昌的制作手艺还是封边液配方都是商业机密。如果专利想要申请成功，就必须在公开的专利中对技术进行详细描述。这就意味着，一个在本行业有着一定经验的匠人，能够根据这份公开专利生产出同样品质的皮具。可问题在于，专利有效保护期只有二十年。也就是说二十年之后，任何人、任何厂家都可以公开使用这门技术，而不用支付任何专利费用。”

“所以呢？”苏兮不解。

“所以一个皮具世家想要依靠某项特有的技术传承百年，最好的方法是将这项技术作为商业机密来保管，而不是作为专利公开。”

“可你说过，你家人的愿望之一是鼎盛昌的手艺得到传承，之二是匠人精神得到发扬，之三是社会对手作皮具有更加深刻的认知，让更多的人接受纯手作工艺。这么看来不是自相矛盾吗？”

“苏兮，我们担心的重点并非是否公开流程，我们担心的是不良商家会利用我们的技术进行批量制作，甚至以半手工半机械式替代，进行量产。如果发展到那个地步，纯手造只会受到更加严重的排挤，才是真正违背了我们鼎盛昌的初衷。”

这么一说，苏兮醍醐灌顶。

“所以，纯手工制作跟机械批量生产的差异真的那么大吗？难道纯手工做的包一定是高品质？按道理说，机械不是应该比人类更精准吗？就比如一个包包，工艺看着好，手感也不错，但外观性的整体设计感没有品牌的好啊，仔细看机器的走线，也比手工的更流畅。”

“科技如此，但单说皮具类，并不是。

“首先，每个人需求不一样。有人就是喜欢手工，有人就是喜欢机械。手工贵在比机器生产多了人工时间，前期的付出你看不到。再说，两块就算看上去一模一样的皮革，其实也是存在差别的。除过缝线手法上的差异不谈，就拿同一头牛来说，身上不同部位的皮质都不尽相同。而技艺顶尖的皮匠，是能够对不同的牛皮做出不同的判断跟调教，因地制宜，发挥一块皮子的最大优势。而手缝的根本意义在于一些机器无法完成的特殊工艺，从而提高产品的附加值。”

说到这儿，季霖郁停了下来，话音一沉：“苏兮，其实就目前来讲，这些都不是最重要的。”

“那什么才最重要？”苏兮不解地问道。

“我的直觉告诉我，用合约作为威胁是沈山南迫不得已走出的一步险棋，他应该是在跟自己打赌。可我偏偏没他想得那么愚蠢，不仅如此，他的做法让我进一步确定，我爸妈的死一定跟万邦有关。”

第三十五章

.1.

在苏兮的多番说服之下，季霖郁决定破釜沉舟。鼎盛昌的封边液配方是万万不可泄露的，因此他退让一步，接受与万邦的合作。这么做一是为度过危机，二是为查父母死因。

江妙菱前脚重回匠心手造，后脚便得知缪诚在一场网络设计大赛获头奖的消息。妙菱请缪诚吃饭祝贺，没想到缪诚却告诉她，他思考了很久，最后决定递交辞呈，用大赛获得的奖金自行开店。

“为什么？跟我们待在一起不开心吗？”

“我不想一辈子做个匠人，我想做设计师，做自己的品牌。可你也看见了，在匠心手造我受制约，根本不可能大展拳脚。”

“可是你算过没有，现在除了购买工具、打通供货渠道等需要花钱的地方不说，光店面租金都是付三押一。就你那笔奖金，税后不到十万块，你觉得你能撑多久？”

“这我就跟你想得不一样了，妙菱。这笔奖金意味着什么？意味着能力。目前来看，这是个很好的开始，照这个趋势发展下去，加上我的天赋跟努力，我以后肯定能名利双收。所以我决定先把存款全投进去，等生意上道了，资金也就周转起来了。”

江妙菱不禁愕然：“这么乐观？你这些都是听谁说的？”

“皮圈儿里的朋友们啊！”

“他们做得怎么样？”

“不怎么样，这不大环境不好嘛。”

江妙菱沉了一口气：“所以你看，现在创业多难。”

缪诚一听就有些不乐意了：“妙菱，你是不是不看好我？”

“不是。我特别看好你！只是觉得你做足准备也不着急这一时。现在咱们店不是遇到困难了吗，正是需要支持的关键时刻。创业可能造就你个人的成功，可现在你若留下，会拯救一个家族品牌甚至是整个儿行业！”

“你不是为了匠心手造，你是为了季霖郁，对吗？”缪诚接着笑了笑，可那个转瞬即逝的笑容复杂极了。

.2.

虽然步行不过五分钟，可这是苏兮第一次登门拜访季霖郁。而她不知道的是，这也是季霖郁头一次带女人回家。

公寓的布置称不上温馨，主调灰白，跟他的性格像，理智又冷静。客厅整洁，说不上井然有序但绝不凌乱，无论装潢还是家具都采用了极简的北欧风格，就连大小摆件都是陶瓷跟木质，没有任何毛茸茸的东西。

在沙发上坐了一会儿，苏兮去卫生间洗手，当她看到盥洗台上放置的飞利浦蓝牙版电动牙刷跟一整系列的 Greed 香水，莫名地自惭形秽起来了。

这个瞬间苏兮才真正意识到自己跟季霖郁之间的差异。平日里，季霖郁总是穿着低调，衣服、鞋子以舒适为主，包具用自创品牌，外表看不出任何奢华之处。可他听音乐用的是被誉为音像界爱马仕的“柏林之声”，水龙头用的是享有卫浴界劳斯莱斯之称的 Dornbracht，洗衣机是 Miele，就连冰箱跟所有小型厨电都是意大利高端品牌 Smeg。

她的昂贵，是单薄的，是一捅就破的，能被人一眼看穿的。而他的高贵，是厚重的，是旁人乐意沉浸其中，却根本说不出个所以然的。

苏兮轻轻带上卫生间门，站在客厅一角环视四周。他听维瓦尔第跟罗西尼，读萨冈跟加缪，他的电视柜里塞满了各种语言的欧洲先锋文艺片，窗台上还种着一排形态各异的仙人掌科植物。

说到仙人掌，苏兮的目光突然朝着窗边聚拢：“对了，我这两天特别忙，税务那边出了点儿问题，清关也不是特别顺利，要处理的事情挺多的，加上这天气干燥，你能帮我照料一下我家的多肉吗？浇浇水、挪个方向什么的。”

“好呀。正好我有备用钥匙。”季霖郁说着将剥好的橘子递给她，接着看了一眼表，“时间差不多了，我去准备晚餐。”

苏兮随他走进厨房，季霖郁顺手将一份手绘菜单递给她。竟然如此郑重，苏兮立即翻开来看——

开胃酒：茴香酒

前菜：配蒜蓉烤面包

汤：土豆浓汤

沙拉：凯撒沙拉

主菜：海鲈鱼跟普罗旺斯炖菜

餐后甜点：烤布蕾

她抬起头的时候，季霖郁已经将炖锅加上灶台了。他正切着蔬菜跟洋葱，刀功了得，一招一式间充满了居家男人的魅力。

“要我帮忙吗？”

“你观摩就行。我现在拌个沙拉，主菜都是提前准备好的，热一下就好。”

苏兮不好意思白看，站在一旁顺手擦起了奶酪：“真没想到你还会做饭，还一直以为你是个只会工作的钢铁侠呢。”

“做皮匠是职业，做厨子是兴趣。要说这点还得随我爸，我爸在外是个细致入微的匠人，回归家庭就是一把烹饪好手，把我妈的味蕾伺候得服服帖帖。”

苏兮看着他的侧脸，面露浅笑，竟不自觉地有些出神。

……

吃完晚餐，苏兮主动要求洗碗，却被季霖郁拦去沙发上看电影。他将冲洗过的碗盘整齐列入洗碗机，摘掉围裙，拿着一瓶雷司令冰酒跟两个酒杯走出来。

屏幕上播放着一部《英国病人》。

酒过三巡，他们彼此都有所放松。苏兮将手臂架在沙发背上，看着高脚杯中透亮的液体，漫不经心地说道：“你看，就像Katharine，没有哪个女人不渴望拥有一段长久的爱情。”

“我以为你很独立。”季霖郁回应。

“你知道吗，我其实是那种爱上一个人就倾其所有，想要把自己拥有的一切完完全全坦诚交给对方的人。”

季霖郁抿了一口酒，勾起嘴角：“可据我观察，你从不这样做。”

苏兮笑笑，笑中有涩：“因为我太了解自己，当我掏心掏肺时，别人一个毫无攻击性的眼神都会一击即中我的脆弱，在我内心掀起一场轩然大波。”

季霖郁把玩着手中的杯子，沉吟良久，目光终于在苏兮的眉目间停顿：“所以，你愿意接受我的治愈吗？”脱口而出的时候他被自己惊到了。

置于电视柜一角的芳香机从未停止过运作，迷迭香的精油像添加了某种催情的肉豆蔻，气味弥漫在房间里。

他们在蜡烛的光晕中把酒杯举高，撩人的光线穿过杯口在墙上留下光影，红酒在杯中涨潮似的摇晃，他们被虚构的海水淹没，眼耳口鼻丧失功能，脑袋里有一团膨胀的棉花。

苏兮感觉像是喝醉了，世界在眼前摇曳，烛光倾斜一地，她四肢发软，意识沉陷，脑海中的杂念跟欲望全都不见了，她只想做一个醉今朝的人，和世界来一场不醉不归的促膝夜谈。

苏兮鬼使神差地把杯中酒一口饮尽，而季霖郁竟也照做了。

他缓缓挪动身子，目光中的魔力似乎与生俱来，苏兮跟着向他靠拢，任他的手搭向自己的腰间，将她拦腰抱住。

伴随着一首罗西尼的“弦乐奏鸣曲”，他低头亲吻她的脸颊、眉毛、眼睛和嘴唇。他的吻很有仪式感，苏兮沐浴其中，像是受洗。

他们很快就在这间被暧昧充满的房间里湿透了，她的汗毛成片耸立，像是一片热带雨林。他的面颊潮红呼吸局促，目光再也找不到焦点。他那强壮有力的手臂穿过她的腋下，将她放在自己的腿上。他们贴合在一起，像是风雨中两片摇曳的树叶。

他将手掌置于她的胸前，正企图拨开她的衬衫，却猛地被她推开。所有美好的一切，终于功亏一篑。她松开绕住他脖子的双手，摇摇晃晃地站起来。

不，她还是跨不过内心深处的那道坎儿。

她似乎看见他眼中的光线呈螺旋式下沉——渴望、惊异、困惑、失望，最终因愧疚而熄灭。

“对不起。”他低下头，回避着她的目光。

她沉默良久，终了，浅浅挤出一句：“对不起。”

若是一句轻描淡写的“没关系”他还容易接受，可她偏偏说了“对不起”，这似乎加重了季霖郁的伤感。

苏兮重新坐回沙发上，一个场景打眼前一闪而过。

那是刚从欧洲回来的第二天，江妙菱来找过她。她说苏兮姐，我只是想要提醒你，我比你更早认识季霖郁，比你了解他，在这间店陷入低谷的时候是我陪在他的身边。你怎么能取代我在他心中的位置？不！你不可以取代我的位置！

半晌，她指着手表说道："时间不早了，我该回去了。你也早点睡，晚安。"

……

.3.

万邦的改制还在推进。这是个漫长而艰难的过程，而且以行业目前的局势来看，无疑为一场豪赌。

早上九点，万邦三号会议室内，产品部负责人做着周期性报告——

"往大的说，我们要迎合市场创造新的机会；往眼前说，我们要给持有产品的细节处增加上升的可能。

"各位同仁，请你们看看手里的样品，此阶段产品，我们所用的按扣是Fiocchi。

Fiocchi Snaps脱身于意大利最大及最古老的弹药生产商Fiocchi Munizioni。Fiocchi Munizioni成立于1876年，主要从事小口径武器的弹药生产，1903年Fiocchi Munizioni开拓多元化业务，利用弹壳的废料开始生产按扣。20世纪80年代，Fiocchi决策专注于核心产品——弹药——的生意，遂将Fiocchi Snaps业务出售，但Fiocchi的品牌延续至今，并为许多一线奢侈品牌所选用。如同衣服及包包上的RiRi拉链一样，Fiocchi按扣成了奢侈品的代表元素，而我们正在着手准备这方面的合作……

沈山南心不在焉地听着，目光不断瞄向置于桌面的手机。

就在会议开始之前，他从电梯出来，迎面撞见了苏兮。苏兮的脸色不好，经过短暂的目光相对，慌慌张张地往走廊深处走。擦肩而过的瞬间，沈山南步子一缓，猛地握住她的手臂，声音极其低沉地说道："对不起苏兮，那天晚上，我……"

"那天晚上是酒精作祟，倒没发生什么。而且你已经跟我道过歉了，别放在心上。"她说着，局促的目光打腕间一扫而过，"山南哥，叶总监找我有急事，我得走了。”

看她的表情，沈山南眉宇一展。他不再过分阻止，只告诉苏兮完事儿后去自己办公室等待。

苏兮在办公桌前坐下，叶染将早已准备好的一份“违约赔偿协议”摆在她面前。没等苏兮看清楚，她便用那种礼貌到几近僵硬的口吻说道：“苏总，两周之前我们在市场上发现了一批同样品质的皮料。据万邦有关部门查证，正是您提供给萌兽派的。因此我们认为，您跟萌兽派之间的物料供应合作违反了您跟我们万邦所签署的独家供货协议。”她表明自己的立场，抬头看向苏兮，“对此，您有什么要解释的吗？”

苏兮欲解释，张张嘴，却发现自己毫无可辩解之处。

“这样吧，您先回去看看，如果没什么问题的话请您签字，若有问题，我们再约时间面谈。”

苏兮吊着一口气从叶染的办公室走出来，跌跌撞撞，失魂落魄。

她站在走廊尽头，拨通黄莺的电话。

“嘿苏总，好久不见！最近一切还好吗？”

“黄老板，之前派钟韶年来谈的那批货您不是承诺说要发往东南亚市场，并保证不会流入国内市场吗？”顾不上虚假的寒暄，苏兮直切正题。

“苏总真是贵人多忘事。我记得合同上注明了皮料不流入大陆市场，但并不包括港澳台地区啊。我们本来的确只是发往东南亚，但临时调整了计划才发往了香港，可这并未违反协议啊！不然您再仔细看看？”

霎时之间，一盆凉水，从头泼到脚。

黄莺一语终了，将电话挂断。

“搞定了？”一个男人的声音在身旁响起。

“是的江总，万邦已经有所警觉，估计正在安排跟苏总那边解约。目前万事俱备，只欠东风。”

“这事儿办得相当不错，黄老板，融资方那边你就别操心了，我都已经打好招呼了。”

“谢谢江总，劳您费心了。”黄莺说完，转身走下江秉城的车。

.4.

整场会议，沈山南实在难以集中精力。眼看着四十分钟过去，他着实心猿意马，便借故退出会场径直走回办公室。推门见到那个身影，这才松了一口气。

“怎么，叶染那边又给你出难题了？”他的口吻温和极了。

“不是她。是我自己。”

“什么意思？”

苏兮将事情的来龙去脉讲了一遍。

“明明有的事情那么简单，我却看不懂。明明有的人天天见，可到头来竟然那么陌生。现在我捅了娄子，行为很明显违反了商业准则，我感到很难过。说来说去我都对不起你，山南哥。”

“苏兮，这不是道德问题，是逻辑问题。”

“也许吧。可我的脑子明显不够用。”

“下一步你准备怎么做？”

“还没想好。”

沈山南单手托腮，沉默半晌，开口道：“你需要我的帮助吗？摆平这件事对我来说轻而易举，我可以帮你查找条款漏洞，必要的话还可以起诉萌兽派。”

“不需要。”苏兮断然拒绝。

“真的不需要？”

“真的。谢谢你山南哥。如果没什么事的话，我先回去了。”

苏兮说完起身要走，刚迈出一步便被沈山南叫住了。

“苏兮，你跟季霖郁谈恋爱了？”他问。

“没有啊。”苏兮抬头，平视大门的方向。

沈山南的语气陡然一落：“你这种不在意的回答问题的状态很能说明问题。”

“山南哥，我今天真的累了。”

沈山南只好作罢。在苏兮渐远的背影中，他无比平静地走向办公桌，紧紧皱眉，猛地伸手掀起键盘。键盘凭空翻滚，撞上屏幕的瞬间重新落回桌面。

这一套动作似乎是一场仪式。发泄完毕，他整理了衬衫，若无其事地坐下，将键盘摆正而后一本正经地着手接下来的工作。

第三十六章

.1.

接到钟韶年电话的时候苏兮正在美兰机场托运行李。他约她见面，苏兮查看日程答应在了晚饭时间。

怎料飞机延误，落地时已然下午四点半。苏兮回家放了趟行李，换上便装立刻前往餐厅。钟韶年正喝着壶龙井，看苏兮正向这边款款走来立马起身相迎。

“资料拿到了？”苏兮在桌边停下，轻轻一瞥，目光扫向置于桌角的牛皮纸文件袋。

钟韶年起身替她斟茶：“别着急，先喝口水。”

苏兮颔首：“真是让你费心了。”

这么一说钟韶年反倒有些不好意思：“举手之劳可千万别这么客气。要说上次那件事真的很抱歉，黄莺做得的确太不地道了。当然，也怨我，我只负责来做说客却没负责到底，是我的过失。”

苏兮摇摇手，目光再次聚焦文件袋：“两码事。”话罢欲伸手去取，钟韶年突然开口关切：“你脸色不好，最近很忙吗？”

苏兮收回悬空的手臂：“跑省外客户，成天到晚地飞，快成空中飞人了。”

“你跟从前一样好强。”他用眼角瞥她，眼中泛起微妙的光芒。然而苏兮并未察觉，因为此时她的注意力全部集中在那只牛皮纸袋上。钟韶年似乎注意到了，故意将手肘往上面一压：“苏兮，如果有机会我们可以重新开始吗？”

突如其来的发问令苏兮呆呆一愣。

他见状，笑着拿起文件袋举过桌子。苏兮伸手去接，他却又攥住不放：“可以吗？”

苏兮用力拽住纸袋一角，莞尔笑道：“你都已经是人家的未婚夫了，这种玩笑可不能乱开。”钟韶年眉眼一陷，缓缓松开手指，转身唤服务生来点单。

用过晚餐，钟韶年抢着埋单，却被前台告知已经被31号桌的先生付过了。苏兮正纳闷，余光中一个人影朝这边靠近。没等她反应，服务生轻瞥斜后方：“是这位先生。”

苏兮一回头便看到了季霖郁，然而他并未看向她，目光直指钟韶年的脸，嘴角的笑意不达眼底。

“昨天不是说要直接飞去厦门吗？怎么回来了？”

苏兮当下一慌：“昨天陪客户吃饭，他们硬要吃火锅，结果吃得一身油烟味。我西装不够换只得临时回来取，两个月前订了套西装等着一会儿去取。”

钟韶年趁机说道：“实在是不好意思，这顿本该我请苏兮的，没想到让您破费了。”

“我们之间谈何破费呢？”季霖郁说着，故意冲苏兮眨了眨眼睛。

苏兮感到有些尴尬，下意识瞥了一眼手表，说道：“我先走了，约了七点到Hugo Boss取西装。”

“我送你！”

季霖郁抬抬手：“不麻烦您了，我正好顺路。”

.2.

十月二十三号，季氏夫妇的祭日。天才蒙蒙亮，季霖郁便驱车来到了城郊的墓园。他每逢传统节日必定前来，一待就是一整个儿上午。

即便墓园常年有人负责维护和清扫，可季霖郁还是仔仔细细打理了一遍。他给周边植物修了枝叶，除去野草，移栽几棵新植株，随后掸净大理石刻墓碑，将碑前的小块空地清理干净。

等准备工作逐一完成，他这才将贡品排列整齐——爸爸爱吃的羊肉泡馍，妈妈喜欢的香煎茄盒，爸爸爱喝的正山小种，妈妈爱喝的梅酒。

季霖郁将贡品一一摆放至碑前，打开一瓶红酒。赤霞珠，那曾是一家人团圆时最常喝的一款酒。

他毕恭毕敬地将暗红色酒体缓缓斟入三个高脚杯，摆放到位，在石阶上坐下，然后端起酒杯喃喃道：“爸，妈，我来看你们了。小半年不见，你们……

别来无恙吧？我最近挺忙的，处理店里的各种事务。特别是今年面临市场调控，遇到的问题不少。你们二老就好好儿享受神仙日子，咱们鼎盛昌的名声有我维护着，你们别瞎操心，儿孙自有儿孙福。”

说到这儿，季霖郁打住，放下酒杯，眉心微微隆起：“不过最近我遇到了一个挺棘手的问题。我喜欢上了一个姑娘，该怎么形容她呢？善良、独立、美好。总之，我一跟她见面就不想说再见，一不见面我就成天惦记着。说出来不怕你们笑话，有一次我做事分神，把胶水当成了封边液，因此差点误工。”说到这儿，他抿着嘴角轻轻笑，“老妈，我知道你会告诉我，喜欢就去追啊，可最让我束手无策的就是这件事，她明明对我也有意思，可每当我想要更进一步她就会率先退一大步。我确定她喜欢我，她的眼睛跟动作是不会撒谎的。可……”他顿了顿，端起酒杯小抿一口。

“爸，妈，我也不是没揣摩过这其中的原因。琢磨来琢磨去……唉，估计是因为那件事。她似乎发现了什么，一开始就问过我，可我没说实话。我撒谎不是害她，而是为了保护她，至少……是为了维护自己在她心里的形象。”

说到这儿，季霖郁的眼圈红了。他仰头，将杯中的液体一饮而尽，又重新续上。

“爸，妈，难道我真的做错了吗？可我到现在都没法接受你们离开的事实。我只能当你们去环游世界了，总有回归的一天。我必须承认，那件事是我心底一道永恒的疤，根本不可能愈合，我也不期待着它愈合，只希望它不要再恶化……”

季霖郁对着冰冷的墓碑说出这番话的时候，并未注意到侧后方不远处的两束目光。那目光穿过低矮而茂密的灌木，犀利而狡诈，像是藏着什么不可告人的秘密。

待完成了整套仪式，季霖郁启程离开。他步履蹒跚地行至墓园门口，发现卫生间的门开着。

不是节日，来祭拜的人不多，卫生间里空荡荡的，四面煞白的墙面跟头顶煞白的冷光相互辉映，平添了几分诡异的色调。

季霖郁一直朝里走，然后在倒数第二间停下。

小解完毕，他刚想拉上裤链，一道熟悉的嗓音从门缝挤进来。霎时间，手上的动作刹住，鼻息跟着一紧。他将耳朵贴向门缝，那声音乘虚而入——

“老林，我估摸着你也七八年没回来了吧，这次一下飞机就赶来看他们，你也真是有心了。”

被称作老林的男人的语调尽显低落。他轻轻叹了一口气，说道：“说来惭愧，想当初我还在国内的时候只要没有重大的事情耽误，每年的这一天都要前来祭拜。现在定居欧洲，山高水远的，确实不如以前来得多了。”

对方沉吟片刻，口吻中流露出稍许犹豫不决来：“老林你看，咱们这么久不见了，有一件事我不知道当讲不当讲。”

“老熟人了还有什么不能讲的？江老弟直说。”

季霖郁虽然一早料就到了对方的身份，可一句“江老弟”却还是击中了他。

“我这也算是道听途说，老季他们夫妇的死并非真是意外，而是有人从中作祟。”

“这可不是什么新鲜事儿，当年行内闹得满城风雨，可又能怎么样呢？猜来猜去还不是猜不到具体的对象上去。”老林的语气并未显示出过分的吃惊。

“你可能有所不知。具体对象……也不是没有。”

“有吗？谁？”老林瞬间正了声色。

“当年季家答应万邦提出的合作，进行参股。可后来由于某个原因又要求退股，老季夫妇是死于一次竞标途中。万邦表面上参与竞标且催促季家积极响应，其实早已私下跟别家达成协议，踢开季家进行利益平分。就在这个节骨眼儿上，季家出事儿，这不得不引发人的深思啊。”

听他这么一说，老林沉默了。

江秉城立马打起圆场：“好了好了，不说这些了。陈年旧事，说出来徒增伤感。这样，我先送你回酒店休息，晚些时候为你接风！”

随着一阵关门声，卫生间恢复了一片死寂。

季霖郁的灵魂被抽离了。他根本意识不到自己是怎样冲水的，意识不到自己是怎样走出墓园的，甚至意识不到自己究竟是怎样驱车回到市里的。

晚上八点半，他带着一身阴霾回到工作室。刚拿出钥匙准备开门，一道黑影从侧面蹿过来。待他看清对方的脸，不禁浅声叫道，“妙菱？这么晚了你怎么在这儿？”

江妙菱红着眼睛，磨磨蹭蹭了好一会儿，说道："老板，有件事我觉得你有必要知道。"

一早的经历令季霖郁觉得身心俱疲，只好轻声敷衍着："有什么事儿明天再说好吗？我今天有点儿累，要不你先回去休息。"

妙菱站在原地既不上前也不走开，季霖郁这才觉得有些不对劲。

"发生什么事儿了？"他停下手头的动作，侧目。

江妙菱用余光瞥向季霖郁的脸："老板，叔叔阿姨的死可能……可能真的不是意外！"

季霖郁虎躯一震，迟疑了分秒，恍恍惚惚地问道："你是怎么知道的？"

"我爸……我爸刚才跟我妈聊天我无意在门外听到的，听到一些关键词就录下来了。老板，这很有可能是你一直在寻找的真相。"她说着，拿出手机递给他。

季霖郁的脸色瞬间僵住了。分秒间的迟疑，他接着让妙菱随自己进屋，本想开盏台灯，可一想到苏兮又不禁变了想法，抬手一按，整个儿咖啡间灯火通明。

他们拉开凳子坐下，按下播放键，江秉城的声音传至耳畔——

"今天我跟老林去看了季兄，感慨万千。当年要不是被牵扯进那件事他们夫妻也不会惨遭不幸，唉，说来说去，真是可怜了季霖郁那个孩子。"

"秉城啊，事情都过去这么久了你就别再操心了。对了，不是场交通意外吗？听你这么一说，倒像是另有隐情！"

几秒的间隔，江秉城深深叹了一口气，道："是意外，但也是预谋的意外。"

江母声调一变："预谋？什么意思？"

"今天中午我跟老林聊到季家当年退股的事儿，我没告诉他，那是因为季家反对万邦的珍稀动物皮革计划。可是万邦硬要抓着人家不放啊，就设了个套儿。"

"设套儿？"

"是啊——说来都是作孽。记得那是个秋天，大风天持续了好长一段时间。你说这种气候在咱们地区很正常对吧？可万邦董事会偏偏有人提议，不如利用这个机会给他们点儿教训，让他们打消撤股的念头。当时万邦和季家还是拴在一根绳子上的蚂蚱，一次竞标，万邦千方百计催促季家积极响应。标会前一天下午，老季收到消息，说有一份针对竞争者们的重要文件需要由他送到会场。

必须送，因为文件内容一旦公布，于对手们必定是致命一击！可你说巧不巧，老季的车子偏偏抛锚，送去修理了，万邦便另派了一辆车给他。

“你的意思是……车子被人做了手脚？”江母满腹狐疑地问道。

“不。车子没问题，有问题的是车型。”讲到这儿，江秉城音色一沉，神秘兮兮地说道，“他们派给老季的，是一辆带车斗的皮卡。”

“皮卡？皮卡再不结实也不可能酿成车祸吧？”江母语调一挑，显得过分吃惊。

“普通的皮卡是没问题的，可偏偏是台带了内置导航的皮卡。”

“秉城啊，你这话里有话的我怎么越听越糊涂了？究竟怎么回事儿？”

江秉城深深一叹：“算了，都到这时候了也没什么不能说的。内置导航是经过提前调校的。他们专门避开了安全路段，选择了存在平原跟多处天然风口的路线。老季第一次开那条道儿，路不熟，天色暗，又赶时间，所以开得很快。大风天，特别是有侧风的路段最忌讳开带斗儿的车，风阻大，车速又快，最容易被吹翻！听说他是晚饭后出发的，接到报案是晚上十点多，他当时是从一座大桥的转角处跌下山崖的。”

江母感到震惊，老半天也说不出一句话来。刺刺啦啦的气流声传至耳畔，令季霖郁烦躁。

良久，江母再次开口：“这么大的事儿，怎么，当时就没有人调查吗？”

“当时外界倒是一片风平浪静，可业内传闻四起。警方派了专案小组前来调查却找不出任何人为的证据，也就当作意外事故给结案了。”

“那你又是怎么知道的？”

“后来万邦跟江临皮造的合作越发紧密，过年那会儿我们不是请他们汪董吃饭吗？他可能也是良心不安，喝醉以后全吐露了。”

“毕竟是醉话，能相信吗？”

“我打心眼儿里是相信的。老季多谨慎的一个人你又不是不知道，车子一不小心开山底下去了，你信？后来我的确暗中调查过，据我所知，证据就在一份文件上。”

……

季霖郁只觉得脑门儿发凉，眼前一片空白，膝盖一软。如果将此时此刻的他比作一座危房，那么很显然，这轻而易举的一句话足以将他震垮。

他不想再听下去，猛地摁下了终止键。紧接着他站起身，脸色铁青，呼吸紊乱，理智随目光变得明灭不定：“妙菱，你先回去。”

“老板，您没事吧？”

“回去！”他压低了声音，刻意压抑着一触即发的情绪。然而他的冷静似乎比暴怒更具威慑力，其中的愠怒不言自明。看着季霖郁紧握住的双拳，江妙菱心生畏惧，她垂下眼，嘴唇动了动，却没发出任何声响。

在一阵细微的关门声中，季霖郁终于松开了拳头，猛地一挥胳膊，桌面上的玻璃器皿应声落地。

.3.

不知何时起，天空竟下起了瓢泼大雨。苏兮关严每一扇窗，抬头看钟，十一点三十七分。

她打横躺在床上，看着空荡荡的天花板，敷面膜，点燃 Diptyque 的香薰蜡烛。正试图闭上眼，门外突然响起一阵急促的敲门声。

苏兮透过猫眼看过去，是季霖郁。

她“哗啦”一声打开门，风雨和伤感一同灌进来。门外的季霖郁眉眼间写尽憔悴，浑身上下淌着水，手里握着一把湿漉漉的雨伞。

他红着眼，湿答答的脸上分不清是泪还是雨水。他与苏兮对视，嘴唇嚅动，过了老半天却半个字都没吐出来。

少顷，季霖郁皱皱眉，转身就要走，却被苏兮一把拽住：“你去哪儿？”

他脚下一顿，猛地撤回身子，以迅雷不及掩耳之势将苏兮裹进怀里。刹那间，耳边所有的声音戛然而止。她感受着他紧绷的拥抱，感受着他浓重的丧气，感受着一股股温热的液体顺着脖子流入她的衣领。

直到季霖郁松开双臂，苏兮这才扶他进屋。季霖郁像是被抽去了筋骨，猛地侧倒在了沙发上。苏兮赶紧拿来浴巾裹住他的脑袋，忍不住柔声责备：“都多大人了还能淋成这样！那么大的伞遮不住你吗？”她说着，伸手摸他的额头，不由得惊呼出声，“这么烫！你肯定是发烧了。你现在赶紧把衣服都脱了冲热水澡，我去你家拿干净的衣服。”她一面浅声催促一面伸手去他兜里掏钥匙，不料，却被季霖郁一把抱住："苏兮——"

苏兮虽然猜不出究竟发生了什么，可一缕不祥的阴翳掠过心头。她任由他抱了一会儿，然后不由分说推他进浴室："你现在必须冲热水澡，不然病情会加重，在我回来之前不要停下来！"说完，她套上件针织衫夺门而出。

没过太久，苏兮提着塑胶袋回来了。一推门，只见季霖郁正裹着她的睡袍站在窗前发呆。那睡袍是苏兮照自己的尺寸买的，对季霖郁而言显然不怎么合身，袖子不够长，下摆眼看要高到大腿根儿。

"不是让你冲着热水吗？"

他没应声，甚至没回头。

苏兮轻轻叹气，不声不响地在他身侧停下，将一沓干净衣物递给他："今晚你享有特权睡我巨舒适巨美观巨昂贵的席梦思，我——那儿！"她说着，眼神向右一瞥。

季霖郁随着她的目光轻轻一瞥："不用了，还是我睡沙发吧。"他的语气虚弱极了。

"你可千万别在生病的时候跟我客气，我会内疚的！"

季霖郁还想推让，可一抬头，见苏兮已经抱着被子出来了。她铺好了床，安顿季霖郁躺下，随后将床头灯的光线调暗，小心翼翼地问道："你今天是故意淋雨吧？到底发生什么了，能跟我说说吗？"

季霖郁紧紧绷着嘴，明灭的目光中写满了挣扎。

"好，不想说就不说。药也吃了，好好睡一觉。"苏兮起身要走，却被季霖郁猛地抓住了胳膊。然后，他用那种近乎祈求的目光望向苏兮的眼睛，语气黯然地说道："苏兮，陪我一会儿！就一会儿！"

苏兮心头一软："好。我不走。"

季霖郁蜷缩在床边，拉起被子遮住双眼，努力消化着这个姗姗来迟的真相。

而就在此时此刻，在城市的另一端，江秉城站在别墅二楼的落地窗前，望着屋檐上的水帘，眉眼间呈现出无限阴冷之色。

午夜的江宅格外清冷，屋外淅沥的夜雨胡乱拍打着玻璃，屋内徒留钟表催命似的"嘀嗒嘀嗒"声。

时间一分一秒地过去，江秉城仰起脸，半眯着眼睛，不禁喃喃自语——

“季霖郁啊季霖郁，你表现得那么聪明，自以为看见了事情的本质，殊不知这更是我为你量身定制的圈套。我江临皮造原本跟万邦利益相连携手向前，可如今面临转型，又不得不被逼鹬蚌相争。我们江家眼看着它万邦风生水起，又怎么可能不眼红？不思危？别怪我江秉城心狠，要怪就怪现实残忍！”

.4.

翌日清晨，季霖郁顶着一脸木然出现在卧室门口。正巧，苏兮端着豆浆从厨房出来。她看见他，立马开口招呼——

“这么早？感觉好点儿了吗？赶紧去洗漱一起吃饭。”

季霖郁不动声色地点点头，正要转身往浴室走，却又被苏兮叫住了——“哎，等等！”她放下杯子走向他，踮起脚尖，像敬礼那样伸直了胳膊去够他的额头。她将手掌贴在他太阳穴上捂了一下，嘴角微微扬起，“降温了。昨晚上我就担心你会烧出个肺炎！”

季霖郁温柔地笑了，目光垂落向她的脸。在某个突如其来的瞬间，整个儿世界似乎都放慢了脚步。

“你现在的样子真好看。”他情不自禁开口道。

苏兮脸颊一烫，倏地移开目光，有意调侃道：“怎么，我平时的样子就不好看了？”

“你平日里像女王，现在只是我的邻家小姑娘。”

苏兮绷着嘴，笑意却从眼角止不住地往外淌：“对了，昨晚上给你吃了白加黑，也不知道你会睡到几点，所以我刚才给工作室打了电话帮你请了假。”

“谢谢。”

“客气！快去洗漱吧。”

十分钟后，季霖郁回到饭厅，却不拉开凳子坐下，站在原地不动声色。

“怎么了？早餐不合你胃口？”苏兮的目光打桌面扫过，“要不，你喜欢吃什么告诉我，我重新给你准备。”

“你对我这么好。”他垂头看她，勉强挤出一个有气无力的笑，眼中却散发着温柔的光。

“你是病人！病人是享有特权的！”苏兮说着便走到他身边，拉开凳子要他坐下，可刚伸出手，便被季霖郁一把反握住，一用力，将她裹至胸前：“不好意思，昨天晚上辛苦你照顾我。”

他们贴得很近，她似乎能闻到他口中薄荷牙膏的气息。他的目光专注极了，似乎是在期待着什么。然而片刻的游离，苏兮最终选择将目光移开。

“吃饭吧，咖啡就要凉了。”她若无其事地说着，挣脱出他的怀抱。

第三十七章

.1.

季霖郁站在灶边捶打着一块牛腩，外厅传来窸窸窣窣的开门声。他以为是苏兮，随口应了句：“回来了？”可等了半天也没见反应，便前去门口查看。刚走出厨房，一个陌生的中年妇女出现在眼前。

目光相遇的瞬间，女人面露惊恐之色，看看他，再看看他举着菜刀的手，眼神一紧，下意识向后退半步。

季霖郁这才反应过来，赶紧将菜刀置于桌面，闷声问道：“请问您是？”

“你是什么人？在兮兮家里做什么！”女人垮着脸，强势而冷静地质问道。

听那口气再看这架势，毋庸置疑，此人必为苏兮的母亲。季霖郁感到一阵手足无措，稍作沉淀，这才礼貌回应道：“阿姨您好，我叫季霖郁。”

苏母从上到下地打量着面前这个罩着花朵围裙的年轻人，垂头沉吟了好一会儿才又扬起下巴，字正腔圆地说道：“苏兮也没跟我说她交了男朋友啊！”

季霖郁面色一红，赶紧摆手解释：“阿姨您误会了，我不是苏兮的男朋友。”

苏母换上拖鞋，气定神闲地在沙发一端坐下，拿眼角瞥他，唇齿间挂着狐疑：“既然不是我女儿的男朋友为什么出现在我女儿家？”

“阿姨，我是苏兮的朋友，就住对楼，我俩平日里走动也多。她最近工作特别忙，我这两天又刚好休假就过来给她帮帮忙。阿姨您先坐，我给您倒杯水喝。”

如此一番解释，苏母松懈下来。她往沙发背上靠了靠，从手边拿起一本杂志随意翻阅起来。

过了七八分钟，季霖郁端着茶盘重新回到客厅。他小心翼翼地将托盘放上桌，道：“阿姨，苏兮经常提起您。看得出您和叔叔对她的影响很深。”说着，将茶杯双手递上，“您这次……是来探亲的？”

苏母任茶叶泡开，揭起盖碗儿，手法娴熟而优雅，她轻轻吹开浮于表面的叶片儿，挺直腰板儿浅抿一口，这才不紧不慢地解释说自己的身体出了点儿毛病，老家那边的医院非得要她来省城做个化验。

“很严重吗阿姨？非得来这边？”季霖郁一脸关切地追问。

苏母换了个舒适的坐姿，左手扶膝右手撑住后腰，说道：“肾脏上有点毛病，早些年就有了，年轻那会儿不懂保养任由身体透支。现在年纪大了又没过多注意，发展得有点迅速。不过也没什么大事，就是做个深入检查。”

说到这儿，苏母猛地闭了闭口，像是意识到了什么，表情有些为难。她稍作思忖，继而说道：“小季呀，我提前没跟苏兮说，怕她知道了担心也怕她影响工作，所以你也就先别跟她提了。”

季霖郁感到诧异，眉头轻轻挑起：“这事儿可不轻松，您不准备告诉她？”

“不光是她，我连她爸爸也没说。哎呀，其实也没说得那么严重，你看，起码行动自如，估计就是吃吃药，多休息休息，谨遵医嘱注意就好。”

“那苏兮她知道您要来吗？”

苏母点点头。接着她话锋一转，很是迫不及待地问道：“哎小季，你今年多大呀？是做什么工作的呀？是本地人吗？”

季霖郁迅速整理好思绪，刚要张口，门外便传来利落的开锁声，紧跟着，苏兮平地一声叹：“好香啊，季大厨您真是有一手啊！”

苏兮随意踢掉高跟鞋，埋着脑袋就要往厨房里冲，可还没冲出半步便被母亲叫住了：“进家门第一件事是把鞋摆整齐，都多大了怎么还要人提醒！”

苏兮扭头看向客厅：“妈？您不是说零点才到吗？我还准备吃完饭去接您呢！”

苏母起身，前去迎合女儿的拥抱：“这不是运气好嘛，站长是学生家长，帮忙抢到了最早一班的车票。”

苏兮随母亲在沙发上坐下：“妈，路上累吗？”

“不累！乘的是软席，睡得比家里还好。”

简短的寒暄后，苏母在沙发上品茗，苏兮随季霖郁走进厨房。

季霖郁掀开锅盖查看菜色，随手从背后拿出一瓶红酒，往锅里倒入三分之一，又轻车熟路地从橱柜上层摸过两个高脚杯。

苏兮当即一愣，浅声抱怨着：“这可是我朋友千里迢迢给我带回来的黑皮诺干红，你怎么还拿来做菜了？”

季霖郁不以为然地耸耸肩：“你家没料酒啊，我炖牛腩，不去腥怎么行！”

苏兮笑着瞥他一眼：“都准备好了？”说着撸起袖子，“不得不夸夸你啊季大厨！真香，我在楼道就闻到了。”

季霖郁冲她眨眨眼，举杯轻碰，仰头将酒喝干。

餐桌之上，饭菜端整。家常豆腐细嫩焦黄；鱼香肉丝挂汁均匀色泽鲜亮；清炒口蘑颗粒分明油光炯炯；番茄炒蛋黄里透红绿意盎然。

饭菜很家常，却无疑为一桌人间烟火。光看这卖相，季大厨的手艺就足以令苏母赞不绝口。

吃完晚餐，季霖郁将碗筷放入洗碗机，又将灶台清理干净。苏兮跪坐在低矮的茶几边切着一个柚子，随口问：“妈，预约的是明早几点呀？”

“十点半到医院。”

“那行。我正好送您过去。”

苏母神色一紧：“不用不用！我自己去！”

“那怎么行呢！您逛街可以自己去，看病当然得家人陪着了！”话罢，她猛地用力，柚子一分为二。

“真不用。我没病，一线城市不是医疗条件好吗，我就是来做个体检。”

母亲的执意推托让苏兮觉得有些不对劲。

“妈，您几十年都在咱们那儿检查的，跟大夫熟，护士里又有您的学生，不比这边方便周到吗？”

“我……就是……人年纪大了，有些部分的体检得用高档的仪器，这个……”苏母支支吾吾了半天也没说出个所以然来。

苏兮肆意揣测着母亲的表情：“妈，您不会有什么事儿瞒着我吧？”

苏母不禁握了握膝盖，说道：“怎么会呢？我……我这浑身上下好好儿的，能有什么需要瞒住你的？”

苏兮不禁停下手头的动作，质疑的目光落向母亲的脸。

说时迟那时快！就在这紧要关头，季霖郁端着茶壶出现在了厨房门口。趁苏兮不备，他远远儿地冲苏母使了个小眼色，然后接过话来：“这样吧苏兮，明天就由我陪同阿姨去医院，我爸妈之前在医院有熟人，如果真有什么问题找专家也方便。你明天不是约了几位客户吗？你先忙你的。”

项目的事儿不提还好，一提着实让人为难。苏兮稍作权衡，仰头，求助似的望向季霖郁：“那可真得麻烦你了，我明天约了好几位老板实在是不好推掉。不然你就直接开我的车去吧。”她说着，跨过桌子将钥匙递给他，轻挽住母亲的手臂浅声安慰：“妈，你别担心也别害怕，别看他顶着一张厌世脸，其实他是个好人。”

苏母愣了愣，一把甩开女儿的手：“你这是怎么说话的？你才厌世呢！我难道看不出小季这孩子很好吗？哎呀！早知道当初就生个儿子了。”

这么一说苏兮可是不乐意了，她掰下一块柚子丢入口中：“妈妈呀，老话怎么讲来着？女儿是妈妈的小棉袄，儿子可是丈母娘的小棉袄！”

苏母微怔，露出一个惊讶的表情：“这后半句我倒是没听过。”接着意有所指地望向季霖郁：“小季啊，她说的会不会是真的啊？”

季霖郁看向苏兮，目光笃定地答道：“会的，阿姨。”说着，将一瓤剥好的柚子双手奉上。

……

.2.

江妙菱捂着腮帮坐在长桌前发呆，背影颓丧，面目感伤。缪诚不是没前去跟她搭讪，却都屡屡被她支开了。

这件事，还得追溯上午的那场“偶遇”。

智齿炎症持续了整整一个周，起初江妙菱并没怎么在意。她以为和之前一样，吃点儿败火药也就无大碍了。怎料病情恶化迅速，到了第四天左半边脸都肿了起来。

妙菱提前做了预约，跟牙科主任约在了早晨十点十分。九点四十五，她停好车子走进医院大门，抬头平视前方，一辆车子正巧进入视线。不看不要紧，这定睛一看：哎？那不是苏兮的车牌吗？怎么，生意做到医院来了？

正琢磨着，车子在马路对面停了下来。

江妙菱放慢脚步意图回避。可刚才侧了侧身，一个人影从驾驶室钻了出来。她的余光一紧，内心跟着一颤——季霖郁？

这还不算完，紧接着，副驾驶座下来了一个五十多岁的女人，看那轮廓，分明就是苏兮的中年版本。

妙菱似乎瞬间明白了什么。与此同时，无数疑问向脑海涌进——那人是苏兮的母亲？他们来这里做什么？陪阿姨看病？阿姨怎么了？可为什么陪同的不是苏兮而是季霖郁？他们之间究竟发展到哪一步了？难道已经见过家长了吗？掩盖得也太好了吧，自己竟然毫不知情？

可她转念一想，是啊，自从上次当着苏兮的面儿说了些难听话，之后就再也没见过她。不过短短数周，他们的关系就已经发展到这个地步了吗？

妙菱正沉浸于内心的小愤恨小不满中哀叹连连难以自拔，突然，被路过的缪诚撞了撞胳膊。

“干吗呀！”她轻声责备。

缪诚做了个鬼脸，小声提醒：“快快打起精神，老板到门口了。”

正值午休时间，季霖郁回到匠心手造。他如往常那般喝了份浓缩提神，接着便火速进入自我封闭的工作状态。

然而今天，一切似乎又有那么一些不同。整整一下午，无论裁皮、缝边还是打样他都将手机放在目之所及的范围内，像是有意等待着某人的来电。

江妙菱站在季霖郁斜前方的工作台边给几张样板皮料打斩，她不断用眼角瞥向他，内心鼓声雷雷。要知道，类似的状况从未发生过。季霖郁这个人最讨厌被打扰，此前一旦投入工作整个人就像是被真空隔离开来，不是将手机调成静音就是戴着耳麦，任电话如何响铃都充耳不闻。

季霖郁始终没注意到妙菱的眼神，专注的目光在手头活计跟手机屏幕之间徘徊。

这段时间装在他心里的事情实在太多，感觉就像是被高高堆起的棉花从心底结结实实堵到了喉咙。随着手造皮具行业的兴起，城市中打着各种噱头、形式五花八门的皮具工作坊如同雨后春笋。经济大环境的衰退加上同行之间的激烈竞争，匠心手造时刻面临着被市场淘汰的危机。

季霖郁只能咬紧牙关力挽狂澜，他疯狂地接活儿，新客户私定的、老客户批量的，就算熬个三天三夜也决不妥协。病假前一天他才完成了一批企业名片夹订单，现在又没日没夜地赶制着十几套高端文具套装。他常常在桌前一坐就是四五个小时，饭忘了吃，水也顾不上喝一口。可即便如此，他还是将“产品质量”放在第一位，花在每件作品上的时间更长，耐心更多。

幸运的是，在此前半个月的时间里，每晚都有苏兮做伴。他进行手头工作的时候她在一墙之隔的咖啡室里玩儿命敲着键盘。累了困了就凑过来，坐在桌边分享一段相声或者玩儿一局“jenga”。

而不幸的事也相伴而行。

不久前，谬城正式递上了辞呈。季霖郁虽说早有预料，可亲耳听到他说要离开的那刻，不舍、伤感、疑惑……心内五味杂陈，情绪复杂极了。

五点半，手机响了起来。季霖郁扫了一眼屏幕，毫不犹豫地摁下接听键。不知对方说了些什么，他的神情变得紧张，双眸跟着蒙上了一层薄薄的水雾。

良久，他对着话筒轻轻说道：“已经出来了吗？好的，我马上过去。”

.3.

苏兮是红着眼回到家的，不等季霖郁发问便一头钻进浴室，草草卸掉一脸妆容接着摔上卧室房门号啕大哭。

这一切，只因方才结束的那场饭局。

不久前跟万邦解约，资金眼看着跟不上了，为解决一时之困，她只能逼自己在短时间内抓住更多有效资源。

作为乙方，请甲方吃饭在所难免，隐性花销也实属人人心照不宣的业内潜规则。这都没什么好委屈的，可若被人无端羞辱，那可就委屈了。

两个小时之前，饭局之上，几位老板携太太并肩而坐。一开始大家相聊甚欢，可后来就因为苏兮多和庄总笑了笑，多陪金总打了几圈通关，多向杨总讲了几句好听话，被刘总多夸了几句才貌双全，几位太太团成员便坐不住了。

话头是金太先挑起来，她堂而皇之地盯了苏兮好一会儿，一直盯到她面红耳赤才满脸堆笑道：“你们发现没有，苏小姐长得好像女优！”

话罢，现场氛围直坠至冰点。可没出两秒，刘太跟庄太立马活跃起来了，跟着一通打趣儿：“什么？女优？”

“哪一个啊？”

“金总，您太太果真独具慧眼。”

金太余光一瞥，见金总面露菜色这才松口解释道：“就是女演员啊！苏小姐有明星气质的。”

杨太明知她故意，却还是帮好姐妹打着圆场。她说：“不好意思啊苏小姐，金太刚从日本长居回来，日本都管女明星叫女优，她一时没调整回来。苏小姐，金太是在夸你长得好看，措辞有差，还希望你别见怪。”

从杨太不屑一顾的目光中，苏兮似乎明白了什么。没错，她们是有意为之，并且早已抱作一团。因此无论暗藏恶意的“好听话”从哪张口中冒出来，大家都会争着抢着上来打圆场。

苏兮握紧拳头，松开，再握紧，然后硬挤出一个善意的假笑，向金太颔首，“谢谢您的夸奖。”

她正想举杯敬酒，杨太的声音再次插了进来——

“哎呀对了苏小姐，你的发型是在哪里做的呀？那个刘海好适合你，如果再卷一卷，可就更有风尘味了。”

苏兮拼命屏着一口气，不让泪水倒灌：“哦，这个发型是在——”

话没说完，被庄太打断：“对了，苏小姐知道凯特路新开的那间热舞pub吗？”

这次根本没等苏兮张口金太便冲大家使了个眼色，浅声揶揄道：“苏小姐这样品位独特的女人，怎么会不知道呢？”

她说到“品位独特”四个字的时候，眼角流露出些许强烈的鄙夷。苏兮立刻就看懂了，那是一股子明目张胆的嘲讽。

字字句句听似夸奖，却很快令她红了眼眶。而更糟糕的是，她非但不能绝地反击，反倒只得绷着一脸赤诚的假笑，一遍又一遍地点头致谢。

因为他们是高高在上的甲方，而自己是卑躬屈膝的乙方。毕竟有求于人，因此无论她们的言语多么刻薄，眼神多么锋利，笑里藏刀也好，伤口撒盐也罢，她都不得不打碎门牙往肚子里咽。

圆桌之上，一派和谐之色。圆桌之下，苏兮紧紧攥着拳头，任指甲深深抠入掌心却也浑然不知。皮肉再痛，也不及心痛。

直到饭局结束，她将先生太太们挨个儿送出酒店，目送他们绝尘而去，这才快步飞奔进卫生间抱着马桶将胃里的昂贵料理吐了个一干二净。

完事儿后，苏兮站在水池边发了个漫长的呆。她打量着镜中那张凄凄惨惨戚戚的脸，这才注意到左手中指的指甲断裂并朝外翻起，而原本柔润的掌心，也早已被攥出了一道深深的痕迹。

她不禁轻声喊疼，抬手轻轻抹，却发现眼角干燥，没有一滴泪。

第三十八章

.1.

季霖郁靠在门楣上不住叹息，手机屏幕正显示着苏母的尿检结果。他准备了一整个下午，就等着苏兮进门跟她开诚布公地谈论阿姨的病情，可刚进门就遭遇此番状况，这令他感到既无措又无语。

三十多分钟过去，苏兮终于有所好转。她猛地拉开门，看季霖郁站在那儿，便当头一句：“我妈呢？”

季霖郁迅速背过手去：“体检完后阿姨说约了朋友，我就直接送她过去了，晚点儿再去接回来。她本来是要跟你说一声的，可你手机关机了。”

“哦，没电了。我妈是有几个姐妹在这边。对了，体检结果怎么样？”

季霖郁的目光陡然一滞，看苏兮脸上泪痕尚存，慢慢吞吞地说道：“还……还没拿到，有几项生化方面的测试明天才能出结果。”

“怎么还测生化了？不就是些常规的体检吗？血压、心脏、B超什么的？”季霖郁迟疑了片刻，说道：“我……我这不是在医院有人吗，尽量做得仔细点儿。你别担心，我明天再跑一趟。”

苏兮：“……”

“那个……你哭了？怎么，谈得不顺利？”

苏兮淡淡一笑：“跑客户嘛，总会面临各种问题，最近压力是挺大的，发泄一下就好了。”她说着，随手撩了撩滑落至额前的碎发。

季霖郁抿抿嘴唇：“对了，吃饭了吗？要不我先去给你弄点儿吃的。”

苏兮摸着自己空空如也的胃，沉默着点点头。

季霖郁大步走向厨房，才刚穿过客厅又猛地扭过头来“苏兮，要不明天……你还是跟我一起去趟医院吧。”

2.

穿刺手术安排在了三日之后。可苏母在检验第二天就已经被安排进病房被要求进行术前的各项准备。就尿检跟B超来看，情况不容乐观。她的每项指标都偏离了常规，特别是尿蛋白、隐血跟白细胞数量更是超出常规好几倍。基于此，医生建议做一次肾穿刺活检。

拿到报告的一刻，苏兮顿感眼前漆黑一片，整个世界都被滚滚浓烟罩住。她在充斥着消毒水味的窄窄走廊里来回踱步，良久，被季霖郁拦了下来。

“苏兮，你不用太担心。医生都已经说了肾穿刺只是一种微创针穿刺术，不需要开刀，整个手术过程又有B超影像引导，提取肾组织也很少，肾脏自身的止血及修复功能也很强，一般来讲是很安全的，而且医生也说了穿刺不会留下什么后遗症。”

“手术是没什么好担心的。可是并发症呢？创口感染呢？我怎么能不担心呢？”

“这不是还没发生吗？每个人的体质不一样，自愈能力也不同，说不定阿姨一点不良反应都没有呢！你别把事情想得太糟糕。”

苏兮不断捋着鬓角的碎发，看上去烦躁极了。

“无大碍能被安排穿刺活检吗？”她指着手机屏幕，“你看，这是我刚在线上医生那儿了解到的。这第一条就是血尿，多数人可能持续1-5天可自行消失。可少数人会持续1周左右，甚至可能需要输血及外科手术止血！”

“上面不都写了吗，只有极少数的人会那样！”

“那你再看这个动静脉瘘，严重的会肉眼血尿不止，如果出血较多还需要手术处理。而且指不定会误伤肝、肠等器官。”

“人家做了强调：肾穿刺引起严重出血需要肾切除及误伤其他器官的机会很少！就这家医院，开展肾穿刺27年来尚未见到过需要输血和肾脏手术的并发症。”

“少是少，但也不是完全没有啊！就算百分之九十九的成功率指不定我妈就是那百分之一呢？这是小概率事件，可要是真的落在我妈头上我该怎么办啊！”

季霖郁见状，轻轻将她揽入怀中。

“我害怕。”她的双肩剧烈颤抖着，“我怕我妈出事。”

季霖郁静静站着不说话，如同天地间的一块巨石，任风暴来袭，岿然不动屹立不倒。任何人，只要靠近他，就能得到足够的安宁。他紧紧将她揽住，用胳膊跟胸膛筑建起一个临时的安全岛屿。

半晌，他松开双臂，温柔地扳过她的身子，抬起她的下巴。他的目光赤诚，瞳孔深处似乎燃烧着两团坚毅的火焰。他一字一句地说道："我理解你的恐惧，你的担忧我也能够感同身受。但现在绝对不是一个放任自己脆弱的时刻。因为只有你表现得坚强，阿姨才会振作精神。"

他说着，轻轻按压着她的太阳穴："苏兮，你太紧张了，放轻松好吗？万事从来都没有你所预想得那么糟糕。而且你要知道，无论现在还是未来，就算发生天大的事，我都会一直陪在你的身边。"

.3.

沈山南坐在宽阔的办公桌前，任凭掩不住的愁容爬上眉眼。他紧紧攥着手机，头顶阴云盘旋。眼前的局面皆来源于方才的一通电话——

十分钟之前的投标大会上，万邦意外被耍，眼看就要落入口袋的项目突然不翼而飞。原始利润三千万，万邦的标书做到了四千五百万，跟一家新晋皮具公司商量好了请他们维标，之前也已经合作了七八上十次，满以为信任感早已建立，哪料到就在刚才的投标大会上对方出尔反尔，竟擅自作主以四千一百万的价格将项目一举拿下。

沈山南用力一掀，键盘高高扬起，上下翻滚，直捣屏幕，而后以倒扣的姿态落向桌面。他将键盘扶正，再用力掀起。

同样的动作重复到第三次，突然传来一阵敲门声。

沈山南泄了一口气，迅速将桌面摆放齐整："请进。"他说着，挺胸昂首，将领带扶正。

推门而入的是市场统筹部负责人。他仰首便撞上那充斥着震怒的双眸，气息一滞，小心翼翼地说道："沈总，我们刚才接到现场的消息……"

"我听说了！"沈山南斩钉截铁道，"讲好了维标却突然来上这么一手。浑蛋！无耻！奸诈！背叛！"他沉沉说道。其中威力，不言自明。

"沈总，这件事我们也感到愤怒。"

“愤怒没用，后悔没用！得有对策！”沈山南面容紧绷，炯炯目光像是两口即将喷发的火山。

“现在两家公司合同已签订，废标是不可能了。咱们唯一能做的就是尽可能将损失降到最低。”

他拿过手边的钢笔把玩，口中念念有词：“他们会回来找我谈的，一定会。一路打通关系的是我们，多方联系铺垫到位的也是我们！现在局面出现如此巨大的反转，项目的问题事小，重要的是主动权落到了他们的手上。”

“沈总，据您对目前形势的评估，他们是想跟招标方搭线，半道儿杀进这个行业与我们做对手吗？”

沈山南眉头紧皱，深深思忖着，少顷，神色忽而一顿：“不，正好相反。他们是发现行业越发规范化，市场不是那么好进了，想要大赚一把立马退出。为一时之利，逞一时之能，竟然毅然决然切断后路，说明他们也根本没想着跟万邦再达成合作。”

“沈总，那……”对方还想说些什么，却被沈山南打断——

“天下熙熙皆为利来，天下攘攘皆为利往。这种事遇见多了，也就没什么好大惊小怪的。至于万邦，咱们也别过分担忧，鼓舞士气，伺机而动！”

负责人站在原地不动声色，目光直追脚面。沈山南正想打发他出去，他却突然用那种孤注一掷的目光平视前方：“沈总，还有一件事……尽管说出来可能不太好，但为了以防万一，我觉得我有责任向您汇报。”

沈山南举目：“但说无妨。”

“关于这家维标公司，我们刚才拿到内部消息，听说他们正在进行被收购之前的准备工作。”

沈山南眉头一拧：“你这话说的，听起来像是意有所指！”话罢，做出一个“请”的手势。

“我们查证，收购方是江临皮革智造。”

话已至此，对方不用过分说明沈山南自是了然。维标方胆敢搞出这么大的动作，恐怕是要以此次“截和”为筹码，在被江临皮造收购的时候讨个高价。

可换个角度想想——若并非如此呢？若事实与自己的猜测正好相反呢？

沈山南用力闭上眼睛，他觉得脊背发凉，心底生出无限惶恐来……

.4.

季霖郁伸手叫第二杯咖啡的时候，谈话已经进行了一大半。

江秉城频频挂断来电，后来干脆将手机调至静音模式。他半抬起头，用眼角轻轻瞥向对面，说：“人人都向往利益，可我觉得没有人愿意主动去做利益的牺牲品。”

季霖郁微笑，不动声色地摊手回应：“不敢苟同。”

江秉城愣了愣，眉眼一勾：“季老板是指前还是后？”

“前半句。”

江秉城耸肩：“季老板您看，妙菱是你的徒弟，她崇拜你仰慕你，她同时又是我的女儿。这就是所谓的缘分吧，无形之中把咱们捆在了一起。”

“捆？”季霖郁注目。

正逢此时，服务员将咖啡端上桌。

江秉城抿着嘴唇不表态，笑着接过杯子作势递给季霖郁。季霖郁伸双手去接，却发现他似乎并未打算松手。

“可是沈总呢？虽说跟你的父辈有过交集，可如今他显然选择站在你的对立面，站在匠心手造的对立面，站在鼎盛昌的对立面。”他说着，暗暗观察着季霖郁的眉眼，直到看见他目光中的一丝松懈，这才将手放开，“所以您季先生，咱俩才是队友。因为咱们之间是有共同诉求的，即便目的不同。我是为了争取利益，你是为了复——”他顿了顿，瞥向季霖郁，“为了……父母。”

季霖郁端着咖啡却并没有喝，不禁暗暗揣测：这个江秉城还真是老奸巨猾，利益当道，竟然翻脸不认人。想到这儿，他开口试探：“江总，你们江临皮造跟万邦的情谊可是天地可鉴的，怎么现在突然——”

江秉城清楚他是指什么，半眯着眼，干笑道：“情谊永存，但在商言商。倘若未能在风口浪尖处站稳脚跟，又何谈留得青山在，不怕没柴烧呢？”

“可您也知道，我向来不接受商场上任何人抛来的橄榄枝。”

“不。正好相反，是我在请求你伸出橄榄枝给我。”

季霖郁：“……”

见季霖郁脸上露出不屑的神情，江秉城心中越发懊恼。他沉着一口气，故作亲近地拍拍他的肩：“小季啊，按照辈分，你还该叫我一声叔叔。”

季霖郁一怔。本想出口反驳，可他转念想来，冷脸拒绝不如给他一个台阶。

他话锋一转，道："既然如此，不知江叔能否告诉我，关于我父母的事您究竟知道多少？"

见季霖郁有所让步，江秉城自然开朗了许多："你具体指哪方面的事？"

"事故。"

江秉城稍作迟疑，万般犹豫地问他："不知你跟沈总之间的关系……"

"有联系，但并没有您想象中那么好。"

心中所想之事被人一举看穿，江秉城不禁感到一丝尴尬："你这孩子，你怎么知道我怎么想？"

"不然您也不会吞吞吐吐。"季霖郁有条有理地答道。

"不愧是鼎盛昌的传人！季家果然人才辈出。既然如此，那就恕江叔叔直言了。"

……

江秉城似乎想利用"杀父之仇"试着与季霖郁暗地里达成统一战线。可即便愤恨大过天，可季霖郁的态度始终不明不朗。在江秉城看来，他貌似不想与任何一股势力同流。

临分别前，江秉城试图逼他表态，可季霖郁却执意秉持一脸郑重，以一句"大局为重，谨言慎行"为由，暂缓掉了。

.5.

三日后，季霖郁来到万邦总裁办公室。沈山南无论如何都没料到他会在这个节骨眼儿上约自己见面。

是为了江临皮造吗？还是单纯地来求助万邦救匠心手造？纵然猜测良多，可季霖郁此次造访的理由再简单不过——

那天他听完江秉城对事实的还原自是痛心疾首。他转头找到苏兮，将自己对沈山南的怀疑和盘托出。原本以为会得到苏兮无条件的信任，以为她必定会坚定不移地与自己并肩而战，然而得到的反馈却令他黯然神伤——

"我相信山南哥，因为他值得相信。那件事不可能与他有关！他不是那种人！就算有关，也一定是误会！"

苏兮的态度令季霖郁感到心痛，而他深深地知道，这份充斥着愤怒、悲戚的痛苦之中，还夹杂着太深太厚的嫉妒。他无法接受别的男人在自己心爱的女人心中保持根深蒂固的高尚人设。

况且这个人，还是他的仇人。

他痛定思痛，最终拨了沈山南的号码。既然如此，不如敲山震虎，一旦拿到口述的事实，他便能轻而易举地撕下那副伪善的假面跟道貌岸然的臭皮囊，直截了当地丢到苏兮面前。

到了那时，苏兮就是想要为他辩解也只能心有余而力不足了。

茶，已经喝掉了半壶。

"沈总，我希望您能够坦诚相待。因为已经有人给我调出了调查报告，其中显示当年我父母的翻车事故跟您有最直接的关系。"

"是吗？这个人是谁？"沈山南眉眼低垂，掌中把玩着一颗备用袖扣。他尽量保持唇角上扬的姿态，试图表现出一副不以为然的样子来。殊不知，他的手指却在微微颤抖着。

"他是谁，您不必知道。我想听您亲口说出事实。"

"季老板口说无凭。证据在哪儿？"

季霖郁本来是想拿着录音拷贝件去对峙的，可如若让沈山南看穿指不定会给妙菱带去什么麻烦。于是，他平视前方，抛去一个无比蔑视的眼神，说道："您也不必知道。"

"你这是在指控我吗？"沈山南猛地抬起脸，突如其来的愤怒中夹杂着些许仓皇之色。

"不只是您，还有您背后的力量。"

季霖郁的强硬态度瞬间激起了沈山南的愤怒。他声调骤然一降，以那种沉闷而咄咄逼人的口吻说道："你没有任何权利指控我。如果你有疑问，我可以请人协助你。"

季霖郁不动声色地笑笑，就等着他失态之时露出马脚。

"季老板，既然你对此心存疑惑，那么我可以做出承诺，一定会以调查那起调包事件的态度将此事调查清楚。"

"不用您费心。我会自己调查清楚。"

“那你需要我做些什么？”

“如果您真的想帮我，不如把那份录音交给我。”他迅速回应。

“录音？什么录音？”沈山南语调上扬。

“就是存有谋害我父母身亡证据的那份录音。沈总，如果您还有丁点儿良心丁点儿悔意，您就站出来承认自己的恶行，把当年的事一字一句讲清楚。”

这番莫名指责彻底惹恼了沈山南。他将袖扣往桌面用力一按，严声厉色道：“季老板，你要是有良心，就应该先擦亮自己的眼睛和耳朵，而不是受一面之词的蒙蔽在这里无理取闹！”

.6.

江妙菱蹲在仓库的地板上，正窸窸窣窣往包里塞着什么。四周漆黑一片，侧立在柜角的手机屏散发着微弱的光。

季霖郁原本是来取几副法斩，万万没料到会撞上这场景。她不是请假去街角便利店买纸巾了吗？可怎么……

他在门角稍作窥视，终究没有打草惊蛇。

季霖郁轻手轻脚地折回工作间，没一会儿，妙菱也回来了。季霖郁假装专注，却不时用余光瞄向她。果然，她没有将包里的封边液掏出来。

接下来的时间，季霖郁忙于手头的工序。可做着做着，突然觉得自己走神得厉害，心里痒痒得似乎受着某种甜蜜的牵制。他干脆放下工具，拿起手机躲进卫生间。稍作犹豫，最终对准那个名字按下拨号键。

没出三秒，电话被接了起来。

“你在干吗？”他率先发声。

“工作啊！怎么了，有事吗？”

“没什么。我就是想……想问问你在做什么。”

只听电话那头明显一顿，季霖郁接着说道：“我刚好休息一下，那你继续忙吧。”

没等苏兮反应过来，他便快速挂了电话。

苏兮看着屏幕，面颊绯红神色茫然。

“他真的只是突然好奇我在做什么吗？”她暗暗想着。

记得几天前的傍晚，季霖郁在厨房准备晚餐。就在苏兮站在桌边帮忙剥一根豆角的时候，他突然从后方支起了她的身子。没等苏兮反应出他要做些什么，双脚就已经腾空了。待她反应过来，人已经被放在了桌案上。彼时，他正张开双臂撑在案边，坏坏笑着，将一瓣橘子塞到她唇间，说："你尝尝看，究竟有多甜。"

……

一直等到下班时间，江妙菱道了句"再见"，便一脸匆忙地往走廊里冲。季霖郁找准节奏，一语将她截住："今天这么早？有约会吗？"

江妙菱脚下一刹，怯怯作答却并未转过身来："到点儿了老板，今天家里有点儿事儿，我爸催我来着。"她说道。

季霖郁放慢语速，声音一沉："你包里装了什么？看起来挺沉的，要帮忙吗？"

江妙菱一脸诚惶诚恐，下意识地将包往怀里捂了捂："没什么呀老板，就是……就是些日用品。"

"包打开。"不知何时，季霖郁已不声不响站在了妙菱身后。

江妙菱周身一紧。

"打开。"他重了重语气。

妙菱见毫无缓冲的余地，只好缓缓转过身，像是泄了气的玩偶，强撑起的一脸冷静瞬间崩塌。

季霖郁拉开包链，将未拆封的封边液一瓶一瓶摆在桌面上，用那种充满鄙夷的眼神盯着她的脸，分秒之间，妙菱觉得自己就快要被压垮了。

"学会偷东西了。"他的语气很轻，像飘忽不定的雾气，"受谁的指使？沈山南吗？"

妙菱眼神拼命躲闪，季霖郁却紧追其后："难道，是缪诚？"

妙菱用力摆手："不是！不是沈大哥，更不是缪诚。"

"那是谁？"他迅速问道。

妙菱双唇紧抿，不住搅弄着十指。良久，好不容易憋出一句："是……是我自己。"

"你自己？江妙菱，看来你不打算说实话了。"

即便撒谎，可妙菱的回答似乎给出了某种提示，季霖郁仿佛瞬间明白了什么。他突然咯咯笑了起来，笑声中却藏着决绝。看来江秉城很难沉得住气了。才刚跟自己一番情真意切地示好，这没过三天就出此烂招！

诚如他江总所言，江临皮造跟鼎盛昌共同的对手是万邦。殊不知，这话还有未说出口的后半句，想必这后半句便是——“他江临皮造自己的敌人，便是鼎盛昌。”

想到这儿，季霖郁不禁奚落道：“你知道世界上最可悲的事情是什么吗？是被自己最亲近的人利用，却浑然不觉。”

第三十九章

.1.

近来几天雷雨不断，整座城市持续呈现一派“黑云压城城欲摧”的既视感。

新闻联播播到一半窗外已然混沌一片。苏兮难得闲暇，坐在地板上试用一套新购入的黑胶唱机。调试好功放，放入唱片，轻轻拨下蓝宝石唱针，不自禁地陷入回忆——

记得上学那会儿，她跟黎露闲暇之余喜欢逛逛古董市集跟二手商店。有一年她俩旅行到柏林，话说也是撞了大运，居然在市中心的一间沙龙式古董店淘到了 RCA shaded dogstereo。见苏兮爱不释手，黎露二话不说高价拿下。几个月后，她将唱片当节日礼物硬塞给了她。她说自己对音乐没什么特殊的爱好，当时也是一时兴起掏了腰包。现在遇到合适收藏它的人，也算是赋予了它更深更远的意义。

唱针悬空了大概三五分钟，苏兮这才意识到 a 面播放结束。正要起身给唱片翻面，门铃突然响了起来。

苏兮从猫眼看清来者，二话不说将门大敞开——“妙菱？”

“苏兮姐，我实在没地方去了。”她气若游丝地说道。眼前的江妙菱，从头湿到脚，双瞳无神，虚弱不堪，俨然一只刚被捕捞起的水母。

“怎么淋成这样？出什么事儿了？”苏兮招呼她进屋。

江妙菱试图屏住眼泪，可没出三秒，跟着一阵号啕：“苏兮姐，你能不能收留我。”

“别哭别哭，快先进来说。”

江妙菱站在客厅中央，想解释却迟迟开不了口。苏兮话不多说，找来几件干净的衣服将她搡进浴室。

半小时以后妙菱从浴室晃出来。她的目光呆滞，面颊湿漉漉的，头发上还滴着水。苏兮拉她坐下，顺势递上一杯姜汤。

“到底出什么事儿了？怎么这么晚还不回家？”

江妙菱木讷地端着杯子：“我离家出走了。”

“跟爸妈吵架了？”苏兮隔着浴巾轻揉她的长发。

妙菱沉默半晌，开口道：“被我爸赶出来的。”话罢，眼泪吧嗒吧嗒往下掉。她的情绪相当激动，以至于叙述混乱极了。苏兮也是费尽揣测才弄清事情的来龙去脉。原来那日妙菱盗窃封边液被发现以后，季霖郁二话不说将她赶出了匠心手造，她自觉被父亲利用，思来想去好几天最终前去找他理论。本以为父亲会给自己一个合理的解释，却没想到在餐桌上跟家人闹翻。那是人生中的第一次，父亲嫌她成事不足，而她怪父亲手段阴险。江秉城万万没料到女儿会如此控诉自己，一气之下要以与其断绝关系作为要胁。怎想妙菱转身摔门而出，两手空空离开了家。

“我一直以为家是温暖的港湾，父母是这世界上唯一能够对我的缺点跟失败视而不见的人。可他却利用了我！苏兮姐，我上次说了那么难听的话，可现在又觍着脸来请求收留，你肯定特别看不起我吧。”一股强烈的羞耻感将她紧紧攥住，她又哭了起来。

苏兮看着妙菱低垂的侧脸，望而生怜。她轻轻揉了揉她的头发，安慰道：“怎么会呢？谁都有意气用事的时候，就算说了些难听的话，可也抹不去你善良的本质啊！”

江妙菱望向苏兮，嘴唇动了动却没发出任何声音。

以前的苏兮从未设想过，自己在未来的某一天竟然真的会默认江妙菱的“妹妹人设”。季霖郁果然没有说错，妙菱分明就是小孩子脾气——给颗糖就甜，给颗雷就炸。生气的时候她会吵会闹，可不知哪一天就会因为一个再日常不过的小举动，莫名其妙与对方冰释前嫌了。

“你就先在这儿安心住下，不用觉得不方便。我的东西你看着用，需要什么随时告诉我。不过等你想通了还是给家里打个电话报个平安，不然你爸妈会着急的。”苏兮说着站起身，“你先休息一下，我去把湿衣服洗洗尽快烘干。”

苏兮靠在卫生间墙角，摆弄着手机——点开微信、关闭，再点开、再关闭……

到底要不要告诉季霖郁呢?

江妙菱——这个生来讨喜的人设。似乎女孩们都想成为她，却偏偏望尘莫及。她自带光环、背景优渥，这又何尝不是苏兮梦想中的样子?

想到这儿，她不禁仰头轻叹。待电源提示灯亮起，不由得加快了手头的动作。正要将衣服塞进滚筒，却摸到一个硬质的东西，没等她细看，只听耳边“啪嗒”一声响，那东西落在了地板上。

苏兮立马低头去找，原来是一只长方形的木质雕花小盒，尾部连着根做工精致的手编皮绳。盒子应该是紫檀的，木料高档，泛着油光，一点一线间充满了中式古典的味道。苏兮将盒子放在手心，不禁暗自感慨——真是人不可貌相。原来妙菱这种紧追时代浪潮的女孩，竟然还有这般复古情结。

待到夜深人静，两个女孩并排躺在床上。她们敷着面膜，双双望向天花板出神。良久，江妙菱轻声说道：“你知道吗，苏兮姐，其实我的生活也并没有旁人看到的那么幸福。”

苏兮立刻扭过头来：“怎么会呢?你可是人人羡慕的小公主。第一次在店里见到你的时候我就在想，你爸妈应该很疼爱你吧。”

“为什么?”她跟着侧过头来。

苏兮想了一下，重新望向天花板：“因为你的眼睛，你有一双让人不忍伤害的眼睛，透过这双眼睛，我可以看到一颗属于小女孩的清澈的心。所以说，你从小到大一定被保护得很好。”

妙菱挤出一丝苦涩的笑：“可苏兮姐你知道吗，小时候经常有亲戚开玩笑说我是捡来的孩子。一开始我也跟着笑，后来被说得多了就再也笑不出来了。也不知道这算不算一种心理暗示，年龄越大我越能感知到家人间的距离。照理来讲，到了我这个年龄是时候被我爸领进江临皮造了吧?就算从基层做起也该让我得到锻炼对吧?可是我爸从没跟我提起过这件事。我提出给季霖郁做徒弟，我爸妈拦都没拦。”

“我一直以为是你爸妈尊重你的决定，让你自行选择未来的发展方向。在这一点上我原本是羡慕你的。”

即便妙菱口中的不幸福是苏兮如何努力踮起脚尖都捕捉不到的，可她却并不怀疑。

记得刚出国读语言班那会儿，班里有个女孩，典型的白富美。当同学们以各种蹩脚的理由抢破头争住宿舍的时候，她已经在城堡区租了一整套19世纪豪华公寓了。她开着一辆敞篷版Mini Cooper，平日里买大牌眼睛都不眨，频繁出入服务费比餐费高的法式餐厅，心情不好的时候就拿着张卡满世界地刷。听说她家是搞房地产的，投资都投到迪拜了。后来她书读到一半就回国了，说是父母给安排进了家族企业做总裁助理，每天只用穿得漂漂亮亮地见见客人接接电话。不仅如此，父母早早儿就在四环之内给买好了150平方米的高档公寓。

过了一两年，她回来欧洲拜访朋友，有天晚上大家聚在一起租了间山间大house开趴，她借机喝到烂醉如泥。也是那一晚大家才知道，她爸妈在她上小学那会儿就分居了，家业庞大离婚不易，就那么一直拖着。他爸有钱，找了情人重组了家庭，她妈管她到高中毕业，她前脚出国她妈后脚就跟之前的司机好上了，等她得知这事儿的时候他们的孩子都出生了。

爸妈为了弥补，给她几张信用卡换着刷。她妈送她出国，是怕她三天两头去打扰自己的新生活。她爸给她买房，是怕她没处可去了会到自己家蹭吃蹭喝。

那时候苏兮才明白，哪有什么至甜的人啊！只是穿了一件糖衣而已，苦都裹在心里，又哪能轻易说出口呢？

想到这儿，苏兮不禁轻轻叹口气，用余光瞥向身侧，妙菱貌似已经睡着了。正想合上眼睛，耳边突然传来一句：“苏兮姐，你闺密被杀那件事调查怎么样了？”

苏兮瞬间抖擞了精神，语气僵硬地答道：“据我所知，还没什么进展。”

“我始终有个疑问。”

“什么？”

“苏兮姐，你究竟是怎样卷入这件案子的？”

像是被一举戳中了死穴，苏兮不禁皱眉：“你也知道这件事？”

“谁让我姓江呢？饭桌上总能听到各路消息。”

苏兮目光平静，道：“因为一条项链，被落在案发现场的项链。”

“你的？”

“我初恋送的。后来我出国读书，我俩分手，几年下来就彻底断掉了联系。案发之后我四处打听他的下落，联系不到就找老同学问，后来人是联系上了，可没能得到任何线索。”

“所以说项链至今仍是个不解之谜？”

“嗯。”

“那你就一点儿都不好奇？”

“怎么可能不好奇。可好奇也没用，我现在跟案子无关，无权过问任何细节。所以我现在要么主动寻求答案，要么等它主动送上门。可我最近实在是太忙了，在这件事上的确有些力不从心。”

妙菱听罢，漫不经心地绕起一绺长发在指尖把玩：“苏兮姐，我有一种不善良的猜测。”

苏兮迟疑，道：“说来听听？”

“她会不会是自杀？因为你们之间的矛盾而记恨于你，于是想方设法用项链嫁祸你？”

苏兮狠狠怔住，她又何尝没有如此猜测过？

“不会的。”苏兮轻描淡写道，“一来，警方一开始就确认了不是自杀。二来，她是有信仰的人，万万不会选择自杀。”

妙菱目光一亮：“信仰？你这么一说我倒也理解。我听一个朋友说起过，有信仰的人忌讳很多，不能残害他人，也不能自我残害，自杀、堕胎这些行为都是万万不可的。”

“是啊，所以说，黎露不可能自杀，更不可能堕——”

倏地，苏兮打住了。

她瞬间联想到了什么，分秒迟疑，一个鲤鱼打挺翻下床。顾不上妙菱惊异的目光，她一把从充电台上抓过手机，翻开相册，找到那张孕检单。

“对啊，黎露不是有信仰吗？怎么可能堕胎呢？”

.2.

自打跟万邦取消合作后，苏兮就再也没在公司出现过。她自觉颜面受损，便以“于公谈私”不合适为由将沈山南约在了离公司三站路的一间带雅座的茶馆。

地点是沈山南定的，他出入的场合向来不是声色犬马就是优雅盎然。相识这么久，苏兮从未跟他去过价格低廉的苍蝇小馆或者油膏嵌入桌缝的经典火锅店，最起码也是连锁咖啡店。

苏兮穿过被各种热带植物精心装点过的玻璃长廊，挑靠窗的角落里坐下。十二点十五分，沈山南准时前来。

他似乎心存不良预感，目光和煦，却不带一丝笑容。

“这么突然找我出来。对了，你在电话里说想问我什么？”

“山南哥，有件事压在我的心里好久了，我想了一晚上，今天下定决心来跟你要个答案。”

沈山南喝了一口茶，摊手：“你知道，我从来不会拒绝你的任何要求。”

苏兮抿嘴一笑，却不敢看他的表情：“季霖郁父母的事故到底跟你有没有关系？”

沈山南双眸一冷，手指轻揉眉骨：“前几日他问过我同样的问题。怎么，他没告诉你答案？”

冰冻三尺绝非一日之寒。她每提及季霖郁一次，沈山南的心就被冰封一寸。就好比现在，他那置于桌下的双手正紧握成拳，明明在笑，可眉眼间的纹路却是异常僵硬。

看苏兮半天不说话，沈山南想必也不愿让她难堪。他随之从公文包外侧掏出一个相貌普通的植鞣笔袋：“你看看这个。”

苏兮一瞥：“这不就是你平日里装笔用的吗？”

沈山南伸手递上前：“打开。仔细看看。”

苏兮小心翼翼地拉开拉链，认真观望，只见内壁上刻着四个小字——“鼎盛昌，私”。

“即便是因为它，我也绝不允许自己做出那种事。”沈山南面不改色道。

苏兮有些不明所以，屏息凝神静候下文。

“当时我还年轻，是万邦的一个微不足道的小角色。即便受到贵人提携，凡事还得亲力亲为从基础做起。有一次我不小心犯了商业大忌，差点儿被董事们踢出行业。是季先生送了我这个笔袋，鼓励我，要我以此为戒。”说到这儿，他顿了顿，接着说道，“在我的道德范畴里，商业是商业，道义是道义。一个明智的人，绝对不会将其混为一谈。”

看着沈山南从容而坚定的眉目，苏兮不禁动容。沉淀半晌，她果断从包里掏出一沓文件递至沈山南眼底，不等对方发问便开口解释：“山南哥，我这里有一份江临皮造的内部革新资料。”

沈山南一愣，迅速翻阅起来。他的目光越发机警，神色越发严峻。

“你是怎么拿到的？”

“你记得萌兽派的董事黄莺吗？”

“当然记得。想当初你就是因为她违反万邦合约的。”

“其实我一直没跟你说，黄莺的未婚夫钟韶年就是我的前男友。上次我出国度假之前他来找我，说他手头业务出了差错，需要紧急供货让我帮忙提供一批皮料。我知道萌兽派跟江临皮造往来密切，于是跟他要了一个小小的条件——让他尽可能提供给我所有有关江临皮造的业务拓展内容。”

“怪不得——”沈山南意味深长地点点头。“原来是前男友。”这后半句他没能说出口，只好在他心里默默感慨着。

“所以说你一早就怀疑江秉城？为什么？”

“该怎么说呢？”苏兮摸了摸下巴，“他似乎参与了大部分事件，可事实上却更像是在隔岸观火。我是局外人，有幸避开了‘不识庐山真面目’的困境。”

沈山南频频点头，口中喃喃自语着：“看来你真的长大了，我的……”他猛地顿住，“苏兮，你真的长大了。”

沉吟良久，沈山南扭头望向落地窗外的车水马龙。那平静如斯的目光中只有欣慰吗？不，那其中似乎还多了些伤感、落寞之类的东西。他看看置于桌面的文件，不禁回顾起维标方的恶性竞标事件，一丝浓重的憔悴漫过眼角……

沈山南静静坐了好一会儿，低头扫了一眼手表。苏兮看他有起身离开的意思，张口道：“山南哥，还有一件事我也一定要弄清楚。关于——”她似乎提着一口气，口吻犹豫，“关于黎露。”

话一出口，他那不断下沉的目光猛然触底反弹。

“还记得我在你办公室无意中看到的那纸怀孕报告单吗？你当时跟我解释说，是黎露自行要求堕胎的。”

“没错。”沈山南不动声色地点点头。

“可现在发生了一件事情，貌似正在推翻这个事实。”

“什么事？”他的神色骤然一紧，表情变得复杂。

“昨天早上我去了那家医院的妇产科想找当时签字的医生聊聊，却被医院告知，他们那儿从来就没有过这个人。”

沈山南似乎再也沉不住气了，目光灼灼：“怎么，这又是在怀疑我？怀疑我撒谎？”

“你怎么会这么想呢？我只是好奇罢了。黎露有信仰，她不可能堕胎，她是我的闺密，现在她不在了，我只是想弄清真相。”

“苏兮，我真的不敢相信你会一次又一次在背地里调查。事实上你从来就没有放弃过对我的怀疑对吗？”他的表情难看极了，似乎为她的行为而痛心疾首。

苏兮沉默半晌，最终放弃了追问。

“山南哥，我不是怀疑，我只是怕你出事。真的，我怕。我不得不承认，如果你真的出事了我确实接受不了。”

沈山南绷着嘴唇，用力按住太阳穴。然而下一秒，他突然笑了：“你是在担心我吗？你是在——担心我？”

苏兮一脸真诚。

她的回答似乎令沈山南释怀。他松了一口气，郑重而诚恳地说道：“苏兮，床笫之事毕竟是我跟黎露之间的私事，我求你不要再往深里追究。你根本不需要明白其中的因果，你只需要明白：我沈山南首先是一个人，一个拥有区分善恶的标准、自持一套道德准则的人。其次，我是一个商人。一个商人首先想到的应该是资本的安全，其次才是赚钱。因此，我从来、也永远不允许自己以身犯险。”

听完这番话，苏兮不自觉地笑了。

这一刻，沈山南终于明白——原来隐忍比疯狂更接近于爱。

第四十章

.1.

苏兮出现在工作台一侧，季霖郁正给一只即将完成的邮差包上封边蜡，手边凌乱放置着不同目数的水砂纸以及没来得及整理的各种器件。

当他辨清来者，张口道：“来了？”

“在呢？”

两人几乎是不分先后同时发问，话罢，反倒有两三秒的冷场。

苏兮拉开椅子面对面坐下，安静观望。见季霖郁手法娴熟地完成封边，拿起棉布抛光整个儿包面，他一边擦一边心不在焉地用余光瞟她。

“什么事？”

太过疲惫的缘故，他的态度不晴朗，语气也缺乏热情。自从缪诚跟妙菱相继离开，店内的重担全部都落到了他一人身上。

苏兮沉了一口气：“前两天我去见过沈山南了。”

季霖郁目光一暗，手头的活计跟着停下：“不用向我汇报。”

“我当面问了那场事故相关的一切。他矢口否认，并且表现出难过。”苏兮暗暗观察着季霖郁的表情，“我看，他的悲伤不像是装出来的。”

季霖郁冷哼：“那是因为你不知道，罪恶感也能表现成悲伤。很多人行凶后都会感到悲伤或自责。”

“可即便如此你也不能确定凶手就是他！他只是万邦的一员，万邦的内部员工少则几千，公司中高层管理者也有几十人，我不明白你为什么偏偏揪住他不放！”

苏兮倔强而强硬的态度令季霖郁感到难以理喻。他闷声道：“很显然，你不是来安慰我的。你究竟想说什么？”

“你对他有偏见。为什么？”苏兮反问。

“因为他非常狡猾，从来不正面回答问题！我不喜欢他的表情，就算他说实话也像是在撒谎。”

他不冷不热的态度令苏兮觉得这番对话索然无味，她不想再与之争辩。

季霖郁见状，放缓了语速，低落的情绪中流露出一丝无可救药的失望来：“苏兮，究竟是什么让你在这件事上变得如此盲目？”

是啊，究竟是为什么？

在那两束写满拷问的目光中，苏兮不禁扪心自问。

每每当她冷静下来，她总是花费足够的精力去探求这个问题的答案。最终，她将原因归结于人性的裂痕——当真相降临，而我们无法勇敢直视它，便更愿意相信所谓的“事出有因”。可是现在呢？现在她甚至弄不明白命运究竟垂青于谁，真相究竟又站在哪边。

“你真的放不下他吗？你就那么喜欢他？即便真相摆在眼前你也要选择视而不见吗？”他的口气坚挺，话音中却带着受伤的痕迹，“那我呢？我算什么？我们之间的感情算什么？难道在你眼里我们之间的一切只是暧昧吗？一份感情，被你轻易玩弄于股掌之中，你快乐吗？”

不不不！当然不是！这一连串的发问如同利刃般划得苏兮心口生疼。她叹了一口气，转过身来，无比冷静地看向季霖郁的双眸：“我只是觉得你不能不分事实，只去看自己愿意看到的，只去信自己愿意相信的！”

“这话难道不是在说你自己？”他果断抢过话，口气再次生硬起来了。

是因为没得到自己想要的答案而备感焦躁吗？他迅速撇过脸去，横眉冷对道：“我劝你清醒一些。事实就是事实！这世界上的一切统统不会因为你的意志而转移！”

苏兮感到一阵疲惫。不，是沮丧，那种满怀孤勇乘风破浪之后发现不得不无功而返式的沮丧。

“你难道不觉得这一切看起来太过轻易了吗？你苦苦追寻的答案恰恰是在他江秉城需要与你合并战线的时候不早不晚放话在你的面前？你有没有想过，这究竟是巧合，还是筹码？”

“你什么意思？”

“我的意思很简单：无论那个人是谁，放过他，也放过你自己。因为这世间只有爱，能够与死亡、与仇恨相抗衡！”

季霖郁背对着她不说话，一味看向窗外。她似乎能够听见他粗重的呼吸，里面暗涌着浓重刺鼻的、被压抑住的伤感的味道。

直到苏兮消失在过道尽头，他都没再回头看她一眼。

.2.

午饭过后苏兮跑了一趟税务局，待大小事宜处理妥善已经到了晚饭时间。

她拿钥匙打开门，江妙菱正坐在沙发上抱着电脑看喜剧。她举着一个苹果，盯着屏幕咯咯咯咯笑个不停。

苏兮走上前，将一整个芝士蛋糕递给她：“在看什么？”

“韦斯·安德森的《布达佩斯大饭店》。”

苏兮不禁瞥向屏幕，对称性的构图，戏剧性的粉色调。她恍然想起自己刚回国的那段时间，上前一步是雾障重重的未来，退后一步是被迫卷入的凶案。她不想出门，便整天宅在屋子里靠贴在墙上的万能外卖单维生。实在感到无聊了，就抱着客厅那台苹果一体机打发时间。一次偶然的机会，她被韦斯·安德森的片子逗笑了，于是，她对他的喜爱变得一发不可收拾。

她收集所有他的片子来看，那种怪怪的冷幽默，那种无可救药的孤独。他的电影中大多数是平凡失意的小人物，挂着一副丧丧的表情，想在某段时间脱离正常生活轨迹去冒险，途中尝试自愈，至少与自己的内心和解。

看啊，他们多么卑微，跟我多像！

想着想着，苏兮不禁红了眼眶。她收收神，转身去卧室换家居服。等再回到客厅，妙菱已经摆好了刀叉，芝士蛋糕也已经拿牙线切分好了。苏兮叉起一块蛋糕放入口中，问道：“今天给家里打过电话了吗？”

手头的动作戛然而止，江妙菱语气低落：“还没。”

“为什么？”

“我没办法原谅我爸。”江妙菱不安地咬着嘴唇，半晌，缓缓开口道，“苏兮姐……有件事我一直没跟你说。事实上，我没敢跟任何人说。”

“什么事？”

“老板父母的死似乎跟万邦无关，背后策划这一切的，其实是……”

听着听着，苏兮的表情变得复杂——好奇、震惊、质疑、愤怒……

.3.

苏兮原封不动地讲出这番话的时候，季霖郁以那种不可思议的目光盯着她看。而神色飘忽的江妙菱则木头人似的杵在一面玻璃墙之隔的咖啡间。

她面容憔悴，戴着顶不合尺寸的棒球帽，眼睛又红又肿，看上去楚楚可怜。

季霖郁冷哼一声，目光中夹杂着一股子不屑：“你的意思是江妙菱从一开始就对我说了谎？”

“她究竟跟你说了什么我无权过问。但你父母的死，根本就跟万邦无关！”

季霖郁仰天长叹：“苏总你真的很厉害。为了替沈山南脱罪，为了达到自己的目的，还真是不择手段。”他冷笑，话音随之一转，“可是你是觉得我傻了还是觉得江妙菱疯了？她毫不掩饰地告诉你她爸杀了我爸？你为什么一次又一次地利用她？为什么一次又一次地跟我说瞎话？”

“天道昭昭，真相自知，欲加之名，何患无辞？”她镇定自若，“我没有利用她！”

“怎么，矢口否认？在过去的几天里你明明把她扣留在你家。”

“不是扣留！是收留！”

“你不通知江家人也就罢了，连我也不知会一声。我不明白，你究竟是信不过我还是有意为之？”

这个男人简直不可理喻。可她不想因为这件事跟他争吵，只能忍着一肚子委屈好声好气地解释着：“这是我俩之间的事。江妙菱来找我是信得过我，如果我私自告诉别人那就是背叛。”

然而季霖郁似乎早已对苏兮的辩解产生了免疫。他抬起下巴，平视前方，摇摇头，一丝轻蔑的笑从眼角淌出来。

“咱俩在这儿较劲也没什么意思。妙菱就在那儿，不如听听她怎么说。”

季霖郁默许。

“妙菱，我相信昨晚上你跟我说的那些话是认真的。所以现在能不能请你当着季老板的面把真相说出来，至少可以还无辜的人清白。”苏兮递给她一个安慰的眼神，很小，却被季霖郁捕捉到了。他不悦地皱了皱眉。

江妙菱充满恐惧的双眼轻瞥苏兮，嘴巴一张一翕。良久，好不容易开口道："苏兮姐，对不起，我做不到。"

"做不到吗？可这并不难啊，昨晚我跟你说的那些你都忘了吗？"苏兮上前欲拉起她的手，却被季霖郁果断制止了。她只好收回胳膊，"你只用把跟我陈述的事实原原本本重复一遍就行。"

妙菱红着眼，不安地搅弄手指，像个做错事的小孩："对不起我太笨了，你教给我的那些，我一句都记不起来了。"

她话音一转，苏兮顿时哑然。

她看向江妙菱，难以置信地问道："你是在开玩笑吗？"

江妙菱看上去害怕极了，身子止不住地发抖，双手紧紧交握于身前。她用眼角瞥苏兮，低眉，再用那种求助般的眼神瞥向季霖郁，昭示着自己的被迫与无辜。

然而此时此刻，她的无辜在苏兮眼中是那样的面目可憎。

苏兮跟着看向季霖郁，几番解释，话到口边却被他冷钝的眼神击碎。那是一种漠视，死亡般凝重的漠视。

下一秒，季霖郁突然收回目光，径自走上前，温柔地将妙菱紧攥的双手分开，嘴巴附在她的耳边："别害怕妙菱，我保护你。只要有我在，她就威胁不到你。"

心骤然冻结，一片一片碎裂。她感觉不到任何伤痛，也没有任何欲流泪或发火的冲动。她静静地看着他们，突然之间失神。

在一起生活的这些天里，她们像闺密那样抱团取暖，苏兮甚至从她身上感受到了黎露的温度。她俩互不嫌弃地同饮一杯水同睡一张床，无论从哪个角度看上去都亲密得恰到好处。

一丝苦笑不由得浮上嘴角。

咫尺之外，妙菱正躲在季霖郁的怀抱中，侧过脑袋面向苏兮，一字一句地讲出句无声的口语。

她的口型很浅，可苏兮瞬间读懂了——"是你。是你半路劫持走了我本能争取到的幸福。"

苏兮恍然大悟。原来江妙菱并不恶毒，只是从来都没放松过对她的敌意。

傻瓜！她突然想哭。相信一个情敌的单纯，然后亲手将自己推入孤立无援的境地。这究竟是何苦?

苏兮突然想起黎露曾问过自己的一个问题——成长这门课，最痛的是什么?

从前，她答不上来。而现在，答案终于自动浮出水面。成长最痛的一课兴许就是，那个你从未设防的人，朝你开了最猛的一枪。

苏兮赤手空拳地站在他们面前，内心深处空白一片。他几乎不愿再看她一眼，只顾轻抚着妙菱的双肩。余光深处，那双影子渐渐模糊、变淡，最终，幻化成了两个若有若无的圆点。

午夜时分。

苏兮躺在床上，泪水顺着脸颊往下淌。

如果这些突如其来的打击统统算不上什么，那么临走前季霖郁堵在她耳畔说出的一番话足够震碎她的三观——

“即便你想方设法骗江妙菱听信你的鬼话帮沈山南作伪证，我也半个字都不会相信。你知道为什么吗?”他轻轻笑，“因为沈山南已经答应用录音换取我鼎盛昌祖传的封边液秘方了。你救不了你的山南哥，你被他耍了，你弄巧成拙了。”

他那蕴藏冷酷的笑意令她心碎。苏兮也不清楚自己究竟要经历多少事情，内心要磨得多么钝重，并且要多么无所谓失去，才能够肆无忌惮地在这偌大的、充满欺骗与糖衣的命运中沉沉睡去。

然而，辗转难眠的又何止苏兮一人?站在情感天平的彼端的季霖郁又何尝没有暗暗叫疼?

孤零零的夜，孤零零的他站在孤零零的窗前，看整座城市的万家灯火一盏接着一盏熄灭。他手握酒杯，默数着苏兮对自己犯下的种种“残忍罪行”，放任自己醉到人畜不分。

他的愤怒是真的，伤心是真的，妒火中烧更是异常真切。特别是在苏兮不遗余力地维护沈山南的时候，她的话语如同芒刺，一针一针扎在他的心上。

从刺痛，到剧痛，再到麻木，这是个并不漫长的过程。

可即便如此，当他冷静下来，江妙菱的无辜跟江家的极力表现似乎引起了他的猜疑。回顾事件的每一个节点，顺着思路细细往回推敲，总觉得有些不合理之处。

究竟是哪里呢?

季霖郁托腮，举头望向皎白月光，低头，窗底的阴影被衬得愈发深重，深重到，好似一堵密不透风的墙，一片令人窒息的海。

第四十一章

.1.

择日，季霖郁登门拜访江家。秉着那股与生俱来的正义感，他势必要为妙菱讨回个说法。

门铃刚才响了两声立马有人前来应门。季霖郁随江秉城进屋，稍作寒暄便讲明来意。

客厅里，江母早已经哭肿了脸，面对江秉城更是抱怨连连："我都说了，妙菱只是个孩子，无论如何你都不该利用她做这种事情！"

江秉城显得很不耐烦，回击道："养兵千日用兵一时，我辛辛苦苦养她二十多年，现在不用更待何时？"

"为了金钱为了利益，你连女儿的幸福都可以置之不顾了吗？"

江母侧过身，拿起装有女儿婴儿照的相框紧紧抱在胸前。她一边哭一边喃喃自语，江秉城看着心烦，立刻伸手去抢，怎料手头一滑，相框应声落地。江母眼睁睁看着碎作一地的玻璃碴儿，哭得歇斯底里。

场面一度陷入混乱。可没有人发现，一张信笺模样的纸张从相框夹层中脱落，正好滑到了季霖郁的脚边。季霖郁眼疾手快，弯腰将它捡起来。纸页发脆，页脚泛黄，很显然已经有了些年月。

他头脑一热，鬼使神差地打开来看，只一眼，顶头的黑字便将他镇住了——《中华人民共和国收养登记证》。

往下看——收养人信息。

再往下看，被收养人——"江妙菱"。

顷刻间，脑中闪过一道晴天霹雳。

江秉城不经意间回眸，立刻扑过来抢，却被季霖郁躲开了。

这么一抢一躲，气氛瞬间坠入了一种令人细思恐极的死寂。

江母瘫在单人沙发里停止了哭天喊地，江秉城扶着墙面无声地叹着气，季霖郁则如同木桩般一动不动地钉在原地。

良久，江秉城的一声哀叹打破了现场的平静："霖郁，你觉得江叔狠心，现在……不用我多解释了吧。"

江母稍作迟疑，慌张解释道："妙菱是我们通过正规渠道领养来的。我们一直瞒着她，只希望她像正常孩子那样快乐平安地长大，没有任何心理上的包袱。"

江秉城立即做出了噤声的手势，不动声色地摇摇头。

江母不顾他的阻止，自顾说道："她是个漂亮的孩子，当年我们领养的时候，她冲我们咯咯笑个不停，一点儿都不认生。机构工作人员说她应该是个弃婴，被人在机构附近发现，身上没有任何能证明身份的东西。"

江秉城跟着话锋一转："我们一向待妙菱视如己出。可领养的就是领养的，血缘这种东西可真是说不清道不明！"

"小季，阿姨求求你，看在长辈的分儿上，这件事求你千万别告诉妙菱。她是我们的女儿，我们养她这么大早就有了感情。我不能失去她啊，再说她要是知道了真相也一定会接受不了的。"

翌日，业内酒会，苏兮应邀前往。她穿一袭黑色吊带裙，脚踩香槟色红底高跟鞋，长发低绾在脑后。

当她只身出现在大堂一角的时候，季霖郁正端着酒杯放眼四望。他天生气度不凡，即便辗转不同场合也都能恰到好处地诠释出自身独一无二的气质来。

眼看他的目光就要扫向自己，苏兮刚要张口招呼，一个熟悉的身影在余光边缘一闪。苏兮立即调整了视线望向人群深处。晚宴期间，苏兮紧随其左右。宴会进行到一半，那人貌似要走，苏兮二话不说一个箭步冲上前。

"你要做什么？"不知什么时候，季霖郁出现在了她身后。

"跟你没关系！"

苏兮甩掉季霖郁，从宴会厅一路跟随。对方似乎有所察觉，与助理二人加快了步伐。下到一楼过道，苏兮脱掉高跟鞋抄了条近道。

果然，对方迟来一步。苏兮微微提起裙角，美腿一伸将其拦下。

对方步子一顿，猛地抬起头："哟，苏总？世界真小！"

“王经理近来可好？”苏兮笑得妖娆。

“过得去，话说还是托苏总的福。”

“王经理说笑了，我可没什么好福气，要不您把前两次的款项先给结了？”

姓王的一听立马变了脸色：“苏总啊不好意思，你看，我现在有点急事，咱们回头电话联系。”

“可您的电话怎么打都打不通啊！”苏兮上前一步，侧身往墙面轻轻一靠。

姓王的当下慌了神，不住瞥向四面八方：“您看这里这么多熟人，您就别给我难堪了！再说我怎么可能不结钱呢，我是准备跟您展开下次合作的时候一并付款！”说着，递上一个殷勤的笑。

“您觉得我还会给您这种人再合作的机会吗？”

“当然！有钱不赚吗？您这么冰雪聪明。”

苏兮正欲反击，一辆宾利在前方空地上停下。姓王的趁势抽身换助理前来应付。苏兮抬脚就要追，怎料助理身子一晃将其拦下：“苏总，您留步，请别难为我。”

苏兮横眉笑道：“为难你？我倒要看看王经理准备怎么对付我！”

季霖郁原本一路追出来，却在一楼被熟人拦下寒暄。待他闻声赶来，只见苏兮跌坐在浅草中，表情有些痛苦。

“怎么了？”他立即蹲下身。

“脚扭了，站不起来。”

“怎么这么不小心！”

“你别管！”

他皱眉，不由分说地将她拦腰抱起。

“放我下来！”她低吼。

季霖郁不说话，大步往街道的方向走。

“不去停车场？”

“我喝酒了。”

“叫代驾啊！”

“不想叫。”

“那你就打算这么把我抱上街吗？像什么话！”

“都受伤了脾气还这么臭！乖乖听会儿话不好吗？”

苏兮喉头一哽。

他们沉默着，走在车水马龙的街头。

两人宛如一道风景。

她倚在他的肩头。

“真的不去医院？”

“不用，回去用冰一敷就好了。”

他作罢，一路将她抱回房间，放在床上。

“季霖郁。”

“嗯。”

“虽然你救了我，但我不会感激你。”

“我知道。”

“因为前一次的事让我很受伤，我还没打算原谅你。”

他凝眉：“没关系。”

……

吃了消炎药，苏兮沉沉睡去。季霖郁坐在床畔，就这么静静地凝视着她。看着那安静的睡颜，他的心脏像是漏跳了一个节拍。

刚刚在回来的路上，她硬是没有喊一声疼。他从来没见过这样的女人，坚强得……好像真的不需要人来疼一般。可是他心里却很清楚，没有人比她更脆弱。

他伸手握住她的手，眉心微微蹙起。

他要怎样才能温暖她？要怎样做，才能让她不那么痛苦？

.2.

午夜的医院，空气中弥漫着消毒水的味道。苏兮坐在走廊的长椅上疲惫到不行，却无法合上眼睛。

“喝口水吧。”

季霖郁看她一动不动，执意扳开她的手指将杯子塞进她的掌心。

数日之前，苏兮接到父亲的电话。他说母亲的身体状况急转直下，治疗更是迫在眉睫。医院强烈建议她来省城医治，她却无论如何都不答应。

“劝劝你妈妈。我知道她不是不愿意治疗，她是怕花钱。可我们都有养老金，实在不行就把你爷爷的老房子卖掉。你劝劝她，帮爸爸劝劝她。”

苏兮放下电话，连夜敲响了季霖郁的房门。她一上来就红了眼，将事件始末和盘托出。

“我妈的医保不在这儿所以她才不愿意来。我妈对你印象很好，你帮我说服她抓紧治疗。”

季霖郁听罢，毫不犹豫地点头：“我一定全力以赴，实在不行直接开车去你老家把她接过来。医保跟专家都不是问题，你不要有任何顾虑。只要阿姨人在这里，你什么都不用担心。”

那一夜，苏兮放下了所有的倔强。她终于明白，爱能够让人心甘情愿丢弃坚硬的盔甲。

她跟季霖郁之间发生的一切不快似乎都在母亲的病床前冰释前嫌。她原谅了他不分青红皂白的误解，而他也乐意伸出援手。可不知怎么了，他们之间好像疏远了不少。

是因为江妙菱吗？她不禁暗暗揣测。

想着想着，苏兮突然觉得口渴。一抬头，正好看见季霖郁胸前的吊坠，忽然心里一疼，含含糊糊地问道：“你跟妙菱……你们俩是不是……”

“怎么了？”季霖郁挑眉。

苏兮极力掩饰着内心的起伏，暗示道：“她这条项链挺特别的，不过上次差点儿被我不小心搅进洗衣机。”

季霖郁以为她是在没话找话，闷声来了句：“你在说什么？我听不太懂。”

“你脖子上的项链不是妙菱送的吗？”

季霖郁当下一愣：“当然不是！这是我的！从记事起它就已经跟在我身上了，二十多年来早就成了我身体的一部分。”说到这儿他顿了顿，目光爬上她的脸，“我跟妙菱之间什么都没有。你可别乱猜了。”

“有没有事儿跟我有什么关系，我干吗瞎想。”苏兮摆弄着手指，“如果不是她送的，那你俩还真是心有灵犀了。妙菱也戴了条一模一样的。”她眉眼低垂，用语气传递着内心的不悦。

季霖郁停顿了数秒，紧接着，那流转的目光突然顿住了。他猛地侧过身来，直视苏兮的双眼，伸手扳住她的肩。

“你想干吗？”她被他突如其来的举动吓了一跳。

“你刚才说江妙菱有条一模一样的？”他的表情变得复杂。

“用不着这么激动吧？怎么着，还真以为是心有灵犀呀？”她不乐意了。

季霖郁二话不说，将吊坠从脖子上摘下来：“苏兮你再看看，仔细看看。”

“看什么？不会错的。你这条是旧了点儿，但无论是皮绳还是木料上雕刻的纹路，都跟她的一模一样！”

“不可能！这怎么可能！”他低声沉吟着，松开钳住她的双臂。

苏兮顶着一头雾水：“你没事儿吧？哎，到底发生什么事了？”

“没事儿……我没事儿。”季霖郁低声沉吟，嘴唇却剧烈颤抖着。良久，他站起身，声调沉着，可表情却像是压抑着身体内的一头猛兽。

“苏兮，我先送你回去休息。今晚我陪阿姨，明早你再来。”

.3.

沈山南停好车子，大步走向升降梯。他的表情凝重，右手在上衣口袋里握成拳，手心里似乎攥着什么东西。

城中最有名的一家酒吧，24 小时全日制营业。沈山南一脚探进门，眼前豁然一亮，顶上流光摇转不定，吧台内侧整齐排列着大大小小的玻璃杯，在灯光的折射下，一片流光溢彩。

季霖郁坐在吧台边的高脚椅上，他轻轻晃动手腕，杯中的琥珀色液体随光线变幻出诱人的色泽。沈山南上前，径自在他身旁的空位坐下，不寒暄，冲酒保轻声叫道：“跟他要一样的。”

季霖郁目不转睛地盯着手中的闻香杯，不回头，淡淡问道：“沈总，说话可要算数。东西带来了？”

沈山南指着杯子，答非所问：“格兰凯恩闻香杯，也叫苏格兰闻香杯，是为那些威士忌首席调酒师和品酒家发明的，也是很多威士忌专业赛事的指定杯。它的杯肚会稍微宽大一些，当威士忌斟入，香气就会在杯腹的位置凝聚，然后再慢慢从杯口释放出来，而它细长的杯口，可以帮助人们快速闻到酒体的主要香气。”说到这儿，他停了下来，接过酒保递来的杯子放在眼底轻轻一嗅，意犹未尽地说道，“季老板，您选的杯子，似乎并不适合您。”

季霖郁不屑一顾地笑笑：“那为什么还跟我要一样的？”

“它不适合您，但适合我。这选杯子跟选女人是一样的。我的选择是对的，而您的选择，是错的。”

季霖郁一顿，仰头，将杯中的酒一举干尽。

他接着转过身，以一种临危不惧的神情直视沈山南的双眼，一字一句道：“沈总，您可以凭借一身不择手段的伎俩得到金钱，得到地位，得到利益，得到未来的一切，可你永远无法通过它得到一个人的真心。”他的声音很低，干净通透，又有沉甸甸的质感。

沈山南倏地红着眼，双唇紧抿，一种怅然若失的感觉袭上心头。他仿佛听见内心深处传来惊天动地的马蹄声。他知道，那是战鼓雷雷的声音。

季霖郁，他终于当面跟自己叫板了。

第四十二章

.1.

当沈山南发现自己只身立于苏兮床边的时候，他感到难以置信。他轻晃昏昏欲坠的脑袋，记忆深处一片空白。

夜色与以往一般浓重，月光柔和的光晕穿过窗帘的缝隙正好打在苏兮沉睡的侧脸上。他望着她，内心喜悦暗涌。

突然，苏兮醒了过来，发现床边有人，倏地坐直身子。看清来者的一刻，她不由得惊呼出声："你怎么在这儿？"

"我知道，我不该来。"沈山南声音一沉。

苏兮并未立刻下逐客令，而是抓着被角静候下文。

这举动，令沈山南感到安慰。

四目相对之间，苏兮缓缓开口："你必须马上离开，否则——"

"我会离开，我保证。但我必须告诉你，你正在犯一个错误，一个可怕的错误。"

"你什么意思？"

"季霖郁！"

苏兮："……"

"你知道的！"

"什么？"

"你不爱他，只有我才能给你快乐。"他低吼道，提步向床边紧逼。

苏兮身子一紧，向后缩了缩："你不知道自己在说什么。"

"现在不是说谎的时候，苏兮。你的眼神告诉我，我说得没错。"

苏兮咬着嘴唇不作答，双手紧紧揪着被单。

沈山南索性在床沿坐下，趁热打铁道："如果不是，你就说出来！看着我的眼睛，说出来！”

“不。”

“你对他有感情了？”

“我喜欢季霖郁，我爱上他了。我是认真的。”

沈山南的神色突然转变。他注目，沉默片刻，猛地起立转过身，背影中写满了决绝。

他抬脚要走，却被苏兮一把拽住了。他感受着手心的温度，难以置信地回过头，而此时的她正好抬眸望着他。相顾无言之中，他俯冲，用一个无言的吻结束了这场势均力敌的缄默。而令他喜出望外的是，苏兮并未愤然将他一把推开，而是以更加迅猛之势回吻着他。

这件事终于发生了。他们张开双臂，张开每一个毛孔，彼此拥抱彼此缠绕，不遗余力地汲取着对方炙烤般的甘甜。苏兮极力配合，她沉迷于其中，瞳孔不自觉地扩大。

沈山南顺势攥住她的渴望，试图更进一步，可苏兮突然抽回了身子，瞬间投入茫茫无际的黑暗。

接着，他醒了。望窗外，天边泛起了淡淡的鱼肚白。

沈山南始终相信弗洛伊德的那套理论——梦是人类潜意识的表达和实现，是一种欲望的满足。其内容是在于愿望的达成，其动机在于某种愿望。

恐惧与渴望、热爱与憎恨、羡慕与嫉妒，那些平日里不敢面对的抑或不愿承认的，在不切实际的睡梦中纷纷呈现。

闹钟还没响。沈山南意犹未尽地翻了个身，准备睡个回笼觉，却发现再难合上眼睛，干脆起身赤脚走向浴室。

.2.

早上十点半，万邦会议室内，沈山南正襟危坐。

近来八个月，席卷市场的商业飓风刮过，即便是根基牢固的万邦也并未能幸免于难。公司面临危机，即便大家心照不宣可上层仍禁止走漏半点风声，怕稍有丁点儿风吹草动便会动摇军心，更别说股价下跌、资金链断裂之类的种种隐患。

此时正处于经济转型期，从互联网到实体经济，各行各业大洗牌。在宏观环境去杠杆的大背景下，沙滩上的裸泳者越来越多。融资变得艰难，风口转瞬即逝，投资狂潮造就的创业公司高估值……随着商业退潮，各种问题纷纷暴露于水面。就行业内部而言，众多合资、独资皮具企业遭受池鱼之殃，蒙受巨额损失。

行业大洗牌的时候，盈利都是其次，谁能活下来谁才是赢家。

轮到沈山南讲话的时候，他先是轻轻咳，待一众目光聚拢才郑重开口："想必大家也有所感知，现时行业不景气。虽不景气，好在我们新领域的拓展也并非没有起色。然而换个角度来看，行业整合洗牌的时候是最适合抄底的时候，也是最适合储蓄潜能的时候。因为行业总会回暖，机会总会留给有提早准备的人。因此我们现在首先要做的就是：保证现金流的畅通、保证供应链的畅通，释放行业正能量，以及确立我们公司的良好形象。目前业务整体增长缓慢，更是要在低谷处摆正我们的姿态……"

会议结束，沈山南率先推门出来，距离办公室一步之遥，手机突然响了起来。他原地接听，话筒彼端传来研发部负责人的声音。不知对方究竟讲了些什么，沈山南的表情变得严峻。

话不出十句，他挂断电话，跟身旁的秘书浅声叮咛几句便掉头走向电梯。

手机铃声响起的时候，季霖郁正在给一位客人丈量腰围。他的目光打屏幕轻轻扫过，不动声色地摁下静音键。

直到所有细节按照对方要求记录在案，客人被安排进咖啡间喝茶小憩，季霖郁这才重新拿起手机。

三个未接来电，是他打来的。

他沉了一口气，回拨过去。刚才响过一声便接通了——

"季老板，在此之前我一直以为您比我强，起码是个守信之人。"

季霖郁顿了顿："沈总这是话里有话啊，还请您明示。"

"请问季老板，鼎盛昌所谓的秘制封边液难道都是网店购得兑树胶而成的吗？"

季霖郁无声冷笑："想必沈总跟我一样，不小心拿错了。"

"所以我以为您比我强，起码是个正人君子。只可惜……"

“谁是君子谁是小人，这事儿咱俩说了不算。我是怕沈总贵人多忘事，签了合同的事儿沈总都能浑水摸鱼、偷梁换柱。这没签合同的事儿，我不得多留个心眼儿吗？”

沈山南没接话，听筒那头传来一声愤然的喘息。

“还请沈总别怪罪于我，人与人之间是互相的，如果您愿意坦诚相待，我季霖郁又何必如此呢。”

沈山南沉默了一会儿，声音一沉：“录音不在我手上。”

季霖郁微怔，浅声奚落：“那我可就承让了。沈总，在这一点上我确实比您强。配方的确在我手上，很可惜，我不会交给您。这可是我鼎盛昌的立足之本！无论是封边液秘方，还是手艺、名声、匠心，这些都是我誓死保卫的东西！”

“既然季老板不领情，那还望您好自为之。”

话罢，沈山南“啪”地挂了电话。

.3.

苏兮顶着给万邦供货的大旗，手头勉强维持的几个项目正紧锣密鼓地进行着。大环境所趋，再怎么努力怎么坚持，到头来都只是保底。

所有人都在说，草根创业的高速列车将止于2018。是啊，上一年还狂飙突进的共享单车、无人超市，在这年猛然急转直下。风光一时的各大新兴企业大幅裁撤点位、大幅裁员，乃至全面转型。同为皮具行业的多家中小型公司被推上了出售的谈判桌。

苏兮命令自己坚持下去，虽说前景堪忧，可处理好手头工作才是第一要务。

她一天只睡四个小时，以至于只要遇到强光眼睛就止不住流泪。她半夜跟着欧洲时间走，处理发货跟清关事宜，白天则按部就班地协调、处理国内各方事务。除了工作，她还要去医院照顾母亲。

海关严查、汇款缓慢、上下游没钱，银行紧缩银根……项目运转受到制约，必将面临资金链断裂。可越是低谷就越能看到创业者是何种人类。谁又不是怀揣勇敢的梦在黑暗中瑟瑟发抖？大环境恶劣，小人物们真的不好过。

前几天还发生了一件糟心事儿。

苏兮刚才开发的客户端是一家线上销售公司，前几年投资狂潮造就的创业公司高估值。2015年有人投他的天使轮，主动把公司估值从2000万抬高到了3000万。天使轮做完仅半年时间，第二轮融资就启动了：公司估值翻三倍，可这年公司利润才100万。老总自己都觉得市场过于疯狂，接着是2016年的第三轮，还是用那100万利润去谈，但一家大基金一周内就出了投资意向书。

然而在大陆市场，很多事儿是经不起深究深查的。就在不久前，这家公司突然曝出高层受贿丑闻。紧跟着，老板被曝学术造假，公司数据也是作假。一共只有很少量的注册额，却吹出了几百万。

这只是个开始。市场不景气，连续几份合约被迫取消。苏兮精神萎靡，她传送完当日的所有ASNs（Advance Shipment Notice）之后，强迫自己化了淡妆，去附近的一家泰国菜馆吃了辣咖喱作为释放。

吃完饭，她直奔医院。所幸母亲的病情得到控制，状况趋于稳定，医院已经下达了出院通知。可季霖郁不放心，托了关系要求留院观察一周。

苏兮从住院部出来，沿着街道散步。不知不觉走到了匠心手造。那条浅浅的走廊不知何时起幻化成了一条时光隧道，她站在这一头，却永远不知道另一头正发生着什么。记得不久之前，同样的场景，同样的夜晚。那次她跟季霖郁的确闹了点不愉快，待她气焰消减，专程带了食物前来求和，满怀期待地穿过走廊，却看到了江妙菱。后来苏兮憋着一口气，不声不响地退了出去。

而时至今日的她，似乎已经对此产生了免疫。十点过三分，店面已然打烊。她推开那道未上锁的木门，一步一步穿过昏暗的走廊。

毫无意外地，江妙菱的身影再一次出现在眼前。她因为什么事哭得力气全无，软软地瘫在季霖郁怀里。明灭的光线中，季霖郁的表情也复杂极了。

这一次，苏兮没有悄然离场。她移动站姿，尽力让灯光将自己的影子打在对面的墙上。

很快，季霖郁被晃了眼，默默回过头来。

灯火阑珊处，对影成三人。可能苏兮自己都没有意识到，此时此刻她正以怎样的一种近乎祈求的目光凝望着他。她期待他能够说些什么，或者是一个动作，至少能够将两人之间的阴霾驱散。

季霖郁看着苏兮，眼中是写不尽的惆怅。

接着，妙菱似乎也注意到了角落里的苏兮，一把推开季霖郁，头也不回地朝门口跑去。苏兮站了一下，抬脚要走，被季霖郁截住，然后，他说了一句令苏兮终生难忘的话——“江妙菱，她是我的亲妹妹。”

在苏兮讶异的目光中，季霖郁的眼中蒙起一层薄雾，方才的场景历历在目——

潮湿又朦胧的视野中，江妙菱握着两条一模一样的项链死死愣在原地。半晌，她的双腿一软眼看就要朝前面倒去。多亏季霖郁眼疾手快将她一把抱住。他的气息迂回在她的耳畔，轻声哽咽着：“妙菱，前面二十多年我们天各一方，以后无论如何哥会无条件地保护你。”

怎料妙菱听后却哭得更惨。从前挡在他们之间的只有苏兮，而现在，命运剥夺了她追求他的权利。

苏兮对此感到难以置信：“这是真的？说实话，我没法接受这个事实。”

季霖郁垂首。

“你不是说你妹妹游泳被……妙菱怎么突然变成了……”这件事发生得毫无预兆，苏兮甚至怀疑季霖郁是不是压力过大导致神志不清。转而说道，“我理解你失去妹妹的痛苦，也理解妙菱在你心中的人设令你难以自拔。可是——”

“不！你不理解！除非你的妹妹也死了。”

苏兮并没有火冒三丈，只是她的目光瞬间变得暗淡，嗓音一沉道：“我虽然没失去妹妹，可你忘了我，我刚失去我最好的朋友。”

她的平静令季霖郁感到一阵强烈的内疚，“对不起”话罢，上前拉住她的手，温柔解释说：“记得那晚在医院，你问我这条项链的事情吗？”

“记得。”苏兮扭头答道。

“这条项链，世间只有两条。由我妈亲手设计，我爸亲手制作。一条在我身上，一条在妹妹身上。”季霖郁说着便将皮绳从领子里捞出来。

“可妙菱不是江家的女儿吗？”

“江秉城夫妇亲口承认了，妙菱是被收养的。”

“可——”

“苏兮，即便有的细节我自己都还没有弄清，可我几乎可以断定妙菱是我的亲妹妹。她自己也说了，那条项链从小戴在身边。”

“可如果真相还有待考证呢？”苏兮意图劝他冷静。

季霖郁眉头轻拧，投过一道质疑的目光。

“我不是在说妙菱撒谎，我是说……也许她也不明真相，毕竟是二十多年前的事儿了，记错也很正常。”

季霖郁沉了一口气，伸手覆上苏兮的面庞：“苏兮，事实上你也清楚，妙菱并不仅仅想要实现一个妹妹的身份。”

苏兮明白他的暗示，突然意识到自己的自私跟莽撞。

“苏兮，我以为这个结果是我们三个之间的最优解，难道你不觉得吗？”

他静静地望着她，目光中流淌出从未有过的眷恋跟温柔来。

这句话的确感动了苏兮。但她不能否认，感动之余，这句话也深深刺痛了她内心埋藏的狡猾。

少顷，她话锋一转，问道：“最近你这儿生意还好吗？”

“最近不好做，客源明显减少，上游资金暂缺下游汇款缓慢。幸亏缪诚主动请辞，不然可能连工资都发不出来。”他顿了顿，暗中观察苏兮的情绪，接着感慨道，“想必你比我更难吧。”

苏兮勉强挤出一丝还算灿烂的笑：“还好吧，起码受得住。你知道吗，我可是大风大浪里过来的人！我从小就觉得人生艰难，爸妈都太要面子。对我来说，家不是避风的港湾，而是荣誉的纪念馆。我只想好好努力尽早逃离。”

“所以你选择创业？证明自己有赚钱的能力？”

“我创业并不是为了赚大钱，只是为了证明别人家孩子能做到的我一样可以！你以为我没想过以后吗？可一入商场便是一场豪赌，前方未必有出路，可身后必定是深渊。我也只能硬着头皮往前走。之前有个厉害的前辈告诉我，最难受的时刻就是知道头上有一把刀，不知道什么时候会被戳中，或者会不会真的被戳中。”

“即便现在的市场环境如同严寒将至，你也丝毫没有退缩的念头？”

苏兮无比坚定地摇摇头：“寒冬总会过去。对此我持乐观的态度。再说了，人生哪有什么高潮可言？挺住就是一切！我本来心怀侥幸，可是现在却感到从来没有过的坚定。”说这句话的时候，她不自觉地看向季霖郁。而幸运的是，此时的他也正含情脉脉地望向自己。

苏兮心头一热，大方迎合他的目光：“我还有梦想要追逐。”

“你的梦想是什么？”

“想站上人生巅峰。”

季霖郁苦笑：“可人生是没有巅峰的。就算有，也应该是人生最怕有巅峰，因为巅峰意味着面临接下来的滑坡。”

苏兮突然被自己口口声声的“壮志雄心”逗笑了：“很不幸，我是个完美主义者。你知道完美主义者最怕什么吗？”

季霖郁点点头，递给他一个心照不宣的眼神。

“没错，最怕不再有上升的空间。”

“所以说，完美主义者容易成事，但也是最容易失败的群体。”他淡淡回应着，余光望向面前不远处的墙壁，煤油灯光在洁白的墙面上投射下她好看的轮廓。

苏兮顺着他的目光盯着影子看了一会儿，张口问道：“你呢？最开始做皮具时的压力是什么？”

季霖郁几乎张口便来：“怕顾客不喜欢，怕赚不到钱，最怕稍有差池就轻易毁掉鼎盛昌的招牌。其实就是怕给家族声誉抹黑。爸妈去世后我自己创办了匠心手造工作室。也有人愿意以鼎盛昌相称，那都是爸妈积累下的人脉。大多数顾客都说我不懂创新，说我不思进步只甘心安于现状。其实我之所以不做创新，更多是因为胆怯。若所有缝制步骤都按照家族技艺守则上记载的走，做最能体现植鞣革气质的经典款，虽说出不来什么天马行空的款式，但最起码不会有任何差池。”

“所以说，你是个保守的人？”

“至少……感情上……是吧。”

说出这句话的时候，季霖郁不断拿眼角瞥向苏兮，像是默默传递着某种暗示。而苏兮也的确准确无误地接收了。她低垂的睫毛微微抖动着，像是蝴蝶的翅膀。

爱情什么时候最美，暧昧、含混不清、欲拒还迎觉得彼此无限接近却又不敢向前的那一刻，最让人意乱情迷。

摇曳的灯火中，他吻上她的唇，伸手托住她的后颈，试图让关系更进一步，苏兮却本能地抽出身子。然而这一次季霖郁并未轻易妥协。他霸道地扳着她的脑袋："为什么？为什么你一而再，再而三地拒绝我？好像我们之间存在着什么不可逾越的鸿沟似的！"

苏兮目光一滞，奋力挣脱开来。她快步行至窗边，沉默半晌，终于决定说出积压于心头已久的猜疑。

"你一定要知道吗？"

"一定。"

苏兮深深提了一口气，屏息，再若有所思地呼出去。

"我心里的确有道坎儿，怎么尝试却都迈过不去。"

季霖郁似乎猜到了她要说什么，攥拳，心底"咣当"一声响："什么？"

"我在黎露的凶案现场撞到过一个人。那个人从头到脚一身黑衣武装，可我觉得他像你。轮廓像你，姿势像你，就连味道都像你，他明明就是你。"说到这儿，她停下，强迫自己吞了一口气。

"你觉得他是我？所以拒绝我的靠近？"

苏兮摇晃脑袋："我知道自己是在乱想，请你原谅我，可那个影子一直在我脑海里挥之不去！如果说黎露是我心上的一道伤疤，那么那影子无疑为一道铁栅。"

"你真的认为是我？"

"是你吗？"她轻轻问道，表情中写满祈求。好像在说，求你给我一个答案，一个让我心安理得的答案！

季霖郁仿佛一举读懂了此中暗语，似有若无地说道："如果真的是我，我会犹豫究竟要不要靠近你。"他的声线平静极了，平静到没有一丝波澜。

这个回答听上去仿佛并不那么可靠，却有效打消了苏兮刨根问底的念头。她的心内闪过一丝狡猾，目光稍作迟疑，转头去看置于窗边的台灯。

再回首，季霖郁似乎沉了一口气，垂头，用力咬住苏兮的嘴唇，苏兮喉头一紧，强烈的窒息感瞬间将她制伏。

第四十三章

.1.

就苏兮观察，季霖郁的交际圈并不广，就连偶尔外出小酌也总是形单影只。他似乎并不喜欢被打扰，像是一把冰刀，锋利而安静，重要关头往那儿一站，不怒自威。

这或许取决于他的性格，或许取决于他的工作性质，又或者，二者兼备。

而事实上，苏兮自己又何尝不是茕茕孑立？

不久前的一天晚上，季霖郁难得邀请她攀上匠心手造的楼顶平台。放眼灯火辉煌的城市夜色，苏兮忍不住轻轻叹息。

"事业是我的生命，以至于我以前从没意识到自己是多么孤独。我甚至固执地认为，配得上成功的人就理应心甘情愿承受孤单。学着消磨它，享受它，与它和平共舞。"

季霖郁听罢，将她的目光引向头顶的浩渺星空："你想过没有，如果你的生命中只有工作，那么工作这件事将变得毫无意义。"

"可我觉得这是我唯一能够做好的事情。"

"那就抓住它，但别握得太紧，让其他的东西从手中溜走。"他说着，拉过她的手掌置于唇边轻轻一吻，然后在手心攥紧，"谁又不想要遇见一个能够心心相印的人呢？期待如愿以偿之后，会对彼此的失败跟缺点视而不见。我真的想要某天有人一起回家。苏兮，我不是为难你，只是想让你知道。"

他说着，举目望向她的脸，眼中溢出浓重到化不开的温情来。

.2.

在江妙菱的强烈自荐之下，季霖郁同意她回归匠心手造。既然是为家族传承，自然不计代价。在季霖郁看来，这何尝不是一件喜事，失散多年的妹妹失而复得，亲情大戏可谓happy ending！

然而苏兮对此心怀顾虑，她说：“我不是不善良，只是现在妙菱还姓江，就算她无心，可你就不怕她被江秉城利用吗？”

季霖郁对此无比坚定：“既然她是我妹妹，那我自然愿意给自己机会相信她。如果我不张开双臂又怎么能彼此拥抱呢？”他笑着，拨开苏兮前额的一绺碎发：“我知道你为我着想，但别过于担心，顺其自然就好。”

苏兮笑笑，眼帘低垂：“你……就没有想过，将妙菱的姓氏要回来吗？”

季霖郁勾了勾嘴角：“江家毕竟把她养到这么大，她们母女之间的感情不容置疑。再说，我不想为难妙菱，比起让她失去一双父母我更希望她多出一个哥哥！如此喜剧性的大结局，何乐而不为呢？”

“无论你做出怎样的决定，我都会毅然决然站在你这边。”

“苏兮，你为什么愿意帮我？”他的目光一沉。

苏兮想了一下，开口：“起初是因为欣赏，在我认识的所有人中只有你不在乎金钱跟权力，一心追求事物的精神本质。到了现在，是因为……”她脸颊一红，没再往下说。

季霖郁不自觉地笑了。

这样的心照不宣，只为爱，不为他名。

.3.

万邦的态势已然如此，匠心手造这样的小店就更是难逃一劫。

午休时间刚过，妙菱抱着一厚沓皮料走进工作间，阳光绕过窗棂洒在身上，勾勒出她好看的轮廓。

“哥，现在经济态势这么低迷，咱们店还撑得下去吗？”

季霖郁快步上前，接过她手中的皮料：“优秀的企业从不惧怕寒冬，因为他们充满了迎难而上的决心！”

妙菱微微一笑：“之前在这儿做学徒的时候就有客人提出，咱们的手袋挺好用，做工也不错，价格不低却也能接受，可就是缺乏高级感。后来我发现啊，那些能称之为奢侈品的手工皮具都具有很强的高级感，无论是皮的质感、走线内衬，还是优良的五金件。哥，有时候我真的想不明白，既然如此，高级定制的意义到底在哪里。”

“从使用者角度来讲，这就好比料理界的主厨推荐。某一种线，某一块皮，某一个五金，款式与使用者的搭配，一切都是独一无二的。哪怕料子不如大牌用料，精挑细选的皮料再取其局部，也可弥补部分劣势。再说手的力度、工具制造的质感、皮的后处理，全套走下来，一般的奢侈品通常是比不了的。

“当然，这是对高级工匠的水平而言。奢侈品，包括其手工线产品，为了满足批量化生产，款式跟做工上都有模式化的地方，各个部件的尺寸厚度、角度也都彻底被量化。无法让匠师发挥的作品，只可以称之为好作品，却无法让高手从内心称之为上佳之作。”

正如有的人爱法式大餐，有的人偏爱私家小厨一样。法式大餐有端庄的赏味环境，一招一式间承载着别人的赞美与感慨；而私家小厨却是小巷子里曲径通幽，是极具个人色彩的味觉体验。

.4.

所谓行业寒冬，就是大部分竞争对手都在停滞和观望，但因为市场和需求还在，所以这又恰是最好的机会。

沈山南的确是这么想的。拥有庞大的投资方跟强大的资金链做后盾，孤注一掷又未尝不可？虽然说寒冬终会过去，可人人都知道，春风并不是解药。

“名与利就是两张无形的网。看破了进退自如，看不破，进退维谷。”这道理他不是不懂。他未尝不想看破，可现状又让他如何看破？巨大的压力自四面八方而来，毫不留情地将他推向风口浪尖处。即便每上前一步如履薄冰，每做出一个动作便胆战心惊，但他又有什么更好的选择？

电话铃只响了一声他便立马抓起来接听。不过半分钟，沈山南放下听筒，动作停滞了五六秒，猛地操起键盘重重砸向对面的墙壁。

银行告知万邦新季度的贷款审核被拒绝，这通电话似乎成了压垮骆驼的最后一根稻草。

敌人藏在暗处，沈山南自然难以察觉。可就明面儿上找原因，银行的举措也并非全然空穴来风——

一年之前，万邦跟江临皮造共同投资了一个项目，为了弥补资金链临时空缺，万邦在给银行还款的时间上推迟了三天。

难道是因为这件事导致信誉度受损？就此留下了污点？

沈山南立马去电邱行长。打了老半天也打不通，最后好不容易接通，却还是被三言两语地搪塞掉了。

行长语重心长地说："沈总啊，国家政策收紧是真的，审查不过遭到拦截也是真的。可其实咱们心里都清楚，信誉度这事儿说小不小，却也不足以致命。您说说，哪家公司还没点小污点、小 bug 呢？"说到这儿，邱行长沉默半晌，又犹豫地说道，"看在咱们相识多年的分上，沈总我给您提个醒，农夫跟蛇的故事……您听过吗？"

乍一听，似乎是在推卸责任。可往深里想，似乎……似乎颇具深意。

两个月之前，江临皮造发起了一场私募大会，沈山南本承诺到场却因故缺席。后来，在跟一位合作方代表聊天的时候，对方为强调自己的实力随手展示了几张合照，在其中的一张合影里，沈山南竟无意间发现了江秉城跟邱行长勾肩搭背的画面。角落里，他俩推杯换盏，关系似乎格外亲近。

想到这儿，沈山南不禁感到一阵毛骨悚然。

而就在此时此刻，在江临皮造总裁办公室内，江秉城正气定神闲地剪着一支雪茄。

"江总，看样子万邦那边已经接到消息了。"

江秉城咯咯一乐："看来邱行长还真是个仗义之士。"

财务部总监看上去有些不明所以，蹙眉："您的意思……我不大明白。"

"给对手施压，常用方法有两种：第一，使其名声变臭；第二，使其资金链断裂。"江秉城将雪茄点燃，唇角流淌出一丝坏笑。

"几个月前，我跟邱行长商量给万邦下个活套。在万邦申请贷款的时候，做好一切口头承诺，然后往后拖着。在最后关头，告诉他收缩银根，1000 万，国家政策收紧不能贷了。"

总监略感不适，犹豫着问道："邱行长他真的可靠吗？"

"邱行长的儿子不是在英国读什么贵族高中吗？花销不小。再说他不是看好咱们江临皮造的分股吗？这事儿还得辛苦你，把面儿上做漂亮了！"

"江总这招真是高明。可您就一点儿不担心沈总过早察觉？"

江秉城的脸上洋溢出一片得逞之色："我了解沈山南。他是机会主义者，自大、高傲并擅长孤注一掷。要想抓住敌人的弱点并加以利用，可是门学问啊。"

.5.

苏兮从电梯里走出来的时候，沈山南瘫在办公桌后的椅子里，钱包摊开在桌面上，他对着那张图案特别的银行卡沉思。

"72小时。那72个小时才是一切的源头，如果当初我没有……"

正独自沉吟，苏兮推门进来。他手头一紧，"啪"的一声将钱包扣上。

"苏兮，你怎么不提前——"

"黎志远来找过我。"

"为什么？"沈山南明知故问道。

"案子有进展了。"

"哦。"他叹了一口气。

"山南哥，你为什么不跟我说？"

"你先别急，坐下喝口水。"

"这么重要的信息你为什么要瞒着我？"

"我怕你……怕你受不了。"

"所以说你是在为我着想了？"

"苏兮……"

这事发生得相当突然。前一晚，苏兮正埋头桌前做着手头的物料分享整合，突然传来门铃声。她以为是季霖郁来送夜宵，想都没想便拉开门。开了门才发现，站在眼前的是黎志远。

没等苏兮开口，黎志远当头一句："我姐的案子有线索了。"

苏兮立马请他进屋："什么线索？"

黎志远的脸上写满了不决，支吾了老半天也没说出个所以然来。

"有什么让你觉得为难吗？"

黎志远瞥她一眼："我不为难，但我怕说出来你会为难。"

苏兮心内一沉。

"有邻居突然出来作证，说案发当晚目击到了凶手。"

苏兮似乎预感到了什么，心底一凉："是谁？"

"苏兮姐，你不会想要知道。"

她的嘴唇颤抖着，悬着一口气问道："是……是山南哥？"

黎志远摇头。

苏兮分明有些吃惊："不是？那是谁？"

"警方根据目击者的描述，发现那人叫季霖郁。就是匠心手造皮具工作室的那个老板季霖郁。"

季霖郁？苏兮的大脑"轰"地烧了起来，烧到空无一物，隐秘的火焰这才偃旗息鼓。她原地愣了半晌，这才抬起泛红的眼，话音一转："那个目击者之前怎么不出来作证？"

"说是怕遭人报复。"

"那现在就不怕报复了吗？还是他良心发现了？"

"听说有人提出保证他们一家后半生的生命安全，还给了他一笔钱请他出面作证。"

"是谁？"

"警方没说，但警方提审了季霖郁。"

"他承认了吗？"

黎志远摇摇头："不清楚。"

胸口像是中了一枪，铺天盖地的错愕将疼痛淡化。如果可以许愿，苏兮恐怕会选择不再闻问，在这一刻安安静静化作一缕烟吧……

耳后一声轻咳，回忆戛然而止。苏兮面色麻木，听不出丝毫的悲喜或愤怒。沈山南从办公桌后方绕出来，双手扶上她的肩："苏兮，你应该冷静。事情还没有搞清楚。"

"我很冷静。"她的语调冰冷，察不出任何情绪。

"事情恐怕没有你想象得那么糟糕。你真的相信季霖郁是凶手吗？"

"你替他说话？"苏兮皱眉，很是不解地问道。

"不是替谁说话。我是希望你冷静。苏兮，任何情况之下都应该保持冷静，可能不会使事情变好，但起码不会更糟。"

……

季霖郁坐在桌前，昨日那场突如其来的传唤搞得他措手不及。然而事后细细一想，又觉得纳闷。目击证人究竟是谁？他当真辨认出自己了？卡准了时间进行指认？为何看上去更像是暗地里有人指使？

可无论出于哪种原因，对方要么是刻意嫁祸，要么是转移警方注意力混淆视听。

他的第一反应便是沈山南。

不然不会这么巧，才刚跟他叫板儿，扭头就撞上这么一出事儿。可如果真如自己所料，沈山南又是如何得知自己抵达现场的时间的呢？难道……难道他当时也在场？或者……或者又有什么神秘的第三方？

念头一旦生发，不知怎么了，苏兮的影子竟从脑海中冒了出来。这想法并非空穴来风，要知道，从案发至今，只有她明里暗里地怀疑过自己。

不！不会是她！季霖郁用力咬住下唇，将水杯掷向桌面，让自己清醒！

怎料说曹操曹操到——

就在这时候，苏兮的身影出现在昏暗的走廊口。可没等他看清，只听耳边“啪”的一声响，眼前的一切戛然而止，随着左脸一阵火辣辣的疼痛，时光重新开始了流逝。

“为什么欺骗我？为什么要隐瞒？”她没有哭，只是一脸冷峻地盯着他。那目光如同冰锥，一刀一刀用力刺入他的胸膛。

“给我一个解释！”她的声音低沉，带着决绝。

季霖郁默默站在原地，任她的质疑雨点般砸向自己。他的面部线条紧绷，像是正承受着巨大的煎熬。

“解释！给我一个解释！你怎么不说话呢？难道你想去坐牢吗？”苏兮怒吼，声调立马抬高了八度，“你明明说自己不认识她的！”

“……”

历经一番严峻的对峙，看苏兮眉眼间有所松懈，季霖郁这才心平气和地解释道：“我说了，我不是凶手。我现在不是回来了吗？恐怕是对方指认错误，看见了一个与我相似的身影。”

“所以说你顺利摆脱嫌疑了？”苏兮用颇为奚落的口吻回应道。

季霖郁点头。

“凭借你深藏的巧舌如簧？”

他目光如炬，却不看向她：“不，凭不在场证明。”

“什么证明？”

“江妙菱。案发当时，我跟妙菱在一起。”

第四十四章

.1.

沈山南睡不着，斜倚在露台躺椅上，手边放着壶温热的清酒。

他不是没想过对江临皮造发起反击，可每每想法生成便都被干爹拦下了。干爹语重心长地进行劝阻。他说：“明知世道艰险，就更是要讲情讲义。既然看清了对方是怎样的人，就更要避免陷入与之同等的人性困境，避免以其人之道还治其人之身的发生。”

特别是数月之前，在季霖郁所供皮具中出现假货那次。当沈山南查清事件始末，得知是江秉城从中作祟有意针对苏兮时，他赶在第一时间向江秉城发出了一番文质彬彬的警告。

他说：“江兄，你或许还没有意识到。苏兮是我的女人，我不允许她受到任何委屈，更何况栽赃跟伤害！”怎料江秉城反声奚落道：“沈兄真可谓‘落花有意随流水，流水无情恋落花’。”

沈山南屡屡举杯邀月，直至微醺。

他低眸，凝视手中的照片，饱满的指腹顺着那栋豪华海景别墅的轮廓一寸一寸划过。半晌，他不禁低声沉吟：“希望你的新主人会喜欢你。”

话罢，斟满最后一杯，仰头，一饮而尽。

佛说，人生有八苦：生、老、病、死、爱别离、怨长久、求不得、放不下。最苦的，莫过于求不得而又放不下。求之不得，寤寐思服；放之不下，魂梦为劳。

……

早上九点，苏兮正端着杯手冲“苏门答腊”在流线型的黄花梨吧台前醒神，桌角的手机突然一振。苏兮手头一抖，滚烫的咖啡顺着嘴角滴到了裤子上。她迅速擦拭，与此同时朝屏幕上轻轻一瞥，一串陌生的座机号码映入眼帘。苏兮调整了坐姿，摁下接听键。

“苏总您好，我是沈总秘书，Anna。”

随着一声机械性的问候，苏兮陷入短暂的思考。要说上一次苏兮接到Anna的电话，还是在与万邦签订长期物料供应合同的时候。除了重要至极的公事，沈山南向来不都亲自跟自己联系的吗？难道——

“苏总，明早十点麻烦您来一趟万邦，沈总要见您。”

“什么事？”Anna郑重无比的语调令她备感忐忑。

“是公事，具体的我也不是很清楚，还请您明早准时过来，因为十点四十分沈总还要赶一场国际电话会议。”

苏兮谢过安娜，将手机放回兜里。

从挂掉电话的那一刻开始，苏兮开启了一场长达十个多小时的提心吊胆。她以为会接到沈山南的电话，等来等去电话倒是没断过，可没有一通是他打来的。

翌日清晨，苏兮准时出现在了沈山南办公室。

沈山南合起原本摊开在桌面的文件夹，绕过办公桌来到沙发旁坐下。他随之伸手，做出“请”的手势：“苏兮，我有一个好消息要告诉你。”

苏兮原地一愣：“什么好消息？”

“经过万邦极具专业度的分析跟估值，我现在代表公司决定对你公司进行天使轮投资。”

这突如其来的“好消息”，令苏兮狠狠怔在原地。没等她反应过来，沈山南继续说道：“经过内部高层决议，万邦会以高于其他天使投资人一倍的价格购买你公司百分之十的股份。”

“以目前市场行情来看，这30万可以买到你公司百分之二十的股份，但我只要你百分之十。”

苏兮光顾着吃惊，全然没注意到说出这段话时沈山南的表情——他在微笑，不由自主地微笑，他似乎找回了高高在上的掌控感，觉得自己活像个在臣民面前大行善举的君王。

苏兮默默注视着对面那张天生适合掌握经济命脉的脸，问道：“为什么？”

沈山南收起一脸微笑，张口：“因为我爱你。”然而实际上这话并未说出口，仅仅他的口中转了一圈便被吞了回去。

他接着伸手抻了抻衣领，一脸严肃地说道：“于公来讲，这对双方而言是互利互惠。于私来讲……”他刻意停顿，温柔的目光洒向她的脸，“苏兮，你恐怕很久都没感到过惊喜了吧？”

我这是亲身参与历史了吗？苏兮暗暗自问着。她何止是惊喜，简直就是欣喜若狂。可欣喜若狂之余，她轻轻握住拳头，不安地问道：“山南哥，300万买我公司百分之二十的股份，意味着市场承认我公司市值为1500万？”面对如此庞大的数额，她感到难以置信。

然而沈山南的脸上并未流露出任何动摇之色。他果断点头，道：“你别忘了，股价永远是投资人对公司未来的期待。万邦是看好你公司的发展趋势，而我是对你个人的市场参与趋势持乐观态度。”

这个道理苏兮自然明白。早期阶段的估值更多看重的是增长潜力而不是现值。然而这个估值对于创业者却是十分重要的，因为这决定了创业公司的市场价值以及融资的额度。“可是山南哥——”

苏兮似乎还欲说些什么，却被沈山南拦下了。他睿智的目光自手腕上一闪而过，接着开口道：“我还赶着开会。这样，等我方合同拟好给你电话。”

不出一周，沈山南代表万邦跟苏兮签订了合同。

这消息是江秉城在自家饭桌上得知的。当苏兮欲将这份天大的喜悦与人分享时，她第一时间便想到了季霖郁。而江妙菱无意中听到，不懂其中利害，满以为这在万邦内部已然人尽皆知，便在晚饭时当作新鲜事聊了起来。

然而奇怪的是，江秉城并未听闻万邦高层有任何风吹草动。全球性经济跌宕之际，万邦又怎么可能孤注一掷给一家小小的新晋公司融资呢？

莫非沈山南是假公济私自作主张？作为万邦最大的股东，这也不是不可能。

在江秉城看来，只要沈山南这只拦路虎留在万邦一天，他的“兼并大业”就难以实现。江秉城野心不改，左思右想，既然是非常时期，必须采取非常手段。

江秉城买通了万邦的法务人员，找到那份沈山南以公司名义跟苏兮签订的合同，并以一封秘密检举信将此事捅到了董事会。信件内容言简意赅，无非是告密他在公司如此危机的情况下还敢动用公司资金进行天使轮投资。

隔日，公司内部便临时召开了董事会议，沈山南一看各位虎视眈眈的神情，立即明白自己已然成为众矢之的。

会议开端，大家纷纷沉着一口气讲着一些冠冕堂皇的发展大计。直到一位股东将合同投射到中央大屏幕上，在座各位像是提前串通好了似的，你一言我一语不断炮轰。

沈山南双目半眯，一副淡然之色。任外界波涛汹涌，他自闭口不言。

待到会议结束，沈山南最后一个离开房间，正埋着脑袋往办公室走，却被干爹半道拦了下来。

“山南，我了解你的。你这孩子做事向来有理有据。我不相信你会假公济私，就算有，也一定有自己的难处。你若信得过我，跟干爹聊聊又何妨？”

沈山南犹豫半晌，推开办公室的门，微微躬身，做出“请”的手势。

老者在书桌前正襟危坐，沈山南这才将实情和盘托出。

“干爹，合同的确是以万邦的名义确立的，可这笔款项跟公司没有丝毫关系，实属我的个人资产。”话罢，他随手从抽屉最底层拿出一张汇款证明，说道，“如果您信不过我，您可以安排财务部的心腹去查一查，这笔钱到底是不是从我个人账户转到公司账上，并以公司名义投出去的。”

老者抿嘴微笑，余光却紧盯他的脸，稍作揣测，然后露出一个慈祥的笑，道：“查账的事儿都可以缓缓。你知道，我对你百分之百放心。只是山南呀，我不太明白，你……为什么这么做呢？”

“因为女人。”沈山南脱口而出。

干爹当即一愣，接着点了点头，可那微蹙的眉头又流露出些许费解来：“可若以你个人的名义进行投资，她难道不会更加感激吗？”

一丝苦笑划过沈山南的唇角：“干爹您是有所不知。以我对她的了解，若以我个人的名义横冲直撞做投资，她断然不会接受。”

干爹似乎读懂了什么，缓缓说道：“我明白。这世界上能让沈山南死心塌地的，又怎么会是等闲之辈？”

“我爱她。”他语气一落，“干爹，我爱她。”

没错，他爱她，毫无保留地、不计回报地爱着她。投资这件事是临时起意，就在被银行告知审查未通过以后。眼看着资金链断裂，做出补救是一定的，可他更愿意孤注一掷，一定要赶在土崩瓦解之前为她做些什么。

今日事今日毕，未来的事儿，谁又说得准呢？

事情虽然搞清楚了，但真相并未被公之于众。干爹凭借自己的威信，以一番不容置疑的说辞令股东们不再追究。

江秉城一番苦心设套，却被沈山南轻易逃掉了。野心被腰斩，这令他感到万般苦恼。

.2.

过了一周，苏兮的母亲前来省城复查病情。苏兮去车站接她，刚一见面母亲便诚惶诚恐地将一个信封塞进苏兮手中。

“这是我们学校的门卫师傅整理领导邮箱时发现的，说是投错了，投到我们内退的老校长那儿了，所以拖了一段时间，最近才送来给我。”

苏兮的目光在收信人姓名上短暂停留，莫名其妙地问道：“妈，这是寄给您的信，干吗给我看呢？谁寄的？”

苏母面露惊慌之色：“你先打开看看再说。”

苏兮一听，迅速摊开来看，看向落款人——黎露。

“信封上明明写着我的名字跟地址，可卡片却是写给你的！这难道不奇怪吗？更吊诡的是，你不是说黎露遇害了吗？她怎么可能寄信给你？”

苏兮打开顶灯，仔细辨认了邮戳：“这应该是在我回国之前寄的。”她说着，目光再次落于信封，神情突然间变得机警起来，“她一定是怕遭人拦截所以才没有直接寄给我，而是寄回咱们老家。”

“可是她怎么知道咱家的地址呢？”

是啊，她究竟如何得知的呢？苏兮下意识地咬着指甲，在零落的回忆中搜索答案。猛然间，灵光一现——

对了，记得几年前的冬天她俩提前约好要去瑞典度圣诞，结果苏兮因为临时被公司拉去加班而不得不取消了计划，剩黎露只身前往。度假期间，黎露说要给弟弟寄张明信片，提议顺带给苏兮家里寄一张，苏兮当即写下了母亲单位的地址。

“不会错的妈，名字跟地址都是你的，跟我当初给她的一模一样。”

“哦。”苏母松了一口气，话音跟着一提，“可你看看这内容。”

“苏兮，生日快乐。即便我们之间发生了天大的不愉快，我还是不会忘记你的生日——九月三十一日。记得我谈成人生中第一个重要客户的那一天吗？我们在山间温泉别墅庆祝，你说我简直是这世间最有能力的人了，你要是个男的一定会娶了我，即便不是，我也会是你这辈子唯一的好朋友。

黎露。”

读完第一遍，苏兮立即察觉到了不妥之处。这是什么意思？黎露搞错了她的生日？不！不仅如此，九月根本就没有三十一日！还有谈成重要客户的那天，她们去的明明是 Malaga 的海边度假村，哪有什么山间别墅？

这段全然不属实的叙述顷刻引起了苏兮的思考。这绝对不只弄错的生日祝福那么简单，黎露似乎是在通过信件刻意传递着什么极其隐秘的暗示。

睡觉前，苏兮拿着卡片翻来覆去仔细查看。那是一张音乐贺卡，一旦平展开便会闪彩灯、唱生日歌的那种。可苏兮开开关关很多次却没有任何声音。一开始她以为它没电了或者坏掉了，然而当她凭直觉撕开厚厚的纸面，意外出现了——原本应该装电池的地方，却粘着一张 SD 卡。

原本被睡意偷袭的意识瞬间清醒。苏兮一个鲤鱼打挺跳下床，将储存卡插入电脑。无须密钥，插入即看。

里面是黎露旅行时的照片。苏兮怀揣满心质疑一张一张仔细翻过，乍一看的确没什么惊人之处，除了倒数第三张有些不太对劲。那是一张黎露的自拍照，在某个灯光明亮的室内。

苏兮立刻利用专业软件放大了看，那背景似乎……似曾相识。对了！这不就是沈山南办公室的书架吗？保险起见，苏兮将照片发送给了欧洲一个图像分析专业的朋友。

翌日清晨，苏兮收到了对方的回复。

“嘿 Sussie，照片收到了，做完分析我回复你。”

“好的，希望它能够给你更多的研究灵感。”

.3.

十点半，苏兮出现在沈山南办公室。

每周三早上的部门管理例会，苏兮深谙此规律。她专门趁这个空当儿来找他，说是遇到了点专业上的难题。

沈山南对苏兮毫无防范之心，留她在办公室等候。待沈山南离开，苏兮从里面锁上了门。至于——如若沈山南意外折返，她早已想好了说辞，就说自己昨晚忙到太晚，在沙发上小睡，怕被人推门进来看到了睡相显得不雅观。

在那个笔挺而伟岸的背影中，苏兮顺着门缝仔细听，直到脚步声消失在走廊尽头，她拿出手机，照着图片上所指示的方位展开搜索。可困难的是，她甚至没弄清黎露究竟要她找的是什么，也只好加快手头的动作。

书架占据了整个墙面，可文学著作很少，闲书更是屈指可数，大部分都是经济或管理专业著作跟名人传记。的确，这很符合沈山南的人设。

苏兮一本一本挨个儿翻过，充满警惕的余光时刻望着门口。

在某个突如其来的瞬间，她冲书架正中央无意一瞥，突然发现一本A4大小的经济学杂志，出现在这位置实在显得有些格格不入。她鬼使神差地翻开看，夹页之中果然另有蹊跷。第三十一页的夹缝中，藏着一个被压平的塑胶封，苏兮立马拆开来看，那是一份隐藏的客户名单。

难道这就是黎露所谓的暗示吗？她的死与这份名单有关？

苏兮静静想着，目光从上到下一行行看过，那些名字的顺序以及字母的排列方式竟然似曾相识！

这份名单根本就是属于黎露的！在某次黎露拿下一个客户之后，她们去温泉区的一个别墅里庆祝。黎露总是在完成项后面打一个红色的小叉。这是在欧洲生活所养成的习惯，在欧洲，人们在选择项上不打钩，而是习惯画叉。

什么意思？沈山南拿了黎露的客户名单？可他们相识那会儿她不都已经辞职了吗？

苏兮不由分说掏出手机，对照方才拍下的书架图景，将一切还原。然后拍下名单，趁沈山南回来之前率先离开。

她快步走向停车场，头都没回。刚才解锁车门，紧攥在掌心的手机突然响了起来。屏幕显示Skype好友呼入，苏兮二话不说立马接听——

“Sussie，报告有结果了。我将画面进行各部分离，破解之后，发现了局部图像下层隐藏的一个数据包。”

“数据包？”

“对，是一堆数字。一开始我以为是密码之类的，后来我跟导师一起分析，发现其中记录着从一间中国公司的欧洲分公司转账到瑞士一个私人银行账户的记录。”

“这都能查出来？”

“现在科技很发达的，不过 Sussie，这属于我的一项私人小研究，找导师帮忙的时候还撒了一点小谎，说是我爸跟别的女人的密函，我妈找我查的。所以希望你——”

这么一说，苏兮立马反应过来了。

“谢谢你，Jose。你放心，这也是属于我个人的小调查！”

第四十五章

.1.

正逢周末，苏兮经过反复思量，决定以请沈山南来家里做客为由，向他打探那份客户名单背后的秘密。

晚饭过后，她亲手准备了一整套奶酪火腿拼盘跟一瓶品质上好的葡萄酒。沈山南靠坐在沙发一端，挑起一片奶酪放至舌尖，优雅咀嚼，然后抿上一小口红酒。一瞬间，奶酪浓郁的香气在酒精的发酵之下氤氲开来，很快便充满整个儿口腔。他抿抿嘴，不禁轻声赞叹道："像模像样啊苏兮，火腿足够轻薄，奶酪跟红酒的搭配也恰到好处。饮食即文化，看来你在欧洲没白待！"

苏兮淡淡一笑："Pinot Grigio与Mozzarella的搭配可谓相得益彰。灰皮诺的清新酸爽酒体丰满，正好配香甜柔软的马苏里拉奶酪。既不会影响奶酪的浓郁，也不会遮掉酒体本身的味觉。"说着，举杯相邀，"你知道吗，山南哥，这些昂贵的知识都是黎露普及给我的。比如波特酒配蓝芝士，Prosecco配Parmesan，Cabernet Sauvignon配Aged Gouda，Riesling配Ricotta。每次她谈下一个客户，我们就喝酒庆祝，真怀念那时候的时光啊！"

讲出这段往事的时候，她屡屡瞥向沈山南。沈山南抿着嘴，不动声色，眼中却隐约有泪光闪烁。沉默良久，他重新举起酒杯与苏兮轻碰："这一杯，让我们敬黎露。"

……

一瓶酒喝过半，苏兮的世界陷入一种耀眼的微醺。是时候切入正题了吧？她暗暗想着，随即开口说道："山南哥，我有一件事想向您请教。"她接着从脚边拿起一个笔记本，摊开，一份手抄名单跃然纸上。

"这份客户名单的原件您见过吗？"

沈山南神色微滞："干吗突然问这个？"

苏兮莞尔一笑："你别怪我有野心，毕竟公司走上了正轨。我就是单纯想拓展业务，跟里面的一些大客户取得联系。"

沈山南稍作迟疑，沉沉说道："名单在我这里。可是苏兮，我不蠢，我知道你想做什么。"沈山南脸色一沉，放下酒杯，原地站了起来，接着大步走向窗边，双臂环抱而立。

沉吟良久，他终于转过身来，灼灼目光在苏兮眼中落定："尽信友不如无友。这话我不求你认同，但真相就是这么回事。"

苏兮深深叹了一口气，被察觉了吗？为何他总能轻易看出她心中所想。"既然都已经心照不宣，山南哥我想问问，名单究竟是怎么回事？"

"一定要问？"

"要。"

"这事儿说来话长。"

"那就长话短说。"

"如果我说黎露辞职那件事的原委根本没你想象中那么单纯，也根本与你无关，你信吗？"

"什么意思？你这是在暗指她咎由自取？"

"别这么激动。我是说，这一切她并非毫无准备。"

"什么？"

"被停职前一周，我们在一场欧洲华人商会组织的私人派对上见过一次。她是那种挺有手腕的女孩，要知道，我们的会所可是高级会员制。她是随一位大佬前来的。"

"你当初不是说你们是在黎露回国后的一场酒会上认识的吗？"

"可能……我记错了。"

"那这一次，会不会又记错？"

沈山南叹了一口气，掏出手机给苏兮看了张照片，背景是布拉格电影学院附近，一整面艺术广告墙。正要递回给他，突然，背后的广告栏上张贴着布拉格电影学院的演出海报引起了她的注意。

苏兮像是想到了什么，眉头一紧："能把照片传给我一份吗？我想留作纪念。"

沈山南点头，摁下发送键。

“那时候，万邦正在进行海外业务的拓展，黎露手里握着数个重要客户的资料。”

“所以你巧取？”

“不。这只是巧合。她在公司账目上本想动动手脚，不料中间出了岔子，她被列入行业黑名单。于是她决定破罐破摔，她手头握着的那份名单，可以说是她最为有力的撒手锏。”

“而你利用了她？”苏兮迅速接过话。

“苏兮，你就是这么看待我的吗？”她的无端质疑似乎激怒了他，沈山南双唇紧闭，“她一早就对我有好感。当她得知万邦的目标正是其中的几位客户时，她开始以各种方式接近我：午餐店制造偶遇、在我公司欧洲分部附近死守、找我帮各种小忙……直到有一天，她正式登门拜访，她说愿意把自己跟名单一并献上。”

“你接受了？”

“为了万邦，我无理由拒绝！这看上去不怎么光彩，甚至龌龊，但这是商场上人人心照不宣的游戏规则。吃亏的一方只得暗暗叫苦，这是再平常不过的商业手段。后来，经过我三顾茅庐，顺利将名单上的客户转约到了万邦旗下。而黎露，她失去了退路，不再受行业接纳。她帮了我，无论如何我都必须保全她。这是利益跟情感的交换：万邦需要客户，而她需要我。”

……

“山南哥，你发誓你说的话都是真的？”听到这番解释，苏兮不禁有些动容。

“你都已经追问到这份儿上了，我还有撒谎的必要吗？再说根本没什么好隐瞒的啊。”沈山南淡淡说着，然而那低沉的声调中丝毫没有轻松，反倒充满了悲切。他回避着苏兮的目光，却一次又一次下意识拿眼角瞥向她。他似乎期待着什么。是期待她相信吗？还是期待她的原谅？

“所以，客户名单跟黎露的死有关吗？”

“我认为没有。但事实上，我说不清楚。可是苏兮——”沈山南稍作沉淀，背过身，慢慢吞吞地说，“虽然这话可能不中听，但我劝你，真的……不用把她想得太好。”

“为什么？”

“从她萌生非分之心到开始计划执行，从被行业扫地出门到回国后落入险境，这从头到尾的一桩桩一件件，你看似参与其中，却根本不应该感到丝毫愧疚。如果一定要分出个孰善孰恶，那么最该愧疚的人应该是她自己。”

“山南哥，你这是在给我上人生一课吗？跟我强调一切的一切都是她咎由自取？”苏兮不咸不淡地说着，似乎对他的说辞产生了免疫。

“不。我不想做无端评价，只是在陈述一个事实。”他突然回过身，语气跟着重了几分，“苏兮，我多希望你不要这么敏感，不要再深究下去，以及关于那些无关痛痒的真相，我宁愿你永远被蒙在鼓里。”

这一刻，他就那样注视着她，目光热烈，似警告，似威胁，似关照。在沈山南看似痛心疾首的目光中，一件旧事在脑海内倏地闪过——

那是刚才步入职场的那年，黎露为了短时间内得到更高职位可谓无所不用其极。苏兮好言相劝，却得到了她的冷嘲热讽。

“我了解你。”那是一个冬日的午后，黎露穿着吊带袜，指尖夹着只水晶高脚杯轻轻晃。

“了解我什么？”苏兮尚未理解其中深意，笑嘻嘻地问道。

“我们上学的时候你就总是找需要你的男孩，而我总是找能给予我的男孩，我选择我想要的。你凡事以别人为先，因为这样生活比较容易，你宁愿满足现状，而不愿冒险一搏你想要的生活。”当苏兮反应过来，并未表现出过度的愤怒。

在她的意识深处，心房如铜墙铁壁，一个人，既然走进了自己的内心，那便是神圣而不容侵犯的。像闺密这样的关系更是如此，应该是亲密的，宽容的，不计较的。因为一个眼神发生突然的决裂，又因为一句简单的抱怨而冰释前嫌，这都是再正常不过的事情。

然而此时此刻，就在沈山南发自肺腑说出这番话之后，她突然对自己的认知产生了前所未有的怀疑——黎露到底有什么事瞒着我？我是被利用了吗？山南哥说的蒙在鼓里又是什么意思？

苏兮怔怔站在原地，大脑被各种问题围剿，她下意识咬紧双唇，指甲深深抠入掌心。

.2.

晚上八点，苏兮站在灶台边对着那张照片出神，不锈钢煮锅里正泡着一捆卖相惨淡的挂面。直到挂面扑锅她这才缓过神来，手忙脚乱地将电磁炉关掉。即便早已饥肠辘辘，可她并未立即开饭，而是鬼使神差地走回客厅。这突如其来的转念只因她想到了一个人——林萧萧，苏兮留学时的朋友。在过去六年多的时间里，她一直在布拉格电影学院攻读电影摄影专业。听说去年年末学成回国，目前在邻市的一家广告公司做监制。

没出三分钟，电话响了起来。她立马接听，林萧萧的声音传至耳畔："Sussie，我看你刚发来一张照片，有什么事吗？"

苏兮将电视关掉："好久不见萧萧，有件事我想找你核实一下。照片背景里的那张巨幅海报你还有印象吗？我记得你跟我说过，是你们 FAMU 贴出来的。"

"你稍等，我仔细看一下。"五秒左右的停顿，萧萧重新拿起听筒，"没错，我记得挺清楚的，那是作品展的广告。我们组拍的是一部关于马戏团演出间隔的默片，出自我的观点吧，就是别出心裁，以静制动。"

"但这张海报当时只贴了两个月对吗？记得你舍友当时还特别气愤地说展位还没捂热呢就被别人给抢占了。"

"对对对，我舍友西班牙人脾气也是够火爆！听说是学校跟外边没谈好六一之前就被撤了，不过展览顺利倒也没耽误什么事儿。"

苏兮心头一紧："那你记不记得……当时有没有漏掉的？就是没及时撤下的？"

"不会。你也看见了，海报的规格巨大，首先筛掉了街边的大部分展板；而且我们当时一共只制作了六幅，都在学校附近、伏尔塔瓦河沿岸。退一万步讲，就算真的有没及时撤走的，可照片背景里的这幅我特别确定，当时是被 DAMU 的芭蕾舞演出的海报盖过了。"

萧萧又往后说了些什么，苏兮已经听不真切了。一股股无形的寒潮如同海浪般传至四肢百骸。无边无际的黑暗中，苏兮感觉自己像是巨浪中的一叶扁舟，灯塔明明就在不远的前方，可靠近了才发现，那不过是座缥缈的海市蜃楼。

这令她感到迷失，前所未有的迷失。

"对了苏兮，黎露出事儿你听说了吗？"

“嗯。听说了。”她努力回过神来。

“话说这事儿还挺邪门儿。那天傍晚我还去找过她，谁能料到我离开以后竟会发生那样的事！我一直在自责来着，如果当天我陪她过夜，是不是就不会发生了？”

苏兮握着电话的手指猛地加大力度：“你说你去见过她？”

“对呀！她不是结婚吗？婚礼当天我正好去澳洲出差凌晨就得启程，所以干脆提前一天去给她道喜。那可是我俩毕业后的第一次见面，黎露特漂亮，鼻子隆了，腮帮也微整了，可五官看着很协调没一点儿怪异之处。我俩还自拍了一组来着，现在彻底成绝版了！我发给你看看。”话音刚落，苏兮手机一振。

画面中，黎露身着精致的婚纱，头顶白纱。苏兮看着她那洋溢着幸福的脸，神色顿时变得柔和。她的目光打屏幕上一寸一寸扫过，然而看着看着，目光在照片左上角骤然落定。接着，她迅速摸过置于茶几一角的眼镜：“萧萧，窗子那边好像支着台相机啊！”

萧萧立马纠正道：“那可不是相机，是台小DV，当时我也好奇来着，说怎么还拍隐私啊？黎露说那是婚庆公司流程里的一项跟拍。从结婚前72小时开始一直到婚礼流程全部结束，拍好以后会做精修，然后做成光碟，留下永久的美好回忆。”

DV？影像记录？——对了，黎露当时不就指向窗边吗？难道……她是在指那台消失的摄像机？

苏兮挂掉电话，用Jose推荐下载的图像处理软件将照片放大，看着那台DV，突然觉得似曾相识。究竟是在哪里呢？她闭上眼睛，努力整合着大脑图库中所有与之相关的蛛丝马迹——明亮的室内、巴西黄花梨工作台、排列整齐的书架……

下一秒，她猛地张开双眼——

可即便熟悉，可世界上一样型号的相机那么多，也许是巧合呢？

翌日，苏兮出现在了万邦。

“山南哥，我想向您借一样东西。”在沈山南面前，苏兮从不惧怕开门见山。那是一种说不清的安全感，温厚，踏实，令她永远不会落入被拒绝的窘境。

提要求提条件根本算不上什么，沈山南就怕苏兮想方设法地躲开自己。他可是连星星、月亮都能想办法摘给她的人啊，便口吻温柔地问道:“想借什么?”

“我有个高中同学聚会，想借您那台小DV暂用。”

沈山南的笑容瞬间凝固在了嘴角。苏兮的心跟着一提。

她以为接下来他会以各种蹩脚的理由进行一番搪塞：借口说不巧被别人借去了或者坏掉了。可万万没想到，他竟断然否认了——

“你是不是记错了，我从来没买过DV，主要是我没有这方面的爱好，日常需要录像的话手机就足够了。”

苏兮尴尬地笑了笑，浅声试探：“真的吗？我记得不久之前在打印机旁边看见过一台，那……那一定是我记错了。”说着，抬手指了指办公桌一角。

她一颦一笑间细致入微的变化，他看得清晰；她一呼一吸间稍纵即逝的变化，他也有所察觉。无论说出口的话语还是眉目间的表情，那含沙射影的意味浓重极了。

她似乎有所认定，这令他感到惊心。

“如果你需要，我现在立马就给你订一台。”他注目，话中带笑，笑中却藏满了试探。

苏兮赶紧摆摆手：“不用了山南哥，我去跟别人借好了。”

从否认到回避，苏兮意识到了问题的存在，再说她的直觉向来很准。如果这些都不算什么，那么沈山南当下的反应也能表明一二。

她注意到了自己问出那句话时沈山南的神态，他唇齿一紧，警惕性地望了一眼花盆下的置物柜。

.3.

距离咖啡店还有大半条街，巷子很窄，车子很难掉头。苏兮只好停靠在巷口的小型停车场，步行前往。

天色还没黑透，举头便能看见远山深蓝色的轮廓。不知从何时起，一个黑影尾随其后。苏兮起初只是有所察觉，可没出两步越发觉得不对劲了。为了确认，她时而蹲下身装系鞋带，时而掏出手机假装环顾四周，时而往前小跑几步。而那影子只顾跟随她的节奏停停走走。

眼看就要到达店门。转弯处，苏兮一个急转紧紧靠上墙壁。只见那黑影跟着扎了过来。说时迟那时快，苏兮迅速出手，尚未出鞘的匕首准确抵在了那人胸口。要说这把刀还是季霖郁送的，自打上次经历了被跟踪那件事儿，他精挑出一把赠予她要她随身携带以作防身之用。

苏兮向来不会使刀，不过是造造声势罢了，全身上下无一处不在颤抖着。

“苏小姐，是我！”对方话音一出，苏兮立马反应过来了。那人随之换了站姿，让昏黄的光线照向自己的脸。

“警官？”

苏兮迟疑，看对方有所松懈这才默默将小刀收进包里，然后一脸质疑地问道：“您这是……跟踪我？我不是已经被解除嫌疑了吗？”对于“张飞”冒昧的举动，她又惊又恼。

“张飞”摸了摸额头，不好意思地笑了：“我是跟着你，但没跟踪你呀！算了算了，恐怕是职业病。我也是刚好路过，看着背影像你就一路跟着过来了。”

“您找我有什么事吗？”

“苏小姐，我们需要您的帮助。”

“帮助？”苏兮感到错愕，“我？”

“对。我们需要您提供一些线索。”

“线索？我能有什么线索？”

“目前没有，但您跟我们目前锁定的嫌疑人挺熟。”

苏兮一愣，沉住一口气：“不瞒您说，我也间接从他人口中打听过警方的调查进度。要说帮忙……我跟季霖郁的确走得挺近，但——”

“您弄错了苏小姐。”“张飞”抬手拽了拽领口，“不是季霖郁，是沈山南。”

“他？”

“根据对现场的勘测，我们发现窗边地板上有四个凹点。一开始我们一直没想明白那是什么，后来经过三番五次的调查，最终确定下来那些点是相机四脚架留下的痕迹。因为一般人们都用三脚架，所以差点儿被我们忽略。这个问题搞明白之后，我们顺着线索调查，去了几趟婚庆公司。据相关人员报告，不久之前他们发现少了一份视频文件。”

“少了？被人偷了吗？”苏兮不明所以地问道。

“张飞”摇摇头：“经过调查发现，视频不是被盗而是根本没有呈交给婚庆公司。负责那场婚礼的工作人员解释说：这项跟拍本来不属于婚庆硬性项目，而是新人自己要求增加的一个环节，而婚庆公司担心在无工作人员监管的情况下器械损坏，便与新人达成协议，使用他们自己的设备，并说好拍完之后交由婚庆公司统一剪辑制作。”

苏兮静静听完，一举抓住问题关键：“之前怎么就没发现呢？”

“因为恰恰在那段时间里，负责这个项目的员工因为商业盗窃而被辞退，因此这条线索的提供才耽误了这么久。而目前经过一系列调查分析，我们有理由相信，那台 DV 里记录了凶案发生时的影像，却不幸被凶手发现，并进行藏匿或销毁。”

“张飞”说着说着便停了下来，看向苏兮泯灭的眼神：“苏小姐，您在走神？”

苏兮正欲否认，“张飞”不禁追问：“苏小姐，您知道那部 DV 的去向吗？”

苏兮险些脱口而出，却被一阵突如其来的铃声制止了。“张飞”皱眉，迅速摁下挂断键，然后重新看向她的脸。那短暂凝滞的眸光又重新开始了流动，苏兮沉了一口气：“不知道。”

“张飞”似乎从她变幻莫测的表情中看出了什么，好言相劝：“苏小姐，无论您是否愿意知无不言，我都想要善意地提醒您，别靠他太近。”

“这话从何说起？”

“经过一系列调查，我们发现万邦不仅涉嫌通过比特币跟股金红利洗钱，而且很有可能在通过欧洲的一家古董店大量洗钱。至于他与凶案到底有没有关系，我们还在调查中。”

这番话令苏兮联想到了什么，她那原本深邃的双眸此刻变得更加深不可测。

时间倒回两日之前。学校后门甜品店，苏兮跟黎志远见面。她主动约的他，本是关心案情进展询问警方的调查动态，怎料黎志远一不留神说出了个小细节。他说最近沈山南都是以当面支付现金的方式给他生活费，不再通过银行汇款。

这件事在当时听来稀松平常，可现在经“张飞”这么一提……难道，难道真的出事了？还有那个破译出来的瑞士账户，这之间有什么关联吗？

想到这儿，苏兮不禁半眯了眯眼睛。她的动作很小，却还是被身经百战的

"张飞"准确捕捉到了，便立马顺水推舟道："苏小姐，如有任何情况，还请您在第一时刻跟警方联系。"

"那是当然。"她点头，淡淡回应道。

"对了苏小姐，刚刚那把刀你小心使用，别意外伤到自己。"

.4.

在"张飞"渐行渐远的背影中，苏兮心思全无，她原路返回停车场，给车子解锁。

打火，熄灭；再打火，再熄灭。她顿时感到焦躁难忍，试图做些什么动作以便分散注意力，便想顺手将蓬乱的头发扎起来。她干脆将头发一股一股固定于头顶，梳到一半，胳膊一酸，手指一软，头发瀑布般散在肩头，她的眼泪跟着掉了下来。

第四十六章

.1.

零点整，苏兮着一身肉桂色丝质睡衣坐在梳妆台前涂着一瓶“五号”香精。手腕各点一下，于颈后跟胸前轻轻一蘸。待完成了这套仪式，她像往常一样抬头观察呈现在镜子中的那副面孔。抬眼之间，黎露的身影跃然镜面之上。她的面孔不断放大，不断放大……大到似乎连鼻头上的毛孔都清晰可见。蓦地，那面孔猛地脱离了镜子，以一种不怀好意的节奏朝苏兮逼近——

苏兮从一场荒诞的梦境中惊醒，剧烈地咳嗽，咳到喘不过气，便随手抓起床头柜上的隔夜绿茶一饮而尽，冰冷的触觉浸湿口腔，流经喉管，直抵胃部。

这令她清醒了不少。

苏兮睡不着，光脚走去厨房。她很想接杯冰水来喝，便从洗碗机取出一只干净的玻璃杯。然而刚准备拉开冰箱，一股不明情绪强行介入脑海，心头的焦躁一触即发。她突然没了兴致，快步走回灶台边，将水杯随手甩进水槽，发出“嘭”的一声闷响。

不知不觉间，她又想到了黎露。

是直觉，一种相当强烈的直觉！只是这感觉着实吊诡，就好像……好像她无时无刻不躲在时间的褶皱中，静观身后发生的一切。明明已经不在了，却又好似无处不在。

苏兮深深吸了一口气，她感觉自己像是走在悬崖峭壁的边缘，身边伴着的不知是王子还是猛兽，不知是敌是友，她多想不顾一切问个明白，却终究不敢轻举妄动。

.2.

上午七点半，沈山南只身一人待在偌大的会议室。天光阴郁不明，被灰霾裹挟的晨光将这栋平日里生机勃勃的大厦投射得异常清冷。

然而清冷的又何止这栋毫无生命可言的建筑？沈山南半窝在椅子里，眉宇间流露出来不及整理的余惊。多少年没有经历过这种惶恐了？他盯着面前的墙壁，尝试让自己恢复思考，却根本无法集中精力。

在某个突如其来的瞬间，兜里的手机猛地振了起来。沈山南机械性地掏出手机，下意识将手指移向接听键，却又犹豫下来。

这一系列的转变皆因一场突如其来的浩劫。沈山南不愿去想，断然摁下关机键。顷刻之间，世界又恢复到了此前的死寂。

翌日，苏兮约沈山南见面，在一间距离万邦挺远的港式茶餐厅。

考虑上下班高峰交通拥堵，她选择乘坐公共交通。先在中央图书馆站搭上地铁二号线，然后在未央湖路换乘三号线往东坐三站。

四十分钟之后，苏兮到达约定地点。她随人流缓缓升上地面，站在出站口本该向左转，可转念一想，既然比预计早到了三十分钟，不如先去附近书店逛逛。

刚转过一侧街角，斜前方一幅场景吸引了她的注意。就在一整排法国梧桐投下的阴影中，在咖啡店宽阔的落地窗彼端，一副熟悉的轮廓浮于视线深处。当她确认左边那人的身份，不禁暗暗感叹，不愧是业界楷模，做事讲求效率分秒必争。怪不得约我在这里，原来是顺道见朋友。

这想法一旦生发，苏兮不由得好奇起对方的身份来。看清对方面孔的刹那，她脚下一顿，不由得向后退了半步，那不是 Richard 吗？上次遇见还是在那场国际展会上。那次他俩也是结伴而行，可无论从哪个角度看上去，两人的关系都不只商业伙伴那么简单。

这番揣测不禁唤起了她更深层次的思考——沈山南这个人向来不易与人亲近，更是习惯以时间检验情谊。看他们之间的亲密程度，相识可不仅仅三四年。

“所以那迟到的 72 小时到底发生了什么？而我又扮演着怎样的角色？我究竟是被上帝拾起的那颗糖豆还是一只不明所以的替罪羊？虽然不想承认，可山南哥身上的疑点实在太多，他仿佛掌握着整条时间的脉络！”

没等苏兮想出个所以然来，街对面那两道目光不约而同朝这边扫来。她下意识转过身，佯装成一个普普通通的路人，盯住橱窗里的一只大象玩偶出神。

虽然视觉被切断，可大脑还在飞速运转着，它整理着与这事有关的一切细枝末节。苏兮阻止自己去想，可大脑偏偏要做一台失控的机器，所有零碎的疑问跟答案在脑中以迅雷不及掩耳之势绕成了一团乱麻。

.3.

沈山南似乎一早便意识到了他们之间不协调却又合理的矛盾，却不能选择放弃或回避。于是，他选择了最为擅长的处理方式——主动面对。

于是此时此刻，在面前一张窄窄的圆桌之上，当苏兮对着他微笑，他的内心却忍不住地想要冲她大喊："何必再伪装？你有什么疑问？把你心中的怀疑全部说出来！"

但他觉得应该先跟她聊些轻松的，或者给她点杯酒。

当然，还有一个问题从见面的一刻起便牵动着他的神经：她为什么不先点单？以前她不都是一坐下便主动冲服务生招手点单的吗？

完了。他心想，她一定知道了什么。通过那么多的漏洞跟细节，她一定是发现了某些更深层次的矛盾。而她现在正在做的便是想方设法将这些矛盾解释，然后将所掌握的一切细枝末节串联起来，到那时候，真相便会自然而然浮出水面。他不禁倒吸一口凉气，眉头微微蹙起。可是——可是，所谓的真相又是什么呢？我为何要如此惊慌失措？想到这儿，他不禁抬眼瞥向她。

苏兮突然有些颤抖，眼睛跟着泛了微红。沈山南的心一下子缩紧了。可就在这个时刻，一个极尽冷酷的声音见缝插针："主动权！对！你必须掌握主动权！"他皱眉。在一段原本应该轻松惬意的关系里，他讨厌这个粗鲁的词汇！然而，他还是这么做了——

先为她点了一份鸳鸯跟一份甜点，然后故作轻松道："苏兮，你知道昨天我为何挂断你电话吗？"

苏兮倒是有些不以为然："为什么？"

沈山南眸光一沉："昨天凌晨五点半，公司财务部的一位重要负责人从他办公室窗户纵身一跃，完成了人生最后一次也是最为壮烈的一次飞跃。"

苏兮面色一紧："怎么回事儿？"

“经济下行，万邦内部不得不考虑裁员。而他位居名单第一列。”沈山南重重叹了一口气，十指交扣，“他家的情况有些复杂。女儿生病，妻子又跟他闹离婚。这种情况下他根本不可能全身心投入工作。就算公司这次不做调查问卷直接开除效率最低的，他也还是会榜上有名。”

苏兮抿嘴：“除去硬性规定不讲，做出这样的决定的确有些不近人情。”

沈山南拾起陷落的目光，想要扯出一个勉强的笑，却发现这实在有些为难：“这就是我的难处。作为一名管理者的为难之处，要做到体恤员工，又不能心太软。在某些艰难的时刻做了不近人情的决定，还必须及时清除不必要的道德负罪感。他前脚一跳，各大媒体记者立马到位，就连八竿子打不着的网红主播都一窝蜂地扎堆凑热闹，这么一闹，股价瞬间下跌。”

苏兮沉默：“那家人呢，他的家人该如何安顿？”

沈山南长叹：“若硬要论理，那么万邦法务是出了名的手腕硬能力强，不费吹灰之力就能摆脱责任。但我还是想从人情层面处理，给家属做出相应的理赔。在万邦，他无疑为一名不称职的员工。可在家庭里，他又何尝不是一位身兼重担的父亲跟丈夫？”

苏兮看着沈山南，目光变得柔和。这个男人，复杂、强硬，甚至不近人情，却又总能适时体现出仁慈的一面来。

“别光说我了，对了，找我出来什么事？”

见他炯炯有神的目光，苏兮反倒有些犹豫。

“山南哥，随着案件调查的深入，最近实在有太多疑问困扰着我。但在我开口提问之前，我首先想要表明自己的态度。”

“态度？什么态度？”沈山南注目。

苏兮随之郑重了语气：“我的态度就是：我从来不希望你出事，可为了黎露，我更想查清真相。”

沈山南不失优雅地点头，左手环胸，右手做出“请”的手势，托住下颚，摆出一副“愿闻其详”的姿态来。

“关于黎露怀孕的事似乎并没有表面看上去的那么简单。我暗地里打听过，通过尸检发现，黎露生前根本没有怀孕的迹象。”她眼帘下垂，失意的目光中迸发出某种强烈的情绪来，“山南哥，我想我大概已经猜到了原因，可我还是想听你亲口解释。”

沈山南长久凝视苏兮的脸，似审视，末了，缓缓说道：“没错。黎露根本没有怀孕，她伪造了那份报告。”

“为了结婚？”

“对，为了结婚。”

这个解释十分合理。像沈山南这样的人设，想要与之托付终身的女人不少，可他又怎会轻易交出自己呢？更何况，对方还是一个根本不令他动心的女人。

从专业角度来讲，凶案一般存在三大要素——手段、动机、时机。目前，案发时机已经确定；而死者被锐器刺死，锐器就是现场的一把水果刀，人人都可以拿到。至于长久以来探查的动机……就在此刻，动机已然清清楚楚呈于眼前——

婚礼前一夜，沈山南发现了黎露骗婚的真相，意识到她始终在敲诈自己，这件事彻底激怒了他，于是他一怒之下误杀了她。

难道就要这样盖棺定论了吗？

不！还有转机！苏兮暗暗想着：那条遗落在现场的项链又该如何解释？难道他杀了她，然后煞费苦心嫁祸给我？不对，这根本说不过去！他事无巨细地保护着我，又怎么可能做出这样的事情？

可是——可是倘若真相正如自己所料呢？

她若无其事地看向对方的脸，故作镇定地笑了。就在这时候，沈山南抢先一步做出了动作，他弓了弓身子，从脚边的牛皮纸袋中掏出一只毛绒大象。

苏兮顿时愣住，眼中闪烁出一种复杂的光芒。

“我刚才无意看见你对着它发呆，觉得你应该是喜欢就买来了。”

沈山南说着，胳膊越过椭圆形的餐桌。苏兮的第一反应当然是感动跟喜悦，没有哪个女人会拒绝男人这般细致入微的旁观与关照。然而，这短暂的喜悦稍纵即逝。

我暴露了吗？很显然，我观察他的时候，他也在暗暗观察着我。

她突然感到无比失落。明明是一只充满心意的玩偶，此时却扮演着如此锋利的角色，他那俨然呈现在嘴角的笑意毫不留情地将这层窗户纸捅破。

苏兮故作轻松地笑道：“我也没想到会早来那么久，就在四周随便转了转。”

沈山南点头应付，可那温和的目光却闪过一丝深不可测的狡黠来。

苏兮看向他憔悴的脸，突然一阵痛苦涌上心头。不知从何时开始，他们之间的关系变得复杂起来。就像是一锅开水，慢慢升温，而那些肉眼看不见的猜忌随气泡一起涌向水面，膨胀、聚集、破裂，然后以相安无事的假象扩散开。看似平静，实则隐藏着太多汹涌。

可仔细想来，这又有什么好奇怪的呢？每个人都有自己的温柔与残酷，爱与恨，时强时弱地纠缠。煎熬着自己，也彼此煎熬，许多问题或者问不出口或者有意回避，最终在惶惶不安中淡化……

第四十七章

.1.

即便沈山南对苏兮关怀备至，即便他的一举一动间散发着面向全世界的温情与善意，可一股强大的理智时刻提醒着她：“不能因为任何美好的现象而放弃对真相的追寻！”

恐怕连他自己都没料到，万邦财务部员工跳楼只是一曲微妙的前奏。这事儿还没尘埃落定便引出了个人账户问题。

苏兮也不清楚自己究竟是从哪天起刻意躲着沈山南的。总之，他打电话她能不接就不接；发短信能不回就不回；他约她出去，她以繁忙为借口搪塞掉；他到她家楼下守株待兔，她便熄灭所有灯躲在被窝里假装昏睡。

可是今天，一切似乎变得不同。

苏兮整个早上都在远程安排海关清关事宜，直到午后才得以真正休息。她在厨房转了一圈便在桌边重新坐下，取出行程簿记录日程，随手一翻，那串神秘的数字呈现眼底。

苏兮盯着数字不禁有些出神，那些细碎的情节更是不断地在她脑中回放，就像是一串立起又倒下的多米诺骨牌。她完全不知道命运将会把这一切带向何方，将自己带向何方。

银行卡账号、客户名单，与此有关的所有细枝末节被穿成一条线，没等她细细回味，那个至关重要的圆点便落在了沈山南的钱包上。是啊，沈山南似乎极度在意他那只钱包。可在苏兮看来，那钱包其貌不扬，无论皮质还是做工都再普通不过。

他那么珍惜它，因为是黎露送的吗？还是藏着什么别的秘密？

.2.

下午三点，妙菱停下手头的活计。今日天光难得明媚，静谧的阳光洒落在她精致的五官上，像是镀上了一层金色的薄纱。

季霖郁回过神，满眼宠溺地问道："累了吧？差不多下午茶时间了，你想吃点儿什么？"

"鳄梨沙拉和舒芙蕾。"

"好。我缝完这截内袋立马打电话。"

"谢谢。"妙菱顷刻间笑成了一朵太阳花。

用过简单的下午茶，季霖郁滤了壶冷萃重新坐在案前继续忙碌。

诚如季霖郁所言：大环境越是低迷，作为匠人就越是应该注重每一件作品的质量，注重每一个微妙的细节。

"妙菱你别忘了，我们之所以要将这家店做下去，不仅是为了迎客赚钱，也不仅是为了鼎盛昌的名号得到发扬、技艺得到传承，更是为了传递一种踏实有力的工匠精神！面对眼前这个浮躁而物欲纵横的社会，我相信，这种精神必然为一盏明灯、一烛暖光。"

一直忙到夕阳西下，妙菱揉着酸痛的脖子轻轻一瞥，却发现季霖郁正给左手中指缠创可贴。

"哥你怎么了？"

"没事，眼睛一花不小心被裁皮刀锉到手了。"

"你这样简单处理不行，要不要去打破伤风啊？"妙菱固定住他的手腕，三下五除二将创可贴拆了下来。

"不用，这是套新到的工具，用之前我都做过消毒处理的。"

"那你等一下，我帮你酒精消毒再上点药。"

待妙菱完成了整套包扎，目光落向那只正在被修复的包包，眼神一滞："哥！你怎么把肩带给缝反了？"她原地顿了几秒，接着猛地往他眼底一凑，"你有心事！"

"没。"季霖郁别过脑袋。

"别不承认，你知道吗，你今天不仅挫伤了手指、缝反了肩带，而且整个下午总共喊我八次，五次都喊成了苏兮。"

听她这么一说，季霖郁猛地回过脸，面色一红："别乱开玩笑，我怎么没意识到？”

江妙菱撇撇嘴，搬出一副委屈巴巴的声色来：“这里就咱俩，我当然知道你在叫我了，可你自己不知道啊！”

“对不起啊妙菱，最近忙得我晕头转向。”

妙菱却一下子抓住了重点：“哥，好久不见苏兮姐来了，你们是不是……”

季霖郁身子一紧，瘪着嘴巴不说话。少顷，浅声催促道：“咖啡要凉了。”

……

.3.

苏兮躺在床上睡不着，脑子里全是沈山南以一副毫无防备的姿态窝在沙发里与自己把酒对月的画面。

这天是周末，换上休闲装的沈山南，倒是多了几分亲和感。

苏兮按照事先计划请他来家里聊天，然后“不小心”将大半杯威士忌洒在了他的西裤上。趁他去卫生间清理裤子的工夫从外套内袋掏出那只样貌普通的钱包，迅速给钱包里包括钞票、银行卡在内的所有细节拍了照。

待送别沈山南，她在电脑上将照片放大，一一进行细查、比对，末了，她发现了一个惊人的真相——那张花色特别的银行卡的账号，跟黎露留给自己破解的一模一样。

一种不好的预感扼住了她的喉咙。

他为什么撒谎？这张卡究竟有什么用途？

她甚至对此有了更为深层的推测，那些细密的线索被放大，很容易便形成了一套完整的逻辑链条——

沈山南在很早以前就已经认识黎露了，为了某种不可告人的利益，他利用黎露在国外的账户进行洗钱等一切秘密商业活动。有一天，他发现黎露爱上了他或者说爱上了他一手打造的商业帝国，但他只是利用她，一切所谓真情都是骗局。于是黎露用一个天大的商业秘密逼迫他结婚，利益与情感纠葛之间，他最终一怒之下杀害了她。

而所有的真相，全部保留在那张SD卡上，所以他才会拿走那张卡并将它藏匿起来。

可那作为开场的72小时呢？又该作何解释？

难道……难道那奠定这场悲剧的72小时也是他一手策划的吗？难道自己所参与的一切，不过是一场彻头彻尾的骗局？

这个想法一经生成，苏兮全身的血凝固住了。这感觉很糟糕，就像是一颗核弹落在了屋顶上。

她怔怔望向呈现在屏幕上的脸，心中已然有了想法。而此时此刻，她只需要强迫自己横下心来，驱散一切雾障认清事实。

排除所有不可能的因素，那么剩下的无论多么不可思议，都将是真相。

.4.

黄昏时分，苏兮捧着一大束向日葵推开匠心手造的门，季霖郁正站在窗边照看着他的一排仙人掌。

“你喜欢仙人掌啊？”

他闻声回过头来：“生命力多强！”

“可不是嘛，放在生活中励志，放在爱情里寓意也很好。”苏兮说着，将花束放在桌面上。

他回头，好奇的目光瞥向她。

“愿我们的爱情永不死亡。”

季霖郁心头一紧，手指猛地握住。他一转身便撞见了她的双眸，本想说“好久不见”，话到嘴边却变成了：“你可是向来无事不登三宝殿。”

事实上，苏兮此番前来主要是因为前两天妙菱的一通电话——“苏兮姐，我哥最近忙得不可开交，他很久没约你了吧？要不你来工作室看看他？”终了，怯怯补上一句——“对了，千万别跟他说我叫你来的。”

苏兮当然明白妙菱何出此言，不禁暗笑，这个季霖郁，可真是死要面子活受罪。

苏兮站在原地，嘴角挂着奇怪的笑意。她的沉默不语令季霖郁感到有些尴尬。为了缓解这种尴尬，他只好自顾说道：“听人说，你最近跟沈山南走得很近。”

苏兮知道他有意调侃，问：“听谁说？”

季霖郁没料到她会反问，唇齿微怔：“朋友。”

“因为工作。”她决定放过他。

“你最近忙得人影都见不到。”

“忙赚钱啊！经济低潮期保命要紧。”

季霖郁冷笑：“没想到钱真的可以收买人心。”

苏兮听出这话中暗涌的嘲讽，可不愿与之争辩：“今天我来不是跟你打嘴仗的。我想要你帮个忙。”

“什么？”

“跟我去万邦取一样东西。”

“你找我？”季霖郁声调一扬，“沈山南不就是你在万邦的万能通行证吗？”

苏兮不自觉地轻咳：“不瞒你说，山南哥办公室里有一份重要的资料，我得想办法搞到手，需要你做接应。”

季霖郁双肩一耸：“怎么，这么快跟沈山南分道扬镳了？前两天不还好好的吗？”他注目，却很快便从她的眉目中揣测到了什么，“搞到手？恐怕不是什么正当方式吧？你该不会是拉着我行窃吧？”

“帮不帮？”

“万邦不久前才有人跳楼，现在是警察的重点关注对象。你要我顶风作案吗？他停顿了一下，话锋一转，“那最起码得告诉我是什么吧。”

苏兮面色一绷，目光直射他的脸：“一张 SD 卡。”

季霖郁眉眼微滞：“SD 卡？”

“没错。”她迅速打量起他的表情来，“又不是你的，你紧张什么？”

“跟我父母有关吗？”他慌了神。

苏兮有意回避他追随的目光，浅声搪塞：“似乎跟黎露的死有关。”

季霖郁脸上的阴翳稍纵即逝，接着用那种欲盖弥彰的神情看向她。良久，开口问道：“所以，我这……算是获取了你的信任？”

苏兮目光轻瞥，反问：“不然呢？”

“所以我们之间的不愉快一笔勾销了？”他故意做出一副惬意的语气，手指却不自觉地在案头轻轻敲击着。

“这是两码事。”苏兮嫣然一笑。

三泡乌龙的工夫，苏兮就要离开，没走出几步却又停了下来。她将一只打着蝴蝶结的亚麻布袋掏出来，伸手递给季霖郁："Aesop 刚在商业中心开了专柜，我逛街碰见随手买了。这罐 500 毫升的你放在工作室用，这支 75 毫升的你就带在身上随时涂抹。"

苏兮说完，转身向门口走去。在她渐远的背影中，季霖郁不禁上扬起嘴角："明明刻意却说自己无意，这又是何苦。"

.5.

这两个月，万邦可算是走了背运，倒霉事儿一桩接着一桩。

沈山南感到自己像是一只掉入山涧的苍鹰，万劫之处想要排除万难重新振作，怎料刚才张开翅膀便立刻被飓风生生卷入谷底。

大规模裁员也就算了，员工跳楼这事儿不提也罢，高层账户被查不说，可此时此刻又遭遇新一轮的重创——某位董事鬼使神差地发布了一条歧视动物言论，在网上掀起轩然大波："珍稀皮革诚可贵，人类利益价更高。"

这桩"可遇而不可求"的行业丑闻可谓正中江秉城下怀。一经确认消息来源，江临皮造立马暗中动作，招来一众媒体，将此恶性言论断章取义并针对此事明目张胆对万邦进行攻击，影响恶劣，导致一夜之间，万邦各大线上销售渠道全部被切断。

稀有动物皮革，原本就是一个不能轻易触碰的话题。这个领域向来表面上风光无限，暗地里血泪交织。

就此事，路易威登跟爱马仕上个月才刚抢占头条，数亿亡灵的无声呐喊，而奢侈品消费者们也是一反常态，公开表示：反对暴行，用可控消费抹去"巴黎眼泪"。近几年来全世界都在呼吁："降低目前动物的皮质包生产，尽可能多地使用新材料来代替动物皮质包，调整工艺来减少对动物皮毛的依赖。"消费群众更是表明，他们宁愿放弃奢侈品门店的各种真皮包包，转而购买仿制，也愿意放弃以灵魂为代价的品质。

很多人都觉得皮革制品精致迷人，但隐藏在其之下的血腥又有谁会关注？

加工厂里的鳄鱼从小生活在极其狭窄的池子里，没有自由，连转个身都困难。等它们长到 36 个月，人们会将它们摆在桌上，束住它们的嘴，用手术刀插入脊椎，然后将一根细长铁杆沿伤口插进鳄鱼的身体以此达到皮肉分离的效果；而那些可爱漂亮的狐狸、兔子、貂，它们被囚禁在狭窄的铁笼中，终日不见天日，没有自由，常常被逼到发疯，互相残杀，伤痕累累。但对于人们来说，这些都不重要，反正都是要取它们的皮毛；为了获取更多的皮毛，人们会故意让狐狸增肥，这导致它们行动困难十分痛苦，然而摆脱痛苦的方法只有一个——死亡，然后被做成漂亮的皮件摆上货架……

沈山南扣上电脑，正襟危坐，“干爹”在沙发边气定神闲地品着一壶陈年普洱。

“万邦已经陷入水深火热了，您说他这究竟又是在唱哪出？”

干爹不禁感慨连连：“真是山不转水转，人不转命转啊！这么多年过去，想不到又重蹈覆辙。”

“重蹈覆辙？”沈山南挑眉，“我以为这是万邦首次面临道德审判。”

老人轻轻抬起手，任龙头拐杖重重拄向地面：“想当年季家夫妇就是因为这件事才……唉，陈年旧事了，不提也罢。”

这话成功引起了沈山南的好奇。他注目：“干爹，这话从何说起啊？”

“山南啊，想当年你还年轻，只知道一心为公司做事，可能不大了解一些事情的原因。有件事我一直没机会对你提起过。当年季家之所以退股万邦，就是因为万邦将目光放在了珍稀动物皮革领域。而季氏夫妇对此始终持反对态度，最终跟公司之间的矛盾激化，以理念不同为由退股。”

“所以，他们是因为这件事出事的吗？”沈山南顺着干爹的话问道。

老人神色一滞，良久，摇摇手：“太久了，记不清了。都忘了……忘了。”紧接着话锋一转，“山南，现在你打算怎么办？”

沈山南沉淀了一下拿起电话，冲座机听筒说道：“Anna，你现在立马安排开展形象公关，先争取把损失降到最低，再制定后续方案！”

“其实必要的时刻，我们可以向江临皮造求助的。”

沈山南断然拒绝：“暂时不需要，干爹，请您相信万邦。我们可以自行处理。”

第四十八章

.1.

苏兮又收到苹果了！

吃过晚餐，她换上舒适的居家服盘腿坐在地毯上。黑胶唱机里正转着一张《巴黎圣母院》。

她将跟苹果一并寄来的纸条全部拿来，按先后顺序平摊在茶几上——

“手眼通天；见鸡求卵；不知就里；杀一儆百；铺谋定计；逞性妄为。”苏兮从头念到尾再从尾念到头，从左念到右再从右念到左。突然，她像是看出了什么门道，目光亮了起来——难不成，这又是一个文字游戏？

她迅速拿来纸笔，将所有能够组合成词的字节一一挑出来试着拼凑成句，最终得到一句话：“眼见不一定为——”

是“眼见不一定为实”吗？这句话显然还没说完。也就是说，一定还会有快递寄过来！

这是警告吗？还是提醒？为什么偏偏是在这个当口儿？季霖郁？沈山南？黎露？这也太诡异了。

苏兮是想要主动做些什么的，可又能做些什么呢？她只能等待着下一个苹果，等待着神秘一刻的降临，而在此之前，她只能在深深的猜测面前俯首称臣。

.2.

临下班的点儿，苏兮身着一套 Armani 套裙出现在了沈山南办公室门口。她算准时间打电话跟沈山南要一份资料，沈山南正在出差回来的路上，便让 Anna 将资料准备好要苏兮自己去办公室取。

苏兮本想着进入办公室后随便糊弄两句将 Anna 支开，怎料 Anna 极其尽职尽责，陪伴左右始终没离开半步。

一直等到交接完毕，苏兮走出办公室，Anna顺手锁上了门。两人一前一后穿过走廊，乘电梯下了两层。就在这时候，Anna的手机响了起来。她扫了一眼屏幕立马接听，苏兮从那断续的话语间得知，她大概是要赶着准备一场临时会议。

既然如此，苏兮决定见机行事。

Anna挂断电话回过身，看苏兮正站在原地全身上下地摸着口袋："苏总，您这是……丢东西了？"

"哎呀，我的手机不见了，应该是落在沈总办公室了。"

Anna神色一慌："苏总您能先等等吗？楼上会议马上开始了，催文件，我得赶过去复印！"

苏兮装出一副为难的样子来："真不巧，我正好在等欧洲供货商那边的电话，时差因素我们一早就定好了会谈时间。"她说着，拉起袖子看手表，"哎呀，还差五分钟！这要是耽误了可如何是好……"说着，用眼角偷偷瞥向Anna，"哎，要不这样吧，你把钥匙给我我自己去取，完事儿直接把钥匙放回你抽屉。放心，我不会耽误很久！"

Anna本想拒绝，可电话又打了进来。她只好作罢，犹豫着将钥匙递给苏兮，反复强调着："千万要锁好门啊苏总，不然丢了东西沈总会怪罪我的。"

就这样，苏兮正大光明地"潜"入了沈山南办公室。当初沈山南那个"此地无银三百两"的眼神，早已向她交代出DV的去处。苏兮径直走向窗边的柜子，所幸没上锁。她双膝跪地，敞开柜门小心翼翼地翻找，可找来找去也没见到DV的踪影。

难道是判断失误？苏兮不由得环视起四周来，DV不在，那SD卡呢？出了这种事，沈山南一定会将它们分开保存！正要关上柜门，手边的一本相册引起了她的注意。

她重新打量柜子上下三层，目光在一件件物品上短暂落定。直觉告诉她，SD卡就藏在这本相册里。

苏兮将相册一页一页翻过，手指在纸面摩挲。翻到倒数第三张，突然摸到一个硬质的薄片。她迅速将照片抽出来，下面压着一只再普通不过的牛皮纸信封！苏兮仔细查看，接着将 SD 卡重新放回牛皮纸袋，然后，她掏出手机摁下提前编辑好的一条消息：“到手。速取。”

大功告成，苏兮将照片归位，将所有摆件还原。正暗自窃喜，一道颀长的身影出现在了余光深处。

在大楼清扫员缓缓而过的背景中，沈山南站在门口，像终结者那样注视着她。

“苏兮——”他叫着她的名字，声音很浅，可语调中却有着一种震人心魄的力量。

苏兮周身剧烈一颤，脑门儿一凉，全身的血液瞬间冻住了。

“你在做什么？”他再问。

她的双手扶在尚未合严的柜门上，尝试辩解却发现后路已断。

“没做什么。”话一出口，她暗自叫蠢。

“你在找什么东西吗？”沈山南的声音低沉极了。

苏兮没立即作答，起身走到他面前，反问：“山南哥，你是好人吗？”

沈山南沉吟了一会儿，答道：“好人这个词，向来对事不对人。”

苏兮：“……”

“苏兮，现在的局面让任何人看来都无疑为你在偷窃。我只是很想知道，你在偷什么？”他说着，缓步向这边逼近，明明是个疑问句，可他的神态跟语气告诉她，“交代吧，我已看穿了一切。”

躲，怕是躲不过去了，

“山南哥，你知道吗？证据是有双重作用的，既能定罪，也能还人清白。”

沈山南的表情变得复杂。他沉默了一下，突然出手，将苏兮逼上墙面。没等苏兮反应，他便用双腿锁住她的膝盖，右手钳住她的双臂，左手在她的身前一阵摸索。

“别这样！你快住手！”

“交出来。我可以当作一切都没发生。”

苏兮低眉。

沈山南退后一步，眼中警惕不减。苏兮整了整衣衫，撩起裙子，将 SD 卡从吊带袜暗袋里掏出来。

沈山南拿着那张小小的卡片，像是赢得了全世界。

然后，他向后退了几步，一举一动间写满了痛心疾首。他说：“苏兮，一场比赛中，在对方队伍里有自己朝思暮想的心仪女孩的情况下，我认为，一等运动员会坚持公平原则秉持严肃态度一丝不苟地执行规则；二等运动员则会在尊重比赛的同时提醒女孩，三等运动员会将自己队伍的短板泄露给女孩为博得其好感。你明白我想说什么吗？”

“不明白。”

不自觉地，他的声调抬高了几度：“我为了你，一而再，再而三地退而求其次，你究竟是看不懂还是故意视而不见？”沈山南越说越激动，左右徘徊，原地转着圈，口中噼里啪啦地燃着柴火。而苏兮静静靠在墙上，除了紧抿的嘴唇，脸上看不出任何表情。

终于，她那冷静而目空一切的眼神激怒了他。她不懂得如此心惊胆战的他，一如他不懂得那样若无其事的她。

“你糟蹋了我对你的信任！”

“你的行动已经承认了一切。”

沈山南咧嘴：“你错了。”

“我怀疑过你，从你对我撒第一个谎我就怀疑你了。即便后来你的谎言越来越多，漏洞也越来越多，但我不想你出事。”

他看着她，眼神柔和了几分。

“我从没想到我们此生会走到如此针锋相对的地步。苏兮，你今天的所作所为，真的让人心碎。”

沈山南说着，将一台小 DV 从办公桌下层取出来，不由分说插入 SD 卡。

当他看着满屏空白，忍不住一声叹息。

“房间就这么大，偷梁换柱你觉得能支撑多久？苏兮，别再逼我动手好吗？”

苏兮苦笑：“没错，这张是我提前准备好的。山南哥，我不是要与你作对。我一直以为我是为了黎露，可到头来发现不过是为了我自己。我这辈子欠她的，必须偿还，无论付出多大的代价，不然我的良心不安。”苏兮漫不经心地说着，眼角不停瞥向墙上的挂钟，似乎有意拖延着什么。

时间一分一秒地过去，眼看分针走到 12，时针指向 7，她这才松了一口气。

“它已经不在我身上了，被取走了。”

沈山南目光一暗，猛地看向门外，像是突然想到了什么，立即掏出手机按下通话键：“今天几点做的清洁？”

……

夕阳的斜晖中，苏兮眺目望向窗外。就在方才沈山南关上门的一刹那，乔装成清洁员的季霖郁取走了苏兮提前藏在门口脚垫下的牛皮纸信封。

“苏兮，你比我想象中聪明也比我想象中狠心。可是你错了，你错了！那张卡里储存的根本不是你要的真相！”

沈山南撂下这句话便夺门而出，他要追上他，在他将它交给警方之前追上他。

很快，季霖郁赶到了约定地点。他紧紧握住那只牛皮纸信封，决定将证物小心存放。可该放到哪里呢？他站在门口环顾屋内，最终，步履决绝地走向了角落里的那台碎纸机。

关于这份证据包含的内容，他自是了然于心。因此他碰都不愿意触碰它，一股强烈的意愿要他退避。

那不过是一个梦魇，梦魇罢了！随着机器吱吱作响的声音，一切烟消云散，警报解除，也许这个案子会成为一桩悬案，而这个秘密将会成为永远的谜团……

.3.

沈山南前脚出门，苏兮后脚冲进停车场。她系上安全带，一脚油门踩到底。驱车南山，那是他们约定的地点，季霖郁的父母在那儿留有一院老房子。

苏兮在树荫下泊好车，屋内有光，看来季霖郁已经到了。

“东西呢？”她心平气和地问道。

季霖郁目光慌乱，双手紧握不停揉搓：“你……你先听我解释苏兮，那张卡，被我……被我在回来的路上不小心弄丢了。”他显然不擅长撒谎，即便嘴上这么说，瞥向右前方的目光却还是出卖了他。

苏兮似乎料到了什么。她挑眉，故作轻松地笑笑，笑容却不达眼底：“真的吗？那你可真是太不小心了。”她看向季霖郁慌乱的眼神，气定神闲地说道，“可不知道是幸运还是不幸，我提前准备了两张备用卡。回到家才发现，自己的那张跟你的弄混了。”说着，从包里掏出那张拇指大的卡片。

诚如她所言，万事需要一套Plan B。苏兮清楚地知道，无论爱上谁，恨着谁，她自始至终没有放弃对除自己之外任何人的怀疑。

第四十九章

.1.

逃离万邦以后，苏兮并没有直接前去与季霖郁会合。她先将车子开到郊外一处休息区，将笔记本电脑从后备厢拿出来，又将那张藏在胸衣里的 SD 卡插了进去。

苏兮惶恐万分，情急之下甚至打翻了杯架上的咖啡。读取文件的过程中，她的双手剧烈颤抖着，心跳一声一声打在耳膜上。她不知道自己即将面对怎样的状况，不知看到凶手的那一刻，自己到底能否承受得来。

“难道我一定要逞强，要做亲手揭开内幕的英雄吗？”她扪心自问着，“值得吗？搭上对生活仅剩的美好期待换取一个迟来的答案，真的值得吗？”

除了内置文件包就是一份独立的视频文件。苏兮深深吸了一口气，点开视频。霎时间，画面生动起来了，然而接下来的情节令她感到胸口结结实实中了一枪……

.2.

此时此刻的屋内，唯有头顶一盏灯亮着。苏兮侧身蹲在桌边摆弄电脑，季霖郁看不清她的表情。

“苏兮——”他低声轻唤。

苏兮迅速反应，做出“请”的手势:“坐，你就不好奇凶手的真实面目吗？”话音一落，屏幕亮了起来。随即，那晚发生的一切跃然屏幕之上——

的确，季霖郁起初是向黎露做出请求，可黎露冷漠的态度似乎伤害了他。接着，他们之间发生了一点小小的争执，可后来不知怎么了，他们竟然开了瓶酒彼此举杯相邀。再后来，季霖郁宽阔的背影挡住了镜头，过了好一会儿，当他侧开身子，这时候的黎露已经倒在了地板上，像是一个毫无求生欲望的木偶。

而季霖郁并未过多停留，收拾了现场带走了酒具，步履仓皇地落荒而逃。

屋子里灯光昏暗，拍摄环境并不足够好。镜头前还有几件家具半遮掩着，看得并不十分真切。但这又有什么关系呢？人物、时间、地点一旦确定，其他的相比之下也没那么重要了。多余的情节可以省略，欠缺的细节脑补足矣。视频是从窗边拍摄的，即便不一样的角度，可内容跟苏兮当初眼见的现场一模一样！

对她来说，这就已经足够了。

视频结束的那一刻，季霖郁用力向后倒去，瘫在了座椅靠背上。苏兮不说话，若有所思地盯着他看。

良久，季霖郁终于开口了："没错，里面那个人，是我。"

苏兮不动声色，眼神却不罢不休地质问着"为什么"。

这态度令季霖郁感到焦躁。

"我是去找过她。我知道她就要跟沈山南结婚了，好话说尽要她帮我搞到关乎我父母身亡的那份录音，可她不但不答应还趾高气扬地反问我是不是疯了。我跟沈山南有过节，因为从一开始我就知道是他害了我爸妈。我威胁她，我用麻醉剂绑架她，打算一不做二不休，用她跟沈山南交换录音。但做到一半我后悔了。我承认我疯了，我失去了理智。但我没有杀黎露。真的，我没有杀她。"

苏兮一字不落地听完，情绪跟着激动起来了，一时之间理智全无。她那原本微微泛红的眼眶噙满泪水。她看着地面，咬牙切齿地说道："你为什么欺骗我？我那么在乎你，你为什么还要这样对付我？为什么要在我心上插上一把刀——"说着，眼泪连成珠。

季霖郁呆呆愣住，眼中灌满震惊之色。

"你说什么？"他扳过她的双肩。

"你为什么这么做，为什么偏偏是我！"

季霖郁猛地伸手，将她一把卷入怀中。苏兮反抗了几下便失去了挣脱的气力，任他抱着，任凭泪水汹涌如潮。

他紧紧抱着她，嘴巴堵在她的耳边，声线颤抖地说着："对不起苏兮。我无意欺骗你，问题本来应该很简单的，可当我意识到我爱上了你我就变得患得患失。我害怕失去，我不想失去你。"

渐渐地，苏兮停止了哭泣。她沉淀了一下，无比平静地仰起脸："你明明就是急于为父母报仇而一怒之下杀了黎露！还跟警察说什么鬼话，说案发时你根本不在现场。难道不是吗？”

“不是！我根本不在现场。”

这话似乎激怒了苏兮：“不是你？可屏幕上明明只有你！”

“不是我！苏兮，真的不是我！你看到的根本不是事情的全部！我是清白的，这件案子的调查还没有结束，这不是最终的结果！”

“真的？”

“真的。”

“真的吗？”

她是打心眼儿里愿意相信他，才会对此心怀侥幸，但又觉得对不起黎露，就一遍又一遍地重复着，试图以这种方式驱逐内心深处的恐惧。

“如果你不相信我，你可以亲手把它交给警方，让他们做出最专业的分析跟判断！”

“不行——”话落的瞬间，连她自己都惊住了。

一丝笑意划过嘴角：“苏兮，相信我。如果它是真的，就一定能证明我的清白！”

苏兮觉得四肢瘫软，被季霖郁困在怀里。她目光呆滞，整个人像是被抽去了筋骨。

我爱你。即便你卷入了我最好朋友的谋杀案可我还是爱你。我该怎么办呢？我是不是很自私！苏兮暗暗想着。历经煎熬，她终于走向崩溃的边缘。她一遍又一遍地扪心自问着：“这究竟是爱，还是罪？”

突然想起季霖郁拿到DNA测试结果的那一天，他说要带这个久别重逢的亲妹妹去江浙沿海的城市玩儿上几天，毕竟中间隔了这么多年，有太多的话想说。翌日傍晚，苏兮拖着一身风尘回家。刚走到楼梯拐角，季霖郁的身影出现在了公寓门口。苏兮不明所以地问他：“你今天中午不是发消息说到绍兴了吗？怎么提前回来了？”

“从今早睁眼开始我满脑子都是你，我迫不及待地想见你，于是临时买了张票回来了。”

“妙菱呢？你把妙菱单独留那儿了？”

“别担心，我坐凌晨的飞机回去。不是还有几天吗，我们还想去舟山群岛转转。”

苏兮不说话，埋下脑袋往他臂弯里一扎。

“我怕你多想。”他宠溺的声音回荡在她耳畔。

“怎么会呢，你俩相认我高兴还来不及。”

季霖郁垂头，在她眼角落下一个轻柔的吻：“我的心里只有你，始终都只有你。”

想到这儿，她的眼泪又来了。

直到夜风将窗帘轻轻撩起，季霖郁抱着苏兮瘦弱的身体，嘴唇在她的肩头搁浅：“说点什么吧苏兮，随便说什么都行。”

苏兮不回应，抬手摁掉灯光，在散发着灰尘跟皮革气息的地毯上，一寸寸剥掉他的上衣，直面他赤裸的躯干，用命令式的口吻说道：“抱我。”

在季霖郁干燥而温暖的怀抱中，她默默流着眼泪。他伸手帮她拭泪，却被她反手钳住，对准他的手腕就是一口。这是她头一次意识到，原来突如其来的欲望也是绝望的一种。他轻声喊疼，却还是用力回吻着她。他们如同两只蓄势已久的困兽，挣脱，纠缠，挣扎，再紧紧相拥……

断断续续的梦境，睡了又醒。季霖郁总是眼未睁便先伸手摸摸她的身体。若她还在，他便换个姿势将她抱紧。

对于苏兮来说，这是一个注定失眠的夜晚。待到天边泛起层层鱼肚白，她知道自己彻底睡不着了。她眯起眼睛，在微亮的晨光中抚弄他新鲜泛出的胡茬儿，从左到右，从上到下，停不下来，便顺势摸向他的嘴唇、鼻梁、眉骨、额头……

这是他们之间的第一次，可谁也不知道会不会是最后一次。就在过去的几个小时里，苏兮曾不止一次地试着在心里跟他说再见。这件事似乎成了过去跟未来的界线，然而比起对未来的承诺，更是一场对过去的告别仪式。

事实上，除了侥幸，还有一个疑惑深深困扰着苏兮。如果这就是真相，那项链呢？为何那条用以嫁祸罪名的项链自始至终没在镜头前出现过？

还有，既然证据明确指向了季霖郁，沈山南不是应该感到高兴吗？他表现得那么激动是为了什么？难道如他所说，这张卡里储存的根本不是真相吗？那真相究竟是什么？

.3.

经历整整一夜的焦灼，本应发生的却尚未发生。

怎么会这样？沈山南捉摸不透，意识松懈，可这事就好比悬在头顶的一颗定时炸弹，不知在哪个猝不及防的瞬间就会将他炸得血肉模糊。目前他唯一能做的只剩下自持一套冷静。要知道，现今社会所谓的贵族气质就是——处变不惊。

简简单单四个字，却涵盖了前半生所遇之人、所到之处、所经历之事对一个人的全部影响。

今日，沈山南出席万邦与天亿控股集团战略合作签约仪式。整个人看上去精神抖擞，与合作方谈笑风生。

整场会议，他坐镇主场，独领风骚，面对一席观众侃侃而谈——“调控大势下，资本寒冬、现金流断裂、规模裁员、活下去这些词不断在我的耳边回响。感觉新年头一季度，肯定会有繁荣的假象。据我预测，接着便会有忽然间的经济溃败，连锁反应，开始瀑布式的坠落和恐慌，然后百业皆废，不破不立，大家都开始翘首以盼新的一轮开始周期。在这里，我恳请各位树立信心，相信新一轮周期，将由我们万邦跟天亿控股携手引领！”

然而现实却并没表面上看到的那般风光。

万邦此前那番针对“珍稀动物皮革”的言论不断发酵，在短短两周内，事件迅速升级，更有核心媒体争相爆料说万邦集团不仅嘴上说说而已，对珍稀皮革的启用已然全面进入就绪状态，下一步便是上线生产。

一时之间，行内行外纷纷炸开了锅，媒体更是大肆报道，造成极其恶劣的社会影响，万邦集团受社会各界人士的道德谴责，商业形象大打折扣，连续一周，股价每日开盘就跌。

消息一旦散出，江秉城立马找上门来，秉持一脸伪善主动伸出援手。

沈山南知道他要唱哪出，出面阻止，却反被干爹许环江拦下了。

对于江秉城，沈山南自是一番横眉冷对。

“干爹，这是我们万邦内部的事务，虽说迫在眉睫但恐怕还不需要外人插手。”

干爹神色一滞：“你先出去，我跟江总单独聊聊。”

狭窄的会议室内，许环江跟江秉城相对而坐。

四目相视了好一会儿，江秉城率先发声：“许老，现今万邦现金流短缺，银行抽走贷款，唯一的出路无非是借款维持公司运营，可您心里清楚，现在谁还肯借钱给你们？大家不落井下石就已经相当不错了！为解一时之急，我们倒是愿意解囊相救。”

许环江坐在沙发上，双手拄拐，作闭目安神状。良久，沉沉说道：“这事儿恐怕没你嘴上说得那么慷慨吧？”

江秉城咧咧嘴，齿间流露出一丝心照不宣的奸狡来：“商定具有投票权股权的百分之四十质押给我们江临皮造，以当天股市收盘价。”

“如果我不答应呢？”许环江猛地睁开双眼。

“您恐怕是上年纪了，脑子不如眼睛清亮了。当年那档子事儿还用我说吗？哎，我记得当年那事就是因为珍稀皮革而起的吧？嘿，您说巧不巧，父亲赶上，儿子又给赶上了！”

他这么一提，许环江的一脸慈善瞬间消失了，取而代之的是一种经久不见的阴翳：“多年前的事儿何必再提？说得好像跟你毫无关系似的。”他说着，将拐杖用力拄向地面。

江秉城可不是省油的灯，顺势耍起了无赖。他说：“许老，您看我这么多年来心知肚明却得守口如瓶也憋得慌不是？当年的日子是您选的，导航是按照您的意图精心调制的。我们江临皮造没功劳也有苦劳，到头来分我一杯羹难道不合理吗？”

许环江气得浑身发抖，眼眶泛起淡淡的红：“你这是在威胁我吗？万邦不是我许家的，这事儿不可能我一人说了算，最终的决定权还在各大股东手上。”

“您老向来一言九鼎，受众人敬仰。办法哪有您想不到的呢，只有您不肯想。您看到了您这把年纪，颐养天年也就罢了，何必守着个烂摊子不撒手呢？别到时候倒是不辱使命了，可落得个晚节不保的下场，划得来吗？”

许环江一口恶气攻心，剧烈地咳了起来。他欲排解胸中怒气，将拐杖敲得“啪啪”响：“江秉城你龌龊！你真是狼子野心！我对你的大恩大德你忘了吗？现在反咬一口！”

江秉城咯咯一乐，双眼眯成两道细缝，其中贼光闪烁：“哎，许老爷子您可别说得那么难听，生意场上最难将息。您说我行为龌龊，那我就给您讲讲雅致的、高尚的！哲学家及心理学家弗洛姆预言了一个被占有欲支配的社会，他认为人有两种倾向：‘占有’或‘存在’。占有倾向的人试图获得并占有物品、财产甚至人类，但存在倾向的人则更注重体验，他们从与他人的交换、交流和分享中寻求生命的意义。不幸的是，弗洛姆还预言重商主义驱动的文化，比如当今社会注定倾向于‘占有’，这必将导致不满和空虚，却又推动了社会的进程。所以您说我狼子野心，我全当您夸我了！”

许环江并未拒绝江临皮造的救助，他说服以沈山南为首的各大董事暂时让出股份，更是以自己的名誉做出担保：一旦危机解除，股份必将回归万邦。

目前来看，最好的化解方式无疑为等待股价提升。大家怀着虚妄的憧憬，翘首以盼着云散日出的时刻。然而很快，状况急转直下，这场营救变成了压死骆驼的最后一根稻草。

利益之下，人人分饰多角儿。明哲保身，亦敌亦友。江临皮造联合同行联合做局，先煽风点火再假意救火。沈山南刚让出股份，当地三家最有名的律所便联合代表在这次股价暴跌中损失超过十万美金以上的万邦股东，对沈山南提出集体诉讼，要求索赔。

懂得坐收渔利之人，自知如何将一手算盘打得精明。如沈山南所料，这场轩然大波根本就是江秉城亲手掀起的。江临皮造联合主流媒体将万邦推向舆论的风口浪尖，不过是想趁着万邦股价下跌之时大肆收购公司股票，从而成为万邦最大股东实现恶意收购。

意外频出的一天终于落下帷幕。月光的阴影中，沈山南自是一番痛定思痛。他食之无味，夜不能寐。他熬红了双眼，硬是将 Anna 整理的有关之前每一次危机的资料一行一行细细看过。他将所有与江临皮造相关的细节串联起来，最终得出了一个结论——

从第一起针对万邦的恶性事件开始，桩桩件件，统统由江临皮造暗中操控。江秉城之所以一路上拔刀相助，不过是步步为营将万邦彻底收入囊中。而之前公司每经历一次震荡，江临皮造便会假借出手相助之名在二级市场收购散股。

他认命了。不然又能怎样呢？自己本已经陷入水深火热，若继续苦苦挣扎，结果又能有多乐观呢？不过是换种方式拉万邦下水。

可唯一令他感到困惑的是，既然自己都能看透江秉城的雕虫小技，可干爹呢？他为什么看不透？还是，他根本就是佯装不见？

第五十章

.1.

苏兮算准时间跟合伙人对接本季度最后一批物料发货前的相关事宜，客厅传来敲门声。

她起身穿过走廊，透过猫眼看向楼道，只见一位身穿黄色冲锋衣头戴棒球帽的快递小哥站在一墙之外，他戴着薄薄的除菌口罩，手里端着只中等大小的包裹。

应该是网购的花草茶到货了。苏兮“哗”的一下拉开门，脚还没迈出去，只见对方身手极其敏捷地将快递往她怀里一塞，快递单一撕，二话不说转身就要走。

看他轻车熟路的手法，苏兮当即愣了愣。可再仔细想想，总觉得哪里有些不对劲。他怎么看都不像是名普通的快递员，若因为染上风寒戴除菌口罩也就罢了，可他的冲锋衣上没有公司标志，没有任何礼貌问候，甚至……对，他甚至忘了让她签收！

苏兮深深吸了一口气，楼道里弥漫着一股干燥的烟草的味道。苏兮一顿，充满警惕的目光落向手中的快递盒。分秒间的失神，她似乎意识到了什么，从挂钩上抓过钥匙，蹬了双平底鞋追了出去。

她一口气跑下一楼。刚出门洞，只见那辆再熟悉不过的 GT-R 停在前方拐角处。车子貌似已经启动了，夜的深沉放大了发动机的声响。他坐在驾驶室里，微微侧身，貌似在系安全带。

她想放弃的，可一个执念拉扯着她——不！他不能就这么白白走掉！谜题就此一解，必须当面问清楚！苏兮快步追上去，想都没想便一把拉开车门：“山南哥，原来真的是你。”话音伴随着轻微的喘息。只一瞬间，她的眼睛就湿了。

沈山南倒并未太吃惊，他这人向来这样，就算泰山压顶也会是一副淡然的表情。他抬头，停下手头的动作，安全带立刻弹回原处。

“还是被你发现了。”他有些怅然，“来，先上车。”

“是那股气味告诉我的！”

“气味。”

他的语气里没有疑问，而是一种承认。这种感觉该如何形容呢？苏兮深深想着，就好比，就好比自己恰好答对了他给出的一道考题，他频频点头，而后在卷首打了一个红红的对钩。

“你刚才抽身走开的瞬间，楼道里充斥着一股Vanilla Tabacco的气息。不只如此，包裹上的味道更浓重。我本早该注意到的，可从前之所以没太留意是因为你送给我了一瓶同款香水，而我也的确一直在用。可这两周我不太舒服就没怎么用香水，你的味道就显得异常突出了。”

“我以为自己很聪明呢。”沈山南无可奈何地笑了，笑中却不见失落。

“山南哥，其实你是故意让我发现的对吗？”苏兮无比平静地望着他的侧脸，“虽然我知道那些苹果不意味着警告或伤害，可还是想知道它们究竟是什么意思。”

沈山南带笑的目光落向手刹，那神情像是享受着一场智者间的游戏。他不立即作答，反问：“苏兮，你还记得我邀请你去看的那场画展吗？”

苏兮点头：“慕尼黑的老卢卡斯·克拉纳赫。”

“那组伊甸园很有名。而我最在意的，是画中的果实。”

“你是说智慧果？”

沈山南侧过身，右手轻轻撑住座椅，左臂架上方向盘，叹了一口气，慢条斯理地说道：“很多人都以为善恶果吃了以后能够分辨善恶，所以也称之为智慧果，甚至还有人认为它是‘禁果’。但这些都不是《圣经》的意思。分辨善恶果真正的意思是：吃了以后就开始以自己的标准来分辨善恶。”

苏兮迟疑了一秒，瞬间豁然开朗起来了：“所以你一直在提醒我，要我擦亮双眼看清真相，再以主观标准分辨你的所作所为？”

“我要保护你，还要保住我自己。”

苏兮：“……”

“当我意识到她快没气的时候，我想报警，可是我胆怯了。因为无论如何我都已经被卷入其中。那一刻，我害怕极了，我的第一个念头就是再也见不到你了，就算日后相见，想必你也会像见到臭虫那样对我避之而不及。不仅如此，万邦的未来也将岌岌可危。比那些作品、奋斗、成就本身，更珍贵更脆弱的，是名声。归根结底，我无法忍受丑闻。”

苏兮的瞳孔随着他的话音放大，再随着他低落的尾音彻彻底底地熄灭掉。他这是在承认自己的罪行吗？

“所以山南哥，你承认……黎露是你杀的了？”

沈山南的脸上浮现出一抹痛苦的笑：“我只是在讲述事实，至于结论，还是等待警方那边的消息吧。”

真相总算水落石出了。

本该因尘埃落定感到释然，可苏兮的心中顿时波涛四起。她多想问问他，行凶的理由是什么？为什么那份指明凶手的储存卡里只有季霖郁的面目？她明明还有好多好多的为什么，可胸口像是压了块秤砣，压得她张不开口。

在接下来长达五分钟的时间里，他们之间陷入了一场诗一般严峻的沉默。

沉吟良久，苏兮动了动嘴：“你走吧。”她的声音剧烈颤抖着，像是努力对抗着某种极其强烈的情绪。

沈山南立马接过话：“苏兮，我们都有阴暗沉沦的时刻，挣扎着想要摆脱一切，当我们那样做时，剩下的战友就得让光明照亮黑暗，看看发生了什么。苏兮……”

苏兮立马反唇相讥：“那我得先弄清楚要面对的是什么，然后才能去处理。”她稍作停顿，放缓了语调，黯然神伤地说道，“够了！我们不用再聊下去了。山南哥，别人怎么做我不关心，我只知道我没办法亲手把你……把你……”她泄了一口气，“请你走吧。”

苏兮伸手开车门，却被沈山南拦下了：“等等，我还有最后一个问题！”不等苏兮回应，他迅速追问道：“你……爱过我吗？”

面对这突如其来的质问，她感到难以启齿。扪心自问，她从来没爱过吗？当然不。

苏兮没回头看他，将车门推开一条窄缝，似有若无地说道：“曾经喜欢过。可现在我感觉我喜欢的，想念的，都只是当初的那个你，与现在的你没有关系。”

沈山南听罢，嘴角绽放出一个释然的笑：“我知道，有的人是一时糊涂，听取一面之词。有的人则是出于某些原因怀揣明白，却选择听取一面之词。在这一点上，我很感动，也很感激。这种宽慰对我而言真的足够了。”他顿了顿，话语间充满了不舍。

“再见，苏兮。”

沈山南一脚油门，车子绝尘而去。她望着他的背影，好似这一别便会消失人海，再也不相见。她顿时眼泪如雨，站在原地动弹不得。

“幸福是什么？幸福究竟是什么啊苏兮？”她扪心自问着。一个声音在心底回响，“幸福？所谓幸福，不过是苦难生活中的一点自欺！”

.2.

吃过晚饭，苏兮走进浴室，正要将滚筒中的衣服塞入烘干机，手机突然响了起来。

“苏小姐，现在方便说话吗？”“张飞”的声音从听筒那头传出来，一如既往地冷硬，辨不出任何情绪。

“方便，请问有什么事儿？”苏兮小心翼翼地问道。

“我们对您呈交的那张SD卡进行了专业分析。明天想请您来局里一趟，有些情况您有权利知道。”

心脏一下子提到了嗓子眼，“什么情况？严重吗？”

“张飞”立马压低了嗓音：“苏小姐您别紧张，只是……事情经过可能跟您猜测的不太一样。这样吧苏小姐，明早十点见。”

“张飞”说完便挂了电话，留苏兮一人原地徘徊。

不太一样？什么叫不太一样？是有什么转机吗？或者，比自己想象中更糟糕呢？即使是为了黎露，也不希望他们中的任何一个出事。

直到手机闹钟铃声响起，她才猛地回过神来。

.3.

翌日。

上午十点，苏兮准时出现在了市警察局接待厅。没一会儿便有年轻的警花前来："您好苏小姐，这边请。"

苏兮随警花来到走道顶头的会议室。推开门，只见"张飞"坐在长桌边，面对眼前的屏幕喝着一杯浓茶。因为一组绑架案，他已经连续熬了两天三夜，体力上的确有些吃不消。

苏兮发出一声问候，他目光略显迟滞，却立马起身招呼："来了，苏小姐！"

"警官。"

"张飞"点点头，将电脑转了个面："是这样，您所提供的 SD 卡我们做了破解，在其中发现了一个隐藏数据包，里面储存着另一段视频。"

"另一段视频？"苏兮诧异极了。

"所以说您所看到的只是整个部分的前半段。"

在苏兮瞠目结舌的表情中，"张飞"摁下了播放键："现在看到的是我们调高亮度后的画面。"

苏兮目不转睛地盯着屏幕，半晌，只见倒在地上的黎露缓缓动了动，没一会儿便坐了起来了。黎露面对周边的狼藉发了个短暂的呆，爬起来坐在床边。下一秒，顶灯亮了起来，与此同时玄关响起门锁撞上的声音，接着，沈山南出现在了屏幕里。

苏兮倒抽了一口凉气，不由得用力咬住下唇。

原本挂着一脸凝重的沈山南看到眼前的场景，突然怔住了，当他慌乱的目光落向黎露，他快步上前在她脚边蹲下："发生什么事了？"

黎露好不容易回过神来，顶着一脸未了的余惊一头扎进沈山南的怀里："山南，我差点儿死了。报警，快报警！有人要害我！"

沈山南抱紧黎露，轻抚她的后背："没事了，露露，你别怕。你先告诉我到底发生了什么。"

黎露停止了哭泣，说道："晚上你说你要过来，我就把门掩着没上锁。我在沙发上看杂志，听见有人进来并带上了门，我以为是你就随口说了几句，结果对方也没吭声。我这才觉得不对劲，我一回头就看见他站在身后。他说是你的熟人，要我帮忙搞到一个什么录音，本来是好声好气地请求，可我没敢多管闲事，他就威胁我还威胁你！再后来他放软了态度，还祝我新婚快乐，然后我喝了他带来的酒就晕过去了。"

“他是谁？你以前见过吗？”

“我不知道，他只说为父母报仇。山南，他很明显是针对你的！”

“他姓什么叫什么？”

“没说，但我听出来他家是做皮具的，父母出车祸死了。”

沈山南的面色骤然僵住：“他……他弄错了。你别管了。”

黎露听出他是在搪塞她，抓住他的手腕不依不饶地追问：“山南你真的没事瞒着我吗？”

“我没事瞒着你。”

“你告诉我，我不害怕，天大的问题我都愿意跟你共同承担。”

“这不是你该过问的事！”

“我是你的未婚妻，我有权知道！”黎露哭得梨花带雨。

沈山南突然间愤怒起来了，猛地甩开她的手：“我说了这事与你无关！黎露，你应该好好休息，不应该胡思乱想。我用不着事事向你汇报，你也应该清楚自己的身份！”

黎露的泪水喷薄而出。沈山南站起身，疾走向门口，可走到玄关处又猛地停了下来。他仰天叹了一口，转身，重新在黎露脚边半跪下来。他拉过她的双手，用那种安抚的语气说道：“对不起露露，我行为过激吓到你了。我只是……只是不想让你太过担心。”

“山南，这些我都不在意，你所说的我全都相信！我只想嫁给你，我想成为你的妻子，想跟你共度此生，更想为你排忧解难。”

沈山南冲她挤出一个无力的笑，看上去有些疲惫又有些痛苦。

良久，黎露站起身，取过桌上的一只精致的瓷盘。盘子里放着一条项链。“山南，可以把这条项链帮我戴上吗？”

看到这里，苏兮心底一惊，猛地挺直了身子：“这么说，项链是黎露准备的？栽赃我的是她？可……可这怎么可能？”

“张飞”抬手一拦：“苏小姐先别急，您继续往后看。”

苏兮不动声色，实则早已气若游丝。她强忍着巨大的震惊，她迫使自己的目光重新落向屏幕——

“是我送给你的吗？”沈山南问。他送了她太多东西，不怎么走心，自然记不太清。

黎露摇摇头：“这条项链是我为苏兮准备的，原本想要给她发结婚请柬也好趁机跟她道歉，可是一直开不了口，就这样错过了。我是从同学那儿听说前段时间她弄丢了项链，为此还特别低落。山南你也知道，我们因为那件事绝交，是我对不起苏兮。我们相处了那么久，共同经历了那么多事。异国他乡，是她温暖着我。她包容我，关照我，可到头来我却把她拉下了水，还伤了她的心。可我不是那种为了利益六亲不认的人啊！我只是一时迷失。我也很后悔，在很多个睡不着的夜晚眼前全是她的脸。苏兮说，爱是这世界上最宝贵的东西，而善良终会有所回报。我曾对此嗤之以鼻。因为你看看当今这个社会，哪个人不是锱铢必较，哪个人不是暗暗铆足了劲儿。我固执地以为，让我们变得更好的真的是爱是善良吗？不！是与之相反的东西！是被抛弃，被伤害，被鄙夷，是这些负面的东西让我们越发强大。可如今，我觉得我错了，大错特错。

“山南，这款项链是苏兮的初恋送给她的，她特别珍视。我清楚上面的每一处细节，所以听说她弄丢以后，立马找工匠打了条一模一样的。好在这一切都还不迟，等婚礼一结束我立马去找她，请求她的原谅。她在南极我就飞去南极，她在东京我就飞去东京！总之无论天涯海角我都要找到她，不管她接受不接受，我都要当面跟她说句对不起。”

沈山南静静听完，却没有要伸手接过的意思。

“山南，你能帮我戴上吗？”黎露浅声催促，“仪式上我想戴着它，即使苏兮无法前来，我也能感觉到她陪在我的身边。”

沈山南紧紧抿住双唇不回答。

“有什么问题吗？你是觉得它太素了吗？”

少顷，沈山南起立背过身去，说道：“黎露，对不起。婚礼没有了。我爱的人回来了。”

在黎露猝不及防的泪水中，瓷碟应声落地。碎片溅起，项链也不知落向了何处。

“是谁？”

沈山南：“……”

“是谁？”

“苏兮。我爱了她很多年，从来没改变。”

“为什么这么对我？你在利用我！”黎露歇斯底里着，突然看向地面搜索着什么，没等沈山南反应，她便从一串香蕉后面拾起一把水果刀，怼在自己心口。

沈山南不由得向后退了几步：“黎露，你冷静。”

“你是爱我的！你只爱我！你要娶我！告诉我，现在就告诉我！婚礼会进行，一切都不会改变！”她歇斯底里地叫道，刀尖离自己近了三分。

“我可以欺骗你，但你觉得幸福吗？黎露，我在乎你，可是我不爱你，我答应娶你只是因为孩子。可到头来连孩子都是假的，这根本就是一场骗局，你难道真的不觉得羞耻吗？”

黎露瞬间石化了：“你……都知道了？”

“早就知道了。”

“但你还是一手操办了我们的婚礼。可现在为什么改变想法？”

“我本可以忍受这一切，但苏兮回来了。”

沈山南说着，一步一步缓缓走上前：“黎露，放下刀子，除了婚姻你想要什么我都可以给你！或者你冲着我来，别伤害你自己。如果你感到委屈感到愤怒，你往这里捅！”他用力指着自己的胸腔，“这里！往这里！”

“不！我爱你山南！就算不爱你，我也不要背上这么重的罪名！”她语气一软，动作跟着松懈了下来。

沈山南见状，侧身一闪，以迅雷不及掩耳之势抽掉她手中的水果刀。然而说时迟那时快，还没来得及换过刀尖的方向，黎露倾身扑了上来。

顷刻之间，画面戛然而止，那些悬浮在空气中的喧嚣跟挣扎也荡然无存。沈山南愣了两三秒：“黎露——黎露？”他失声叫道。

“山南，我很早很早之前就见过你了，只是你不知道罢了。咱俩是中学校友，你是学长，我是学妹，我追随着你，我愿意一直追随你……现在我很满足，因为就算结婚，你的心里没有我，我也还是会被抛弃。可这样一来，我永远都不会失去你了，永远……山南……”话落，一滴泪滑落眼角。

沈山南背对着屏幕半跪下来，那背影看上去痛苦极了。苏兮看不清他的面容，良久，只见他颤抖着将黎露放回地面。接着，他那身一如既往的从容又回来了！他迅速抬头环视四周，有条不紊地抹去了自己的痕迹，将 DV 跟四角架一并撤去……

要知道，刺中心脏是一件很难的事。尤其是在对方反抗的情况下，几乎不可能做到。可黎露呢……这是多么恐怖的自杀方式啊！从她的选择中，苏兮深刻体会到了，她的绝望有多深。

苏兮不发一言，看上去镇定极了。她刻意隐忍，睫毛却微微抖动着。比起冷静，更像是在竭力维持着暴风雨前的宁静。

“不对！这跟我看到的现场不一样！”

“苏小姐，无论您多么不愿意承认，可您所看见的凶案现场是假的。”

“可我看到了血！黎露的头纱明明被染红了！”声音不禁抬高了几度。

“您所看到的血迹，其实是被害人倒地时打翻桌上的果盘，盘中蔓越莓解冻后的冰水。”

苏兮的表情凝滞了足足十秒，终于，她卸下以往的坚强，痛心疾首地说着：“是我杀了黎露！她是为我而死的！是我杀了她！我才是凶手……我是凶手！”

“张飞”见状立马起身劝阻：“苏小姐，您冷静。这事儿跟您没有任何关系！千万不要自责，更不要被道德绑架！您没有做错什么！在我们看来，这是一次事故！”

……

走出会议室，苏兮去卫生间冲了脸。整理妥当之后，他被“张飞”一路送到警局门口。要离开，却突然想到了什么，转过身，有气无力地问道：“对了警官，上次我发给您的那个银行卡账户查出什么了吗？”

“张飞”脑门儿一拍：“对了，你不提我差点儿忘记说了。经过调查，那张银行卡是以黎志远的名义开的，但其实是为了利用私有账户避税。具体情况，我们还在调查。”

苏兮走出警局，扬头望向那不怎么晴朗的天空，不禁陷入了一种深深的迷惘。面对这个百转千回的真相，悲伤之余，她不得不承认自己真的有些麻木。

看似罪恶之源始于自己，她却浑然不知自己究竟做错了什么，以至于事情沦入今天这步田地。

我是在毫不知情的情况下将黎露一步一步推入深渊！太可怕了！难道我拥有善的表象跟恶的内核？

她的脑子很乱，沈山南、季霖郁、黎露……一张张面孔鱼贯而入。她的内心复杂至极，歉疚、悔恨、悲伤……这些突如其来的情感，反倒冲淡了事情尘埃落定后的释怀。

苏兮觉得眼前的世界变成了一个充满谎言的巨大气泡，正以一种不可估量的速度逼近，势必摧毁她的认知！

在此之前，她一直觉得自己是最聪明、最英勇、最善于分析善于推敲的那个局外人，到头来才发现，她从来没有认清过自己，任何情况下所谓的认清，都多少带有自欺的主观色调。

“我误会他了，误会了身边的所有人。自始至终，我的怀疑无非是满足着我自私的虚伪的英雄主义情节，却一次又一次伤害着他人的感情。”

苏兮垂下头，泪水不自觉地落了下来。

第五十一章

.1.

一个月后。

上午十点半，苏兮走出墓园大门。说来惭愧，这是黎露葬礼后她头一次前来祭拜。站在停车场入口，苏兮再回首，满怀心事地戴上墨镜。

刚从包里掏出车钥匙，一个人影从斜前方的越野车后闪出来。“苏小姐，我等你很久了。”

苏兮摘下墨镜定睛看，Richard？

“您……找我有什么事儿吗？”苏兮感到疑惑，不自觉地上前一步。

男人笑而不答，走向不远处的一片空地，苏兮稍作迟疑便快步跟了过去。

在一片颇为茂盛的树影下方，男人停下转过身，故作神秘地说道：“苏小姐，我知道您一直在好奇那 72 小时里究竟发生了什么。”

突如其来的慌乱化作一丝淡淡的笑隐约挂上她的嘴角：“您说什么我听不懂，没什么事儿的话我先走了。”

Richard 显得格外从容，慢条斯理地说道：“苏小姐，无论您是否听得懂，我都希望您能明白，黎露从来不是那种简单的女孩子。她从事件伊始就已经给自己留足了退路，无论行动进行得成功与否，她最终都可以拿着那份客户名单进贡别家公司以求自保。可您呢，您的处境似乎有些不同了。”

苏兮不由得回过身，直视他的脸：“你究竟想说什么？”

男人笑笑：“我知道你们之间的计划，她是有意从自己公司大揩一笔，而您呢，为了公司利益最大化。事情本该进展顺利，然而你们低估了公司的能力。你可能到现在都不知道，黎露那边刚一出手财务立刻发现了情况。上层指示查明原委，她为自保有意将黑锅甩给了你。可她千不该万不该把这事儿告诉了沈山南，山南为了保住他心爱的女人，又暗中将祸端转向了黎露。”

“是他？”

“他不是为了栽赃谁陷害谁，只是在他看来，这是最好的办法，既不会将矛头对准你，又可以保住她。”

苏兮下意识摇摇头，冷笑：“推给我？你说黎露打算将责任全部推给我？而我还毫不知情？这也太荒谬了！我不相信！你说的话我一句也不相信！”

“苏小姐，我知道这真相令您很难接受。但无论您相信与否，这就是事情的经过！难道您真的就从未怀疑过吗？为什么她那边闹出那么大动静，甚至被拉进黑名单，而你却平安无事？”

“如果真的是这样，沈山南为什么不亲口告诉我？”苏兮反问。

对方不可思议地看向她，目光变得复杂。

“苏小姐,您真的一点都看不出来吗？这就是他用心良苦的地方！他不说，那是不忍心！”

不忍心？

“他怕你心里仅存的那份对友谊的美好幻想被打破！”

Richard 点燃一支烟，轻轻一叹道：“苏小姐，我跟山南是多年的朋友。他这人情深义重，早在您毕业之前他就已经在默默关注着您。当年来我公司应聘的人员很多，可您知道为何您作为一个没有任何经验的应届生能被顺利录取吗？又是为什么能够那么快升职加薪？您会认为那是自己的努力外加幸运的结果，当然，这两点我们都不否认，但还有最重要的一点，其实那都是他暗中相助。

“有一次我们私下聊天，他跟我说，他白手起家，建立了他的商业帝国，然而他却一直没找到任何自己感兴趣的人。直到你出现，他只看一眼便知道就是你了。他说当一个人发现自己生命中的另一半时，就真的跟飞翔一样。”

“我当时还调侃他，说，事实上，她并不想跟你一起飞翔，是吗？

“他当时是这么回答我的。他说：‘人这一辈子，无论爱情还是事业都不过是在打怪通关。目前不过是遇上了块绊脚石而已，倒也没什么好大惊小怪的，不会挫伤前进的勇气。’”

不知不觉间，苏兮的眼前蒙上了一层淡淡的水雾：“他……最近还好吗？”

男人将香烟抛向地面，伸出脚尖用力捻：“不好！很不好！一方面是公司的原因，眼看他高楼起，眼看他楼要塌。万邦如今面临危局，他原本可以借目前的机会全身而退，却偏偏选择留下来与公司共渡难关。另外，警方还在对他进行深入调查。账户被冻结，罪不罪名的不怎么明确……”

苏兮的目光变得暗淡。

“好在他干爹许环山，也就是坐镇万邦幕后的大佬，前两天跑去自首了，承认自己当年一手制造了季氏夫妇的车祸，这简直就是不幸中的万幸，可算是封住了那些杂碎的嘴。不仅如此，他自己下水不甘心，还把江秉城一并给撂了。”

“江秉城怎么了？”苏兮错愕不已，“这局就是他做的，他难道不是最大赢家吗？”

“他？他这是聪明反被聪明误！江秉城涉嫌内幕交易，在已经知道股价升降的情况下对万邦屡屡进行恶意打压并主导了内幕操作。不仅如此，当年那场车祸，他也参与其中。”

听到这儿，苏兮沉默了。

.2.

取保候审后的第二天，季霖郁只身出现在了匠心手造。他似乎迷上了手作皮鞋，但至今还没有做给她。原因是，他要先做出一双自己穿起来舒服的鞋，才好照版缝制给她。鞋子合不合适只有脚知道，在他心里，这或许是手工匠人对爱情的一种最特别最贴切的表达。

忙了大半个上午，他放下鞋楦，走到窗边浇起仙人掌来。除了给皮具上油之外，他最享受照料植物的过程。浇水的时候，全部注意力都在它们上面，面对一株株矮矮的、绿绿的小灵魂，整个儿世界变得很空，很安静，空到全宇宙仿佛只有他一个人。

浇着浇着，他不禁有些走神。

记得两个月前的那个夜晚，沈山南来家里找苏兮，正巧碰到他推门而出。沈山南脸上的惊异稍纵即逝，很是不满地问道：“你怎么在这儿？”

季霖郁话锋一转：“苏兮在休息。”

“我问你怎么在这儿？”他加重了言语的力度。

“她不舒服，我来照顾她。”

沈山南一听表情立马不对了。他一步跨上前欲伸手推开半掩的门，却被季霖郁抢先锁上了。

“让开！”他有些愤怒。

“我说了她在休息！”季霖郁当仁不让。

“我说让开！”他的声音沉了几度。

季霖郁岿然不动：“我知道你跟我对苏兮有一样的感觉。”他尚未动怒，用那种温文尔雅的语气说道。

“我奉劝你一句，别再用心良苦了。苏兮她绝对不会属于你。”沈山南说着一把揪住季霖郁的领子。季霖郁试图挣脱，一个反手却一拳抡上了他的脸。沈山南退后两步，重重撞在了墙面上。

恰恰就在这时候，大门敞开了。苏兮出现在了门口。

“你们在做什么？”她的目光在两人之间徘徊，最终在沈山南身上落定。

“苏兮，你先听我说。”季霖郁试图夺下她的目光。

她执意视而不见，略过他，径直走向沈山南。她一眼便注意到他正捂着半边脸，无比关切道：“你没事吧，山南哥？”

沈山南摇摇头。

她接着将愤怒的视线转向季霖郁：“你干吗打他？”

“我讨厌你用这样的眼神看我！”他一字一句地回应。

“我也讨厌你为一点小事大打出手。”苏兮反唇相讥。

说完这话，苏兮拉着沈山南，转身进屋并摔上了门。

……

温暖的阳光笼罩全身，他却觉得无限感伤，像是一瞬间跌入了阴冷而潮湿的黑暗中。他放下水壶，背后传来一声轻唤——“老板。”

季霖郁转过身，原是故人归。

季霖郁放下铜壶，将谬诚请进咖啡室坐下，自己在咖啡机前忙活。

“老板，那件事儿……我听说了。”

“妙菱？”季霖郁一笑，接着问，“怎么？新店做得不开心？”

“我在城北租了店面，装修也算是有模有样。刚开始几周搞活动的时候还好，可后来生意急转直下。很多人就是路过进来看看问问，一听价格就立马走人了。”

“其实我都听说了，但让你亲身感受也不是坏事。现在国家去杠杆，限制了债务规模。经济下行的情况下，互联网疯狂裁人，股市也跌得厉害，中小型民营企业自然度日如年。经济周期，有待回暖。”

缪诚沉默着点点头：“老板，妙菱说现在店里缺人手。您……想雇我回来？”

季霖郁伸手摆弄起桌案上的茶杯：“怎么，不愿意？”

“不是不是。我就是觉得……觉得惭愧。当初店里不景气的时候我二话没说就离开了，现在我不景气了，您却向我伸出援手。”

“但说实话，我不打算现在让你回来。”季霖郁卖了个关子。

“老板，那您这是……”

“我更希望你去佛罗伦萨进修。”

缪诚一听，倒是有些为难了：“老板，我没钱。别说学习了，就连佛罗伦萨的房租都交不起。”

“我都安排好了。”

“安排好了？”

“要说你还得感谢妙菱！我这个妹妹啊——”

“妹妹？”

季霖郁神色一滞：“哦，这事儿说来话长，以后跟你解释。如果不是妙菱提醒我，我都忘记你的长处了。人啊，就应该做自己所擅长所热爱的事情。再说这也并不矛盾啊！等你学成归来，咱们联手给匠心手造来场大革新！”

.3.

苏兮从商场回到公寓。电梯门一开，见季霖郁在门口候着。她余光一瞥，故意视而不见，径直往自家大门走去。

“感谢你为我保释。”

苏兮“啪”地扭开门锁，手头一顿，没好气地说道：“千万别谢我，要谢就谢法院判轻了！”说着就要带上门，却被季霖郁撑住了：“你听我说。”

“我不想听。你放开。”

“我欠你一个解释跟道歉。”

“无福消受！”

季霖郁不再勉强，泄了一口气，收回手臂。

苏兮却突然想到了什么，声音一软："对了，关于你父母的事——"

"我……都知道了。"

季霖郁将那只从未离身的吊坠从领口掏出来："想不想听我说说？"

进屋，季霖郁在沙发边坐下。苏兮以礼相待却心中不快，为了强调自己的小情绪，直接抓起没来得倒掉的隔夜凉茶给他斟上。季霖郁浅尝一口，眉头微蹙却还是将茶水一饮而尽。

"上周六我在家洗澡，脱衣服的时候一不小心连项链一起给脱下来了。等我反应过来，它已经掉在了地板上。我担心摔坏立马弯腰查看，这一看，发现后盖竟然摔裂了。原来这小木盒儿是中空的，我隐约看见里面夹着什么东西，就拿钥匙将它撬开了。后来，我发现里面存着这个，用保鲜膜包着。"他说着，将一枚芯片状的东西拿在手里晃了晃，"我立马找机器听，听后发现是一段录音。录音里对沈山南只字未提，却指明该提防许环山。"

"没错。许环山找警方自首了。"

"我听说了。说他把江家供出来了。可江秉城可不只害我父母那么简单，妙菱的身世也调查出来了。"

"妙菱的身世？你不是早知道了吗？"

"事实没他们说得那么轻松，想当年，妙菱是他们安插在医院里的关系偷偷拐走的。"

"拐卖儿童？"

"对，后来为了合法化找人开了张领养证明。"

苏兮沉默，脸上阴云密布。

"还有，缪诚回归了，我安排他去意大利学习。"他迫不及待地说着，极力调动起她的注意力。

苏兮事不关己地点点头。

"你知道为什么安排他学习吗？"

"等他回来做你的得力助手呗。"

季霖郁顿了顿，声调低落了几分："因为我想关店，接些零活儿，或者干脆干些别的。"

“为什么？”苏兮不再无动于衷。

“经济不好，做不下去了。”

“就这么放弃？甘心？”

“我很犹豫。爸妈的事情查清了，总觉得人生该告一段落了。苏兮，我想听听你的意见。”

“这个行业有你，算是行业的幸运。再说你的匠心帮你找准了人生定位不是吗？你就适合做一名皮匠，要知道一个人一辈子做好这一件事就足够了。”

“可你总说我太固执。”

“逆境之中只有执着的人能够走下去。”

“都说境遇会越变越好，经济总会回暖！可谁说就不会越变越差呢？”

“我说的。”苏兮笃定。

季霖郁一愣：“干吗冒那个险？”

“除了我，还有无数胸怀匠心之人跟你共同作战抵御行业寒冬，你还在害怕什么？”

季霖郁垂头，眼角划过一丝不易察觉的笑。

“对了，我一直有一个疑问，你们鼎盛昌的祖传封边液究竟特别在哪里？”

“特别就特别在：它配方普通，却饱含着我们鼎盛昌祖祖辈辈们的心血。要知道，一件美观而耐用的皮具是一个体系，从皮料的选择到设计剪裁，到完成，每一步都是必不可少的！而顶级的皮匠师傅做包就好像是吃一道料理，食材重要，但并不仅仅局限于食材。鼎盛昌之所以能够走到今天，不过是凭靠持之以恒不改初衷的匠心。”

“所以说根本就没有什么祖传秘方？”

“吸引人的说辞罢了。”季霖郁笑笑，“苏兮，能跟你说话真好。咱俩这算是和解了吗？”

“我还没完全原谅你。”她赌气的样子像极了一只松鼠。

“没关系，我可以等，你总会原谅我，那我就等到你原谅我的那一天。”

……

两个月的时间很快过去了，苏兮再没见过季霖郁。她始终在期待发生些什么，可他像是铁了心要退出她的生命一般，没有任何动作。

直到某个天光叆叇的黄昏，快递将一件包裹送上门。苏兮拆开来看，是整整十三本不同语言不同版本的《简·爱》，拿起唯一拆封过的那本书，只见一张便签夹在其扉页中——

“苏兮，我尊重你的情结，也愿意跟你一起守护它。但我希望能够跟你度过这一生的是我。你怎么知道我就不是你生命中的罗切斯特？

“这只包你一直很喜欢，我将它托付给你。它是世间仅有的一只，我恐怕再也做不出一模一样的了。”

苏兮这才注意到压在书本下层的棉布收纳袋，小心翼翼打开来看，正是季霖郁为母亲量身制作的那只托特。就在这个突如其来的瞬间，泪水一下子溢出了眼眶。

也许爱里本来就掺杂着别的东西，可能是悔恨、欲望、怜悯、习惯……可只要是真实的爱、真实的人生，就一定错综复杂。

.4.

凶案早已告结。

苏兮试图从中逃离，却发现并没有那么容易。这件事如同疤痕般烙在了身体里，即便再怎么置若罔闻也并不能真正被抹去。

恰逢连休，她为了更新气象换了新的浴缸跟橱柜，给浴室贴了好看的马赛克瓷砖。送走工人，她站在门口环视客厅，整个儿屋子恢复到初来时的平静。

原地逗留了一会儿，她端着壶花茶回到书桌前。目光在面前的电脑上落定，掀开，无意瞥向屏幕左上方一个被搁置已久的图片文件夹——欧洲生活跟旅行。她将其中的照片一张张放大仔细看过。看着看着，突然发现了什么——是他的身影！没错，是他那无处不在的身影！无论是在毕业前的欧亚人才招聘大会上，还是在2016年的法兰克福会展中心，他始终都扮演着那个离自己最近却也最隐秘的路人甲。

我之前怎么就从来没有注意过呢？原来他们说的都是真的，他早已参与了我的生命，只是我太过愚钝不自知罢了。

苏兮合上电脑，从案头摸过手机。犹犹豫豫了好一会儿，最终还是照那个名字摁了下去。

沈山南“喂”了三声，她却仍然没想好该如何开口。

直到他轻轻叫着她的名字，她鬼使神差地说着：“山南哥，我昨天跟志远见了一面，想给他一笔钱在大学里用，可是他拒绝了，说你给他存了一笔基金。”

“这是我欠黎露的。”

电话这头，苏兮沉吟不语，默默掉着眼泪。

“你在哭吗？”沈山南似乎有所察觉。

苏兮用力屏住一口气，调整了呼吸：“没有。”

沈山南深深地叹了一口，低声问道：“苏兮，你恨黎露吗？”

苏兮摇摇头，下意识靠向椅背：“无论她做过什么，我都选择原谅。”

“打从见到你第一眼起我就知道你是个善良的姑娘。”沈山南浅笑，唇线抿成一道微微的弧。

“这世界，阳光与阴影并存，美好与丑恶兼具，就看你选择相信什么。即便偶尔表现出灰心丧气，但我始终愿意相信美好的存在。原谅她，就是放过我自己。”

沈山南：“……”

“山南哥，对不起。”

“怎么突然说这个？你不需要跟我道歉。我希望你知道，我所做的这一切都是出于对你的爱，包括现在。”

“山南哥，你受苦了。”

沈山南倒是释然，笑道：“经历苦难何尝不是好事？我幸运，遇到的打击不足以致命，更让我有机会静下心来思考，放慢脚步。我始终相信虽然苦难不是财富，可对苦难的思考，一定是。”

“山南哥……”

“你走吧苏兮，去实现你的追求你的热爱。还有——季霖郁，他……他是个值得托付的对象。”他眼眶微红，下巴上布满胡茬儿，面无表情地怔怔望着脚下的地面。

接下来还说了些什么，苏兮再也听不进去了。所有情绪汇聚在心头，如同一触即发的烟火。

半晌，沈山南缓缓抬起头，看向窗外燃烧殆尽的晚霞，依依不舍地结束了通话。

办公桌正前方，那个正气凛然的身影浅声催促："沈先生，现在可以跟我们走一趟了吗？"

沈山南颔首，很是从容地转过身，原地整理了头面，抻直领带跟衣摆，从椅背上取下西装盖住手腕毅然决然走出门去。

背影中，漫长的秋天，终于结束了……